KB079647

THEORY
FOR
EVERYONE

LI🗸

이하진 장편소설

모든 사람에
대한 이론

열림원

차례

2018년 8월

"다시 알려드립니다. 아직 학교에 남은 학생들은 신속히 귀가
해주세요. 오늘 야자는 없습니다."

학생들이 부지런히 떠나가고 어수선하게 비어 있는 교정에 안
내 방송이 맴돌았다. 그런 학교의 유리창은 눈부실 정도로 기울어
쨍한 태양으로 하얗게 빛났다. 미르는 손에 든 물병이 찰랑거리는
걸 오감으로 느끼며 잊고 있던 갈증을 떠올렸다. 물이 맺혀 손아
귀가 습해졌고, 왠지 모를 불쾌감이 갈증을 더욱 자극했다. 내쉬
는 숨결보다도 따뜻하고 습한 공기가 폐를 적시니 수증기를 들이
마시는 느낌이었다. 해가 기울며 달빛이 스미려는 시간대였지만
빛보다 뒤처져 아스팔트와 보도블록에 잔재한 열은 대기를 마냥
후줄근하게 만들었다. 교문 너머로 보이는 편의점의 간판 불빛이

아지랑이에 아른거리며 퍼지는 것만 같았다.

미르는 결국 늘어진 양팔을 들어올려 뚜껑을 돌렸다. 그러나 너무 맥없이 힘을 준 탓인지 허용치보다 크게 돌아버린 뚜껑이 입구를 회전하듯 훑고는 경묘한 소리를 내며 보도블록을 굴렀다. 이에 앞서가던 건은 소리가 나는 방향으로 몸을 돌리더니 그대로 뒤로 걸어갔다. 떨어진 병뚜껑과 그것의 주인에 시선을 둔 채였다.

"하……."

미르는 한숨을 쉬며 몸을 숙여 병뚜껑을 잡아챘다. 부주의했던 탓인지 입구가 열린 병이 기울어 물이 조금 흘렀다. 보도블록이 검게 물들며 발목에 물방울이 튀는 걸 느꼈다. 차가웠다. 매점 따위 없는 학교였던데다, 그날은 2학년 교실 근처에 있는 유일한 학생용 정수기가 고장 나버려 뜨겁거나 미지근한 물만 나오는 날이었는데도.

"물 좀."

그러거나 말거나, 앞선 녀석의 걸음은 속도를 유지했다. 미르가 물병을 비우고 고개를 내렸을 땐 이미 20미터는 벌어진 뒤였다. 미르는 괘씸한 마음에 발걸음을 재촉하며 뛰어가선, 그 속도 그대로 뛰어오르며 한쪽 어깨에 둘러멘 건의 가방을 걷어찼다. 가방 바닥 정중앙에 발끝이 닿았다. 나이스. 제대로 얻어맞은 가방의 가볍다곤 못 할 무게에 건의 발걸음은 고꾸라질 듯 휘청댔다. 휘청대는 순간에 미르는 꼴 좋다는 듯 빠르게 건을 앞질러 가며 비웃음을 보였다. 그 홍채는 푸른빛을 띠고 있었다.

"그거 쓰지 말랬지!"

"뭐?"

내가 뭐 했는데? 익숙하다는 듯 능청스레 받아치는 미르의 눈빛은 다시 평소의 검은빛으로 돌아온 뒤였다. 그 꼴을 본 건은 부러 가방끈을 멘 어깨를 노골적으로 주무르며 미르의 과실을 주장했다. 물론 미르는 인정할 생각이 없었다. 되레 뻔뻔하게 어깨를 들썩이며 쏘아붙일 뿐이었다.

"별로 세게 쓰지도 않았구만. 안 춥잖아? 똑같잖아?"

"여름엔!"

어처구니없는 대꾸에 기가 막힌 건은 굳이 덧붙여 말해 뭐 하겠나, 이번이 한두 번이 아니라는 듯 포기하며 한숨으로 뒤를 삼켰다.

"여름엔 뭐, 덥다고? 에어컨 켜줄까?"

"아, 됐네요."

학교가 이른 하교를 결정한 이유도, 오늘의 야간자율학습이 사라진 이유도 신경 쓰지 않는다는 듯 두 사람은 마냥 여유를 부리고 있었다. 미르는 순수한 악의로써 아직 차가운 빈 물병을 능력으로 더 차갑게 식히며 건의 팔에 갖다 댔다. 하복의 짧은 소매 밑으로 드러난 맨살에 얼음 같은 물체가 닿자 건은 짧고 우스꽝스러운 비명을 질렀다. 미르는 만족스럽게 씨익 웃으며 말했다.

"얌마, 이게 청춘이다."

"이런 청춘은 싫은데."

건은 질색하는 듯한 표정을 보이며 팔을 연신 비벼댔다.

"어떤 청춘은 좋고?"

미르가 넌지시 받아쳤다.

"청춘은 허상이지."

질린 듯한 말투로 건이 되받았다.

"여기서 물 뿌리면 청춘 영화 뚝딱인데?"

"싫어!"

10년 차 친구 사이의 흔한 장난이 이어졌다. 미르는 비어 있는 물병을 일부러 눈앞에 흔들어 보였다. 비어 있으니 다행인 줄 알아, 하는 몸짓이었다.

어느덧 학교 앞의 대로변으로 나온 두 사람은 어렵지 않게 이른 하교의 원인을 알아볼 수 있었다. 머지않아 횡단보도 너머에 폴리스 라인으로 가로막힌 상가 일대가 그들의 눈에 들어왔다. 꽤 많은 경찰이 주변을 지키며 출입을 통제하는 상황이었고 방호복을 입은 몇몇은 분석 장비를 들고 건물 안팎을 지나다녔다. 입구 쪽은 아예 진압 방패를 든 경찰이 삼엄하게 버티고 있었다. 제복과 방어구를 보아하니 수사원을 제외하곤 모두 경찰특공대인 모양이었다.

먼저 눈에 들어온 3층짜리 상가에는 가로등이 곧바로 선 일자로 처박혀 있었다. 1층은 미용실과 분식집, 2층부터는 카페였던 깔끔한 건물에 비등한 높이의 가로등이 마치 칼로 케이크를 써는 모양새처럼 박혀 있었다. 건물 앞의 보도블록이 난잡하게 어질러져 있는 걸 보아 바로 앞에 있던 가로등을 수평으로 밀어 그대로 건물에 박아버린 것 같았다. 수직으로 뽑아서 던진 것도 아니고 그대로 밀어버렸으니 그걸 움직인 힘은 상상을 초월할 터였다. 그 충격력을 증명하듯 건물은 2미터 정도의 깊이로 가로등에 패여 있었다. 건물을 재건하긴 힘들어 보였다. 그리고 그런 식으로 가로등 혹은 가로수에 당한 건물이 세 채쯤 이어져 있었다. 옆의 건물들에는 가로수가 보이지 않을 정도로 깊이 파묻혀 있는 모양이었다. 급히 붕괴 방지 시공을 하는 것인지 죄다 망으로 덮다 만 꼴이었다.

"저기 와플 맛있었는데."

미르는 흔한 일이라는 듯, 또 하나 사라졌다는 가벼운 말투로 한마디를 흘렸다.

때마침 뒤를 돈 경찰의 방탄조끼 뒷면에 글씨가 보였다. 이능범죄대응반.

이능력이 없는 잠재자가 저런 짓을 할 수는 없을 터였다. 가로등을 뽑지도 않고 그대로 밀어 건물에 박는 짓은 발현자만이 가능한 일이었다. 그리고 이런 일은 흔했다. 적어도 지금의 세대에게는 그러했다. 퍼져나가는 이능력 통제가 불가능한 과도기. 그 한가운데 태어나고 자란 세대는 출생부터 이능범죄에 노출되는 게 익숙했다. 그런 이상한 일이 벌어지는 비정상적이고 불안정한 세상이 그들이 아는 세상의 전부였다. 이능력이 없던 시절은 구전으로 역사로 전해들을 뿐, 세상은 원래 이렇구나, 하고 받아들인 세대였다.

그러니까 그들에게 이능범죄 같은 건 쉽게 볼 수 있고 언제든 당할 수 있는 일상에 불과했다.

　2000년대 이후로 태어난 이들은 '희망을 모르는 세대'로 한데 묶이곤 했다. 비단 이능범죄 때문만은 아니었고, 그와 더불어 그들 주변을 덮치는 교란 따위의 부조리가 그들을 그렇게 호명하게 만들었다. 그들에게 그런 부조리야 태어날 때부터 함께했으니 무뎌질 대로 무뎌진 일에 불과했지만, 적어도 더 나은 세상이 존재했으며 세상이 그때처럼 나아질 수 있다는 막연한 낙관 정도는 어렴풋이 추구할 수 있을지 몰랐다. 그러나 폭력에 익숙해진 세대에게 언어로 전해지는 평화의 형태란 추상에서 그칠 뿐 현상으로 와닿을 순 없었다. 결국 두 사람도 그 세대의 일원이었으니까.

　미르는 무의식적으로 건물 주변의 흐릿한 왜곡에 집중했다. 발현자의 이능력이 남긴 자취는 다른 발현자를 이끌리게 만드는 특징을 가졌다. 발현자들에게는 시공간에 남은 그 흐릿한 뒤틀림이 잔향인지 잔상인지 모를 형태로 그저 느껴졌다. 그리고 홀리듯 매료되어 그것을 관찰하게 되기 일쑤였다. 그 행동은 호감에서 기인한 것도, 불쾌에서 기인한 것도 아니었다. 저항할 수 없을 정도로 강한 인력도 아니었으므로 무시하라면 무시할 수 있는 수준이었다. 다만 지나칠 수 없는 호기심에, 원초적인 어떤 욕구에 가까운 무언가가 그들을 자극하고 사로잡을 뿐이었다.

　그러한 이력흔에 대한 매료는 발현자의 이성을 날려버릴 정도도, 주의를 완전히 돌릴 정도도 아니었지만 피곤해서 사고의 흐름에 저항치 않는 고등학생의 발걸음을 잠깐 멈추게 하기엔 충분했다. 그 '잠깐'이 지나며 미르의 인식이 되돌아왔을 땐 손끝에서 물병이 흘러내려 튀어오르며 울리는 소리를 낸 직후였다.

"도망쳤네."

미르는 차도를 따라 늘어지다 끊긴 이력흔에 조기 하교령을 납득한다는 듯 중얼거리며 물병을 주웠다. 차를 탄 채 지나가며 어떤 능력으로 가로등을 박아넣고 지나가는 발현자의 모습을 상상해 왜곡의 궤적에 대입해보았다. 왜 그러는지 이해할 수가 없었다. 힘과 능력을 의미 없이 과시하는 사람들의 심리를 이해할 수 없었고 딱히 이해하고 싶지도 않았다. 물병을 줍고 바닥을 살피니 너무 차갑게 냉각시킨 탓인지 작게 금이 가 깨져 있었다. 미르는 내일부터 새 물병을 챙겨야겠다고 생각하다가 집에 여분의 물병이 없다는 사실을 깨닫고는 내일의 자신에게 선택을 미루기로 했다.

그새 횡단보도의 노면에는 어렴풋이 초록색 보행 신호가 비쳤다. 미르는 자신을 재촉하듯 바라보며 걷는 건의 쪽으로, 사고 현장과는 반대되는 방향으로 횡단보도를 사선으로 가로질렀다. 그리고 반대편에 다다르자마자 다시금 지나온 곳의 왜곡이 강하게 느껴져 고개를 돌렸다.

그러나 이끌린 시선을 붙잡은 것은 이력흔보다 강렬한 인상으로 저무는 노을의 모습이었다. 어쩐지 인위적인 불빛에 물든 풍경에 매캐한 향취가 스미는 것 같았다. 왠지 모를 찝찝함을 무시하며 미르는 버스 정류장으로 걷기로 했다. 두 사람은 저물어가는 하늘에 몇 개의 옅은 사이렌 소리가 겹쳐 흩어지는 걸 느꼈다. 이 역시도 그들에게는 흔한 풍경이었다.

"아, 저기 사람들 안 죽었지?"

"아니."

미르는 돌아온 대답을 생각보다 가볍게 느꼈다. 그리고 그런 자신에게 자괴감을 느꼈다.

무뎌지면 안 된다고 교과서적인 윤리 의식으로는 생각하면서도 오랜 시간 가해진 충격은 무언가를 허물고 가볍게 만들었다. 비극을 무겁게 생각하려면 의식적으로 짓누른 뒤에 훑어야만 했다. 그래서 미르는 추억과 후회 같은 사념의 추를 죽음이란 개념에 여럿 늘여 붙이며 그것을 의식의 지면으로 무겁게 끌어내리고자 속으로 노력했다.

2018년 9월

"아니. 나한테 그딴 방향성은 별 의미 없는 거 알잖아."

미르는 방금의 발언이 우스운 변호라는 걸 인지한 채, 늘어지는 말투로 실수를 합리화하며 책상에 머리를 박았다. 꽤 세게 박은 것 같았다. 그러고는 늘어뜨린 팔 중 하나로 힘없이 책상 위를 더듬더니 대뜸 물이 든 페트병을 들어올려 통째로 얼려 보였다. 지금의 합리화를 굳이 증명하기 위함이었다. 물이 완전히 얼기까진 몇 초 걸리지 않았다. 그래봤자 내기에서 졌다는 결과는 바뀌지 않았지만. 이내 미르는 꽝꽝 언 페트병을 다시 맥없이 책상에 내려놓곤 그걸 지지대 삼아 상체를 들어올렸다.

"짜잔. 열역학 제2법칙이 위배되었습니다."

미르는 능청스레 어깨를 으쓱 올리며 양손을 펼쳐 얼어붙은 페트병에 주목시켰다. 마치 별일도 아니라는 듯 익숙한 솜씨였다.

"통상적인 고전물리를 해야지."

건이 덧붙인 고전물리Classical Physics란 고전역학Classical Mechanics의 잘못된 표기 같은 게 아니었다. 돌연 발견된 이능력이 물리학적으로 해석될 수 있다는 사실은 물리학사에 둘도 없는 거대한 지각변동을 일으켰다. 즉, 지금에 와서 고전물리학이란 '이력물리학이 아닌 모든 물리학 분과'를 일컫는 단어였다. 그 '현대'물리라고 불리던 것들조차도. 마치 이전의 고전물리와 현대물리를 나누는 변곡점이 상대론이었던 것처럼.

"고전물리. 흐음."

쓸데없다는 말을 삼키며 중얼거림과 동시에 미르는 책상에 팔을 포개며 그 위로 반쯤 얼굴을 파묻었다. 저렇게 나누는 게 의미가 있나 싶었다. 어차피 모든 학문은 이어지기 마련이었고 이력물리학도 고전물리학과 연관이 아예 없다고 볼 수도 없었으니. 이력물리학을 해석하는 건 대부분 이전의 현대물리학—그중에서도 특히 입자물리학—이었다는 걸 생각해보면.

"뭐 해?"

비스듬한 각도로 미르의 앞머리가 흘러내리자 푸른빛의 눈이 정처 없이 허공을 응시하고 있었다. 건은 그 변색을 바라보며 물었다. 왜 이능력을 아직도 쓰고 있냐는 뜻이었다.

"아니, 그냥. 아까 열 잡아두고 있었어."

"뭐 하러?"

"추울까봐?"

전국 학력평가가 치러지는 9월의 초순엔 아직 여름의 입김이 남아 있지만 실외에 한정된 이야기였고, 실내는 에어컨이 불쾌하지 않을 정도로 기온을 낮춰주고 있었다.

다만 그게 불필요할 정도로 과하게 느껴지는 사람도 있었다. 미르는 어쩐지 발현 이후로 기온에 더 민감해진 것 같았다. 영상 40도나 영하 20도를 웃도는 날에는 능력으로 체온을 유지하고 나서야 밖을 나돌아다닐 수 있었다. 물론 이능력이라고 만능은 아니었고, 항온을 유지하려면 의식적인 집중이 계속 필요했으므로 그런 날에 외출할 때면 피로가 극에 달했다. 굳이 발현자인 걸 밝히고 싶지도 않아서 고동색 컬러 렌즈까지 끼면 관자놀이에 안구까지 뻐근했다. 당연히 여름의 실내와 실외의 인위적인 온도 차는 더 이질적으로 느껴졌다. 물론 이것 역시 항온으로 무시할 수 있는 것이지만. 그러므로 온도 변화에 대비하기 위해 고작 페트병 하나의 잠열을 붙잡고 있는 짓은 꽤 쓸데없는 짓이라는 걸 건은 알고 있었다.

"쓸데없어……."

이전에 미르가 "야, 생수 얼려서 수족냉증도 낫게 할 수 있을까?" 같이 난데없고 이상하지만 어쩐지 계산할 수 있을 것 같아 맞장구를 치게 만드는 의문을 제시함으로써 '1.5리터 생수 하나의 열량은 피부의 비열과 면적 그리고 수족냉증자의 체온 순환을 고려하였을 때 그다지 유효하지 않을 것이다'라는 결론을 얻었으므로 건은 더욱 확신하며 경멸할 수 있었다. 심지어 이번엔 마시다 남은 500밀리리터 생수였다.

"손 펼쳐봐."

건이 어리둥절하게 양손을 펼치자 미르는 손바닥 어딘가를 바라보며 그 위로 가볍게 주먹을 옮겼다. 무언가를 붙잡은 듯 강하지도 약하지도 않게, 슬며시 힘을 풀면서. 섬세한 조작을 방증하듯 손끝을 조금씩만 움직여 손아귀를 반쯤 풀어내자 건은 손이 따뜻해지는 걸 느꼈다. 온기가 직접 내려앉는 걸 느꼈다.

"손에 직접 쓰면 익어버릴 것 같아."

"……가만히 있으면 되는 거지?"

미르는 능청스레 고개를 끄덕이며 답했다.

"모아둔 곳에 니 손 닿으면 바로 덴다. 밀도를 어느 정도로 해야 괜찮은지를 모르겠네."

"워우."

"이걸 좀 더 넓고 균등하게 가둘 순 없으려나? 이렇게 풍선 바람 빼는 것처럼 빼지 말고 바로 감싸버리면 더 나을 텐데."

"진짜 혼자만 알아듣게 말하네."

이능력이 개인마다 너무나 다른 형태로 나타나기 때문인지 발현자가 스스로의 능력을 설명하는 어휘는 어딘가 상황이나 맥락에 어울리지 않는 구석이 있었다. 건은 우연히 읽었던 책에서 물질파의 이중성을 표현할 언어가 세상에 없다고 언급된 걸 떠올렸다. 애초에 이능력은 이력에서 기원한다. 이력은 지금까지의 4대 힘들과 특수하게 상호 작용한다. 세상에서 예외적인 거니까 당연한 걸까 싶었다. 상식에서 벗어나는 것엔 상식과 다른 어휘가 필요했다.

　"포토샵에서 올가미 선택해서 옮기는 느낌이라니까. 그대로 안 빠져나가게 붙잡고 있을 수도 있고. 올가미를 조여서 열을 집중시킬 수도 있고, 풀면 자연스럽게 주변으로 퍼지는 거고……."

　"뭔 소리야. 나 포토샵 몰라."

　"암튼 그런 느낌. 지금은 거기다 구멍 낸 느낌."

　대꾸하든 말든 간에 미르는 열을 움켜쥔 왼손 주변의 허공을 가늠하듯 오른손으로 두드리거나 감싸면서 보이지 않는 무언가를 감각했다. 손끝을 조심스레 움직이다가 알 수 없는 지점에서 눈을 감고 미간을 찌푸렸다 펴길 몇 차례 반복하는 사이에도 열은 일정하게 건의 손바닥으로 전해지고 있었다.

　건은 점차 열원에서 느껴지는 온기가 사그라드는 걸 느꼈다. 미르는 푸른 눈으로 손바닥 위 어딘가를 바라보다가 어느 때쯤 쥐고 있던 주먹을 살짝 들어올렸다. 뭔가 펴지라는 모양새로, 그걸 한순간에 펼치자 건은 아까보다 더 넓은 공간에 미세한 열이 퍼지는 걸 느꼈다. 그러자 미르의 눈은 푸른빛을 잃고 다시 평소의 검은빛을 띠고 있었다. 건은 안전을 확신하고 양손을 털며 긴장을 풀고는 깐족댔다.

"어쨌든 물리는 내가 이긴 것 같은데?"

"생명 남았다."

"너 생명 쳤어?"

미르는 문제 있냐는 눈빛으로 고개를 끄덕이며 책상 한구석에 접혀 있던 밝은 회색의 종이 뭉치 사이에서 시험지 한 장을 꺼내 보였다. 생명과학I. 아직 채점되지 않은 채 선지 앞에서 고뇌한 흑연 자국만이 가득했다.

"그럼 뻔하네!"

"어우, 재수 없어."

사실 누가 이겼느니 졌느니는 중요하지도 않았고 내기랄 것도 없었지만. 학력평가 전에 결과의 우세 같은 건 논한 적도 없고, 하교하려다 마주쳐 죽상이 된 서로를 보곤 씁쓸한 동질감을 느끼며 조졌다는 등 형식적인 인사를 나누다 둘 다 망한 것 같다며 오늘 채점할 생각이 없었다는 걸 알았을 뿐이었는데, 거기에 자신감 빠진 자존심과 죽도 밥도 안 될 경쟁 심리가 가세한 결과 두 사람은 휴대폰으로 답안지를 띄운 채 계단에서 자습실로 진로를 틀었을 뿐이었다.

그러니까 이 모든 것들은 의미 없고 하잘것없는 자존심 싸움에 불과했다. 미르는 평소 물리와 지구과학을 선택하는 '물지'였는데 굳이 생명과학을 선택한 건 그저 이번 학기 시간표에 생명과학이 있기 때문이었다. 어차피 실전도 아니고 장난스레 응시한 과목이었으므로, 꾸준히 선택해온 건이 우세할 게 뻔했다. 문제 있냐는 듯 '생명 남았다'며 쏘아붙인 건 결과야 뻔하지만 끝날 때까지 끝은 아니라는 알량한 자존심의 합리화에 불과했다. 그래서 미르는 시험지를 정리하며 방금은 조금 추했다고 생각했다.

"최저만 맞추면 된 거지."

"수능까지 되겠어?"

건은 킥킥 웃었다.

"자소서나 써!"

미르가 자습실을 나오며 상관없는 주제로 되받아쳤다.

"하! 장규석!"

그리고 건에겐 딱히 상관없는 주제가 아니었는지, 건은 짜증 섞인 목소리로 학년 부장의 이름을 내뱉으며 자습실을 나와 도어록을 잠갔다.

말로 쏘아붙이는 와중에 줄곧 휴대폰을 바라보던 미르는 별안간 도착한 문자의 내용을 읽곤 잊었던 걸 떠올릴 때의 당혹스러운 표정으로 건을 불렀다.

"야, 나 주말에 검사 있음."

"엥? 토요일 영화는?"

"그니까…….."

"다른 날로 미루면 안 되나?"

"검사? 안 돼. 더 미루면 벌금 무는데 일요일은 휴무야."

마치 주민등록증 발급을 만 18세 전에, 1년 안으로 마쳐야 하듯 발현자는 관리 기관 등록이 필수적이었다. 두 개의 신분 증명을 갖는 셈이었는데, 주민등록과는 별개로 발현자 등록은 1년마다 갱신이 필요했다. 누가 이렇게 귀찮은 짓을 벌였나 했더니 RIMOS[*]에서 2005년에 제안하여 UN에서 제정했다고 역사 선생님께 들은 적이 있었다. 그렇게 들은 날에 '크리스마스의 비극'을 비롯한 굵직한 이력학사도 같이 배웠으니 그러는 것도 무리는 아니라고 생각은 했다. 생각만 했다. 당사자로선 굉장히 귀찮은 일이라고 미르는 속으로 투덜댔다. 이렇게 단속해봤자 일어날 일들은 다 일어나는데 무슨 소용인가 싶었다.

"이능력 진짜 해롭다."

"이력물리학 전공해서 무효 기술 만들든가."

이는 마치 '타임머신 만들어서 시험 다시 치든가'와 비슷한 수준의 발언이었다. 그리고 두 사람은 그런 발언으로 서로를 비꼬는 데에 익숙했다.

"잠재자 뜻 몰라? 너도 가능성은 있거든?"

이능력은 하여간에 도움이 되질 않는 힘이었다. 21세기 이전의 슈퍼히어로로 영화 같은 곳에선 엄청 강력하고 멋진 이능력이 나오

---

[*] Research Institute and Management Organization for Skills. '라이모스'라고 읽는다.

던데, 미래에 현실화된 이능력의 모습은 그렇게 과장된 모습과는 매우 동떨어져 있었다. 항상 멋있고 이로운 그런 선망의 결정체가 아니었다. 통제 불가능한 제멋대로의 기술이었다. 항상 거대하거나 위용 있는 것도 아니었고 대부분은 쓸모없고 자잘한 능력이었다. 요즘 들어선 점점 규모가 큰 능력이 많아지는 것 같았지만.

이력심리학의 관점에서 발현은 무언가를 하고 싶다는 형태로 세상을 바라보는 '기저 인지'를 통해 이뤄진다고 설명됐다. 기저 인지의 형태에 따라서 발현되는 이능력이 결정된다는 기저 인지 이론이 이력심리학계의 주류 의견이었는데, 이에 따르면 이능력은 '실현된 기저 인지의 현상'이었고 이력은 '이상을 실현하는 만능의 힘'으로 해석될 수 있었다. 따라서 모든 사람은 이능력을 발현할 잠재성을 가졌다.

"글쎄. 통계적으로 발현자는 전체 인구 10퍼센트밖에 안 되잖아. 드물어."

다만 기저 인지 이론은 '왜 무언가를 갈망하는 모든 사람이 발현자가 되는 게 아닌가?'라는 질문에 답할 수 없다는 한계가 있었다. 실제로 1981년의 첫 발견으로부터 지금까지 발현자의 수는 많아봤자 전 세계 인구의 10퍼센트 안팎을 유지했다. 그마저도 2005년에 3퍼센트대로 최저점을 찍고 지금까지 올라온 수가 10퍼센트였다.

"그 10퍼센트에 걸려먹었는데 거기다 발현도까지 큰 나는 뭔 잘못이야?"

"운이 나쁘시네요."

"참 부럽다, 없어서."

그리고 발현자 중 70퍼센트 정도는 생명이나 재산에 위협을 주기 어려운 규모의 저발현도 능력을, 30퍼센트 정도는 충분히 피해를 낼 수 있는 고발현도 능력을 가지는 걸로 집계됐다. 안타깝게도 후자에게는 자발적인 정기 검사 및 갱신 일정에 조금이라도 이상이 생기면 등록 기관에서 친히 경찰과 협력하여 직접 자택으로 방문 픽업해주는 서비스가 무조건 제공됐고 재수 없게도 미르는 그 번거로운 후자에 속했다. 열에너지를 조작하는 능력이라. 열을 집중시켜 화재를 내거나 사람을 그대로 익혀버릴 수 있으니 당연하다고는 생각했지만 그래도 억울한 마음을 떨칠 수는 없었다. 그렇게 원하지도 않았고 이렇게 위험하길 바라지도 않았다. 사라졌으면 해도 무효 기술이 없었다.

"같이 가도 돼?"

건은 이력을 증명했다는 역사적 가치를 지닌 RIMOS를 무척이나 동경했으므로 미르가 그곳에 갈 때마다 동행하여 간이 견학을 즐기곤 했다. 어차피 발현자와 동행한다고 볼 수 있는 구역이 늘어나는 것도 아니었지만 혼자 다니는 것보단 과감해질 수 있다는 이유 때문이었다. 꼭 RIMOS로 갈 필요도 없고 협약 병원이나 보건소 어디를 가도 받을 수 있는 검사였지만.

그리고 건은 아주 개인적이고 불순한 의도를 드러내자마자 짧은 순간 미르에게 경멸당한 뒤 주먹으로 팔뚝을 얻어맞았다. 미르의 눈이 잠깐 푸르스름했던 걸 보면 열에너지를 운동에너지로 전환하여 가격한 모양이었다. 며칠 전 조기 하교 때 가방을 걷어찼던 것처럼. 에너지 전환은 부가적인 거였고 본질적으로는 열역학 제2법칙을 위배하는 능력이었나. 이력이 아무리 기존의 물리 법칙을 무시하는 힘이라곤 해도 그게 열역학 제2법칙이라면 사기가 아닌가, 하고 맞은 곳을 어루만지며 건은 생각했다.

"눈치 챙겨."

싫다는 건 아니었지만 능력까지 담아서 쳤다는 건 지금 당장의 기분이 언짢으니 공기 좀 읽고 나중에 말하란 뜻이었다.

"이능력으로 사람 치는 거, 이거 이능범죄야."

미르는 좋을 대로 하라는 듯 고개를 연신 끄덕이며 휴대폰을 귓가에 가져가 통화를 시작했다. 스피커 너머의 상대가 별일 아니라는 듯 흔쾌히 양해해주었기에 통화는 오래 지나지 않아 마무리되었다. 한편으론 '또' 그거구나, 질린 듯한 느낌을 지울 수는 없었다. 어쩐지 불편해진 분위기를 얼버무리려는 의도였는지 건은 금세 깐족대기 시작했다.

"무적기 같은 게 아니라 다행이야."

"뭔 소리야?"

"세게 치면 너도 아프잖아. 그럼 나도 덜 세게 맞는 거지."

미르가 능력을 담아서 주먹을 휘두르는 세기에 한계가 있음에 안도했다는 뜻이었다. 너무 세게 휘두르면 본인도 다친다는 뜻이었으니까.

"······물건 던지면 되는데?"

그리고 물건을 던져 속력을 높이면 된다는 발언은 꽤 환영하지 못할 소식이었다. 미르의 능력은 열에너지를 운동에너지로 전환해 물체에 부여할 수도 있었으므로.

"사람 죽일 일 있어?"

미르는 그저 해맑게 웃을 뿐이었다. 그 이면에 무슨 심보를 숨기고 있는지는 건으로선 알 수 없어 괜히 소름이 돋는 듯했다.

※

"항공법의 모든 조항은 피로 쓰여 있다고들 하지?"

하지 말라는 짓은 피로 쓰여 있고 그 짓을 하면 처벌하겠다는 소리도 피로 쓰여 있다는 뜻이었다. 동시에 그런 짓을 한 사람은 죄다 죽었다는 뜻이기도 했다.

어수선한 수업 분위기를 바로잡으려 생명과학 교사가 분위기를 환기하던 참이었다. 크고 작은 이능범죄가 며칠을 이어져 동네 분위기가 영 심상치 않았다. 조기 하교로 때우기에 그 빈도는 너무 예측 불가능했으므로 그런 상황 속에도 학교는 등교를 강행했다. 기대에 지지 않는 평범한 대한민국 고등학교의 결정이었다.

"이능력 관련된 건 그런 선례나 대응책 같은 것들이 전무한 상태고. 그러니까 조심하라고, 얘들아."

"그럼 휴교시켜주세요."

"학교 나오는 게 더 위험하잖아요."

"얘들아, 선생님도 나오기 싫었어."

슬프게도 공립 고등학교 교사는 결국 말단 공무원이었고 결정권자가 아니었다. 그는 학생들의 무수한 야유에 자조 섞인 한탄으로 웃을 수밖에 없었다.

느린 시계의 분침이 29분을 10초간 지나자 교실 구석의 스피커는 요란한 전자음으로 종을 울렸다. 몇몇 학생들이 책상 위의 사물들을 가방으로 분주히 쓸어 담기 시작했다. 방금 전까지 생명과학 교사였던 사람은 금세 교무실에서 휴대폰 서른두 개가 담긴 가방을 가져오더니 "오늘 종례는 없다"라며 재빨리 담임 교사로서의 직무를 수행했다. 환호와 동시에 대부분의 학생이 가방을 들고 휴대폰을 챙기며 교실을 나섰고 건은 재빠르게 일어나 학생들을 따라나서려는 담임 옆으로 다가가 물었다.

"샘! 오늘 야자 감독 하세요?"

"응. 10시까지 있는데. 너 손 왜 그래?"

건의 담임은 제자의 왼손에 감긴 붕대를 보고 놀라며 되물었다.

"아, 대회 준비하다가 베였어요."

"으휴. 조심하지 그랬냐."

미술실에 멀쩡한 우드록 커터가 없다 한들 커터칼을 쓰면 될 걸 줄톱으로 자르겠다고 까불다가 얻은 결과였다고 건은 차마 말할 수 없었다. 애초에 실험 대회면 실험 보고서만 쓰면 되는 걸 굳이 우드록에 실험 소개 포스터를 만들어 붙여 제출하라는 학교가 이상한 거 아닌가, 하고 건은 생각했다. 그걸 위해 미술실을 개방해뒀다는 것도, 우드록 커터가 없는데 줄톱은 가지고 있는 미술실 비품 현황도 이상했다.

"병원은 안 가도 된대?"

"네."

사실 가서 꿰매야 할 정도라고 보건 선생님께서 말씀하셨지만, 절단면이 생각보다 험하지 않으니 학교에서 치료해도 된다고 말씀하신 것 역시 보건 선생님이었다.

"근데 야자는 왜?"

"질문할 거 있어서요."

"그려. 이따 와라."

건은 인사하며 다시 반으로 돌아가려는 찰나 교무실로 향하는 미르와 엇갈렸다.

"어디 가?"

"보충 빼러."

"왜?"

"배고파."

정규 수업 편성은 7교시까지였고 야간자율학습 내지는 석식 시간까지의 간극을 채우기 위해 만들어진 8교시는 정규 수업이 아닌 보충 수업에 해당했다. 그렇다고 이렇게 쉽게 뺄 수 있는 수업은 당연히 아니었다. 무슨 배짱으로 저렇게 당당한 건지 의아한 표정으로 멈춰 있으니 미르가 답했다.

"실험 때문에 뺀다고 할 겨."

미르는 작게 말한 뒤 붙잡힐 틈도 주지 않고 교무실로 들어갔다.

……저 양아치가?

즉, 말이나 맞추라는 소리였다. 둘은 이번 실험 대회에 같은 조로 참가했고 한 명이 실험을 핑계로 수업을 뺀다면 남은 한 명은 눈치껏 자신의 상황을 해명해야 할 터. 7교시 이후는 휴대폰도 반환, 교문도 개방되어 있으니 8교시를 빼겠다는 건 명백하게 놀겠다는 뜻이었다. 건 자신의 붕대 감긴 손을 생각하니 "건이 손 다쳤으니까 제가 마무리해야 돼서요" 같은 탁월한 핑계를 만들어 둘러댈 미르의 모습이 선했다. 약았다. 교활했다.

어이가 없어 괜한 심술로 당장 교무실에 들어가 미르의 위증을 고발할까 싶었지만 굳이 그렇게까지 할 이유는 없었다. 아마도 오늘 보충은 수학일 테고 건은 늘 미르에게 미적분 교과서를 들고 질문하는 쪽이었으므로, 친구의 성적을 걱정해주는 의도라고 하기에도 터무니없었다. 평소 치던 장난의 레벨을 고려하면 그렇게 고깝지도 기분 상할 일도 아니었다. 그저 뻔뻔함에 어이가 없었을 뿐이었다.

어휴, 땡땡이치다 확 다쳐버려라. 이는 위증을 눈감아주는 동조자의 심술에 가까웠다.

아무튼 오랜 친구의 교활함을 감춰주기로 결정하고 교실로 돌아가려는데 별안간 건의 휴대폰에 문자가 왔다.

- 나중에 갚음 ㅋㅋ

건은 한숨을 쉬며 심술을 담아 답장을 보냈다. 이렇게 답하면 적당히 약 오르겠지.

- 학년 부장한테 말함 ㅅㄱ

"아, 개새끼가."

미르는 휴대폰에 도착해 있던 건의 답장을 뒤늦게 확인하자마자 반사적으로 욕을 뱉었다. 그러든지 말든지, 미르는 젓가락을 뻗어 빨간 양념이 잘 버무려진 밀떡을 집어 입에 넣었다.

"누군데?"

"애인?"

"그럴 리가."

미르는 농담도 되지 못한다는 듯 안색 하나 변하지 않고 대답한 뒤 단무지를 집어 먹었다. 이 집은 역시 단무지가 맛있네, 같은 생각을 하면서. 그러고는 능력으로 떡볶이 그릇에 담긴 열을 조금 덜어내고는 젓가락에 집은 단무지로 전이시켰다.

"뜨거운 단무지 먹고 싶은 사람?"

"아 미친!"

미르와 친구들은 떡볶이처럼 김이 모락모락 나는 단무지를 보며 깔깔 웃었다. 미르는 다시 능력을 써서 젓가락으로 집은 단무지가 살짝 얼어붙을 정도까지 열을 빼내어 떡볶이에 돌려놓았다. 차갑고 아삭한 단무지를 씹는 와중에도 친구들은 "김 나는 거 미쳤나봐, 진짜" 같은 말들을 늘어놓으며 웃고 있었다. 어차피 못 쓸

능력이라면 이렇게라도 써먹어야지. 미르에게 열에너지를 전이시키는 능력은 이제 와서 그다지 유용히 쓸 곳도 없는 잡기술에 불과했다. 발현의 계기가 된 기저 인지가 무엇인지도 어느 정도 짐작하고 있었고, 지금 얻어봐야 다 무슨 소용인가 싶었기에.

"그거 다시 해줘라. 사진 찍을래."

"올릴 거면 태그."

"오키."

미르는 다시 새 단무지를 잡아 김이 나는 상태로 만들었다. 친구들은 폭소하며 축 늘어진 채 하얀 김을 내뿜는 단무지에 휴대폰 카메라를 들이밀었다. 곧이어 미르의 휴대폰에 멘션 알람이 떠올랐다. 미르는 일련의 맥락에 웃음을 참지 못한 채 다시 열을 돌려놓으며 아무 의미 없이 시선을 창밖으로 살짝 돌렸다. 딱히 무언가를 확인하겠다거나 하는 건 아니었고, 무의식적으로 눈을 돌렸을 뿐이었다. 장난스럽게 웃으면서, 이변이라곤 기대하지 않는 무방비의 상태로.

그리고 시야 구석에 비친 창밖의 풍경을 목도한 미르는 웃음을 멈추지 않을 수 없었다.

젓가락 끝에서 단무지가 떨어지는 와중에도 미르는 홀린 듯 창밖의 어딘가를 응시할 뿐이었다. 미르는 푸른 눈을 찌푸리며 자신이 바라보고 있는 것이 정녕 사실인지 확인하고 또 확인했다. 뭔가 이상하다는 그 한마디조차 기괴함에 잠식되어 내뱉을 수 없었고 혀끝은 그저 떨리고 있었다.

"야, 왜 그래? 괜찮아?"

"뭐 있어?"

심상치 않은 미르의 모습을 본 친구들의 걱정이 들리지 않을 정도로 미르는 눈앞에 펼쳐진 풍경에 압도당했고, 이내 손끝까지 소름이 퍼지는 걸 느꼈다.

미르의 시야에는 이력흔이 비정상적으로 짙게 서린 거리가 비치고 있었다.

※

분명 망가진 건물은 없었다. 얼마 전 가로등이 처박힌 상가 일대를 제외하고는 더없이 평화로웠다. 이 왜곡만 빼면. 학교와 인접한 대로를 따라 짙게 뻗은 이력흔의 농도가 심상치 않았다. 불길한 기운에 자리를 뛰쳐나와 뒤틀림의 궤적을 쫓았다. 사거리에서 대로로 좌회전. 골목으로 좌회전. 골목 끝에서 좌회전. 다시 사거리로 좌회전. 학교 앞의 사거리와 대로를 중심으로 골목을 낀 채 사각형으로 돌고 있는 루트였다. 그 경로는 아파트 단지 하나를 두르고 있을 정도로 컸다.

이력흔의 농도가 짙었던 건 여러 번의 중첩이 일어났기 때문이었다. 왜곡된 정도로 보아 한두 번 중첩된 게 아닌 것 같았다. 이력흔이 진하게 남은 것도 있지만 하필 학교 앞에서 이만한 농도라는 게 불안했다. 사거리에서 대로로 꺾지 않고 비스듬히 직진하면 바로 학교였다. 아침에 수위 아저씨가 계시지 않았던 걸 생각했다. 젠장. 이만큼 돌아다녀도 눈치채기 어려울 수밖에. 이걸 아무도 몰랐다니 발현자가 그렇게 없다고? 이 주변에? 같은 차가 계속해서 돌아다니는데 눈치채지 못할 정도로?

미르는 불안한 마음에 같이 있던 친구들에게 멀리 떨어지라는 연락을 남겼다. 혹시 몰라 학교로 돌아와 대로와 교문 사이에서 이력흔을 관찰했다. 꺾는 궤적이 크게 보였다. 그 순간에도 도로에는 무수한 차들이 지나가고 있었다. 누가 무슨 의도를 가지고 이런 짓을 벌이는지 가늠하려 고개를 돌린 찰나, 미르는 옆을 스치는 공간의 뒤틀림을 느꼈다.

바람에 쏠리듯 감각에 붙잡혀 뒤돌아 본 도로엔 파란 용달 트럭이 지나가고 있었다. 차종이나 색깔이 문제가 아니었다. 운전석을 두른 진한 선팅 때문에 대부분은 알아보지 못했을 테지만 이력흔의 궤적을 몸소 심화시키고 있는 그 차의 운전석에는 사람이 없었다. 화물칸에는 비료 포대가 어림잡아 최소 스무 포대는 실려 있었다.

순간적으로 떠오른 끔찍한 예감에 미르는 악의적인 이능범죄를 직감했다.

재빨리 번호판을 외웠다. 주변을 둘러봤지만 이능범죄대응반이 있을 리는 없었다. 서둘러 손에 쥔 휴대폰의 잠금을 풀고 112에 전화를 걸었다. 운전자 없는 트럭이 비료 포대를 싣고 고등학교와 아파트 일대를 돌고 있다, 이력흔이 진하게 중첩되어 있으니

서둘러 와달라. 경찰은 미르가 해당 학교 학생임을 확인하곤 이능범죄대응반을 출동시킬 테니 학교에 대피 명령을 전해달라고 부탁하며 전화를 끊지 않고 대기하고 있었다.

빌어먹을 이능력 시대. 우리가 왜 항상 위험에 노출되어 있어야 하지?

사실을 원망할 틈도 없이 미르는 교문을 넘어 운동장을 가로질렀다. 학교 외벽의 시계를 보니 다행히도 8교시 수업이 아직 끝나지 않은 모양이었다. 석식 시간이라면 지금보다 통제가 혼잡했을 테니 차라리 다행이었다. 전교 방송 시설과 연결된 본부 교무실 문을 박차듯 열었다. 난데없는 소란에 교무실에 남아 있던 교사들의 시선이 미르에게로 쏠렸다. 겁에 질린 미르를 알아본 국어 교사이자 교무 부장이 먼저 입을 텄다.

"미르야, 무슨 일이야? 왜 그렇게……."

"대피해야 해요. 학교 근처에 비료 포대를 실은 트럭이 다니고 있어요. 이 주변만 빙빙 돌고 있어요. 언제 터질지 몰라요."

그렇게 말하며 경찰과 연결된 휴대폰을 교무 부장에게 건네주곤 숨을 고른다. 어서 방송해. 마이크를 켜고 대피하라고 말하라고.

그러나 그 기대가 무색하게도 전화는 생각보다 길게 이어지며 교무 부장은 마이크로 향하는 발걸음을 유예했다. 얼마 안 가 언뜻 들리는 한 문장이 모든 기대를 박탈시켰다.

"아직 확실하진 않은 거죠?"

이력흔은 발현자에게만 느껴졌으므로, 그 농도가 짙을수록 본

능을 잡아끄는 불안감과 두려움도 온전히 발현자만의 몫이었다.

　잠재자는 이능범죄의 징후를 발현자만큼 심각하게 받아들일 수 없었다. 잠재자인 교사들의 입장에서는 그저 미르가 호들갑을 떠는 것으로 보였을 것이다.

　교사들이 자신을 바라보던 시선이 그 사실을 상기시킨다. 이능력은 무작위의 행운이 아닌 불공평한 불운이었다는 걸 깨닫는다. 미르는 자리에 멀뚱히 앉아 상황을 지켜보던 화학 교사에게 시선을 돌렸다. 비료에 인접해 떠오르는 화합물의 이름이 있었다.

　"샘, 질산암모늄이 어떻게 터졌죠?"

　질산암모늄. 비료의 주성분이자, 화약의 주성분.

　"……열이지?"

　화학 교사는 잠시 생각하더니 어딘가에서 불안함을 느낀 듯 강건한 태도로 말했다.

　"하지 마. 뭘 생각하든 하지 마. 어차피 학교로 안 올 거야."

　"다른 폭발에 의해 2차 폭발하는 식으로 터지죠?"

　미르의 능력을 아는 교사로서는 미르가 어떤 일을 생각하고 있는지 뻔히 보였으리라.

　"왜 호들갑이야! 안 온다니까!"

　"당장 대피 방송이나 해줘요!"

　물리적으로 붙잡으려는 손길을 뒷걸음질 치며 슬슬 피하던 미르는 마이크에 삿대질하며 한마디를 내지른 직후 그대로 달려나 갔다. 교무실에서 이름을 부르는 소리가 몇 번 들렸지만 뒤따라오는 발걸음의 소리는 없었다. 교사에게 들었던 한마디를 다시 생각한다. "어차피 학교로 안 올 거야."

'이런 일 한두 번인가. 지금까지 그랬듯 이번에도 나는 아니겠지.'

아마 이런 안일함을 방증하는 것이리라.

모두 알고 있었을 것이다. 알았음에도 자신의 일은 아니라 모르쇠로 일관했을 것이다.

사람들은 거대한 일일수록 자신에게 벌어지지 않길 바라는 나머지 모든 게 자기 일이 아니라 여길 정도로 안일한 태도이곤 했다. 희생자의 선별엔 인과가 없었지만 사고의 발생엔 인과가 있었다. 희생자를 보고 운이 나빴다며 자신의 행운을 안도하고 방관하는 선에서 그칠 게 아니라 사고의 인과를 해석하고 다른 사고를 막아내는 게 마땅함에도, 그저 지겹다는 이유로 자신뿐만 아니라 다른 이들의 목소리마저 틀어막는 일이 이 시대엔 비일비재했다. 이젠 지긋지긋했다. 또 사람이 죽는 걸 보긴 싫었다. 울분을 간절히 토해봤자 악을 내지르는 일밖에 할 수 없었던 그날의 일이 되풀이되는 건 싫었다. 과거와는 다르다며 결과를 바꾸고 싶었다. 바꿀 수 있을 것이다. 숨을 크게 들이마시며 살아야 한다고, 살려야 한다고 다짐했다.

8교시가 끝나기까지 15분 정도의 시간이 있었다. 차라리 학교에 박을 거라면 그 시간 내로 박았으면 좋겠다고 생각했다.

✳

"대피해주세요. 현재 폭발물을 실은 트럭이 본관 1층에 충돌했습니다. 붕괴 위험이 있으므로 족구장 쪽으로 우회해서 안전히 대피하세요. 수업 중이던 선생님들은 학생들을 데리고 안전히 대피해주시길 바랍니다."

그렇게 전교의 스피커는 트럭이 학교에 처박히고 나서야 대피를 알렸다.

✳

사거리에서 대로를 향해 꺾어야 할 트럭은 갑자기 튀어나온 공에 바퀴가 걸리며 경로를 틀었다.

미르는 만약을 상정하고 충돌할 수 있는 벽 어디에나 능력을 작용할 수 있도록 자리 잡고 대기하던 중, 그 광경을 보자마자 트럭이 학교로 돌진하리라는 불안한 예상이 맞아떨어지는 것을 느꼈다. 그렇게 트럭은 균형을 잃고 학교를 향해 쏟아지듯 돌진을 시작했다. 그리고 직감했다. 애초부터 이걸 노렸구나. 변수가 끼어들어 경로가 틀어질 때까지 돌도록 설계한 거였구나.

미르의 능력으로는 트럭을 멈춰 세울 수 없었고 8교시라면 충돌 가능한 벽면 쪽엔 사람도 없었다. 차라리 학교로 충돌시킨 다음 폭발하지 않도록 막는 게 최선이었다. 충돌을 바로 옆에서 지켜보며 엔진이 정지하기까지 내연 기관의 열을 바깥으로 손실시키듯 유도하여 제거하고 비료로 향하는 열 교환을 차단하는 게 미르의 계획이었다. 내연 기관이 식으면 충격으로 새어나간 열이 기름으로 옮겨 불이 붙지도 않을 터였고, 그렇다면 연쇄적인 폭발도 막을 수 있을 테니까. 비료의 열 교환을 막으면 분해 온도에 도달하지 못해 비료가 화약처럼 터지는 일도 피할 수 있었다.

다만, 말로만 쉬운 일이었다. 미르의 능력은 개체형이 아닌 공간형이었기에 이를 위해선 충돌 현장 가까이에서 트럭의 운동을 관찰하며 지체 없이 올바른 공간에 능력을 작용해야 했다.

그렇게 미르는 트럭을 피하며 가까스로 열을 제거하고 막는 데에는 성공했지만, 빠르고 거대한 부피로 운동하는 여러 물체의 경로를 예측하는 데에는 실패했고 이에 파괴된 기둥의 파편은 미르를 덮쳤다.

다행이라면 충돌 당시 트럭의 속도가 시속 30에서 40킬로미터에 지나지 않았다는 점이다. 곧이어 경찰의 사이렌이 따라오고 있었다는 점과 미르가 완전히 의식을 잃기 전에 엔진이 정지했다는 점도.

2018년 10월

"너 그때 알고도 그랬지?"

미르는 그렇게 말하곤 종이컵에 담긴 믹스 커피를 마시며 건에게 쏘아붙였다. 건은 그런 미르를 힐긋 보더니 커피를 마저 뽑고 미르 앞의 의자로 돌아오며 말했다.

"아직도 화났어? 그럼 이마 찢어진 사람을 냅둬?"

건은 미르의 눈을 피하며 의자를 당겨 앉곤 휴대폰을 꺼냈다. 휴대폰 화면에만 시선을 고정할 작정으로 보였다. 이내 건은 다리까지 꼬고는 몸마저 다른 방향을 향한 채 삐딱한 자세로 책상에 걸터앉았다. 마주 앉은 사람과 대화할 생각이 전혀 없는 듯한 태도였다.

"미쳤지 진짜? 119만 불렀어도 됐잖아."

미르는 그런 태도를 아랑곳하지 않으며 말을 이었다. 확실히 트럭 충돌 이후 저 멀리서 경찰의 사이렌이 들리고 있었고, 추가적인 폭발로는 이어지지 않았기 때문에 굳이 사고 현장에서 의식을 잃은 사람을 멀리 끌어낼 필요는 없었다. 불필요한 행위이긴 했지만 그렇다고 인도적으로 옳지 못한 행위는 아니었다. 그럼에도 미르는 건이 그렇게 했다는 사실에 노골적인 원망을 품고 있었다.

"너 며칠째 대답 피하는 거 다 알아. 그때 손에 있던 상처 터졌다며."

이윽고 내리깐 목소리가 분명히 분노를 드러냈다. 미르는 건이 의식을 잃은 자신을 잔해로부터 먼 곳으로 직접 대피시켰다는 사실을 담임에게 전해 들은 후 건에게 줄곧 화가 나 있었다. 단순한 짜증이 아니었고 적의 내지는 원망에 가까울 정도였다. 자신을 구해준 사람에게 무슨 적반하장인가 싶었지만 이럴 수밖에 없는 상황이라는 걸 스스로도 너무 잘 알고 있었기 때문에 더 울분이 터졌다.

"교란 검사도 안 받았지?"

냉정한 태도로 본론을 꿰뚫었지만 아직 이른 모양이었다. 교란이라는 단어는 두 사람 모두의 역린을 스쳤는지 화자도 청자도 모두 손끝부터 죄어오는 불안을 느끼기 시작했다. 이에 생각하지도 않은 말이 절로 나왔다.

"검사는 왜 안 받는데?"

이걸 왜 묻고 있지. 스스로 말하면서도 결과를 확인하고 싶지 않다고 생각했다. 뻔한 결과였음에도.

소량이라도 접촉하면 확정적이었다. 양성 판정을 확인한다고 대비할 수 있는 것도 아니었지만 그렇게 말하는 목소리가 떨리는 것은 예정된 결과의 무게가 두려웠기 때문이었다. 결과를 알아서 좋을 게 뭐가 있을까. 그런데도 자신은 왜 이걸 묻고 있을까.

"그냥."

건은 여전히 시선을 휴대폰에 고정한 채였다.

"개소리 말고."

그냥이라는 말은 사실, 그냥이라고 치부할 수 없는 상황에서 가장 쉽게 나올 수 있는 말이었다. 미르는 행간 속 저의를 의심했지만 되레 허점을 찌른 쪽은 건이었다.

"왜 안 받는 것 같은데?"

미르는 자신의 불안을 확인하려는 듯 상대가 역으로 뻔뻔히 물어오자 당장이라도 석고로 싸맨 왼팔로 책상을 때려 부수고 싶은 심정이었다.

교란은 치료법이 없었다.

유일한 후보로 여겨지는 이능력 무효 기술은 아직 그럴듯한 이론조차 부재했다.

피할 수도 없고 즐길 수도 없는데 해결할 수도 없이 확정된 미래가 분했다. 미르는 일부러 왼손으로 강하게 주먹을 쥐었다. 회복되지 못한 근신경이 시리도록 찌릿하게 경련하는 것이 느껴졌다. 그 통증에 미르는 곧바로 왼팔에 힘을 풀고 불만스럽게 책상에 내려놓는 수밖에 없었다.

그런 모습이 충분한 답이 되었는지 건은 자리를 정돈하며 의자에서 일어났다. 때마침 건과 같은 교복을 입은 학생들이 복도 저편에서 걸어오고 있었다.

"저기 너네 반 애들 병문안 왔다."

듣는지 마는지 미르는 오른손으로 두 눈을 꾹 누르며 문질렀다. 이마에 감은 붕대를 비켜가며 현기증을 누르듯 짚어갔다. 그 움직임 속에서도 눈에 빛이 들지 않도록 철저히 그림자를 드리우며. 미르는 입을 꾹 닫은 채 어깨가 들릴 정도로 숨을 깊게 들이마시곤, 오래도록 폐 밑에 깊이 남은 숨마저도 쥐어짜내며 코로 한숨을 내쉬었다. 할 말이 있다는 듯 다물었던 입이 조금씩 움직이다가도 닫혔다. 그리고 꺼내기 버거운 한마디를 작게 말했다.

"……난 네가 행복했으면 좋겠는데."

왜 안 되는 걸까, 우리는. 비단 우리의 문제가 아니라는 걸 미르는 알고 있었다. 아마 건도 알고 있었으리라. 그래서 우리의 문제는 아니었음에도 우리라고 표현할 수밖에 없었다.

"나도."

그렇게 답하는 건의 목소리에는 평소의 장난기가 걷혀 있었다. 미르는 뻘개지려는 눈을 뜨고 건의 얼굴을 바라보았다가, 진심이 묻어나는 미소에 숨 하나만큼의 웃음을 흘리며 당장의 좌절에서 빠져나올 수밖에 없었다.

그저 상황이 좋지 못했기에 서로가 서로에게 바라는 것과 서로가 서로에게 하는 행동이 모순되어 있을 뿐이었다. 완벽한 이해 상충의 딜레마였다.

개같은 이능력 시대, 희망을 모르는 세대.

세상에 대한 환멸을 느끼면서도, 세상이 더 나아졌으면 좋겠다고 미르는 막연하게 생각했다.

✳

"맞다, 건아."

교무실을 나가려는 건을 생명과학 교사가 붙잡는다. 건의 담임이었다.

"그날 물어보려던 게 뭐였어?"

"……교란이요."

평온을 가장하며 건은 나지막이 내뱉었다.

"교란? 교란은 왜?"

"교과서 읽다 나왔는데 설명이 잘 안 되어 있어서요. 찾아봐도 잘 안 나오고."

"어디가 궁금한데?"

"음…… 발병 경로인가, 그거요."

"혈액 간 감염이지. 상처에 피 닿거나 주삿바늘에 찔리거나. 에이즈처럼. 근데 성 접촉으로 감염된다는 보고는 없어."

"교란도 자가 면역 질환이에요?"

"비슷하지. 근데 바이러스에 의한 건 아니고. 감염이라기도 뭐한데."

"아, 면역 체계가 교란되니까 교란이죠?"

"그렇지. 발현자 혈액에 이력항원 있는 건 알지?"

"네. 근데 그건 뭐예요?"

"몰라. 생명체보단 물질에 가까운데 물질이라기엔 이상하고. 생체 조직 내에서 혼자 증식하는 성질을 가지거든. 일정 농도 전까진 문제를 안 일으켜. 넘어가면 교란이 되는 거고. 그래서 잠복기도 있고."

"아하……."

"항원이라고 불리는 게 괜히 그런 건 아니야. 발현자 본인의 몸에서는 이능력을 쓸 때마다 조금씩 줄어들어서 교란을 일으키지 않아. 근데 다른 사람 몸에서는 그게 안 되니까 무한 증식한단 말이야. 항원이 되는 거지. 근데 면역 체계가 제거를 못 해. 그러면서 계속 늘어나고. 면역 체계가 교란되는 거지. 항원 농도가 높아질수록 그 정도도 심해지고. 그러다 마지막엔 사이토카인 폭풍으로 인한 다발성 장기 부전으로 사망해."

"그럼 발현자 몸에선 어떻게 사라져요?"

"몰라."

"에이."

"진짜다? 발현자가 다른 발현자의 혈액에 노출돼도 똑같아. 대부분은 자신의 몸에 있는 자신의 항원만 없앨 수 있어."

"왜 자기 것만 없앨 수 있어요?"

"모른다니까."

"샘이 모르는 게 아니라요?"

"이 녀석아, 이능력 발견된 지 이제 40년도 안 됐다."

그러면서 건의 담임은 의자를 돌려 책상으로 몸을 향했다. 노트북에 뭔가를 검색하면서 말했다.

"근데 너 손은 괜찮냐?"

"아, 네. 그냥 찢어진 거래요. 이번엔 잘 꿰맸어요."

"그럼 다행이고. 음. 여기 있네."

그러더니 교사는 앞에 있던 노트북에 어떤 자료를 띄워 건에게 보여주었다. 혈액 노출량에 따른 잠복기와 평균 수명을 나타낸 그래프였다. 그 혈액 노출량이란 필시 발현자의 혈액에 대한 것으로 보였다.

"크리스마스의 비극 생존자들 중에서도 교란에 해당하는 사람들의 데이터야. 이제 20년 남짓이니까 그 이후로는 없는 거고."

그래프의 표본은 5천 명 정도로 보였다. 개인차는 있었지만 혈액 노출량이 많아질수록 잠복기는 짧아지고 평균 수명은 줄어드는 양상을 보였다.

"교란 치료법 없는 건 알지?"

"이능력을 영구적으로 무효화하는 기술이요?"

"응. 그게 없으니까. 불치병인 거지. 지금으로선. 기술 개발되기 전까진 무조건 죽는다고 봐야 한다."

이능력 시대의 해결되지 못한 슬픔의 잔재, 그것이 교란이었다. 해결 방법조차 없이, 한 번 판정되면 확정된 죽음을 받아들여야만 하는. 건은 어쩐지 붕대가 감긴 왼손이 욱신거리는 것 같아 괜스레 오른손으로 왼손 손등을 덮었다. 교사는 그런 건의 행동에서 무엇도 알아채지 못한 듯, 노트북을 덮고는 자신의 휴대폰을 챙기며 말했다.

"자, 궁금증은 해결되셨습니까. 선생님 이제 연수 들으러 가야 한다."

"네? 네! 감사합니다."

"손 그거 또 안 다치게 잘하고? 교란도 조심해라."

"네, 그래야죠."

건은 순간 두려움에 일그러지려는 입꼬리를 애써 올리며 답했다.

건은 소란스러운 학교를 빠져나오며 생각했다. 그날 닳은 양은 어느 정도였을까. 임계치에 달하는 건 언제일까. 트럭이 학교에 충돌한 그날, 터진 상처에 불쾌하게 스미고 퍼지던 이력항원의 감각이 다시금 왼손에 맴도는 듯한 느낌을 떨칠 수 없었다.

다만 그때, 건은 결과를 확실히 인지한 채로 그 무모함을 행하고 있었다. 타인에 대한 선행과 자신에 대한 악행이 교차하는 순간에 건은 그저 망설임 없이 행동했다. 그러므로 그는 후회하지도 않았다. 같은 일이 반복되더라도 건은 같은 선택을 할 거라고 생각했다. 아니, 해야 할 거라고.

희망을 볼 수 없다고 한들 다 같이 절망하는 선택지만 있는 건 아니니까.

2019년 1월

고등학교 2학년 2학기 기말고사가 끝난 후의 겨울 방학, 고3 직전의 마지막 여유. 때를 기다렸다는 듯 2학년 상위 30명에 해당했던 학생들을 대상으로 면접 캠프가 실시되었고 미르와 건은 그 대상에 속했다.

"저희 대학에 지원한 동기가 무엇인가요?"

한편 압박하는 태도로 모의 면접을 이어가는 교사 여럿 앞에 마주 앉은 것은 미르였다. 아직은 낫지 않은 왼팔에 붕대를 감은 채. 미르는 문제도 아니라는 듯 자신만만한 표정으로 은은하게 웃으며 여유 있는 기세로 대답했다.

"이력학은 이능력 영구 무효화란 문제에 해답을 제시하지 못하고 있습니다. 부재한 해답으로 인해 교란과 이능범죄 같은 비극이 되풀이되는 시대를 함께하면서, 저는 무엇보다도 과학 기술로써 사회에 봉사하는 연구자가 되어야겠다고 생각했습니다. 그러던 중 ICS*가 이공계 특성화대학으로서는 드물게 박애와 헌신을 중심 가치로 내세우고 있다는 걸 알게 되었고, 봉사하는 연구자를 지망하던 제게는 그런 가치를 지향하는 ICS가 그 어느 대학보다도 매력적으로 다가왔습니다. 이에 세계적인 수준의 이력물리학 연구와 교란 연구를 자랑하는 ICS에서 수학하며, ICS가 추구하는 그 가치를 함께 실현하고자 이곳에 지원하게 되었습니다."

미르는 가식으로 치장하여 준비한 지원 동기를 자신감 있는, 그러나 진실되지 않은 태도로 읊었다. 입으로 만든 거짓에 속은 교사 한 명이 만족한 듯한 끄덕임을 보이며 미르의 서류를 되짚는 와중, 다른 교사가 입을 열었다.

"봉사하는 연구자. 쉽지 않을 텐데, 어떻게 봉사하고 싶어요?"

전형적인 패턴에서 벗어난 질문이었다. 허를 찌르기 위한 의도가 훤히 보이는 질문에 미르는 또다시 진심 아닌 말들을 장황하

---

* International College of Science. RIMOS가 설립한 이공계 특성화대학으로 5개국에 캠퍼스를 두고 있다.

고도 간결하게 늘어놓았다. 미르는 여유 있는 웃음으로 얼굴을 꾸미며 질문을 던진 교사의 반응을 지켜보았다. 대답에 큰 결점이 없다는 듯한 반응이었다.

"그리고……."

미르는 위선뿐인 말들 사이에서 마지막 한 문장을 이루려다 돌연 진심이 새어 나오려는 것을 느꼈다. 그러나 겉으로는 동요를 드러내지 않은 채, 호흡을 가다듬기 위해서라는 듯 태연히 숨을 쉰 뒤 봉사하는 연구자를 지망하는 누군가를 가장하여 대답을 이었다.

"……더 많은 사람들을 위해 이능력을 영구적으로 무효화할 수 있는 이론을 완성하고 싶습니다."

그리고 입에 발린 박애와 헌신, 봉사 따위를 되뇌며 생각했다.

더 많은 사람은 개뿔.

한 사람만 구하면 된다. 다른 이들은 숫자에 불과했다.

1부

2033년 12월

"넌 뭐가 문제일까……."

미르는 단정히 받쳐 입은 셔츠 위로 랩 코트 형태의 흰 유니폼을 차려입은 채 검고 긴 머리를 늘어뜨리며 고개를 숙였다. 태블릿을 응시하며 인상을 찌푸린 채였다. 노려보는 시선이 닿은 화면에는 대체로 증가하는 추세를 보이는 꺾은선 그래프가 그려져 있었다. 다만 그 끝은 위로 향하지 않고, 특이할 정도로 아래로 내리꽂힌 채였다. 그래프에는 그런 감소점이 군데군데 보였다. 전체 기간까지 고려하자면 비교적 최근 몇 년 들어 늘어난 모양새였다.

건은 그런 미르를 말없이 지켜보고만 있었다. 마치 그런 반응이 익숙하다는 듯. 또 이력항원 농도가 변칙적으로 줄어들었겠거니 하며 건은 어찌할 수 없는 이변의 등장에 한차례 한숨을 쉬곤 덧붙였다.

"어차피 종종 보이는 거라며?"

"다른 사람들은 이렇게 많이 보이지 않아……."

미르는 여전히 태블릿을 응시하며 인상을 찌푸린 채였다. 그렇게 몇 초를 노려보다, 더 이상은 답이 나오지 않을 거라 생각했는지 숙였던 고개를 뒤로 젖혀 천장을 바라보며 뒷목을 슬며시 잡았다. 미르는 긴장 탓인지 뻐근한 감각에 괜스레 고개를 좌우로 갸웃거리며 몸을 풀었다.

줄곧 붙잡고 있던 태블릿을 유니폼 주머니에 집어넣은 미르는 팔짱을 낀 뒤 창틀에 몸을 기대어 다시 무언가를 노려보았다. 이번엔 건이었다. 졸지에 포식자의 앞에 선 피식자의 입장이 되어버린 듯한 건은 침대에 앉은 채 가볍게 항변했다.

"뭐, 왜. 뭐."

"……내가 지금 뭘 하고 있는 걸까?"

건은 미르의 맥락 없는 넋두리에 일순 황당함을 느꼈다. 미르는 반응 따위 신경 쓰지도 않고 눈을 감은 뒤 중얼거림을 이어갔다.

"RIMOS까지 왔어. 이력물리학에 교란도 연구해. 와, 대단하네. 그치? 근데 막상 하는 일이라곤 진전 하나 없고, 가장 친한 놈이라곤 특이적 양상이나 보이고 있는데 난 그걸 해석조차 못 해. 이게 다 뭐 하는 짓이야? 응?"

또 시작이구만, 건은 생각했다. 금방이라도 무언가 집어던질 것만 같은 감정 표출이었지만, 건은 미르가 그러지 않으리라는 걸 잘 알고 있었기에 언제나처럼 적당한 달래기로 일관했다.

"조급해하지 마."

"아니 진짜 답답하다니까?"

"뭐가 그렇게 급해?"

"그야."

미르는 차마 조급함의 원인 앞에서 말을 잇지 못했다.

"야, 너는 진짜……."

건은 그 의중을 헤아리곤 언제나처럼 웃어 보였다. 할 말도 들어가게 하는 미소였다. 직설적으로 말해 죽어가는 놈이 뭐가 좋다고 저렇게 웃어대는지, 미르는 영 이해할 수 없었다. 미르는 한숨을 이어 내쉰 뒤 기대었던 창틀에서 일어나며 자리를 털었다.

"이제 간다."

"이따 봐."

건은 인사를 마치자마자 기침을 몇 번 해댔다. 미르는 그 꼴이 못 미더웠는지 바깥을 향하려던 발걸음을 잠시 멈춰 건에게로 향한 뒤 자세를 낮췄다. 그리고 푸른 동공으로 건을 다시 바라보았다.

"열 있으면 말하라니까."

근본적으로 교란은 항원의 증식으로써 이루어지는 것이었으므로 교란 판정자는 늘 열에 시달리곤 했다. 미르는 무언가 내쫓듯 허공에 오른손을 휙휙 털었다. 공간에 이력흔이 남아 옅게 일렁이는 것이 보였다. 이렇게 열을 내려준 지도 4년째였다. 일상생활 불가능 판정을 받고 입원했을 때부터 한두 달에 한 번쯤 수시로 내려줬으니. 건의 몸에 어린 열이 허공으로 흩어지자 건의 표정은 한층 밝아진 것 같았다. 어느덧 미르의 눈빛은 평소의 검은빛으로 되돌아와 있었다.

"나 왔다 간 건 말하지 말고. 알지?"

"항상 그러니까 말해보고 싶은데?"

"나 잘리면 너도 여기서 쫓겨날 줄 알아."

환자의 이력학적 정보를 부정하게 열람하고 당사자에게 발설하는 정도로 해고까지 당하진 않겠지만, 월권은 월권인 이상 징계가 누적돼서 좋을 일은 없었다. RIMOS의 가족 복지 혜택으로써 지극히 서류적이고 계산적인 의미의 혼인 신고를 한 상대방을 부속 병원에 말도 안 되는 저렴한 병원비로 묶어놓고 있는 입장에서는 특히나 그러했다. 뭐, 이제 와 혼인 신고에 성별 제한이 있는 것도 아니었으니 건이 아니더라도 비슷한 상황에 처한 사람이 있다면 미르는 똑같이 했을 거라고 생각했다.

미르는 병실을 나와 복도 벽에 기대어 서 다시 한숨을 쉬었다. 온몸의 긴장이 드디어 풀리는 느낌이었다. 때마침 오른손에 차고 있던 시계에서 진동이 울렸다. 손목을 들어 내용을 확인하니 엄마로부터 온 문자였다.

- 언제까지 그 일에 집착할 거니 너는 니 인생도 있잖니

미르는 미간을 찌푸렸다. 집착이라니. 언제까지라니. 집착도 아니었고 기한이 정해진 일도 아니었다. 굳이 정의하자면 죄책감이

나 양심의 가책에 가까웠을 것이고, 그 애가 죽기 전까지는 계속해서 매달릴 일이었다. 만약 해결하지 못한 채 건이 죽는다든가 그 이후라든가는 생각해본 적도 없었다.

손목을 내려놓고, 여전히 복도에 기대어 선 채 저 멀리 창문을 바라보았다. 눈이 오지 않는 12월의 겨울 하늘은 항상 맑고 청명했다. 마치 본질을 감추는 기만처럼 보이기도 했다. 안에서는 그 밖이 얼마나 시린 줄도 모를 정도였으므로.

미르는 부속 병원의 로비를 건너 바로 옆 건물로 향했다. 부속 병원과 무효기술연구소는 그 주제의 밀접성 때문인지 건물이 붙어 있었다. 사실은 옆 건물이라 칭할 정도도 아니었고 거의 한 건물이나 다름없을 정도였다. 아예 로비 안내판에 '무효기술연구소' 방향이 명시되어 있었으니까.

엘리베이터에 올라 자신의 연구실이 있는 9층을 누른 뒤 다시금 건의 데이터를 상기했다. 확실히 이상했다. 그 기울기는 개인차가 있을지언정, 교란 상태에서 이력항원의 농도는 증가하기만 한다. 지금의 이론으로는 특이적인 감소를 설명할 수 없었다. 이력항원 농도가 감소하는 걸로 밝혀진 유일한 상황은 발현자가 자신의 능력을 사용할 때뿐이었고, 그조차 타인의 항원을 없애긴 거의 불가능했으므로 교란 상태의 잠재자가 가진 항원의 농도가 줄어드는 것은 말도 안 되는 일이었다.

그렇다고 이런 특이적 양상이 건에게서만 관측되었느냐, 그건 또 아니었다. 항원 농도의 특이적 감소 양상은 교란 상태로부터 종종 관측되었다. 그저 건의 빈도가 더 잦았을 뿐이었다.

어쨌거나 현재로선 그걸 '해석 불가'로 치부할 수밖에 없었지만.

어느덧 안내 음성과 동시에 엘리베이터의 입구가 양쪽으로 열렸다. 미르는 복도를 걸어 자신의 자리가 있는 방으로 향했다. 문을 열어젖히니 이른 아침에 아무도 없는 공간에서 서늘하고 퀴퀴한 먼지 냄새가 풍겼다. 미르는 그대로 걸어가 창문을 열었다. 이내 차가운 겨울바람이 방에 가득 찼다.

30분만 열어둬야지, 라고 생각하며 자리에 앉으니 정돈되지 않은 논문 몇 뭉치가 여전히 책상에서 나뒹굴고 있었다. 개중 하나는 몇 번이나 읽었는지 가장자리는 너덜너덜했고 스테이플러로 집은 모서리가 해져 여러 차례 다시 묶어놓은 듯한 모양새를 하고 있었다. 미르는 그 논문의 제목을 보지 않고도 외울 수 있었다. 「사용한 아델리온 폐시약과 특이적 이력항원 농도 감소 사례의 인과성 연구」. 부속 병원에서 근무하던 간호사가 관측한 교란 사례의 데이터를 바탕으로 쓴 논문이었다.

논문을 펼쳐 스르륵 페이지를 넘긴 뒤 결론을 다시 읽었다. 몇 번이고 읽어왔던 익숙한 문장들이 무게 없이 뇌리를 스치니 머잖아 마지막 문장에 도달할 수 있었다. 미르는 질린다는 듯 그 문장을 사람 없는 방에서 힘없이 소리 내어 읽었다.

"폐시약이 일부 특이적 이력항원 농도 감소 사례와 인과성을 갖는 것은 확실하나, 그 메커니즘에 대해서는 더 많은 이해가 필

53

요하다."

결국 원인은 모른다는 뜻이었다. 논문이 출판된 게 2027년이었으니 벌써 6년이 지난 셈이었음에도 관련 연구에 진전이라곤 눈곱만큼도 없었다. 일말의 가능성조차 제시된 바가 없었다. 그만큼이나 이력학은 기세등등하게 연구자들을 조롱하고 있었다. 애당초 기존 물리학 법칙에 벗어나는 힘을 물리학적으로 포섭하겠다는 시도 자체가 우스운 일처럼 느껴지기도 했다. 나이 지긋한 어느 물리학자는 이력물리학을 보고 "말도 안 되는 사이비 과학"이라며 강도 높은 비판을 보내기도 했으므로, 과학에 '절대'란 없다지만 '절대적으로 느껴질 만큼의 불가능' 앞에서 수많은 연구자가 길을 포기하고 돌아서는 것도 무리는 아니었다. 특이적 항원 농도 감소 사례 역시 그런 장벽 중 하나였다. 오죽하면 이력학의 난제라고 불리기까지 할 정도였으니.

게다가 논문에 따르면 '사용한' 아델리온 폐시약만이 항원 농도 감소에 영향을 미쳤다. 대체 왜, 어째서 '반응했던' 아델리온 폐시약이 이력항원 농도 감소에 영향을 미치는 건지 도통 알 수가 없었다. 아델리온 시약은 이력흔에 닿으면 주변의 열을 흡수하여 그것을 에너지 삼아 빛을 발했다. 그리고 그 발광은 보통 수십 초 이내로 사그라들었다. 그렇게 반응이 끝난 시약은 이력흔 검정 목적으로 재사용이 불가능했다. 그뿐이었다. 뭐, 발현자가 보기엔 반응한 아델리온 폐시약에 진하게 이력흔이 남아 보이긴 했지만 현 시점에선 이력흔 농도의 정량적인 측정이 불가능했으므로 사실은 어떨지 모르는 일이었다.

그러니까 요약하자면, 사용한 아델리온 폐시약은 특이적 이력 항원 농도 감소 사례의 '일부'와 인과 관계를 가지면서도 정작 그 이유에 대한 설명은 불가능했다. 실은 그러한 이유로 이 논문은 출판 당시에만 번쩍, 했다가 이제는 거의 인용되지 않는 논문이었다.

그럼에도 종이가 닳아라 읽었던 것은 '유일하게 증명된 인과 관계'였기 때문이지만.

스멀스멀 올라오는 신물에 논문을 옆으로 치우니 가려져 있던 다른 종이 뭉치가 모습을 드러냈다. 아까의 것보다는 조금 더 깔끔한 모양새를 하고 있었다. 미르는 보고서의 제목을 빠르게 인식한 뒤 다시금 불가능의 벽 앞에서 마음을 다잡았다. 「2000년대 교란 생존자 사례 보고서」. 모든 데이터가 절망만을 가리킨들 그것이 희망으로 향하는 길이 없다는 뜻은 아니었다. 그저 지금 보이지 않을 뿐이라고 굳게 믿어야만 자아가 무너지지 않고 버틸 수 있었다.

그렇게 한참을 수없는 부정 앞에서 고뇌하고 나니 연구실의 문이 덜컥 열렸다.

"안녕하세요."

"안녕하세요! 아, 미르 씨, 오늘 이력의학과 실험 참관 있었죠?"

"아, 예."

미르는 불편한 심기를 드러내지 않으려 억지스럽고도 은은한 미소를 띄웠다.

"미안해요. 원래 제 일인데."

"아뇨. 어차피 그때 시간 남는 게 저밖에 없었잖아요. 제가 해야죠."

미르가 실험 참관을 꺼리는 것은 비단 이력의학과에 국한된 일이 아니었다. 교란의 위험이 있는 모든 상황을 꺼리는 쪽에 가까웠을 것이다. 제아무리 RIMOS 내에서의 모든 실험은 RIMOS 생명윤리심의위원회의 심사를 받은 뒤 엄격히 통제된 상황하에서 진행된다지만, 미약한 희망을 믿는 사람으로서 미약한 절망의 가능성 역시도 배제할 수는 없었다. 교란의 가능성이 존재한다는 것 자체가 미르에게는 적잖이 거북하게 다가왔다.

미르에게 실험 참관을 맡긴 동료는 감사함에 웃음으로 화답했다.

"이런 실험 싫어하는 거 아니까 더 미안하네요. 게다가 대인 실험이잖아요. 진짜 나중에 밥 사드릴게요."

"괜찮아요. 언제까지고 피할 수는 없죠."

그는 미르가 의도적으로 대인 실험을 제안하지도, 참관하지도 않는다는 사실을 잘 알고 있는 사람이었다. 그렇다고 참관을 맡긴 것에 악의가 있는 것은 아니었다. 정말 그 시간대에 참관 가능한 무효기술연구소 소속 연구원이 미르 혼자뿐이었으니까. 괜찮다고 말은 했지만 항불안제 따위를 먹지 않고선 정상적으로 참관할 수 있을 리 없었다. 비슷한 가능성을 떠올릴 때마다 속은 역겨운 불쾌함으로 가득 찼고 이에 연계된 죄책감은 목을 옭아매는 것 같았다. 게다가 제 손으로 직접 그 상황을 초래할 수 있다니, 최악의 상황이 벌어진다면 아무리 모두가 네 탓이 아니라 말한들 그 죄악으로부터 벗어날 수는 없을 것 같았다.

한편 참관할 실험은 부속 병원 1층의 어딘가에서 오전 11시에 진행될 예정이었다. 지금은 9시가 조금 안 된 시각이었다. 미르는 과연 그 실험을 버티고 점심을 제대로 먹을 수 있을지가 걱정되기 시작했다.

"사용 시약 농도 50피피엠 맞는지 확인해주시고요. 이력흔 농도 한번 제가 볼게요."

무효기술연구소 소속 연구원에게 실험 참관이란 말이 참관이지 사실상 감독 내지는 지휘에 가까웠다. 미르는 프로세스를 점검하며 아델리온 폐시약의 이력흔을 육안으로 바라보았다. 적절해 보였다.

"이거 캘리브레이션은 평소처럼 할까요?"

"평소에 250으로 쓰죠? 450에 맞춰주세요."

제대로 하고 있는지도 모르겠다, 그저 울렁이는 속을 이성으로 억누르며 대학원 시절부터 체득된 것들을 읊을 뿐이었다.

이력의학과의 이번 실험은 총 4차에 나누어 진행되는 실험 중 3차에 해당하는 것이었다. 주제는 '간접반응법으로 사용한 아델리온 폐시약의 교란 유발 가능성 검증'이었고 미르는 본인이라면 절대 제안하지 않았을 실험이라고 생각했다. 아무리 아델리온 시약의 안전성이 입증되었다지만 그것은 사용하지 않은 순수한 상태에서의 일이었고 반응했던 폐시약에 무슨 일이 벌어졌는지는 누구도 알지 못했으므로, 이런 실험을 승인한 윤리심의위원회의 의중을 당최 헤아릴 수가 없었다. 한편으로 윤리심의위원회의 위원장은 항상 기관장인 사일러스가 맡았으니 묘하게 과격한 선택지가 아예 이해되지 않는 점은 아니었다. 그 사일러스였으니까.

하여튼 이력물리학자였던 미르의 입장에서는 그 메커니즘을 밝혀내는 것이 우선이라 생각했지만 이력의학과에서는 입장이 다른 모양이었다. 조금이라도 가능성이 있으면 원리는 모르겠고 일단 치료와 증상 완화에 쓰는 게 우선이라고. 하긴 뭐, 정신과 약물의 원리 역시 알려지지 않은 게 대다수였는데. 미르 역시 그렇게 서두르고 싶은 마음은 굴뚝 같았지만 과연 이게 옳은 일인지 이력의학과의 실험 데이터를 볼 때마다 영 못마땅했다. 그런 입장을 소극적으로 관철하는 방법 중 하나가 관련된 실험을 진행하지도, 참관하지도 않는 것이었으므로 나름 그 수칙을 잘 지키고 있다고 생각했건만, 이번 참관은 미르에게 있어 꽤 벼락같은 일이었다.

어느덧 부지런히 움직이던 관계자들의 손길 사이로 각종 센서가 부착된 피험자의 혈관에 50피피엠의 아델리온 시약이 주입되었다. 반응으로 인한 이력흔을 품은 채로. 발현자인 미르는 미미한 이력흔이 혈관을 따라 온몸을 타고 도는 것을 보았고 어쩐지 소름이 오소소 돋는 듯했다. 이제 데이터만 얻으면 참관 자체는 종료될 일이었다. 해석은 이력의학과에서 진행하여 무효기술연구소로 보내줄 터였다. 어차피 4차까지 진행한 후에나 제대로 이뤄질 것에다가, 해석에만 몇 개월은 걸릴 일이었고. 당장 이변이 없었다는 사실에 소박한 안도감을 느끼며 미르는 모니터를 바라보았다. 데이터는 정상적으로 기록된 것처럼 보였다.

"이제 가보겠습니다."

"벌써요?"

"급한 일이 있어서요."

"아아, 알겠습니다. 데이터는 보내도록 하겠습니다."

미르는 급히 자리를 떴다. 헛구역질이 올라오려는 걸 참으며 일부러 복도를 빠르게 걸어 나왔다. 한편으론 우려했다. 이곳에 계속 있는 이상 이런 상황을 언제까지고 피할 수는 없을 텐데, 대체 언제쯤 적응할지.

……과연 적응할 수는 있을지.

순간적으로 건의 모습이 뇌리에 스쳤다. 트럭을 막고 흐려지는 시야에서 자신에게로 다가오는 듯한 그 모습이 상기됐다. 망할, 왜 이런 기억들이나 선명한지. 다행히도 참관 전 챙겨 먹은 항불안제의 약효가 남은 듯 심장은 세게 뛰지 않았다. 그러므로 지금 전신의 피가 무겁게 식은 듯한 이 감각은 그저 주관적인 느낌에 불과할 터였다. 미르는 대상 모를 죄책감과 원인 없는 불안감 속에서 바깥으로 빠르게 걸어가며 주머니 속 담뱃갑의 존재를 확인했다. 곧이어 쌀쌀한 바람을 뒤로 한 채 흡연 구역으로 가 연초를 한 대 물었다. 숨을 들이마시며 능력으로 체온을 조금 모아 끝에 불을 붙였다. 첫 모금을 뱉어낸 뒤 하늘을 올려다보니 여전히 맑고 청명한 채였다. 차라리 잿빛이기라도 했다면 좋았을 텐데, 그렇게 생각하니 내뱉은 연기 위로 작은 재가 흩날렸다. 미르는 그 모습에 작은 웃음을 흘린 뒤 다시 연초를 문 채 불안한 내면으로 침잠했다.

……언제까지 도망칠 수 있을까?

애초에 도망치고 있는 걸까? 적어도 죄책감을 마주하고 책임지려고는 하고 있었다. 계속해서 교란을 연구하고 있으니까. 하지만 그게 소극적이라면, 양심적 가책을 덜기만 하는 최소한의 책임만을 이행하며 도피하는 것과 진배없겠지. 그렇다고 노력하지 않는 건 또 아니었다. 누구보다도 간절히 바라고 있는데, 왜 항상 결과는 제자리걸음일까. 애초에 최선을 다하긴 했을까. 그렇다면 최선이 무엇이지? 내 개인적인 윤리 기준조차 어겨가며 수단과 방법을 가리지 않는 것? 과연 그게 옳을까?

모르겠다. 그리고 미르는 마지막 한 모금을 들이마셨다. 재떨이에 꽁초를 조심스럽게 넣은 후 다시 건물로 들어가려는 찰나, 차량 출입구 쪽에서 소란이 일은 듯 귓가에 공격적인 소음이 들려왔다. 잠시 발걸음을 멈춰 소음이 난 곳을 바라보니 아니나 다를까 익숙한 피켓을 들고 1인 시위를 진행하는 사람과 행인 사이에 마찰이 인 모양이었다. 미르가 입사하기도 전인 2030년부터 진행되었다고 하는 시위는 이미 RIMOS 내에서도 유명해진 지 오래였다. "저 사람의 피켓 내용을 안 보고도 읊을 수 있어야 진정한 RIMOS인이다" 같은 농담을 미르 역시도 들은 바 있을 정도였다. 한편 미르는 내용을 어느 정도 읊을 수 있는 사람에 속했고 되레 그 때문에 시위를 마냥 무시할 수는 없었다.

그 내용은 대충 다음과 같았다. 자신은 2022년부터 RIMOS 부속 병원에서 근무하던 간호사 서현주의 딸이다. 서현주는 RIMOS 내에서의 연구에 참여하다 2029년 3월에 교란 판정과 함께 의식 불명에 빠졌다. RIMOS 측에서는 그것이 실수라고 주장하나 사실이 아니라고 생각한다. RIMOS의 진상 규명을 촉구한다.

대인 실험을 하는 연구 기관이라면 뻔하게 휘말릴 법한 음모론처럼 보이기도 했다. 한편으로 미르에게 서현주라는 이름은 그다지 낯선 이름이 아니었다. 「사용한 아델리온 폐시약과 특이적 이력항원 농도 감소 사례의 인과성 연구」. 바로 그 연구를 처음 제안하고 지휘했다는 간호사가 바로 서현주였으니까.

RIMOS 내의 데이터베이스에는 원칙적으로 그 안에서 이루어진 모든 실험의 연구 방법과 경과 및 보고가 저장되어, RIMOS 구성원이라면 누구든 데이터 대부분에 접근 가능했다. 여느 날처럼 선행 연구를 조사하고 데이터를 살피던 신입 시절 눈에 들어온 논문이 바로 저 논문이었다. 교란을 연구하는 자로서는 무시할 수 없는 제목과 초록을 가지고 있었다. 분명 대학원 시절에도 저널에서 읽어본 바 있는 논문이었고, 그랬기에 RIMOS 내의 데이터는 어떤 모습을 하고 있을지 궁금했다. 행간에 적히지 못한 그 모든 것들을 읽고 싶은 마음에 들뜬 채 데이터베이스에 접속했으나, 돌아온 결과는 '검색 결과 없음'이었다. 언젠가 다른 연구원들에게 물어봤다. "이 논문은 왜 데이터가 없나요?"

돌아온 대답은 한결같이 허망했다. "언제부터인가 사라져 있었어요."

미르로서는 그 의도를 헤아릴 수 없었다. 다만 그저, 그 서현주의 딸이 저런 상황을 자처할 정도라면, 어딘가 잘못된 게 있으리라고 막연히 생각할 뿐이었다. 대인 실험은 쉬운 일이 아니었다. UN의 허가로 설립되는 이능력 연구 및 관리 기관 중에서도 등록 점유율이 가장 높은 3사, 개중에서도 RIMOS는 다른 기관에 비해 대인 실험 횟수가 많았다. 그렇기에 돋보이는 연구 성과도 낼 수 있었을 테고, 50퍼센트에 달하는 등록 점유율까지 확보할 수 있었던 거였겠지만.

미르가 그 모든 사실을 께름칙하게 여기면서도 RIMOS에 들어온 이유는 둘뿐이었다. 부속 병원과 연계되는 가족 복지와 그 어느 연구기관보다도 집중된 교란 연구. 끝. 책임져야 한다고, 죄책의 목소리가 줄곧 속삭여왔기에.

어찌 되었든 미르로서는 시위를 계속해나가는 이에게 관심을 가지지 않을 수 없었다. 지금으로선 그저 관심에 불과했을 뿐이지만. 고작 올해로 2년 차인 연구원이 하라는 일은 안 하고 RIMOS를 음해하려는 사람과 친하게 지내려 든다는 소문이 퍼져서 좋을 일은 없었다. 다만 그런 생각을 할 때면 별다른 대응을 내놓지 않는 RIMOS도 찔리는 게 있으니 가만히 있는 게 아닌가 하는 괜한 반발이 속에서 일었다. 분명 떳떳한 기관은 아니겠지, 그런 기관의 돈으로 스스로를, 타인을 살리고 있다는 게 아이러니할 노릇이었다.

저 멀리 경광등이 거리에 비치며 소란이 일었던 곳으로 경찰이 도착하는 모습이 눈에 들어왔다. 머잖아 말을 걸어봐야겠다고 막연히 생각하며 다시 건물 안으로 발걸음을 돌렸다.

언제나처럼 부속 병원과 무효기술연구소가 교차하는 로비는 소란스러웠다. 특히나 응급실이 로비 근처에 위치했으므로 오늘도 수많은 응급 환자와 그를 처치하는 의료진의 발걸음이 부산했다. 1층에 교란성 쇼크를 처치하는 시설이 신설된 지 얼마 되지 않아, 응급 환자와 내원 환자들 중 쇼크를 일으킨 사람도 저 수없이 실려 가는 병상들 중 일부에 누워 있을 터였다. 정말이지 이력학은 제대로 돌아가지도 않는데 이능범죄는 성행하고 교란으로 고통받는 사람들은 고스란히 존재하며 여전히 생겨나고 있었다.

미르는 그 광경으로부터 촉발된 일련의 맥락을 되짚으며 형용할 수 없는 복잡한 감정을 느꼈다. 세상은 이다지도 혼란스러운데, 사람들은 이능력의 화려한 겉모습만을 칭송할 뿐 그 그늘에 가려진 이능범죄와 교란 문제에 대해서는 눈곱만큼의 관심도 가지지 않았다. 선천적으로 팔이 없는 장애인이 이능력으로 물건을 다루는 영상이 SNS에 퍼질 땐 "이능력은 기적이야!"라면서도, 산소를 다루는 발현자 소방관이 화재 현장을 진압하는 현장을 보곤 "발현자 개멋지다!"라면서도, 교란으로 인해 의식불명 상태에 빠진 애인을 10년간 간호하는 사람을 보며 "감히 평가할 수 없는 헌신과 사랑이야!"라면서도 그것들은 가식에 불과했던지 오는 25일에 이뤄질 '크리스마스의 비극' 추모 행진에는 도로를 점거하는 게 꼴사납다며 일방적인 악의를 드러냈다. 고작 도로변에서 진행되는 행진일 뿐이었는데도 말이다.

……올해도 어김없이 크리스마스가 다가올 터였다. 이제 와선 탄생과 죽음이 교차하는 날이 되어버린 그날이.

미르는 한번 숨을 크게 들이쉰 뒤 역류하는 감정을 억누르며 다시 무효기술연구소로 향했다. 해야 할 일이 있었다. 이런 상념에 잠길 틈조차 없었다.

그때 미르의 곁으로 교란성 쇼크 처치 시설로 향하는 듯한 누군가의 병상이 지나갔다. 미르는 언제나 그랬듯, 교란 병동에 입원한 누군가이겠거니 하며 얼굴을 보지도 않은 채 엘리베이터 버튼을 눌렀다. 오늘도 가쁜 생명들이 줄을 타는구나. 세상이 너무 막연히 느껴졌다. 그렇게 엘리베이터에 탑승해, 문이 닫힐 때까지 의사와 간호사의 손에 이끌린 채 멀어져가는 병상을 바라보면서도 미르는 마냥 남의 일이라고만 생각했다. 마치 고등학생 시절의 미르가 경멸했던, 비극의 무차별성이 자신을 향하진 않을 거라 안도했던 어른들처럼.

그리고 그 태도가, 안일함이, 오만함이 잘못되었다는 걸 미르가 깨닫기까지는 그다지 오랜 시간이 걸리지 않았다.

✳

넓은 보폭의 발걸음 하나하나에 무게를 실어 빠르게 내딛는다. 죄어오는 심장 박동과 걸음이 겹쳐지다가 이내 심장이 몇 박자 앞서기 시작한다. 구둣발이 감정 섞인 소리를 내며 요란스럽게 앞으로 나아갔다. 콧등이 시큰거리고 눈가는 뜨겁기만 하다. 죄 없는 입술을 씹으면서, 강하게 팔을 움직이며 걸어 나갔다. 거의 뛰는 속도에 가까울 정도로.

인파를 헤집는다. 평소와 같은 밀도였지만 어쩐지 모든 것이 방해인 것만 같아 짜증이 치민다. 하지만 그보다도 주도적으로, 맹목적으로 발길을 이끄는 감정은 불안이었다. 어쩌지. 더 나빠지면. 이대로, 아니야. 죽음에 생각이 미치자 먹먹함 한 방울이 눈에서 흘러내렸다. 손등으로 그것을 닦아내며 걸음을 더욱 재촉했다. 복도가 오늘따라 길게만 느껴졌다. 그 팽창한 길 한 뼘 한 뼘이 죄악을 상기시켜 등골엔 식은땀이 선연했다. 자신을 향하는 시선 하나하나가 죄를 고백하길 종용하는 것만 같았다.

중환자실에 무작정 다다라 출입하는 이를 아무나 붙잡는다. 정해진 시간이 지나 면회는 불가능하다는 답변만 돌아온다. 감히 담을 수 없는 관계를 꺼내어본다. 법적 배우자입니다. 추하게도 억지를 부린다. RIMOS 관계자입니다. 돌아오는 답변은 여전히, 거절이었다.

넋이 나간 것처럼 의자에 기대어 앉아 늘어졌다. 어찌할 새도 없이, 하염없이 눈물이 흘러 고개를 숙이고 손바닥에 얼굴을 파묻는다. 머리카락이 그늘을 드리워 시야는 완전히 암흑에 감싸인다. 그 거짓된 암흑 속에서 결국 가면은 무너진다. 당당히 속여왔던 위선이 무너지고 초라한 알맹이만이 고개를 들이민다. 밖에 내비치기에는 그것이 너무나 여렸기에 부끄러워서, 한없이 초라했기에 안타까워서 이내 눈물은 손목을 타고 흐른다. 아무런 생각이 들지 않았다. 회복 중이라고 전해 들었지만, 그 감소점이 우습게도 교란은 날마다 확실히 진행되고 있었다. 지금 정도면 최선을 다하고 있다고 생각했던 것이 그저 자만에 불과한 것만 같았다.

해결은 얼어죽을, 제 옆의 한 사람조차 구하지 못할 정도로 무능한데.

……아니다, 아니야. 여전히 손바닥으로 눈두덩이를 감싼 채 고개를 든다. 찬 공기를 들이마시고 내쉰다. 한없이 뻗어가는 부정적인 상념의 흐름에 애써 촛불을 하나 지핀다. 무너지지 말자고. 지금 이 순간 하나하나가 무의미하지 않다고 믿고, 최악을 생각하기보단 최선을 생각하며 나아가자고. 촛불이 흐름에 하릴없이 흔들린다. 결코 큰 불씨가 되어 공간을 밝히지 못할 것만 같다. 그럼에도 불구하고, 촛불은 꺼지지 않는다. 그 정도면 괜찮았다. 당장은. 완전히 암흑에 침잠하지 않는 것만으로도 괜찮은 거라고 끊임없이 자신을 다독였다.

미르는 줄곧 눈을 감추던 손을 내리고 달아올라 빨개진 눈빛으로 천장을 바라보았다. 어스름한 공간에 군데군데 켜진 형광등이 중환자실 앞 복도를 밝히고 있었다. 면회가 가능한 시간대는 오후 6시부터 20분간이었다. 그리고 오후 12시부터 20분간. 지금이 4시를 조금 넘긴 시각이었으니 시간적으로 여유는 있었다. 다만 심적인 여유가 시간을 더욱 느리게 만들고 있었다는 점이 문제였다. 일이 손에 잡힐지는 모르겠지만, 연구실로 돌아가는 것이 우선이었다. 이렇게 무력감에 빠져 허송세월을 지내는 것보다 무언가 하나라도 해내는 것이 옳다고 미르는 생각했다.

아직은 떨리는 다리에 힘을 주었다. 습한 손으로 무릎을 눌러 우울에 침잠하던 몸을 일으켰다. 복도 멀리에서 누군가 급히 뛰어오는 듯한 소리에 고개를 돌리니 익숙한 실루엣이 눈에 비쳤다. 그들이 가까워질수록 얼굴에 서린 절망의 모습은 점점 선명해져만 갔다. 낯익은 두 명 중 한 명이 굳게 닫힌 중환자실 앞에서 고개를 휘젓더니 이내 미르를 발견하곤 표정을 굳혔다. 어떤 낌새를 눈치챈 다른 한 명도 시선을 따라 미르를 바라보곤 되레 긴장이 풀린 듯 눈썹이 더 내려앉는다.

"너, 너 이 자식이! 여기가 어디라고 와!"

자신에게 고함치며 삿대질하는 건의 아버지 앞에서 미르는 중립적인 표정으로 고개를 숙여 인사할 수밖에 없었다.

"전부 책임지겠다면서! 아이고, 내가 미쳤지. 그걸 왜 허락해선."

"여보, 진정해요."

건의 어머니는 언제나처럼 다정하셨다. 같은 슬픔을 공유하는 사람에게 어떻게 화를 내겠냐며 안아주시던 예전의 모습과 한 치도 다름없었다.

"가보겠습니다."

남성이 지르는 소리가 저 멀리에서부터 복도로 울려 퍼졌다. 그들과 멀어질수록 소리는 옅어져갔지만 머리는 두통으로 죄어오기만 했다. 미르는 아직 빨간 눈시울 옆 관자놀이에 손을 짚으며 무효기술연구소와 맞닿은 로비로 향했다.

해야 할 일을 하자.

그것이 좌절과 무력함을 합리적으로 무시하며 덮어버릴 수 있는 유일한 방법이었다.

오후 6시가 되어, 면회 시간이 되었지만 가지는 않았다. 일부러 연구실에 남아 내용이 들어오지도 않는 논문에 공허히 시선만 맞추고 있을 뿐이었다. 건의 부모님에게 자리를 양보하는 것이 옳다고 생각했다. 다행히도 면회 시간이 끝난 후 건의 어머니에게서 문자가 왔다. 의식이 돌아왔고 곧 원래 병실로 옮겨질 예정이라고. 미르는 그 문자를 보고 연구실에서 또 울고 말았다. 하지만 어쩌겠는가, 괜찮다는데. 다행이라는데. 결국 쇼크 소식을 늦게 확인한 4시부터 문자를 받은 6시 30분까지 어떤 일도 제대로 하지 못했지만, 하루 정도 일을 망쳤다 한들 몇 년, 몇십 년이 걸릴 마라톤에서 평생 뒤처지는 것은 아니라고 계속해서 마음을 다잡았다.

　최초로 교란 판정을 받은 것이 2018년, 지금이 2033년이니 15년의 시간이 흐른 뒤였다. 경미한 접촉으로부터 시작된 교란은 평균적으로 10년이 지난 뒤 판정자에게 의식 불명기를 가져왔다. 다만 그 숫자는 접촉량에 따라 개인 간 현격한 차이가 존재했다. 접촉 직후 의식 불명에 빠지는 경우도 존재했으며 20년이 지나도 문제를 보이지 않는 사람도 있었다.

　건은 11년째에 일상생활 불가능 판정을 받아 교란의 진행이 느린 편에 속했음에도 당장 의식을 잃은들 전혀 이상하지 않았다. 다른 사람보다 많은 특이적 농도 감소 양상을 보이긴 했지만, 그런 감소도 일시적일 뿐 거시적으로 보자면 건의 항원 농도는 꾸준히 증가하고 있었다. 교란은 착실히 진행되고 있었다.

　……아니, 돌이켜보면 그러한 농도 감소가 오히려 지금까지 시간을 벌어준 걸지도 모르는 일이었다. 그렇다면 그 특이적 감소 사례를 분석하는 것이 교란의 해방까지는 못가더라도 지연까지는 가능케 할 터였다.

　열쇠. 교란 상태인 잠재자의 이력항원 농도가 줄어드는 그 이유, 일련의 특이적 상황을 일반화하는 것이 당장의 상황을 조금이라도 더 나아지게 하리라고 미르는 생각했다. 그리고 줄곧 그래왔던 것처럼, 내일 아침에도 건을 볼 수 있다는 사실에 안도하며 불안해했다.

＊

 간접광에 은은히 빛나는 벽시계는 오전 8시의 절반을 조금 넘긴 시각을 가리켰다. 미르는 팔짱을 끼고 앉은 채 어제 막 중환자실을 나와 1인실 병상에 있는 건의 눈을 마주치지도 않은 채 고개를 숙이고 앉아 있었다. 건은 어쩔 줄 몰라 하는 낌새로 안절부절못하며 그런 미르를 그저 바라만 보았다. 딱 봐도 화났네, 그런데 내 탓도 아니니 화를 낼 수도 없어서 그냥 삭이고만 있는 거겠지. 건은 추측했고 이는 반쯤 정답이었다. 매일 아침, 출근 전마다 찾아오는 게 미르의 루틴이었으니 그 정도를 알아채는 건 일도 아니었다.

 미르는 '지금까지 괜찮았으니 앞으로도 괜찮을 것'이라는 다소 무심한 낙관이 이 상황을 불러왔다고 생각하고 있었다. 혹은 '우리는 아니겠지' 싶은 안일함이. 어느 쪽이든 신물이 났다. 그럼에도 그딴 생각을, 언제까지고 무사할 거라는 거짓된 낙관을 희망이라고 생각하며 품었던 사람으로서 도저히 고개를 들 수 없었다. 결과적으로 건은 회복했지만 언제 의식을 잃은들 이상하지 않은 상황이었다. 오늘이, 내일이 되더라도 이상하지 않았다. 쇼크 역시도 그 징후 중 하나였다. 지겹도록 잘 알고 있었다.

 그래서 눈을 마주칠 수 없었다. 어떻게 해야 하지. 대체 무슨 낯짝으로 여기까지 걸어 들어온 건지. 하고 싶은 일이, 해야만 하는 일이 있다고 RIMOS에 가겠다던 그 당당함은 어디 갔어? 어째서 그 모습은 지금 껍데기만 남아 이러고 있느냔 말이야. 대체 무슨 말을 하겠다고 여기까지 돌아온 걸까.

"저기, 미르야."

"조용히 해. 듣기 싫어."

건은 언제나처럼, 이런 일이 있었을 때마다 그랬던 것처럼 미안하다고 하겠지. 듣고 싶지 않았다. 대체 네 잘못이 뭔데? 건은 항상 그랬다. 자신의 안위보다는 타인의 안위를 더 중시하고 그를 위해서라면 작든 크든 자기희생도 기꺼이 감수하는 어리석은 성격이었다. 단순히 착하다고 하기엔 지나치게 얼빠진 성격이었다. 그 트럭 사건처럼.

왜, 한 번쯤은 나를 원망해도 되지 않나? 설령 그렇더라도 건은 그것을 드러내지 않을 심산임이 분명했다. 답답했다. 진심을 알 수 없었다. 유추할 수 없었기에 그 안이 두려웠고 끝내는 듣고 싶지 않은 경지에 이르렀다. 둘의 사이는 속에서부터 곪아가고 있었다. 건의 교란이 진행됨과 함께.

한편으로 미르는 모든 사적인 관계도 주저하고 삶의 목표마저 바꾸어가며 인생 그 자체를 건에게 맹목적인 방향으로 이끌고 있었다. 그렇게 서로가 서로를 위해 희생함으로써 유지되는 관계가 과연 옳은 것인지 미르는 고민했다. 그렇다고 한들 다른 선택지가 있는 것도 아니었다는 게 문제였다. 차선마저도 뒤틀리려 할 때 사람은 어떡해야 하는가. 종국에는 차악과 최악으로 치달을 파국을 그저 좌시해야 하는가? 정녕 그것으로 화하는 걸 막을 수는 없는가?

"하."

미르는 한쪽 팔을 창틀에 기댄 채 손으로 고개를 받치며 바깥을 바라보았다. 모든 일의 단초를 제공한 사람으로서 고작 감정싸움 하나 기피하자고 이러는 꼴이 새삼스레 우습게 느껴졌다. 따지고 보면 그때 가만히 내버려두기만 했어도 이런 일은 없었을 것 아닌가. 탓하고 싶었지만 그럴 용기는 없었다. 결국 무모했던 자신의 탓이었다. 아니지, 이능범죄에 무방비한 세상의 탓이려나. 무효 이론과 기술이 개발되지 못한 탓에 범죄자를 효과적으로 억압할 수 없고, 교란을 해결하지 못하여 그런 것이니. 결국 결론은 '무효 이론에 빨리 닿아야만 한다'였다. 주제가 원점으로 돌아가니 줄곧 참아왔던 무언가가 끊어지는 느낌이었다. 제자리. 또다시. 반복. 미르는 바닥을 바라보며 말을 이었다.

"난 네가 미안하다고 말하는 게 싫어."

건도 마찬가지로 눈을 마주치지 않은 채 듣고만 있었다.

"네가 미안하다고 하는 앞에서 아무 대답도 못 하는 나도 싫어."

깍지 낀 손에 이마를 기댄 뒤, 낮게 고백한다.

"이런 말이나 늘어놓는 것도 그렇고."

이것은 하소연을 가장한 책망이었음을, 미르는 알고 있었다. 한데 누가 누굴 책망한단 말인가? 도리어 책망받을 사람은 자신이었다. 책망받을 잘못이 말 한마디마다 늘어가고 있다는 것 역시 알고 있었다. 그럼에도 쌓여왔던 울분을, 자책을, 무능과 무력함을 쉼 없이 토로했다.

"……왜 날 원망하지 않아?"

미르는 숙인 고개의 시야 끝에서 건의 양손이 이불을 꾹 쥐는 모습을 보았다. 힘없이 손아귀로 말려 들어가는 주름의 모습이 그의 근심과도 닮은 듯했다. 이 상황에 이르게 된 것이 누구의 잘못도 아니라는 걸, 건은 알고 있었다. 하지만 미르가 가지는 감정의 원인도 알고 있었다. 이것은 되레 자신의 탓이 아닌가, 그렇다면 왜 말하지 못하고 있는가. 건은 그저 비탄을 삼켰다. 무엇이 상황을 이렇게 만들었는지, 그것은 분명해 보이면서도 흐릿했다.

"어떻게 그러겠어."

네가 노력하고 있는 걸 뻔히 아는데. 이 모든 게 네 탓이 아닌데. 건은 '네가 편해졌으면 좋겠다'는 말을 꺼내려다 삼켰다. 그 말인즉슨 자신을 포기하라는 것과 같은 뜻이었으며 모든 인생을 건에게 바쳐온 미르의 삶을 송두리째 부정하는 것과도 같았다. 그 말을 지겹게 들어왔다는 것 역시도 알고 있었다.

"이젠 내가 무슨 말을 하고 싶은지도 모르겠네……."

미르는 양손에 얼굴을 깊게 파묻으며 한숨을 쉬었다. 안도와 공포, 그리고 부담 따위의 감정들이 난류를 이루듯 거칠게 휘몰아치고 있었다. 무슨 말을 꺼내도 상황을 그르칠 것 같았다. 솔직함에 재주가 없는 사람이었으므로 더욱 그러했다.

"……나도."

고르고 고른 말이 고작 동감이라는 사실에 건은 스스로에게 한

심함을 느꼈다. 어떻게 해야 이 상황에 힘이 될 수 있을지 건은 알수 없었다. 그들에게 교란은 처음이었고 이토록 깊고 오랜 감정의골 역시도 처음이었다. 교란 판정을 받았던 그날에 갇혀 과거만을바라보며 조금도 성장하지 못한 어른들이 미래를 다루는 법을 알턱이 없었다. 그저 나이로 쌓아온, 성숙으로 포장한 경험에 빗대어 상처 줄 말을 요령 있게 피하고 있었을 뿐 두 사람은 본질에서겉돌고 있었다.

미르는 한숨을 더 깊게 쉬었다. 감정의 교착 상태가 계속됐다. 파묻고 있던 고개를 들어 시계를 바라보니 오전 8시 45분을 막 지난 참이었다. 정각까지는 연구실로 향해야 했다. 미르는 지난 30분을 아무 말 없이, 15분을 정보량 없는 대화로 보냈다는 사실에옅은 후회를 느꼈다. 아무리 매일 만나고 있다고 한들 이 실없는보통의 하루가 계속해서 이어질 수는 없을 텐데. 건이 의식을 잃기 전까지 조금 더 의미 있는 시간을 보내야 할 텐데. 미르는 미숙하게 맴돌기만 한 대화를 곱씹고는 자신에게 답답함을 느꼈다. 그렇지만 언제까지고 웃으며 얘기할 수는 없으니 더 많이 웃자고, 결과적으로 그것이 당장의 감정을 해소하지 않고 회피하는 일일지라도, 속이 어린 미르는 그렇게 조급히 결론지었다.

"모르겠다. 이따 보자."

미르는 억지로 애써 웃으며, 교란과 함께 깊어진 감정을 쓸쓸히덮었다. 회피하여 미루길 선택했다. 그게 언제가 될지는 모르겠지만, 너무 늦지는 않을 거라고 스스로를 설득시켰다. 감정을 마주할 자신이 없었기에, 관계가 마모되고 가늘어져 곧 끊어질 듯 위태로운 상태가 되는 것을 두려워했기에. 건은 언제든 자신을 떠날 수 있는 사람이라고 생각했기에.

"……그래. 이따 봐."

멀어지는 미르의 뒷모습에 건의 대답이 스쳤다. 미르는 그 말의 이면을 헤아리지 않으려 노력했다.

미르는 병실을 나오며 손가락으로 눈가를 살며시 훑었다. 눈물방울이 묻어나온 손가락을 바라보다가 비로소 얼굴에 열이 올라 있다는 걸 깨달았다. 어느새 발걸음은 엘리베이터 앞에 닿았으므로, 버튼을 누른 뒤 능력을 이용해 열기를 조금 덜어내었다. 부속 병원을 나와 로비를 거쳐 무효기술연구소로 향하는 동안에는 누구든 마주치지 않으면 싶었다. 도망칠 수도 없는 시간이었으므로 남의 시선을 신경 쓰지 않고 감정을 추스르길 원했다. 엘리베이터는 곧 건의 병실이 있는 11층에 도달하여 입구를 열었다. 1층을 누른 뒤 짧은 시간 동안 생각했다. 뒤늦은 후회였다. 자신이 줄곧 선택해 온 회피가 그다지 좋은 행동이 아니라는 것은 알았다. 그런데도 또다시 회피를 선택한 것에 대하여, 미르는 후회를 넘은 자책감을 뒤늦게 느꼈다.

나는 겁쟁이구나. 화살표와 함께 떨어져가는 엘리베이터의 층수 표기를 보며 생각했다. 하고 싶은 말도 제대로 정리해 말하지 못하는 멍청이야. 한심했다. 막막했다. 지금이 아니면 언제 말하려고. 계속 미루다가 말할 수 없게 되면 어떡하려고. 그런 생각에 닿자 머리가 새하얘졌다. 다시금 고개를 내려 바닥을 내려보았다. 상상하지 않으려고 해도 언젠가는 다가올 현실임이 분명했다. 언제까지고 피할 수는 없었다.

그때 공간에 감속이 붙으며 체중에 일시적인 변화가 느껴졌으므로 미르는 1층에 도착했다고 생각했다. 그대로 바닥만을 바라보며 열리기 직전의 문을 향해 걸어갔으나 이내 걸음은 앞에 선 누군가에 가로막혀버렸다. 당황한 미르는 고개를 돌려 누군가의 어깨너머를 바라보았고 그 풍경은 광활한 1층의 것과는 다른 것이었다. 뒤늦게 층수 표기를 확인하니 3층이었다. 빠르게 뒷걸음질 치며 무안함을 숨겼다.

3층에서 마주한 사람은 그대로 미르가 탄 엘리베이터에 동승했다. 아무리 나이가 많아봐야 20대 후반으로 보이는 인물이었다. 그런 사람이 아침 일찍 부속 병원에 왔다 가는 것이 새삼 놀랍게 느껴졌으나 병상의 7할이 교란 관리 병상인 부속 병원의 특성을 생각해보면 이쪽도 어지간히 딱한 사정이 있나보다 싶었다. 이제와 돌아보면 RIMOS의 부속 병원은 그런 공간이었다. 성별과 나이를 막론하고 해결되지 못한 시대의 난제에 안타깝게, 혹은 재수없게 휘말린 사람들이 모이는 그런.

한편으로 미르는 그에게서 기시감을 느꼈다. 지인의 얼굴은 아니었지만 묘하게 익숙한 느낌이 있었다. 무시하기엔 너무나 분명히 기억나는 얼굴이었지만, 익숙함의 크기가 비루하게도 이름은 물론이고 어디서 보았는지조차 떠올릴 수 없었다. 컨디션이 별로라 그렇다고 넘기기엔 중요한 것처럼 신경 쓰이게 하는 무언가가 있었다. 하지만 학회에도, RIMOS 내부에도 저런 얼굴은 없었다. 애초에 후자였다면 사원증을 매고 다녔어야 했을 터, 그의 목에 걸려 있는 것은 입원 환자 주변인의 병원 출입을 허가하는 출입증으로 보였다. 그렇다면 외부 협력 인원도 아니었다.

그때 엘리베이터가 다시 감속하며 관성이 느껴졌다. 문이 열리며 익숙한 모습의 누군가는 먼저 바깥으로 빠져나갔다. 누구인지 확신할 수 없어 차마 말을 걸 엄두도 내지 못한 미르는 고개를 기웃거리며 로비를 가로질렀다. 괜한 찝찝함에 고개를 돌려 그의 모습을 재확인하니 바깥을 향해 걸어가고 있었다. 이른 아침에 부속 병원에 들러 나가는, 환자의 주변인. 그럼에도 뇌리에 강하게 남아있는 인상. 알고 있는 다른 환자도 없었다. 주변인이라면 더더욱. RIMOS 소속이라고 모든 조직에 해박할 리도 없었으므로 3층에 어떤 환자가 있는지도 알지 못했다.

미르는 이상한 일이라 생각하며 무효기술연구소쪽 엘리베이터의 버튼을 눌렀다. 곧바로 문이 열렸고, 안에 올라 닫히는 문틈 사이로 또다시 그 사람의 뒷모습이 얼핏 보였다. 그리고 그 뒷모습에서 미르는 흩어져 있던 신경 세포가 한 점으로 응축하는 듯한 전율과 함께 기시감의 정체를 깨달았다.

"서현주 딸……!"

곧장 발걸음을 내디뎠으나 문은 닫힌 뒤였다. 미르는 혼자뿐인 엘리베이터 안에서 입을 다물지 못했다. 그 사람이 부속 병원에 드나든다고? 다른 가족이 입원했나? 아니다. 그런 시위를 하면서 RIMOS에 입원시킬 리가 없지. 친구나 애인? 설마 가족? 서현주가 여기 입원해 있다는 건가? RIMOS가 제안한 보상인가? 그게 사실이라면 왜 이걸 여태 알지 못했지? 대체 뭐가 어떻게 돌아가고 있는 거야?

당최 이해할 수가 없었다. 예상한 것보다 상황이 복잡한 듯했다. 아니, 그래도 이게 말이 돼?

놀람은 순식간에 당황이 되었고 그조차도 어느새 황당으로 바뀐 뒤였다. 대체 뭐 하는 사람인 거지? 미르는 의문을 품은 채 일단 연구실로 돌아가기로 했다. 그리고 생각했다. 꼭 누군가에게 물어봐서 진위를 따져봐야겠다고.

✳

미르는 턱을 괸 채 창밖을 바라보며 말했다.

"혜림 씨, 서현주 여기 입원해 있는 거 알았어요……?"

"그게 누구였죠?"

혜림이라고 불린 미르의 동료는 알 듯 말 듯 가물가물하다는 듯이 눈썹을 올리며 카페모카를 빨대로 들이켰다. 그 반응이 증명하듯, 자녀분의 시위는 유명했지만 서현주 본인이 RIMOS 부속 병원에 입원해 있다는 사실은 그다지 알려지지 않은 모양이었다.

미르도 연차가 높은 연구원에게 집요하게 물어 겨우 확인받은 사실이었다.

"그 1인 시위 있잖아요."

미르는 넌지시 힌트를 던졌고 혜림은 시선을 이리저리 굴리며 무언가를 곰곰이 생각하더니 이내 충격을 받은 듯 입을 벌리며 미르를 바라보았다. 눈을 마주친 미르는 어쩐지 혜림의 모습으로부터 같은 사실을 처음 깨달았던 순간의 본인을 겹쳐 본 것 같아 코웃음을 쳤다.

"진짜요?"

"네. 진짜."

"시위에 부정적인 건 아닌데, 그건 좀 의외네요."

"제 말이."

"그럼 RIMOS 쪽에서 보상안으로 제시한 거겠네요. 평생 관리 같은 거."

과연 혜림은 머리 회전이 빨랐다.

"그쵸. 솔직히 교란 관리는 RIMOS가 가장 잘하긴 하잖아요."

아마 RIMOS의 복지 성향으로 미루어보아 분명 '회복 이전까지의 전폭적인 지원' 같은 것을 약속했을지도 모르는 일이었다. 교란으로부터의 회복이 가능할진 모르겠지만, 그쪽의 설득력이 높았다.

"그런 말 미르 씨가 하니까 되게……."

"당사자적인 발언인가요?"

미르는 상대방에게 부담을 주지 않으려 살짝 웃어 보였다. 어차피 연구소에서 펑펑 울기도 했으므로 미르에게 교란 상태인 지인이 있다는 사실은 꽤 공연한 것에 해당했지만, 그것이 소꿉친구인데다 법적 배우자 관계에 있는 사람이라는 사실을 아는 이는 얼마 되지 않았다. 그리고 혜림은 그 사실을 아는 이들 중 한 명이었다.

그리고 혜림이 말한 대로, 교란 관리에 대해서는 대전광역시에 위치한 RIMOS 본사의 부속 병원만 한 곳이 없었다. 국내에 한정된 이야기가 아니라 세계적으로 봐도 그러했다. 그것이 미르가 금의환향이 기다리는 바다 건너를 마다하고 RIMOS를 선택한 이유이기도 했다.

어쨌거나 서현주가 RIMOS에 입원해 있다는 사실은 말문을 멎게 하기 충분했다. 두 사람은 똑같은 충격에 휩싸여 몇 분이나 말없이 그저 창밖만을 바라보았다. 이내 무언가 떠올랐다는 듯 정적을 먼저 깬 것은 혜림의 쪽이었다.

"아 맞다. 그건 그렇고, 무효연*에서는 이력흔 연구 얼마나 해요?"

"……거의 안 하죠? 왜요?"

솔직히 말해, 이력흔은 이력학의 주된 주제가 아니었다. 꽤나

---

* RIMOS 이력연구부 직속 무효기술연구소.

마이너한 연구 주제에 가까웠고 무효 이론 및 기술과 교란을 주로 연구하는 무효기술연구소 입장에서는 특히나 마주칠 일이 없는 주제였다.

"교란 하니까 생각나서요. 이력물리학과는 요즘 계속 그거만 하거든요? 근데 무효연 쪽에서도 좀 봐야 할 것 같은 결과가 계속 나와서요."

미르는 혜림의 소속을 되짚었다. 분명 이력연구부 이력물리학과 이론실험분석연구소였다. 혜림은 주머니에서 태블릿을 꺼내 손끝으로 몇 번 조작을 하더니 어떤 막대그래프의 모습을 보여주었다.

"지금까진 정량적으로 이력흔을 측정할 수 없었어요. 아델리온 시약 가져다 대서 빛나면 그냥 여기 이력흔이 있구나, 그 정도가 한계였죠. 존재 유무의 검정만. 그런데 얼마 전에 응용연*에서 어느 정도 수치화해서 보여주는 걸 개발해서, 저희 쪽에도 결과 공유해줬거든요."

"아, 그러니까…… 발현자 눈에 왜곡되어 보이는 정도나, 진하게 느껴지는 그런 걸 수치화했다는 거죠?"

"네!"

"와, 그거 대박인데요……?"

---

* RIMOS 이력연구부 이력물리학과 응용개발연구소.

이거 꽤 주목받겠는데. 미르는 생각했다. 지금까지 이력흔의 검정은 아델리온 시약에 의지해왔으나 그마저도 검정에 불과할 뿐 정량적인 수치를 기록할 수는 없었다. 때문에 이력흔 분석이 중요한 이능범죄 현장 같은 곳에서는 훈련된 발현자가 이력흔의 농도를 다섯 단계로 구별해 기록하곤 했는데, 이 방법은 발현자마다 농도 인지가 다르다는 한계를 줄곧 지적받아왔었다. 응용연의 이번 성과는 그런 문제점을 한 번에 해결할 대책을 내놓았다는 뜻과도 같았다. 그동안 소홀히 여겨졌던 이력흔 관련 연구에도 진척이 이루어질 터였다.

"그렇죠? 그래서 연구팀도 신나가지고 별별 이력흔 분석을 다 했어요. 그러다가 발견한 게 이거예요."

혜림이 손끝으로 가리킨 태블릿 화면의 그래프에 띄워진 제목은 '같은 이능력에 노출된 공간에서 측정한 각 객체의 이력흔 농도'였다. 같은 이능력에 노출되었다면 슈바르츠-유카와 법칙에 의해 같은 왜곡 정도의 이력흔을 남길 터였다. 그렇다면 수치화된 이력흔의 농도 역시도 동일해야 했다. 하지만 수십 개의 비슷한 높이를 가진 막대들 사이에서 유독 튀는 높이를 가진 막대가 있었다. 미르가 설레는 마음으로 그 막대의 이름을 읽으려는 찰나, 혜림은 다시 말을 잇기 시작했다.

"보셨죠? 사용한 아델리온 폐시약에 대한 이력흔 농도가 특이하게 높았어요. 그러니까……."

"드디어!"

미르는 '사용한 아델리온 폐시약'이라는 단어를 듣자마자 가볍게 박수를 한 번 치곤 주먹을 쥐고 흔들며 대놓고 기뻐하는 모습을 보였다.

"이력흔에 대한 발현자 증언은 그다지 증거 가치가 없잖아요. 너무 주관적이니까. 그래서 지금까진 아델리온 폐시약에 있는 이력흔이 시약의 것인지 공간에 남은 것인지 구분 못 했죠. 근데 발현자는 보이거든요. 공간에 남은 느낌이 아니었어요. 이게 너무 애매해서 어떻게 증명을 못 하고 있었는데! 와!"

미르는 계곡에서 물고기를 발견하고 기뻐하는 아이처럼 상기된 얼굴로 계속해서 고개를 끄덕였다. 그래, 당연히 그래야지, 같은 말들을 중얼거리며. 혜림은 그럴 줄 알았다는 듯 아랑곳하지 않고 말을 이었다.

"아마 내년에 논문으로 정리돼서 나올 것 같아요."

"1, 2월 중에 나오나요?"

"그건 잘 모르겠어요. 응용연 일이기도 하고."

"와아. 이거 너무 좋은 일인데. 그런데……."

미르의 얼굴에서 상기되었던 표정이 걷히며 떨떠름함만이 남았다.

"왜요?"

"무효현은 확실한 근거 없으면 잘 안 움직이거든요. 저도 그게 불만이긴 한데. 의학부나 이능범죄수사부에서는 바로 좋아할 것 같지만……. 무효연은 이거 또 개별적으로 검증해보려고 할걸요.

그러다보면 시간 또 지체될 거고. 근데 거기서 확실한 결과 안 나오면, 저희 쪽에선 이력흔 연구 안 할지도 몰라요. 이력흔이 유력하다는 선행 연구도 거의 없으니까. 사실상 서현주 논문이랑 이게 고작일걸요. 그냥 양적으로 너무 부족해요, 근거가. 질적으론 훌륭하긴 한데."

"아, 거기 은근 까다로웠죠. 그래도 어떻게든 도움 되지 않을까요?"

미르는 팔짱을 끼고 허공을 바라보며 그동안 무효 이론에 있어 이력흔의 중요성을 다뤘던 사례를 생각해보았지만 아무리 반추해봐도 마땅히 떠오르는 것이 없었다. 아마도 서현주의 그 논문과 응용연의 이번 연구가 전부일 터였다. 게다가 미르가 아는 한 무효 이론과 이력흔과의 연관성을 주장하는 건 주류 이론 중에선 아예 없었고 이름만 들어본 생소한 이론 몇이 전부였다. 그것도 죄다 연관성을 입증하려다 실패한 것들뿐이었다.

사용한 아델리온 폐시약이 특이적 감소 사례에 인과성을 가지면서 이력흔을 강하게 품고 있다면 이력흔이 항원 농도 감소에 효과가 있는 것은 확실해 보였다. 즉, 무효 기술에는 어느 정도 영향을 줄 수 있다는 게 사실이었다.

……그렇지만 이력흔이 어떻게? 대체 어떻게 이력항원을 소멸시킨단 말인가? 그 소멸 조건이 대체 어떻단 말인가? 그것을 알아내지 않는 한 근본적인 해결에 닿을 수는 없었다. 아마 이 점이 가장 크게 작용하리라. 몇 없는 선행 연구들도 여기서 실패했으니

까. 무효연 측에선 "그래서 어떻게?"라며 반론하겠지. 한편으론 섣불리 망신당한 경험이 한둘이 아니었을 테니 그 신중함이 이해되지 않는 것도 아니었다. 당장 2031년쯤만 해도 비슷한 일이 있었고. 게다가 RIMOS는 본질적으로 국가 소속 연구기관이 아닌 기관장 사일러스 개인의 사기업에 불과했기에, 특히나 신중해야 하는 무효연의 경우 자금 운용에 한계가 있다는 점도 특유의 경직된 분위기에 기여하리라 미르는 추측했다. 미르는 개인적인 흥미와는 별개로 어깨를 들썩거리며 모르겠다는 의사를 표했다.

혜림은 아쉽다는 듯 한숨을 쉬며 테이블에 올려두었던 태블릿을 가져갔다. 시계를 바라보니 여유 시간이 10분 정도 남아 있었다. 미르는 아침에 보았던 일 때문인지 오늘따라 집중이 되지 않았다. 건이라도 보러 갈까 싶었지만 시간이 너무 없었고, 그렇다면 지금처럼 사내 카페에서 혜림과 시간을 때우는 게 차라리 합리적인 것 같았다.

미르는 시계로부터 눈을 떼어 망연히 창밖을 바라보았다. 눈이 오지 않는 12월의 하늘은 마치 여름처럼 보이기도 했으나, 그럼에도 본질적으로 시린 겨울 하늘이었다. 사람을 차갑게 위축시켜 고립되어 외롭게 하는 성질의 그것이었다.

미르는 자신의 잔에 남아 있던 아메리카노를 마저 마신 뒤 괜스레 운을 떼었다. 교란이라는 주제 앞에서 언제나 언급되는 그것이 떠올랐다.

"……에휴, 올해도 크리스마스가 다가오네요."

혜림은 그 말을 듣더니 천천히 고개를 끄덕이며 답했다.

"⋯⋯그러게요."

아마 그 순간 두 사람은 같은 것을 생각하고 있었을 터였다. 크리스마스의 비극, 오래도록 해결되지 못한 세계의 상처. 어쩌면 후회하고 슬퍼하는 많은 이들을 RIMOS를 비롯한 이능력 연구기관에 오래도록 언제까지고 잡아두어온 그 역사를.

"추모 행사 가세요?"

혜림의 물음에 미르는 고개를 저었다.

"분향소만 가려고요."

"올해도 설치될까요?"

"되지 않을까요?"

세계 최고의 교란 연구기관이라는 타이틀 때문이었을까, 다수의 RIMOS 연구원은 매년 12월 25일을 가벼이 지내지 않았다. 교란이란 문제를 이 세상에 제대로 소리쳐 알린 게 바로 '크리스마스의 비극'이었으니. RIMOS는 아예 그 전후를 휴일로 지정할 정도로 그날을 중요히 여겼으므로 그 구성원이 뜻에 따르는 것도 큰 무리는 아니었다. 한편 미르는 그저 회사의 뜻에 찬동한다는 이유로 희생자를 추모하는 건 아니었다. 교란을 연구하는 사람으로서 '크리스마스의 비극'과 그 희생자를 무시한다는 것은 있을 수 없는 일이었다. 단순히 이력학의 역사나 관행이랄 게 아니라, 내막을 알게 된다면 누구든 그러할 문제라고 생각했다.

교란의 경과는 최초 접촉 시 노출된 이력항원의 양에 따라 다르게 나타났다. 충분히 많은 양의 이력항원에 노출된다면 현장에서 사이토카인 폭풍으로 인한 다발성 장기 부전으로 즉사하는 것도 가능했다. 한편 경미한 수준의 이력항원 노출은 약 10년에 걸쳐 몸을 서서히 약하게 만들다가 의식 불명기를 가져왔다. 그렇게 길게는 몇십 년까지 이어지는 의식 불명기가 찾아오면, 그 이전부터 이따금씩 발생하던 교란성 쇼크가 점점 잦게 발생하다 종국에는 마찬가지로 사이토카인 폭풍으로 인해 판정자는 사망했다.

문제는 그러니까, 경미한 양에 노출되어 즉사하지 않는 교란이었다. 개인차는 있으나 의식 불명기는 통계적으로 10년부터 20년 정도의 기간을 갖는다고 알려져 있었다. 그 통계를 어떻게 얻었느냐 하면 크리스마스의 비극에서 살아남은 뒤 교란 판정을 받은 사람들이 사망한 기간을 바탕으로 추산한 것이었다. 2000년의 비극 이후로 2010년대와 2020년대에 많은 생존자들이 세상을 떠났다고 들었다. 다만 통계라는 말에서 알 수 있듯, 33주기를 맞은 2033년에도 생존자는 남았다. 5천여 명에 이르던 교란 판정자 중에서도 일부인 728명이, 그들의 가족이, 친구가 아직도 그날에 머물러 있었다.

무효 이론과 기술의 개발. 그것은 이능범죄를 효과적으로 억제할 수 있다는 의의 역시도 있지만 보다 본질적이며 원론적인 의의는 바로 피해자와 생존자들의 위로 그리고 치유였다. 물론 무효화가 완성된다고 그들이 가졌던 상처가 완벽히 회복될 수는 없을 것이다. 하지만 적어도, 회복을 위한 첫걸음은 될 수 있을 터였다.

그리고 비극을 품은 이들은 그 첫걸음의 중요성을 잘 알고 있었다. 그들이 생존자의 관계자든 아니든 간에 슬픔의 역사를 알고 기억하는 이상은.

그렇기에 지금 교란과 관련된 자들은 참사를 기억하며 그것에 작게나마 부채감과 책임감을 느끼곤 했다. 그 일이 아니었다면 교란은 지금까지도 가시화되지 않았을 일이라 생각했기에. 미르 역시도 그 의미가 완전히 와닿지는 않았으나 이를 어느 정도 헤아리고 있는 사람에 속했다.

"저도 그러려고요. 납골당에 가봐야 해서."

앞에 있는 혜림은 온화한 표정으로 대답했다. 창밖으로 고개를 돌리며 단발의 머리카락을 손끝으로 꼬는 모습은 어쩔 수 없이 쓸쓸해 보이기도 했다. 혜림의 아버지는 2000년 12월 25일에 스태튼 아일랜드의 소란 속을 지나고 있었다. 그리고 그곳에서는 비극이 일어났고, 그는 교란으로 인해 혜림이 21살이던 해에 돌아가셨다.

RIMOS에는 그런 사람들이 모였다. 그 계기가 직접적이든 간접적이든 간에 교란의 숨결을 가까이서 느껴본 적 있는 사람들이. 그렇기에 비극을 기억하는 사람들이. 서현주에게 일어난 일과 그딸의 시위가 어떻든 간에, RIMOS는 명실상부한 세계 최고 수준의 교란 연구기관이었으므로.

미르는 다시금 생각했다. 그렇기에 서현주의 일에 더 주목해야 하는 것이 아닌가 하고. 손목을 들어 시각을 확인한 미르는 허리를 피며 기지개를 켰다. 이젠 정말로 일어날 때였다. 제아무리 RIMOS의 근무 환경이 유연하다고 한들 필요 이상으로 농땡이를 피울 생각은 없었다. 빨대가 꽂힌 채 얼음이 녹아 찰랑거리는 잔을 들고 일어서니 혜림 역시 미르를 따라 움직일 채비를 했다. 함께 반납대로 걸어가 컵을 내려놓고 카페 바깥으로 향했다. 혜림은 미르와 반대편으로 갈라지기 전 당황스러운 한마디를 덧붙였다.

"건 씨랑 화해 잘해요."

"네?"

"싸웠죠?"

"……어떻게 알았어요?"

"건 씨랑 싸우면 항상 아이스 아메리카노 마셨잖아요. 그것도 샷 추가해서."

정말? 내가 그랬다고? 미르는 방금 비운 잔이 트리플샷 아메리카노였다는 사실을 상기하곤 참을 수 없는 부끄러움을 느꼈다.

"그리고 어제 중환자실 앞에서의 그걸 봤고요."

젠장. 미르는 무안함에 오른손으로 마른세수를 한 번 했다. 그런 습관이 있었구나. 게다가 그 꼴을 봤구나.

"다른 사람들은 저랑 건이랑 어떤 관계인지 모르니까……."

"알아요. 얘기 안 할게요."

혜림은 재밌다는 듯 웃었다. 부끄러웠다. 그래, 얘기해야지. 대화하고 풀어야지. 아니, 하지만…….

미르가 잔뜩 수치스러워하는 사이 혜림은 인사를 남기고 떠났다. 미르는 오만상으로 변화하려는 얼굴 근육에 힘껏 힘을 주며 무효기술연구소로 향했다. 9층에 도착해 연구실 문 앞에 섰다. 화해해야지. 그리고 전부 해결해야지. 다른 교란 생존자들의 한 역시도. 그런 생각이 스치니 문고리가 문득 무겁다고 여겨졌다. 자신이 이걸 열 자격이 있는지 순간 두려웠다. 이능력 발견으로부터 약 50여 년의 역사 동안 죽어간 사람들, 그리고 지금도 고통받는 사람들. 그 투쟁의 끝이 제 손에 달려 있을지 모른다고 생각하니 선뜻 문을 열 수 없었다.

이 모든 것들의 끝이 아름다울 수는 없는 걸까?

그 결말을 유추할 수 없어서, 만일 아름다울지라도 와닿지 않아서, 미르는 연구실에 들어가지 못한 채 한참이나 12월의 겨울 하늘이 비치는 복도에 서 있었다.

＊

건과의 서먹한 사이가 유지되었기 때문인지 시간은 빠르게도 흘렀다. 아직도 본론에 닿길 회피하며 맴도는 채였다. 과연 이것이 대화로 해결될 수 있는 것인지 불안하기도 했다. 골이 아무리 깊을지라도 대화를 시도하는 게 좋은 선택지일 테지만 자신이 없었다.

오늘 미르는 일부러 병실에 들르지 않았다. 공휴일이면 건의 가족들은 부모며 동생이며 가리지 않고 건을 찾아왔다. 가끔은 사촌이 오기도 했는데, 그건 상관없었지만, 미르와 특히 사이가 나빴던 아버지 쪽과는 만남과 동시에 마찰이 예정된 만큼 자리를 피하는 게 옳아 보였다. 특히나 가족이 모이는 곳에서 그런 꼴을 보이는 건 그분께도 체면이 아닌 것 같았다.

원칙적으로 RIMOS는 크리스마스와 그 전후 하루를 휴일로 지정했으나 미르는 이브에도 당일에도 일부러 연구실에 들러 괜히 내부 자료를 뒤적이다가 반출 가능한 자료만을 인쇄해 나왔다. 굳이 휴일까지 나와서 볼 필요는 없는 자료였으나 몸에 밴 습관 같은 것이었다. 이렇게까지 나오지 않으면 되레 불안했다. 언젠가 그 사실을 심리 상담가에게 털어놓은 적도 있었지만 어디 마음먹기가 쉬운 일인가, 별다른 차도는 없었다. 어제도 오늘도 무효기술연구소에서 출근한 사람이라곤 자신뿐인 것 같았다. 평소처럼 소란스러운 곳이라곤 부속 병원뿐이었다. 언제나 그러했듯 비극은 날을 가리고 오지 않았으므로.

- 뭐 하니

가방에 자료를 정리해 넣던 도중 오른 손목의 시계가 엄마로부터 온 문자 한 줄을 띄웠다. 어차피 같은 지역 살면서 정 안부가 궁금하면 직접 찾아오지. 미르는 시계를 조작해 음성 인식으로 답장했다.

- 그날이잖아.

12월 25일마다 미르가 하는 일은 정해져 있었고 올해라고 다를 것도 없었다. 머잖아 답장이 도착했다.

- 아직도 다녀?

아직도 그걸 챙기냐는 뜻이었다. 미르는 비슷한 반응을 볼 때마다 느껴왔던 신물이 올라오려는 걸 가까스로 참았다. 뭘 하든 내 마음 아닌가. 다른 사람들은 어째서 이 일에 신경 쓰지 않는 건지. 미르는 일부러 비슷한 반응들을 피하고 있었다. 피곤해서. 자신의 일만으로도 버거워 12월 25일이 얼마나 중요한지 설득하고 설파할 기력조차 없어서.

- 언제적 일인데 챙기니 건이 일도 그렇고

미르는 곧이어 도착한 문자에 짧게 욕설을 읊조린 후 손목을 그대로 내렸다. 안부가 궁금하면 차라리 찾아오라고 생각했던 걸 취소했다. 그리고 양손의 손가락을 차례차례 꺾어 소리를 내가며 분을 삭였다. 미르는 이것이 보통의, 다수의 반응이라는 걸 알고 있었다. 그래서 더 꼴 보기 싫었다. 미르는 문자에 더 이상 답장하지 않기로 결정한 뒤 가방을 마저 정리했다.

미르는 오후 4시 정도의 시각에 연구실을 나섰다. 아직 날은 밝았지만 해는 곧 기울 듯 아슬아슬해 보였다. 입김이 눈앞에 서렸다. 미르는 그것이 시야에 빠르게 겹쳐 사그라드는 모습이 왠지 이력흔을 닮은 것 같아 순간 찜찜한 느낌이 들었다. 모든 사물들이 그렇게 재촉하는 듯했다. 서점에 갈 때면 이력학에 대한 교양 서적들은 표지조차 마주치지 않으려 했고 동료들과 대화하다 교란 얘기가 나올 때면 그들이 건에 대한 자신의 과거를 알고 있는 것만 같았다. 매시간마다 모골이 송연해지며 식은땀이 나는 경험을 몇 주나 겪고 나서야 제 안의 어딘가가 천천히 망가지고 있는 것 같다는 느낌이 들었다. 사고가, 시야가, 인지가 부정적으로 왜곡되고 있었다. 좋은 신호는 아니었지만 달리 해결할 방도도 없었다. 병원에 말해봐야 약을 늘려줄 뿐일 테고 그것은 대증 요법에 불과했다. 아마 건에 대한 일이 해결되기 전까진 계속될 상태겠지.

막막함에 한숨을 쉬니 차가운 숨결이 길게 늘어졌다. 무심결에 입김이 흐르는 곳으로 고갤 돌려 흩어지는 끝을 좇았다. 뻥 뚫린 하늘 한 켠에 낮은 해가 기울어 지평선부터 파스텔 톤의 난색으로 물들고 있었다. 그 풍경에 난데없이 끼어드는 자동차의 경적 소리가 도시의 정취를 진하게 만들었다. 대전은 운전하기 썩 좋은 도시일 텐데 어떤 성질 급한 이가 퇴근 시간대도 아닌 때에 경적을 울리는지 문득 궁금해졌다.

오늘은 차를 가지고 오지 않았으므로 미르는 둔산동으로 향하기 위해 버스에 올랐다. 몇 정거장을 지나 일부러 꽃집 근처에 내려 하얀 국화를 산 뒤 한 손에 들고 거리를 걸었다. 꽃집에서 목적지까지는 조금 거리가 있었다. 손이 시려올 때면 반대쪽 손으로 바꿔 들며 꽃이 상하지 않도록 조심했다.

목적지에 가까워질수록 귓가에 다가오는 소음 역시 커져만 갔다. 올해도 설치되었다는 안도감과 함께 저 멀리 검은 천막이 줄지어 모습을 드러냈다. 결코 작지 않은 규모였음에도 그 가치와

의미에 비하면 초라해 보이는 것만 같았다. 미르는 천막 근처에 경찰을 기준으로 분리되어 대치 중인 두 무리를 교대로 바라본 뒤, 확성기와 트럭으로 꼴사나운 모습을 보이던 쪽을 보곤 지긋지긋하다는 듯 혀를 차며, 조용히 미르에게 인사를 건네는 이들과 눈인사를 주고받고 아무도 없이 향냄새만을 풍기는 천막 안으로 들어갔다. 천막 옆에는 '12.25 참사 임시 분향소'라고 쓰인 현수막이 걸려 있었다. 12.25 참사. '크리스마스의 비극'의 보다 중립적인 명칭이었다.

몇 년을 봐온 익숙한 영정 사진 수십이 천막 안에 가지런히 놓여 있었다. 분명 작년까지 보지 못한 얼굴이 몇 명 더 보이자 침통한 기분이 느껴졌다. 제단 위에 소중히 품어 온 국화 한 송이를 올려놓고 잠시 묵념했다. 한국인 희생자의 넋을 먼저 기린 뒤 다른 모든 희생자에게 추모를 표했다.

그리고 그 뒤를 수놓은 이름을 한 자 한 자 읽었다. 참사로부터 교란 판정을 받은 생존자들의 이름이었다. 33주기를 맞은 지금까지도 참사가 기억되는 이유였다. 분향소에 못 보던 영정 사진이 추가되는 이유였다. 그리고 미르가 교란과 무효 이론을 연구하는 이유 중 하나였다. 이제는 7명의 이름밖에 남지 않았다. 전체 참사 생존자의 교란 판정자 5천여 명 중 한국인은 58명이었고, 그 5천의 숫자가 728명이 됐을 때, 그중의 7명이었다.

다시금 조급함이 머리를 들이밀었다. 교란 앞에서 매년 사그라드는 숫자, 그 사이에서 죽음이 여전히 건을 향하지 않은 것에 미르는 조금 안도했다. 그리고 재차 불안해했다. 교란이 생을 덮치는 것은 이토록 한순간이었으므로. 미르는 그곳에 서서 한참을 사적인 불안과 공적인 애도 사이에서 홀로, 안쪽으로 사투했다. 짧은 시간이 아니었음에도, 미르를 제외한 그 누구도 천막에 관심을 가지지도 들어오지도 않았기에 미르는 혼자서 오랜 시간을 가라앉았다.

마침내 불안의 기세가 꺾였을 때 미르는 간소한 추모를 마치고 쓸쓸한 천막을 나올 수 있었다. 조촐한 추모 행진은 이미 천막 근처를 지나간 뒤였다. 보지 못한 것이 아쉬웠지만 그렇다고 볼 자신이 있는 건 또 아니었다. 지금 상태로서는 도저히 제정신으로 바라볼 수 없었을 터였다.

그리고 천막을 나오자마자 귀를 찢는 듯한 소음이 확성기를 통해 찌그러진 모양새로 들려왔다. 누군가가 트럭 짐칸에 오른 채 확성기를 들고 고래고래 소리 지르고 있었다. 언뜻 들려오는 단어들의 흐름으로 보아 굳이 머릿속에서 문장을 이뤄 정리하고 싶지 않은 맥락의 말들뿐이었다. 언제나 있는 우스운 인간들이었다. 왜, 단식 농성을 하는 사람들 앞에서 보란 듯이 음식을 먹는다든가, 소수자 인권 행진을 하는 사람들 앞에서 굳이 자신의 다수자성을 자랑하며 방해하는 부류의 사람들이 어딜 가나 존재하지 않는가. 그런 폐급의 인간들이었다. 굳이 사람 대 사람으로서 대면하고 싶지 않은 이들이었다.

그들은 33주기에서도 유족을 비웃고 있었다. 별것 아닌 일이라며, 자기들이 태어나기 이전에 일어났던 역사를 우롱했다. 그들의 나이를 아무리 유추해봐도 그러해 보였다. 미르는 그렇게 연령대를 유추해보다가, 이내 확신하면서, 마찬가지로 참사 이후에 태어난 세대로서, 그들에게 혐오감을 넘어선 역겨움을 느꼈다. 언제나처럼 참고 넘어가려 했다. 발현자가 난동을 피워서 좋을 일은 없는 사회였다. 그리고 외면하듯 숙인 고개를 들자, 경찰이 이룬 선 너머에서 분향소를 지키고 서 모욕을 참고 있는 유족들의 모습이 눈에 들어왔다.

누군가 턱에 주름이 지도록 입을 꾹 다문 모습을 보자 무언가가 울컥 치미는 듯했다.

미르는 형용할 수 없는 격정에 변색한 표정 그대로 입꼬리만을 올리며 헛웃음을 뱉었다. 그리고 여전히 확성기를 든 사람의 두 눈을 똑똑히 응시했다. 얼굴에 묻어난 분노를 지우며, 하지만 그 농도가 미처 지워지지 않아 어색함이 남은 표정으로, 미르는 입을 벌린 채 한숨인지 웃음인지 모를 입김을 끊어 흘렸다.

그리고 눈을 푸르게 밝힌 뒤 체온 약간을 운동에너지로 전환하여 트럭을 걷어찼다.

순식간에 일어난 일이었다. 거리를 채우던 확성기 소음이 일순간 끊겼다. 쾅 걷어차는 소리가 어찌나 크던지 몇 행인은 소리를 질렀다. 트럭을 둘러싸고 있던 일행이 워어어 하는 소리를 내며 주춤했다. 트럭이 충격에 요동쳤고 그 위에 서 있던 썩을 놈은 중심을 잃고 짐칸에 고꾸라졌다. 확성기가 미르의 앞에 떨어졌고 경찰이 슬렁이며 미르 주변으로 다가왔다. 미르는 꼴사납던 확성기를 주운 뒤 다시금 운동에너지를 부여한 양손을 부딪쳐 그것을 우그러뜨렸다. 플라스틱과 부품 따위가 날카롭게 깨지며 손바닥을 베었다. 손에선 피가 흘렀고 발바닥은 아파왔지만 개의치 않았다. 확성기 조각이 바닥을 나뒹굴었다.

"거기 발현자, 이능력 쓰는 거 다 봤습니다. 능력 거두고 양손 드세요."

경찰의 지시에 미르는 별다른 저항 없이 상처가 난 양손을 올렸다. 깊게 베인 왼손의 상처로부터 피가 흘러 소매로 스몄다. 경찰들은 금방이라도 총을 뽑을 기세였다. 시내 한복판이어서 주춤한 모양이었지 인적이 드문 곳이었다면 꼼짝없이 총구를 겨눴을 것만 같았다. 참 나, 이렇게 될 거 누구보다도 잘 알면서 왜 그걸 못 참고 욱했대. 다만 후회는 없었다. 오히려 후련했다.

"아이 씨, 뭐? 발현자라고? 너 고소할 거야!"

트럭 위를 나뒹굴었던 인간이 짐칸에서 휘청이며 미르를 가리켰다. 미르는 양손을 든 채 그 모습을 바라봤다. 추하게만 보였다. 보아하니 다친 곳도 없고 저놈의 피해라곤 욱해서 부순 확성기에 대한 손해뿐이었다. 미르는 더 바라볼 가치도 없다는 듯 고개를 돌려 경찰을 바라보며 말했다.

"가만히 있을 테니까 과잉 진압은—"

하지 말아달라는 말을 잇기도 전에 누군가의 압력에 의해 그대로 시야가 바닥으로 처박혔다. 순식간에 경찰이 등 뒤로 올라타 미르의 양팔을 구속했다. 젠장, 가만히 있을 거라니까.

두려움에 대한 반발이었다. 발현자에 대한. 무효 기술이 개발되지 않아 발현자를 억압할 수 없는 사회가 필연적으로 갖는 공포. 미르는 땅에 처박힌 고개를 돌려 자신을 누르고 있는 경찰의 눈빛을 보았다. 익히 예상한 그 감정에 떨리고 있었다. 이해할 수 있었다. 그 공포를 최악으로 치닫게 한 사건이 역설적으로 '크리스마스의 비극'이었고 오늘은 마침 12월 25일이었으니까.

"거 너무 심한 거 아녀유? 경찰 양반?"

그때 트럭의 반대편에서 자리를 지키고 있던 무리 쪽에서 한마디가 터져나왔다.

"지대로 손도 들었구 가만히 있겠다 혔는디 뭐허는 거시여."

"사람을…… 아유."

"글고 저 머스마가 먼저 기분 잡치게시리 소리 질렀구만. 그땐 뭣허고 거서 아를 잡나?"

유족 측에 서 있던 누군가가 거칠게 따지기 시작하자 다른 경찰이 당황한 듯 뒤늦게 설명했다. 미르는 자신을 억누르던 힘이 약해진 걸 느꼈다.

"아닙니다, 선생님. 발현자는……."

"거 요술 부리는 사람이면 사람 아녀요? 좀 놔줘!"

비슷한 맥락의 요구가 빗발치기 시작하자 미르 위에 올라탔던 경찰은 할 수 없다는 듯 슬며시 자리에서 물러났다. 미르는 약간의 굴욕감을 느끼며 팔꿈치로 바닥을 짚고 일어났다. 손바닥에선 여전히 피가 흘렀다.

"어? 어어? 저 인간 안 잡아요?"

그는 여전히 트럭에서 아래를 내려다보며 삿대질하고 있었다. 미르는 손바닥의 상처를 조심하며 몸에 묻은 먼지를 털고 그놈을 노려본 뒤 이내 다른 쪽을 바라보며 말했다.

"이거 피 닦을 때 조심하라고 전해주세요. 발현자 혈액이니까."

어느새 인파가 둘러싼 주변이 술렁이고 있었다. 예상한 반응이었지만 그 화제의 한가운데 서 있다 생각하니 조금은 부끄러웠다. 미르는 피가 흐르는 왼손을 바라보았다. 상처가 꽤 깊은 모양이었다. 뒤늦게 느껴지는 통증에 구급차를 불러야 하나 싶었다. 상처를 붙잡고 자신을 깔아뭉갰던 경찰에게 물어보았다.

"가도 되죠?"

경찰은 주변을 두리번거리며 상황을 살피다 천천히 고개를 끄덕였다.

"이번엔 그냥 보내드리지만, 다음부턴 조심하세요."

"어, 어어? 안 잡아요? 이거 이능범죄 아니야?"

미르는 유족이 있는 방향으로 고개를 돌린 뒤 살짝 고개를 숙이며 감사를 표했다. 그리고 쓱 하는 소리로 고통을 삼키며 자신을 향해 고래고래 소리를 지르는 트럭 위의 누군가를 무시한 채 자리를 떠났다. 아무리 생각해봐도 확성기를 부순 건 조금 충동적인 행동이긴 했다. 비단 그 행동에 화가 나서 그랬던 것은 아니었다. 가뜩이나 건의 일도 그렇고 스트레스가 쌓일 대로 쌓인 와중에 확성기로 찌그러진 저급한 소리가 들려온다면, 그것은 아주 좋은 기폭제가 될 수 있었다.

"잠깐, 잠깐만요!"

왼손을 머리와 비슷한 높이로 올린 채 인도 구석으로 다가가 119를 부르려는데 돌연 누군가 미르의 등을 두드렸다. 반사적으로 뒤돌아 얼굴을 확인했다. 미르는 한 번 더 짧은 기시감을 느낀 뒤, 즉시 그 정체를 간파해냈다. 이 사람이 여기 왜?

"손 줘보세요."

20대 후반으로 보이는 이는 미르가 동의하기도 전에 왼손을 잡아끌어 상처를 확인하곤 뒤에 멨던 가방을 앞으로 끌어와 응급 키트를 꺼냈다. 아니, 그러니까, 이 사람이 대체 왜 여기에.

미르는 아무 말도 못 한 채 얼어 있었다. 자신이 입을 벌리고 있다는 사실도 모른 채 상황을 해석하려 노력했다. 눈앞의 이는 뒤늦게 그런 미르의 표정을 확인하곤 의아하다는 듯 물었다.

"무슨 일 있으세요?"

"아니, 그…… 아닙니다."

아니지 않았다. 그렇다고 대놓고 "당신이 서현주 씨 자녀분이신가요?"라고 물어볼 수는 없지 않은가? 아무리 봐도 확실했다. RIMOS를 드나들 때마다 몇 번이고 보았던 그 시위자의 얼굴이 맞아 보였다. 미르는 자신이 RIMOS 소속임을 밝히지 않고 조용히 입 다물고 있기로 결정했다.

"이거 병원 가셔야 해요. 저 처치할 때 119 좀 불러주세요."

그러고는 식염수와 거즈, 붕대 따위로 능숙하게 상처를 처치했다. 미르는 식염수가 상처를 씻어내는 따끔함에 눈을 살짝 찌푸렸다. 그런데 처치하는 솜씨가 예사롭지 않아 보였다. 식염수 따위를 가방에 넣고 다니는 철저함도 그러했고.

　"……혹시 무슨 일 하는 분이세요?"

　"아, 응급 구조사예요. 구급차 같이 탈게요. 혹시 모르니까."

　아하. 그 직업의 의외성은 그렇다 치고, 그러니까, 이 사람은 높은 확률로 119 구급대원일 터였고 비번이던 날에 RIMOS에 나와 시위를 했던 셈이었다. 저번에 마주쳤던 날 역시 그런 날 중 하나였겠지. 미르는 개인적인 의문에 나름의 답을 덧붙이며 오른손으로 휴대폰을 조작하다 쓰라림에 또다시 잇새로 숨을 삼켰다. 그 모습을 본 서현주의 딸은 휴대폰을 달라며 손짓하곤 처치가 끝난 왼손을 내려두고 오른손을 살폈다. 미르의 휴대폰을 어깨와 귀 사이에 낀 채 119와 통화 중이었음에도 그는 부드럽고 완벽하게 오른손을 처치했다.

　"됐어요. 곧 올 거예요. 주머니에 넣어드릴게요."

　그는 미르의 휴대폰을 코트 주머니에 슬며시 넣어주었다. 미르는 마치 수술을 준비하는 의사처럼 양손을 허공에 올린 채 구급차를 기다리는 수밖에 없었다. 겨울바람에 손이 시려왔지만 별수 없었다.

　"그, 감사합니다. 성함이 어떻게 되세요? 사례라도 해드려야겠는데요."

미르는 본래의 의도를 숨기며 이름을 물었다.

"서해수요. 사례는 됐어요. 그 새끼 걷어차주신 걸로도 충분한 걸요."

자신의 이름을 서해수라고 밝힌 서현주의 딸은 주먹을 쥐며 살짝 웃어 보였다.

"아, 그거 보셨구나……."

"매년 오거든요. 분향소."

미르는 아하, 라며 작은 경청의 뜻을 표했다.

"근데 저희 어디서 보지 않았나요?"

"네?"

오, 맙소사. 미르는 해수가 RIMOS에서 마주쳤던 일을 기억하지 않길 빌고 또 빌었다.

"아까 멀리서 볼 땐 몰랐는데, 가까이서 보니까 살짝 익숙한 것 같아서요."

미르는 저도 모르는 사이에 우스꽝스러운 표정을 짓고 말았고 해수는 그런 미르를 걱정스럽게 바라보았다.

"글쎄요……?"

해수는 고개를 갸웃거리더니 지금의 기시감을 기분 탓으로 치부한 모양이었다. 미르는 그 결정에 매우 안도하며 구급차에는 혼자 타야겠다고 생각했다.

머잖아 구급차가 경광등을 울리며 저 멀리에서 진입해왔고 미르는 해수에게 같이 타지 않아도 괜찮다는 의사를 표했다. 해수는 알겠다며, 잘 치료 받으라는 말과 함께 인파 사이로 사라져갔다. 구급차에서 내린 구급대원이 미르의 손을 보자마자 "처치하셨네요?"라고 물어왔다. "다른 분이 해주셨어요." 미르는 대답하며 붕대가 감긴 왼손을 바라보았다. 얇은 붕대 밑으로 거즈의 색이 붉게 비쳤다.

이제 와서 12월 25일에 분향소를 찾아오는 사람은 드물었다. 그것도 매년 찾아오는 사람은 더 드물었으니 RIMOS 소속이 아닌 사람에게 가능성은 둘 중 하나였다. 희생자의 유족이거나, 사회 문제에 관심이 많거나.

겉으로 보이는 나이나, 높지 않은 한국인 희생자 비율로 미루어 보아 해수는 후자일 가능성이 높아 보였다. 그것도 33주기나 된 문제에 관심을 가지는 사람이라면……. 그런 사람이 RIMOS를 상대로 하는 시위에 대해 생각했다. 어쩌면 그것을 단순히 지나쳐선 안 될지도 모른다고 생각했다. 문득 부끄러움이 느껴졌다.

모든 문제는 입체적인 개인과 겹쳐질 때 더욱 복합적이었고 해수의 일 역시 그러한 모양이었다. 분명 시위만으로는 알 수 없는 어떤 전말이 있을 거라고, 미르는 병원으로 향하는 구급차에서 짐작했다. 모르는 발현자에게 선뜻 다가가 교란의 위험성을 감수하며 붕대를 감아줄 정도의 선의를, 자신이 태어나기도 전의 역사에 관심을 가지는 선의를 곱씹으면서.

꽃

"이거 미르 씨예요?"

자고로 21세기란 정보 매체의 시대였고 그 말인즉슨 모든 일상
이 인터넷에 퍼질 수 있다는 뜻이었다. 미르는 뒤늦게 경솔함을
후회하며 연구실 동료의 가벼운 놀림에 아무 대꾸도 하지 못하고
있었다. 그가 내민 휴대폰 화면에는 경찰의 지시에 따라 양손을
올린 채 피를 줄줄 흘리는 미르의 모습이 있었다. 이렇게 보니 배
로 꼴사나워 보였다. 미르는 붕대를 감은 왼손과 밴드를 붙인 오
른손으로 얼굴을 가린 채 헛웃음만 흘렸다.

"왜 그런 거예요?"

"미르 씨 화내는 거 흔치 않은데."

이젠 한 명 더 가세했다. 모르겠다. 저기다 대고 "모든 게 답답
하고 저를 놀리는 것 같아서 순간 욱했습니다"라고 말할 수 있을
까. 직장에서 미르의 이미지와 욱하는 모습은 꽤 매치되지 않는
편이었으므로 더더욱 말할 수 없었다. 부끄러워서. 직장에서 욱하
는 사람이 얼마나 있겠는가? 그것도 고작 입사 2년 차가? 후회하
지 않는다던 미르는 감정을 정정했다. 지금은 후회한다고. 이렇게
까지 퍼질 줄은 몰랐다고. 아니, 그게 얼마나 짧은 순간이었는데
그 사이에 휴대폰을 들고 촬영을 하나? SNS 등지에서 조금 퍼진
영상에는 미르가 경찰에게 진압당하는 모습도 찍혀 있었다. 미르
는 일부러 반응을 읽지 않았으나 영상을 본 주변인들이 전해준

바로는,

　[아무리 발현자 난동이어도 저건 좀 심했다;;]

　[능퀴* 새끼들 싹 다 안 뒤지냐ㅋㅋㅋㅋ]

　[저 트럭이 먼저 조롱하면서 시비 털었음~]

따위의 반응이 대부분이었다고 했다. 정말이지 수치스러워서. 애초에 난동이랄 것도 없지 않았나? 아니다. 난동은 맞았다. 인정할 건 인정하자며 미르는 여전히 얼굴을 가린 채 한숨을 내쉬었다.

　"······사람들 얼마나 알아요?"

　"연구부 쪽은 다 알걸요?"

　"저 퇴사할까요?"

　"진정해요."

그러면서 영상을 처음 보여준 동료는 노골적으로 재밌다는 듯 웃었다.

　"아, 근데 심하긴 심했다. 과잉 진압으로 민원 넣어도 되지 않아요?"

미르는 고개를 내저으며 오른손을 털었다. 돌연 바닥에 처박혔던 감각이 아직도 생경했다. 갈비뼈나 턱뼈에 금이라도 안 간 게 다행이었다.

---

* 발현자의 이전 명칭인 이능력자의 '능'자와 바퀴벌레의 '퀴'자를 합쳐 발현자를 비하하는 표현.

"능력 쓴 제 잘못이죠……."

그리고 다시 멋쩍은 헛웃음만 흘렸다.

"아유, 그만 놀려야지. 윤건 씨는 요즘 어때요?"

다 알면서 무례하긴. 짧게 끊는 웃음으로 작게 들썩이던 미르의 어깨가 순간 멈췄다. 이마 언저리를 가리고 있던 양손을 코와 입 위로 모아 깊은숨을 내쉬곤 허공을 바라봤다.

"……잘 지내죠, 뭐."

그런 것 같은데, 제가 못 지내는 것 같네요. 덧붙일까 싶었지만 참았다. 타인에게 구구절절 제 사정을 늘어놓을 필요는 없었다. "사실 잘 지내는지도 모르겠다. 쇼크가 왔다가 회복하긴 했는데, 이제 15년째. 의식 불명기가 언제 와도 이상하지 않다" 같은 무거운 얘길 꺼낼 필요는 더욱 없었다.

"아이구야. 표정이 아닌 것 같은데."

"들켰나요?"

미르는 재빨리 사회성을 발휘해 옅은 웃음을 띠며 답했다. 상태가 눈에 띄게 나빠질 때마다 이번 쇼크 때 벌어졌던 종류의 감정적 마찰이 이어져왔고 지금까지 그 감정들은 해결되지 못한 채인데, 잘 지낼 리가 만무했다. 의학적 상태도, 사회적 상태도 좋지 않았다.

"무효연이 어서 제 일을 해야 할 텐데요."

"그러게요. 이제 일 하시죠, 박사님!"

미르는 일부러 기지개를 켜며 답했다. 이 역시 상대방에게 부담을 주지 않으려는 동작 중 하나였다. 이런 얘기는 결코 가벼운 화 젯거리가 되지 못한다고 생각했기에, 자칫하면 분위기를 크게 침 전시킬 우려가 있었기에 미르는 건의 얘기가 나올 때면 지금처럼 재빨리 주제를 바꾸곤 했다. 동료들이 제자리로 돌아가자 미르는 자신의 자리에 앉아 팔짱을 끼고 화면의 그래프를 노려보았다. 건 과 비슷한 특이적 감소 사례에 대한 그래프였다.

[RIMOS 이력연구부 직속 무효기술연구소는 교란의 해결과 무 효 이론 및 기술 개발을 목적으로 하는 전문 연구 기관입니다.]

홈페이지에서 찾아볼 수 있는 무효기술연구소의 소개 문구였 다. 그에 관해 무효기술연구소 사람들이 우스갯소리로 하는 얘기 가 있었다. 여긴 궁극적으로 없어져야 하는 곳이라고. 우리가 모 두 실직자가 되거나 다른 부서로 내쫓기는 모습이 바람직한 모습 이라고.

정말 그 말대로, 무효기술연구소가 어서 제 목적을 달성해야 할 텐데.

이 자리는 자신보다도 건이 더 어울렸을 텐데.

미르보다 성적이 좋았던 건은 어느 국립대학의 의예과에 진학 했었다. 특이한 점이라면, 하고 싶은 일이 없으니 돈이나 벌자며 어영부영 떠밀린 진학 결과가 아니었다는 점이다. 오히려 목표가 뚜렷한 쪽에 가까웠다. 건의 관심사는 교란이었다. 왜, 중고등학생 때는 인류를 위협하는 전 지구적인 무언가를 자신이 어떻게 해보 겠다는 원대한 꿈을 한 번쯤은 품지 않는가. 건은 그런 쪽이었다.

그것도 꽤나 진심으로. 되레 목표가 없었던 것은 미르의 쪽이었다. 물리 잘하니까 물리학과나 가죠, 뭐. 공과대나 사범대도 몇 개 넣고요. 상담 때마다 하고 싶은 게 없다고 푸념하던 쪽이었다.

그런데 지금은 어떻게 운명이 뒤집혀 건은 환자로서 병원에 갇혀 있고 뜬금없이 웬 미르가 교란을 연구하고 있었다. 참 웃긴 일이었다. 미르는 이 사실을 상기할 때마다 아이러니를 느끼곤 했다. 그것도 미르는 인류니 뭐니 하는 거창한 목표보다는 건이 놈 하나 살리겠다고 교란을 연구하고 있었다. 아무리 생각해도 우스운 일이었다. 마땅히 신념을 갖고 연구할 자격을 가진 건 윤건 쪽 아닌가? 왜 이런 되다 만 무지렁이 같은 녀석이 제 친구 하나 살리겠다고 이러고 있는지 제삼자의 입장으로 보자면 당최 이해할 수가 없을 것이다. 지나가던 사람이 비웃는다 해도 별 반박 없이 납득할 것만 같았다.

……하, 마미르 이 새끼. 어쩌지.

그 자조는 무효 이론 연구의 진척에 대한 것이기도 했고 건과의 현재 관계에 대한 것이기도 했다. 전자는 저 혼자 노력한다고 될 일이 아니었고, 후자는…… 노력으로 어떻게든 수습할 수 있을지도 모르는 일이었다. 몇 년을 유예해 눅눅하고 찝찝하다 못해 무서울 정도로 비대해진 감정을 마주할 필요가 있었지만 말이다.

미르는 다시금 15년이란 숫자를 곱씹었다. 그리고 특이적 감소 양상을 보이던 이력항원 농도 그래프의 세로축 크기를 곱씹었다. 결코 안심할 수치가 아니었다. 몇 년을 유예한 만큼이나 그 대가는 거대했다. 더 이상 외면하고 있을 수는 없었다.

……그렇다면 지금 당장이라도 달려가는 게 옳지 않을까?

아니, 나중에.

아니야. 나중 언제?

지금까지 그렇게 외면해왔으면서? 언제까지고 두 발 뻗고 잘 수 없다는 사실을 누구보다 잘 아는 건 미르 너 자신 아니야?

마침내 미르는 되물었다. 스스로에게. 그 나중이 언제냐고.

＊

그토록 머리를 어지럽히던 잡념들이 한순간에 무겁게 가라앉는다. 사고가 일순 멈추고, 단 하나의 강력한 생각이 휘몰아치듯 가득 떠오른다. 지금. 지금 당장.

미르는 의자를 박차고 일어나 성큼성큼 문을 향해 걸어갔다. 갑작스런 행동에 동료들은 놀란 눈치였지만 말리지는 않았다. 까인 업무 시간은 야근으로 채우면 될 일이었다. 이렇게 쉽게 자리에서 일어날 수 있는 거였는데, 왜 지금까지 해결하지 못했을까? 용기, 그놈의 용기가 문제였다. 마주하는 것. 똑바로 보는 것. 말하고, 상대방과 눈 맞추는 것. 몇 년을 미뤄온 과오는 예정된 죽음이란 운명에 비하면 그렇게나 보잘것없는 것이었다. 지금이 아니면 말할 수 없었다. 지금이 아니면 놓칠지도 모르는 일이었다. 하, 젠장. 미르는 다시 한번 미련했던 자신을 비난한 뒤 걸음을 이었다.

연구실이 있는 9층에서 엘리베이터 버튼을 눌러 1층으로 향한다. 로비로 나와 부속 병원으로 걸어간다. 심장이 두근거리기 시작한다. 항불안제는 필요 없었다. 이 정도는 감내할 수 있다. 그것이 내 진심이니까. 걸음보다 느렸던 심박은 점차 빨라지더니 잰걸음보다도 앞서 뛰기 시작한다. 이내 걸음은 뜀박질에 가까워진다. 부속 병원의 엘리베이터에 도착해 건이 있는 11층을 누른다. 한순간이 10년처럼 길게 늘어진다. 할 말을 고르고 골라 가다듬는다. 어떻게 말을 떼야 할까. 많이 생각해봤어, 넌 언제나 잘못한 적 없었어. 걱정하게 해서 미안해, 버텨줘서 고마워.

그동안 꺼내지 못했던 말들이 울컥울컥 우선순위라곤 없이 올라왔다. 긴장에 아랫입술을 꽉 깨물자 엘리베이터는 11층에 도착했다. 문이 열리고 사람이 분주한 복도가 미르를 마중했다. 눈을 감고 벅찬 감정을 가라앉히려 심호흡을 한 번 들이마시고 내뱉었다. 이내 눈을 뜨고 발을 길게 뻗었다.

한 걸음 내딛자 심박이 한층 고조됐다. 두 걸음에서 한 번 더 심호흡을 내쉬자 세 걸음에서 심상치 않은 기류가 느껴졌다. 네 걸음에서 저 멀리 의사의 고함 같은 지시가 귀를 때렸다. 다섯 걸음에서 간호사가 어느 병실로 뛰어가는 것을 본다. 여섯 걸음에서 급한 걸음의 간호사가 건의 병실로 들어가는 것을 본다. 일곱 걸음에서 발을 세게 디뎌 달음질하기 시작한다. 여덟 걸음. 아홉 걸음, 열 걸음. 안 돼. 아니겠지. 유니폼 자락이 흩날리도록 속도를 높여 사람을 비집고 복도 끝 병실로 향했다. 자신을 스치는 무수한 눈길을 무시한 채 그 안을 마주했다.

분주했던 복도의 모든 소란이 건의 병실에 있었다.

……왜?

심장이 터져 나올 듯 울렁댄다. 숨이 가빠온다. 시야는 흐릿해지고 줄곧 시끄럽던 귓가엔 아무 소리도 와닿지 않다가 이명이 한 줄 그어진다. 그 앞에서 아무것도 하지 못한 채 가만히 서 있다가 입구를 비집고 들어오는 의사에게 어깨를 치이곤 정신을 차린다. 무게 중심을 맞추려 발을 뻗어보지만 떨리는 다리는 제 몸을 버티기에 충분치 않았다. 결국 앞으로 고꾸라져 병실 바닥을 기다가 일어나기 위해 바닥을 짚는다. 누군가에게 부축받듯 일어나자마자 걸음을 제지당한다. 누군가 소리치는 듯하지만 내용이 와닿지 않는다.

"보호자 분 나가 계세요!"

미르는 가까스로 들은 대답을 통해 자신이 혼미한 와중 보호자라고 말했음을 뒤늦게 깨닫는다. 안 돼. 아니야. 이건 아니잖아. 이럴 수는 없잖아.

누군가에게 이끌려 병실 밖으로 끌어내지면서 미르는 팔을 뻗어본다. 그 발악이 허무하게도, 당연하게도 팔은 허공을 저을 뿐 문고리에조차 닿지 않는다. 마치 15년 동안 건의 가장 가까운 곳에서도 그에게 닿지 못했던 것처럼.

2부

2034년 1월

"만약에…… 아주 만약에 말이에요."

담당의는 걸음을 멈추고 다시 미르를 바라보았다.

"……특이적 감소가 아주 크게 일어난다면."

자신이 말하려는 것이 터무니없다는 사실을, 미르는 잘 알고 있었다.

"……그땐 의식을 회복할 수 있을까요?"

미르는 그런 일이 일어나지 않으리라는 것 또한 알고 있었다. 해석도 통제도 불가능한 특이적 감소 사례가, 임상적으로 유의미한 결과를 낼 정도로 발생하는 건 관측 가능한 우주에 지적 생명체가 존재할 확률만큼이나 낮아 보였다. 연구자로서 누구보다도 잘 알고 있는 사실이었다. 과학은 알아갈수록 기적이 환상이나 허상과도 같다는 사실만을 여실히 증명할 뿐이었다. 그렇기에 과학적으로, 확률적으로 말이 안 되는 현상을 기적이라고 부른다는 걸 깨달았지만 미르는 그것을 절실하게 바랐다. 제발 인생의 모든 운을 가져가도 좋으니 기적이 일어나달라고.

"발현자가 능력을 사용하지 않아 교란 판정을 받았을 때 회복하는 경우를 생각해보면 가능하겠지만……."

미르는 의사가 잇지 않은 뒷말을 충분히 예측할 수 있었다. 잠재자로선 가능성이 희박하다는 뜻이겠지.

가능성. 그놈의 가능성. 10의 해 제곱 혹은 경 제곱 분의 1이라도 확률이 존재한다면, 완벽히 0이 아니라면 그것은 불가능이라 부를 수 없었다. 세상에 '절대'나 '100퍼센트' 따위는 존재할 수 없었다. 그렇다면 우리의 삶은 불확실의 바다에서 고작 가능성이라는 물방울 하나를 건지기 위해 평생을 표류하는 꼴과도 같지 않을까. 그것이 희망인지, 희망을 가장한 고문인지 현재로서는 알 수 없었다. 일단 바다로 뛰어들지 않으면 물방울을 붙잡을 기회조차 없었다. 그렇다면 심해 바닥을 기게 되더라도 버르적대며 손아귀에 모든 흐름을 움켜쥐어보는 수밖엔 없었다.

만약 포기하더라도 바다 한가운데에서 익사해야만 했다.

"너무 낙담하지 마시고요."

낙담하지 말라고? 어떻게? 의사란 작자들은 종종 와닿지도 않는 위선을 조언이랍시고 던지곤 했다.

미르는 신경질적으로 의사가 떠난 병실을 나오며 쥐고 있던 페트병에 힘을 주었다. 우드득 하는 소리와 함께 병은 천천히 제 모습을 잃어가며 쪼그라들었다. 고작 손아귀 힘에 비틀려 오그라든 모습이 한없이 초라하게만 보였다.

미르는 바깥으로 나와 페트병이었던 것을 바닥에 내려놓고 발바닥으로 그것을 지그시 눌렀다. 더 이상 반발하여 소리를 내진 않았다. 체온을 모아 발끝을 통해 열을 가해서, 플라스틱은 발에 닿자마자 녹아내렸으므로. 손과 발이 시렸고 이내 온기의 부재는 팔과 다리로도 뻗쳤다. 푸른 동공에 입김이 스치며 입술조차 푸르게 변할 정도로 과하게 스스로의 체온을 빼앗고 나서야 미르는 떨리는 숨을 내쉬며 발끝에 힘을 풀었다.

부드럽게 눌리는 플라스틱 덩어리가 찐득하게 아스팔트와 구둣바닥에 눌어붙은 모습을 바라봐도 아무 느낌이 들지 않았다. 저체온증 직전까지 자신을 몰아붙이고 나서도 마찬가지였다.

전부가 무의미한 것처럼 느껴졌다. 무언가를 연구하는 것도, 돌보는 것도, 낙관을 바라는 것조차.

시린 계절은 두 달째 절정이어서 이제는 1월의 한가운데를 지나고 있었다. 계절은 반드시 바뀌기 마련이라는 명제는 과연 공리일까?

미르는 어쩐지 이번 겨울이 영원할 것만 같았다.

2034년 5월

그것이 4개월 전의 일이었다.

"씨이발……."

미르는 연구실에서 낮게 기어가는 음성으로 욕을 내뱉었다. 흉터가 남은 왼손으로 머리를 움켜쥔 채 손아귀에 힘을 주었다. 손톱 끝이 두피를 파고드는 감각이 들었으나 개의치 않고 계속해서 힘을 주었다. 아마도 손톱자국이 남을 터였다. 미르는 두피를 손톱으로 뜯어내기 직전까지 힘을 가하다가 결국 머릿결을 타며 손을 내렸다.

그 모습을 본 옆자리의 동료는 피곤한 눈치로 주의를 주었지만 미르는 그 사실조차 알아채지 못한 채 허공을 보며 짜증을 삭일 뿐이었다.

미르는 왼손으로 입가를 문지르며 오른손으로는 무의미하게 자판의 키 하나를 톡톡톡 두드리는 둥 산만한 모습을 계속 보였다. 눈가에는 길게 늘어진 다크서클이 광대까지 내려와 있었다.

그렇게 응시하는 모니터에는 경북북부교도소에서 이능범죄자가 단체로 탈옥했다는 뉴스와 함께 혜림이 보내준 자료가 띄워져 있었다. 저번에 대화했던 이력흔에 대한 자료였다. 정리가 조금 늦었지만 정식 공개 전에 미리 보내준다며, 사과로 시작하는, 업무용 메신저로 공유한.

미르는 신경질적인 손짓으로 마우스를 거칠게 다뤄 파일을 열어보았다. 혜림이 태블릿으로 보여주었던 자료가 PDF 파일로 정갈히 정리되어 있었다. 구성은 그때 보았던 것과 크게 다르지 않아 다시 읽기에 큰 불편함은 없었다. 같은 결론이 이어졌다. 반응한 아델리온 폐시약은―슈바르츠-유카와 법칙에 의해 반응한 이능력의 발현도에 따라 다른 농도를 지니긴 했지만―다른 개체에 비해 비교적 높은 이력흔 농도를 지니고 있었다. 즉, 이력흔의 근원인 앱손*을 포집하는 것으로 볼 수 있었다.

근데, 그래서. 뭐. 폐시약이 특이적 감소 사례의 '일부'와 연관성을 갖는다고 '모든' 감소 사례와 연관이 있는 것도 아니었고.

모르겠다. 미르는 짜증 속에서 양손에 얼굴을 처박았다. 구역감이 치밀었다. 또였다. 미르는 익숙하고도 불쾌하게 밀려오는 검은 파도의 범람에 저항하지 않고 그저 파묻혔다. 작년 12월의 분향소에서 느꼈던 안도의 감정이 건의 의식 불명일로부터 수개월간 죄악처럼 미르를 괴롭혔다.

다행이라고? 지금까지 교란의 화살이 건을 향하지 않아 다행이었다고? 어떻게 그딴 생각을. 어떻게 이걸 건이 쓰러지고 나서야 깨달아? 이기적인 새끼야, 네가 하려는 일은 전부 기만이야.

맞아.

---

* Abson. 어원은 Absurd + -on. 기존 기본 상호작용을 뒤트는 이능력의 터무니없는, 부조리한Absurd 모습으로부터 붙여진 이름이다. 확장표준모형의 게이지 보손으로 이능력의 근원이 되는 힘인 이력을 매개하는 입자이며 동시에 이력흔의 실체이기도 하다. 이력항원에 의해 형성되어 이능력을 구성한다.

무효 이론을 완성해서 교란을 해결하겠다고? 이능범죄를 없애버리겠다고? 헛소리 집어치워. 그러면서도 그 자리에 앉아 있는 게 너의 위선이라고.

그래, 맞아.

맞기는, 이해하긴 개뿔이나. 네가 다른 교란 판정자에게 느끼는 감정은 뭐였어? 늘 들여다보고 연구하는 사람들이니까 무감각했지? 그저 숫자로만 느껴지면서. 네 감정은 건에게만 특별하지 않았어? 그게 너의 이기심 아니야? 이건 전부 마땅한 응보야.

전부 다 맞아.

눈을 덮었던 손끝을 흘러내리듯 떼어냈다. 감았던 눈을 떴다. 빛이 아스라이 스몄다. 시야는 인공광으로 밝기만 한데, 심장은 여전히 불안이 무겁게 죄어든 채였다. 미르는 그 모순을 참을 수 없어서 항불안제를 넣어둔 약통을 들고 자리에서 일어나 탕비실로 나섰다. 갑자기 경련하는 광대로부터 줄곧 얼굴을 찌푸리고 있었음을 깨달았다. 무엇 하나 제대로인 게 없었다.

미르는 비어 있는 물통에 물을 채운 뒤 손에 있던 항불안제를 입안에 털어 넣었다. 약을 목으로 넘긴 뒤 깊은 곳에서 나오는 한숨을 길게 늘여 쉬었다. 양팔로 책상을 짚은 채 심호흡을 계속했다. 그 순간에도 검은 파도는 계속해서 책망을 들이밀었다.

네가 하려는 건 모든 사람을 구하는 일이야. 그런데, 한 사람만 바라봐서 그게 되겠어?

제발 좀 닥치라고. 나도 알고 있다고.

아니지, 고작 한 사람조차 구하지 못하는데 네가 그런 일을 할 수 있겠어?

주먹으로 내리친 책상이 크게 진동했다. 잔진동에 흔들리는 책상 위의 커피 머신에 미르의 푸른 홍채가 비쳐 보였다. 무의식적으로 능력을 사용한 모양이었다. 미르는 고개를 숙이며 눈을 감고는 미간을 짚으며 마음을 추슬렀다. 이내 팔짱을 끼고 여전히 고개를 숙인 채 능력으로 공간의 열 분포를 확인하니 다행히도 열을 집중시키거나 하지는 않은 모양이었다. 눈을 뜨고 주먹으로 내리친 부분을 확인하니 움푹 패인 것도 같았다. 뒤늦게 왼손 손등뼈를 확인하니 뻘겋게 달아오른 뒤였다. 이젠 아프지도 않았다. 심장이 죄어오는 감각을 제외한 모든 것에 무감각했다.

미르는 탕비실을 나와 엘리베이터로 향했다. 로비로 나온 뒤 흡연 구역으로 나가 연초를 한 대 물었다. 타르 8밀리그램. 작년까지는 1밀리그램이었는데. 능력으로 대기의 열을 모아 불을 붙인 뒤 한 모금을 들이마셨다. 독했다. 더 연한 걸 피우고 싶다는 생각이 들면서도 마땅히 이래야만 한다는 반발이 일었다. 이렇게 매운 거라도, 맞지 않는 거라도. 이런 작은 구석일지라도 내 일상이 고통스러워야 마땅한 거라고. 자신에게는 모든 것이 뒤틀려 있는 게 올바른 모양새라고.

미르는 다시 독한 연기를 깊게 들이마셔 폐를 괴롭게 했다. 금방이라도 기침이 튀어나올 정도까지 유독함을 들이마시고 내쉬길 반복했다. 어느덧 짧아진 담뱃대를 재떨이에 버리고 옷을 털어낸 뒤 화장실로 향했다. 손을 씻어내고 있자니 자연스럽게 거울의 자신과 눈이 마주쳤다. 넥타이는 헝클어졌고, 셔츠는 주름 가득,

유니폼은 쭈글쭈글, 잔머리는 부스스한 채였다. 미르는 그 모습을 보고 헛웃음을 한 번 흘린 뒤 피곤한 안색의 얼굴로 입꼬리만 올린 채 매무새를 정돈했다. 누가 봐도 큰일 생긴 사람처럼 보이네. 근데 맞잖아.

이전처럼 멀끔한 차림새를 유지하긴 힘이 들었다. 일어나 제시간에 연구실로 오는 것조차 버거웠다. 삶을 유지하는 것조차도. 그렇게 되니 저절로 건의 병실을 찾는 빈도 역시 잦아들었다. 보통은 출근 전에 일찍 들렀다 가곤 했으니. 솔직히 말해서, 1월에 담당의 소견을 듣기 위해 찾아간 것이 마지막이었고, 5월인 지금은 그로부터 더 이상의 방문 없이 4개월이나 흐른 뒤였다.

두려웠다. 자신이 만든 광경을 마주하기가. 이러면 안 된다는 걸 알면서도. 가서 어쩔 건데? 의식 없는 사람에게 대고 무얼 한들 의미도 없을 텐데?

편지를 쓸까 생각도 해보았지만 몇 글자 쓰고 구겨버린 이유도 그 때문이었다. 언제 깨어날지도 모르는데, 애초에 깨어날 수는 있을까? 내 손에 달린 일이잖아. 다른 연구자들도 열심히 연구하고 있다지만, 결국은. 모든 상황이 절망을 가리키고 있었고 그 사이에서 희망을 굳이 찾을 여유 따윈 없었다.

짝.

미르는 물 묻은 양손으로 제 뺨을 강하게 때렸다. 차갑고도 따가운 감촉에 이제야 눈이 번쩍 뜨이는 것 같았다. 자아, 언제까지고 우울에 빠져 있을 수는 없지이. 그러면서도 늘어지는 의지를 주워 담긴 어려웠다. 금방이라도 내리칠 듯 주먹을 꽉 쥐며 그저 모든 것이 망해버렸으면 좋겠다고 생각했다. 제 생도, 세상도. 그럼 이렇게 고통스러울 필요도 없을 텐데. 다른 사람들도 그대로 끝나버리면 되는 일이잖아. 참 좋은 세상이겠다.

왜 우리는 고통 속에서 삶을 계속해야 하는가…….

미르는 답할 수 없는 회의감에 또다시 담배 생각이 들었다. 아니야. 그만. 어제만 해도 한 갑을 피웠는데. 참아야지. 고작 이것조차 못 참으면 어떻게 큰일을 해내려고. 이성은 그렇게 말했지만 그 목소리는 참 작고 수줍었다. 결국 미르는 다시 흡연 구역으로 돌아갈 수밖에 없었다.

결국 줄담배를 이어가다 돗대를 입에 물자 발치에 핀 민들레가 눈에 들어왔다. 보통의 민들레보다 노란빛이 옅어 전체적으로 상아색을 띠고 있으니 아델리온으로 보였다.

미르는 호기심에 몸을 굽혀 일부러 주변의 열을 조금 붙잡아 아델리온 근처를 휘휘 저었다. 곧 이력흔이 남았고 아델리온의 꽃잎이 은은한 흰색으로 빛났다. 지금까지 반응하지 않은 아델리온인 모양이었다. 미르는 아델리온이 발광하며 주변의 열을 흡수하는 것을 보았다. 그리고 이력흔도. 실제로 다시 보니 생각보다 많은 양이었다. 그러니까, 열을 흡수해서 그 에너지로 빛을 내는 모양이었다. 아델리온 시약의 발광 시 흡열 반응도 그러한 메커니즘이었겠지.

영문으로 Adelion이라 불리는 민들레. 이력학과 관련된 무언가의 접두사가 되어버린 Absurd의 첫 글자와 Dandelion의 합성어로 붙여진 이름답게 아델리온은 이력학적인 특이성을 지니고 있었다. 게다가 이능력 발생과 함께 발견된 종이었다는 점도 그런 이름이 붙는 데에 한몫했다.

아델리온의 특이성이란 바로 '발광'이었다. 보통의 민들레와는 다르게 아델리온의 홀씨는 항상 은은한 빛을 발했다. 학자들은 이에 대해, 개화 시기 동안 쌓아온 열에너지를 발광 기관에 비축한 뒤 빛으로 발하는 것이라고들 추측했다. 그 진화 목적에 대해선 아직도 논쟁이 분분했지만.

아델리온은 홀씨 시절에만 빛을 발할 뿐 개화 시기에는 빛을 발하지 않았다. 한데 그런 아델리온의 꽃잎에 우연히 이력흔이 닿자 다시금 홀씨 시절처럼 발광했던 것이다. 그렇게 아델리온은 이력학사의 큰 획이 되었고 수많은 개량을 거쳐 지금에 와선 시약의 형태로서 더 익숙했다. 일회용이라는 단점을 가지고 있었지만, 물리 법칙을 뒤틀어 터무니없는 부조리Absurd라고 불리는 이력학 Absurd Force Study에 이력흔을 검정할 수 있는 아델리온 시약의 존재는 한줄기 빛과도 같았다.

그러니 이렇게 길가에 아무렇게나 피어 있는 것은 꽤나 드문 일이었다. 일생에 단 한 번만 이력흔에 반응한다는 특성 때문에, 보통은 체계적인 농장에서 외부 접촉을 차단한 채 재배되었기 때문이었다.

"아델리온……."

시약 형태에서 반응 뒤에 이력흔이 남았던 것처럼, 짧은 발광이 끝난 아델리온의 꽃잎에 미르가 남긴 이력흔을 응축한 듯한 왜곡이 남아 아른거렸다. 이렇게 보니 더욱 확실했다. 아델리온은 분명히 이력흔을 '포집'했다. 응용연의 그 연구가 조만간 공개된다면 곧 증명될 사실이었다.

……그렇다면 더욱 분명하지 않은가? 이력흔과 이력항원의 연관성이. 반응하여 이력흔을 품은 아델리온 폐시약이 특이적 이력항원 농도 감소에 영향을 준다면, 변인은 이력흔뿐이었다.

그리고 다시금 과거와 같은 질문이 발목을 붙잡았다. 그렇다면 그것이 어째서.

이력흔은 확장표준모형*의 게이지 보손인 앱손에 의해 구성된다. 그렇다면 앱손의 어떤 성질이 이력항원의 소멸에 영향을 주는 것일 텐데. 그러나 앱손의 성질에 비하면 이력항원의 성질은 알려지지 않은 상태나 다름없었다. 비교적 그렇다는 것이지 앱손의 성질도 모두 밝혀진 상태는 아니었다. 그래서 섣불리 연관 지을 수가 없었다.

지금까지 알려진 이력항원의 성질은 크게 두 가지로 요약할 수 있었다. 첫째, 생체 조직 내에서 자연 증식하며 면역 체계에 교란을 일으키고, 앱손을 형성하여 이력과 이능력을 구성한다. 둘째,

---

* 사일러스 S. 리에 의해 2004년에 새로 제안된 표준모형. 이력을 매개하는 게이지 보손인 앱손을 포함하는 표준모형이다.

구 입자로서 공명양자수와 존재양자수라는 두 개의 고유 양자수를 지닌다. 이 중에 특히 주목해야 할 것은 존재양자수였는데, 이력항원의 생성과 소멸에 대한 양자수라고 알려져 그런 명칭이 붙었음에도 그 양자수가 어떤 조건에서 변화하는지는 밝혀진 바가 없었다. 이론적으로 존재양자수가 0이 되면 이력항원이 소멸한다고 밝혀졌으나, 대체 어떻게 그걸 0으로 만드느냐는 이력학의 오랜 수수께끼였다. 지금까지도 풀리지 않아 미르를 비롯한 많은 사람들을 괴롭히는.

뭐, 윤리심의위원회에 그런 실험을 제안한 시점에서는 부질없는 고찰이었지만 말이다.

미르는 꽁초를 재떨이에 넣고 몸을 쭈그린 채 빛을 잃고 밝은 상아색으로 살랑이는 아델리온을 그저 바라보며 속으로 물었다.

너는 무슨 비밀을 숨기고 있니?

당연하게도 아델리온은 아무 말 없이 꽃잎을 바람에 맞춰 이리저리 살랑일 뿐이었다. 그래, 한낱 들꽃이 뭘 알겠어. 이건 사람이 할 일이지. 무슨 짓을 하고 있는 건지, 원.

미르는 쭈그렸던 몸을 일으켜 흡연 구역에서 나왔다. 구획으로부터 몇 발자국 내딛은 그 순간 돌연 빛의 낱알이 눈앞을 스쳤다. 반대편으로 고개를 돌리니 다른 곳에서 피어난 아델리온의 홀씨가 하늘을 수놓고 있었다. 지나가던 사람들은 그 찰나에 감탄하며 일제히 하늘을 바라보았다. 마치 푸른빛 냇물에 별이 흐르는 듯했다.

미르가 이대로 흩어지고 싶어 절망하는 것과는 상반되듯, 그 작은 생명조차 제 흔적을 세상에 날리고 있었다.

……고통 속에서 삶을 계속하는 이유라.

아, 세상엔 왜 답할 수 없는 것들뿐인지.

✳

"미르 씨, 요즘 담배 냄새 조금 심해요."

점심으로 샌드위치를 먹고 있는 와중 연구실 동료가 옆에서 대뜸 미르를 타박했다.

미르는 눈을 동그랗게 뜬 뒤 그렇게 심했나? 하고 자문하며 유니폼 옷자락을 붙잡고 코를 박았다. 확실히.

"미안해요. 주말에 빨아 올게요."

이전에 의학과 실험 참관을 맡겼던 그 무던히 성품 좋고 익살스러운 정우가 이렇게 대놓고 말할 정도라면 심하긴 한 수준이었다.

"무슨 일 있어요? 요즘 계속 상태 안 좋았잖아요."

"그 일밖에 더 있나요."

"아……."

미르는 고개를 으쓱한 뒤 샌드위치를 마저 베어 물었다. 이 정도면 건이 보통 지인이 아니라는 것쯤은 알아챘으려나.

"그건 좀 어때요? 실험 제안했던 거."

"아. 그거. 윤리위에서 반려당했어요."

미르는 아무렇지 않게 답하는 자신을 바라보는 걱정스러운 눈빛을 느꼈다. 그 실험은 평소 미르의 성향과는 완벽히 배치되는 성향의 실험이었다. 그것도 대인 실험. 정우의 눈빛은 마치 '대인 실험일지라도 중대한 교란의 위험을 동반하는 게 아니고서야 웬만하면 허가해주는 RIMOS가 반려할 정도라면 대체 무슨 실험을 제안한 건지 상상도 할 수 없다'는 듯한 눈빛이었다.

"꼭 필요한 실험이었나요?"

"그럴걸요? 교란 판정자를 고농도의 이력흔에 일부러 노출시키는 거니까. 이력흔 성질 찾기엔 직방이라고요."

미르는 한 번 더 자신을 향하는 정우의 우려스러운 눈빛을 느꼈다. 당신도 제가 제정신이 아니라 생각하십니까? 그럴지도 모르겠지만, 저는 제정신이라 생각하네요.

"사용한 아델리온 폐시약이 항원 농도 감소 사례와 인과 관계를 가지는데, 그 시약이 짙은 이력흔 농도를 가지고 있다면 이력흔을 의심해야죠. 이걸 왜 허가 안 해주나 모르겠어요."

"그건 맞지만……."

아마 평소의 미르라면 "그래도 꺼림칙하니 이력흔과 이력항원 사이의 관계를 밝히는 게 우선이다"라고 말했겠지만 그런 생각은 하지도 않는 듯했다. 그리고 주류 무효 이론이 이력흔과는 큰 상관관계를 주장하지 않는다는 사실은 미르도 잘 알고 있는 사실이었다.

"그래도 자신 먼저 챙기는 게 우선 아니겠어요?"

정우는 다시금 걱정스럽게 미르를 바라보았다. 언젠가부터 셔츠는 늘 주름진 채였다. 미르 역시 그 시선에서 무언가를 느꼈는지 머쓱한 웃음을 지어 보였다.

"하아. 오늘 재심의나 잘 되길 바라야죠."

하지만 돌아온 것은 자기 안위는 생각지도 않는다는 뉘앙스의 답변이었다.

"오늘 재심의예요?"

"네. 직접 가서 발언하려고요."

정우는 속으로 '그래도 안 될 것 같다'고 생각했다. 이력흔, 그러니까 앱손의 성질은 이력항원보다 많이 밝혀졌을 뿐이었다. 그 모두를 밝힌 것은 아니었다. 그것도 비교 대상이 정보라곤 손톱만 한 이력항원이었으니 우리는 아직 앱손에 대해 모르는 것이나 다름없었다.

……그런 실험은 아무리 저돌적인 이력의학과에서도 제안하지 않을 텐데, 참.

정우는 한편으로 그런 미르가 이해되지 않는 것은 아니었다. 적어도 연구실에서 그렇게 애를 태우며 오열할 정도의 상대라면 보통 사이의 지인은 아니라는 게 정우의 추측이었다.

RIMOS에서 근무하며 지켜본 바, 교란 판정자의 주변인이 무너지는 순간은 늘 똑같았다. 언제까지고 괜찮을 거라고, 교란의 해결법이, 무효 기술이 곧 개발될 거라고 믿어왔던 것이 무색하게

도 그동안의 기대와 기다림을 배신하는 일이 벌어졌을 때. 특히
의식 불명기에 접어들었을 때. 안타까웠지만 그 순간마다 정우가
당장 할 수 있는 일은 없었다. 무효기술연구소 소속으로서 목표를
위해 조금씩이라도 노력하는 수밖에 없었다. 미르도 그래야 할 터
였다. 그런데 지금 미르는, 아무리 봐도 길을 잃은 상태로 보였다.
정우는 그것이 더 안타깝고 안쓰러워 애써 동료의 주의를 환기시
키려 노력했다.

"근거는 있어요?"

정우는 물었고 미르는 기다렸다는 듯 샌드위치를 한입에 집어
넣은 뒤 주머니에 있던 태블릿을 꺼냈다. 몇 번의 터치 조작 후에
띄운 화면에는 빼곡한 수식과 숫자가 가득했다.

"제가 이래 봬도 이론 전공이거든요."

이력학은 이론 전공과 실험 전공을 구분하는 것이 크게 의미
없긴 했지만. 미르는 그 모순 따위 신경 쓰지도 않는다는 듯 다크
서클이 낀 눈으로 씨익 웃어 보였다.

✳

쌍.

개 같네. 되는 일도 없지.

미르는 신경질적으로 혀를 차며 연구실의 문을 열었다. 동료들
과는 눈도 마주치지 않은 채 고개만 끄덕여 인사를 대신했다. 성

큼성큼 길게 발을 뻗어 제자리에 앉았다. 책상은 여전히 논문이니 태블릿이니 필기구에 케이블 따위가 얽히듯 어질러진 채였다. 미르는 순간 의사가 주변이 정리 정돈 되지 않는 상태를 유의하라고 했던 걸 떠올렸지만 당장 그까짓 게 중요한 게 아니었다. 미르는 마우스를 움직여 모니터에 사용자 로그인 화면을 띄우고도 한참을 비밀번호 입력 없이 노려보기만 했다. 손가락을 괜히 책상에 두드리면서.

미르는 재심의에서 고농도의 앱손이 가지는 성질의 가능성에 대해 논했다. 태블릿을 화면에 연결해 자신이 계산한 내용을 근거로 삼으면서. 미르는 그 수치도 정확히 기억했다. 반응한 표준 농도 아델리온 폐시약의 임상적인 이력흔 농도가 조금 높은 편인 서드 레벨에 해당한다면 그보다 높은 농도의 조건에서 실험해보면 된다. 사전 정보가 너무 부족한 실험이었으므로 다들 섣불리 의견을 내지 못한 채 교착 상태가 진행될 때, 이력의학과 대표가 허가에 가까운 의견을 말하자 이력물리학과측 대표가 반발을 표했다. 그 내용인즉 앱손과 이력항원의 성질이 전부 밝혀진 것이 아니며, 그러므로 통상의 이력흔보다 진한 이력흔에게서는 어떤 성질이 관측될지 알 수 없다는 이유 때문이었다. 윤리심의위원장을 맡았던 기관장 사일러스 역시 그 의견에 동의했다.

미르는 필요성과 획기적임을 아랑곳 않고 강조했지만 형세는 불리했다. 개중에서도 가장 어이없었던 것은 사일러스의 발언이었다.

"이제부터 RIMOS는 무의미한 대인 실험의 빈도를 줄일 것입니다. 이번 안건의 반려 역시 그 일환이고요."

갑자기 이게 무슨 소리인가, 미르는 되물었다.

"무의미하다는 기준이 무엇입니까?"

그때 사일러스가 마이크 멀리서 입 모양을 중얼거렸다. 확실하지는 않지만, 확언할 수는 없지만 그 모양은 '전부'라고 말하는 듯했다. 사일러스의 입으로부터 새어 나온 호흡과 발음이 마이크에 닿아 작게 울렸고 당황한 미르는 재차 물었다.

"뭐라고 말씀하셨습니까?"

"아닙니다. 내부 기준에 따를 것입니다."

내부 기준, 그게 뭔데? 그놈의 기준을 반추하던 와중 재심의는 허무하게도 막을 내렸다. 결과는 심의 유지. 그러니까 하지 말라는 뜻이었다. 아니, 지금까지 대인 실험한 게 몇인데 지금 와서 무의미를 운운하는 게 의미가 있나. 줄곧 대인 실험에 우려스러울 정도로 우호적인 태도를 보여왔던 기관장의 변심을 이해할 수 없었다. 당연히 통과될 줄 알았는데.

게다가 그 발언은 잘못 들은 게 아니었는지, 다른 부서에서도 재심의를 어마어마하게 요청한 모양이었다. 심의를 마치며 흘깃 본 회의실의 예약 상황이 전부 윤리심의위원회로 빼곡한 모습을 보는 건 이번이 처음이었다. 이렇게 될 줄 몰랐나?

솔직히, RIMOS의 그런 결정이 우습게도 이력학은 대인 실험 없이는 발전이 불가능한 학문이었다. 만약 앱손이 실험실에서 생성 가능한 입자였다면 우리는 진즉에 이런 삽질은 때려치우고 입자 가속기나 건설했을 것이다. 이력항원을 인위적으로 생성하고 복제하거나 다룰 수 있었다면 교란은 문제도 아니었을 것이다. 앱손은 발현자의 이력항원에서만 생성된다. 그런데 그 생성이라는 것도 이능력을 쓸 때나 일어나는 것이지, 객관적이고 정밀한 수치로 조절하여 생성시키고 소멸시킬 수는 없었다. 변인 통제가 불가능했다는 뜻이다. 따라서 앱손에 대한 연구는 대부분 이력흔의 임상적인 특성을 바탕으로 유추되고 정립되었다.

그리고 이력항원은…… 말을 말자. 세상에, 어떻게 이딴 게 존재할 수 있나. 애당초 모든 사람의 혈액에 존재한다는 것부터가 이상했다. 대체 언제부터 공생을 시작한 거고 어째서 1981년에야 '활성화'되어 발현자를 만들어낸 건지 알 수가 없었다. 아니, 공생이라고 표현할 수는 있을까? 생명체는 무슨 입자에 불과한 것에게?

엄밀히 말해 우리가 부르는 이력항원이란 '공명양자수와 존재양자수가 0이 아닌 활성 이력항원'을 뜻했다. 반면 '잠재 이력항원'이란 것은 모든 사람들의 혈액에 존재했고, 증식하지도 않았으며, 면역 체계의 교란을 일으키지도 않았다. 상호 작용조차 일절 없어 그저 없는 것과도 같았으니 이능력 발견 전까지 발견되지 않은 것도 무리는 아니었다. 그런 잠재 이력항원이, 밝혀지지 않은 모종의 이유로 0이 아닌 공명양자수와 존재양자수를 가져 '활성 이력항원'이 된다는 것은, 항원 보유자의 이능력 발현을 뜻했고 동시에 이상 증식의 시작을 뜻하기도 했다. 그렇게 증식하기 시작한 이력항원은 항원 보유자, 즉 발현자가 자신의 이력항원과 같은 공명양자수로 항원을 공명시켜 능력을 사용할 때 소멸했다.

……그러니까 이능력을 사용해서 공명양자수로 공명시키는 게 이력항원의 존재양자수를 0으로 만들어 소멸시키는 방법이었고…… 그게 존재양자수를 0으로 만드는 유일한 방법이 아닐 거라는 전제하에 그 '다른 방법'을 찾는 게 대부분의 무효 이론 연구법이었고…… 미르는 이쯤까지 생각하니 머리가 다시 아파오는 걸 느꼈다. 원론적인 게 지금 다 무슨 소용이야.

어쨌거나 그런 특성 탓에 발현자 역시도 능력을 오래 사용하지 않으면 충분히 교란 판정을 받을 수 있었다. 물론 그런 경우에는 능력을 사용함으로써 바로 교란을 해결할 수 있었지만.

쉽게 말해 공명양자수는 혈액형 같은 것이었다. 발현자가 이력항원 노출로 인해 교란 판정을 받는다고 하더라도 운 좋게 같은 공명양자수의 이력항원에 노출되었다면 자신의 능력으로 교란을 해결할 수 있었다. 그래봤자 이력항원과 다른 공명양자수의 이력항원이 침입한다면 별수 없이 교란행이었지만.

……그러든지 말든지, 죄다 터무니없는 소리에 불과했다. 교란에 대해 그것들이 어떻게 작용하느냐고 묻는다면, 공명양자수에 대한 내용을 빼곤 제아무리 이력학 관련 박사 학위가 있더라도 달리 답할 말이 없었다. 게다가 이것이 앱손과 이력항원이 가진 성질의 전부도 아니었으므로, 이력학은 생각할수록 짜증 나고 터

무늬없으며 부조리한 것이었다. 누가 지었는지는 몰라도 이력이 영어로 Absurd Force라니 이름 참 잘 지었다고 미르는 생각했다.

미르는 답답한 마음에 책상에 올려진 텀블러를 들어 안에 있던 물을 한숨에 들이켰다. 미지근하니 목 넘김이 심심했다. 차가운 물이 주는 상쾌함이 필요했으나 막상 정수기로 향하기는 귀찮았다. 다시금 앱손과 이력항원의 성질을 곱씹으며 천장을 바라보고 팔짱을 꼈다. 문득 더럽다고 생각했다. 이딴 게 학문이라니. 나는 어쩌다 그걸 하고 있고, 이 엿같은 이능력을 영구적으로 무효화할 수 있는 이론이…… 모두를 구원할 이론이 될 거라니.

정말이지, 세상 돌아가는 꼬락서니하고는.

미르는 한 손으로 머리를 괴듯이 쥐어잡은 채 눈을 치켜올려 비밀번호 입력을 요구하는 모니터 화면을 응시했다. 웬 날에 갑자기 그만두겠다며 전공을 바꾼 박사 과정 동기가 생각났다. 걔가 그만두면서 뭐라고 했더라. "이거 계속하다간 사람 미친다, 이능력은 과학으로 설명할 수 있는 게 아니다"였나. 그 친구는 이력물리 전공을 포기하고 평범한 입자물리 전공으로 학위 과정을 마쳤다. 지금 돌아보면 그 친구가 현명했다. 이력학은 미친 짓이었다. 그렇게 과거를 후회해봤자 현재나 미래가 바뀌는 건 아니었지만 미르는 계속해서 제 처지를 한탄했다. 타들어가는 갈증성 두통에 텀블러를 붙잡으니 기대한 것보다 가벼운 무게가 느껴졌다.

어차피 물도 떨어졌겠다, 자리나 다시 비울까.

무효기술연구소 소속 연구원들은 주에 1회씩 진행되는 대형 세미나와 각자에게 주어진 그룹 프로젝트만 무사히 수행할 수 있다면 근무 시간에 무얼 하든 구애받지 않았으므로, 미르는 이미 완벽히 정리된 세미나 자료를 재차 확인한 뒤 텀블러를 들고 자리에서 일어났다. 다만 발걸음이 향한 곳은 정수기 앞이 아니라 흡연 구역이었다. 미르는 절제를 발휘해 한 대만을 깔끔히 피운 후 여전히 비어 있는 텀블러를 든 채 로비로 돌아왔다. 몸으로 문을 밀며 손목에 찬 시계로 시각을 확인하니 오후 6시가 얼마 남지 않은 상태였다. 이렇게 늦은 시각일 줄은 몰랐는데, 오늘도 이렇게 무의미하게 하루가 가는구나.

미르는 한숨을 쉬며 무효기술연구소 방향 엘리베이터로 향하는 도중 익숙한 모습의 누군가가 휴대폰을 만지며 자신의 방향으로 걸어오는 것을 보았다. 미르는 어렵지 않게 그 사람이 서해수라는 것을 알아챘다. 이렇게 쉽게 마주칠 수 있는 사람이었다. 왜 그동안엔 마주치지 않았던 걸까 생각도 해보았지만, 이전에는 해수에게 그다지 관심이랄 걸 가지지 않았으므로 마주치더라도 그저 스쳐 갔으려나 싶었다.

보지 않았던 거겠지, 보지 못했던 게 아니라.

미르는 자신의 편협함에 일순 혐오를 느낀 뒤 약간의 비난을 스스로에게 돌렸다. 레퍼토리는 아까와 같았다. 모든 사람에 대한 일을 해내야 하면서 이래 가지곤 되겠냐고.

그렇다면 행동하면 되지 않겠는가? 미르는 상황에 대한 총체적인 심통에 반발하듯 해수에게로 발걸음을 옮겼다. 어차피 서현주에 대해 줄곧 궁금해하지 않았는가? 언젠가는 접근할 요량이었고 그렇다면 그게 오늘이 되도록 충동적으로 행동해도 괜찮겠지. 절제라면 직전에 줄담배를 참은 것으로 족했다. 게다가 언제 또 만날지 모르는 일이었고.

미르가 앞에 서자 해수는 휴대폰에서 시선을 떼고 미르를 바라보았다. 짧은 순간 눈빛에 스쳤던 의아함은 금세 놀라움으로 바뀐 듯했다.

"혹시 작년에……?"

"안녕하세요?"

미르는 능청스레 흉터가 남은 왼손바닥을 보이며 인사했다. 해수는 그 흉터의 근원을 알아보고, 배는 더 당황한 듯한 태도로 물어왔다.

"RIMOS 분이셨어요?"

"그땐 경황이 없어서 소개를 못 했죠."

이내 당황의 태도는 경계로 변화했다. 이 사람은 RIMOS의 대다수가 그 시위를 인지하고 있다는 사실을 알고 있을까? 그리고 대다수는 무관심하지만 자신은 그렇지 않다는 사실은? 미르는 해수의 표정이 살짝 굳은 것을 알아챈 뒤 목적을 숨긴 채 너스레를 떨었다.

"그때 처치해주신 덕분에 가볍게 아물 수 있었는데, 보답으로 저녁 식사라도 대접할 수 있을까요? 이제 퇴근하려던 참이라."

해수는 무표정을 유지했다. 아, 잘못했나. 하긴 몇 개월 만에 만난 사람이 RIMOS 소속인데다 갑자기 밥을 사겠다고 하면 난처하긴 하겠지.

"부담되면 거절하셔도 괜찮ㅡ"

"그래요."

해수는 의외로 쉽게 동의를 표했다. 미르는 웃는 얼굴로 고개를 끄덕이며 계산했다. 차차 접근해가면 되겠다고. 그렇게 생각하는 찰나 해수가 예상치 못하게 선두를 쳤다.

"대신, 저도 물어볼 게 많아요."

미르는 호기로운 해수의 태도에 흥미를 느꼈다. 이 사람은 계산이 빠르군.

"뭐 드시고 싶은 거 있으세요?"

미르는 정지 신호 아래 횡단보도 앞에서 운전대를 잡은 채 조수석에 앉은 해수에게 물었다. 어색함이 차내를 가득 채운 상태였다.

"무난하게 둔산동에서 해결할까요?"

분향소가 설치되었던 거기 근처려나. 미르는 불편과도 비슷한 약간의 이물감을 느낀 뒤 코로 한숨을 내쉬며 아무렇지도 않다는 듯 대답했다.

"아는 곳 있으세요?"

"파스타 괜찮으세요?"

"좋죠."

"잠시만요. 지도 보여줄게요."

그냥 어느 쪽이라고 말해도 충분할 텐데. 해수는 휴대폰을 조작해 식당의 주소를 문자로 보내주었다. 빼곡한 상가 사이의 안내 표기 하나가 눈에 띄었다. 좁게 축약된 도로를 보며 주차하기 힘들겠다는 생각을 할 때 시선의 가장자리에 비친 유리창으로 청색 신호가 점등되는 것이 비쳤다. 미르는 고개를 끄덕이며 액셀을 밟았다.

그나저나 해수의 붙임성은 엄청났다. 상대방이 RIMOS 연구원이라서 그런 건가? 정보 캐려고? 아무리 구면이래도 작년의 일이 그럴싸한 접점인 것도 아니었는데, 해수는 긴장이라곤 하나 없어 보이다 못해 저돌적으로 느껴질 정도의 태도로 미르에게 편하게 굴고 있었다. 그러나 재밌게도 그 행동들에서 우호적인 감정이라곤 느껴지지 않았다. 그런데 모르는 사람 차에 이렇게 불쑥 타도 되는 건가. 그만큼 절박하다는 뜻이겠거니 미르는 이해했다. 아무도 시위에 대해 적극적으로 도울 방법을 논하지 않았던 RIMOS의 분위기를 생각했다. 미르는 순간 동료들의 태도에 불쾌함을 느꼈으나 무시해왔던 것은 자신도 마찬가지였음을 빠르게 깨닫고는 찌푸렸던 미간을 금세 폈다.

가다 서길 반복하는 차 안에서 미르는 고민했다. 이렇게 의도를 갖고 서해수에게 접근해도 되는 건가? 그 고민이 무색하게도 옆에 앉은 해수는 명백한 의도와 함께 차에 오른 듯했다. 어차피 관심 있던 일이니, 빠르게 처리해버리지 뭐. 그저 호기심이었다. 무슨 일이 있었던 건지.

그런 긴장이 무색하게도 큰 마찰 없이 메뉴 주문을 마치자 긴 시간이 지나지 않아 각자의 자리 앞에 파스타가 놓였다.

"먼저 드세요."

미르는 물컵에 손을 대며 말했다. 해수는 고개를 끄덕이곤 포크를 들었다. 해수가 한 입 베어 문 것을 확인한 미르는 물을 한 모금 마신 뒤 포크에 손을 가져갔다.

"RIMOS에는 언제부터 계셨던 거예요?"

미르가 한 입을 입에 넣자마자 해수는 쉴 틈도 없이 질문을 시작했다. 웃는 낯이었지만 특유의 경계심이 서려 있는 듯했다.

"2032년에 입사했어요. 올해로 3년 차."

올해가 2034년이니 하나, 둘, 셋. 미르는 속으로 검산했다. 그러는 순간 해수의 표정에 실망감이 스친 것 같기도 했다. 왜, 생각보다 너무 작은 연차였나?

"RIMOS에는 이상한 데이터베이스가 있어요."

미르는 해수가 자신에게 더 실망하지 않길 바라며 뜬금없는 미끼를 던졌고 예상대로 파스타를 입에 가져가던 해수는 그대로 얼어붙은 채 미르를 바라보았다. 반응을 보아하니 존재도 알지 못했던 모양이었다. 하긴, 굳이 딸에게 그런 것까지 알려주진 않았겠지.

"직원이라면 누구나 아이디를 만들어 데이터베이스에 접근할 수 있어요. 직군이나 연차에 따른 권한 차이도 거의 없고요."

환자의 이력학적 정보 같은 걸 제외하면 미르 역시도 거의 대부분의 정보에 접근할 수 있는 사람 중 한 명이었다.

"당신도 접근할 수 있나요?"

미르는 파스타 한 뭉치를 입에 넣은 뒤 고개를 끄덕였다.

"……혹시 저를 다른 곳에서 본 적은 없으신가요?"

해수는 조심스럽게 물었고 미르는 이것이 '1인 시위'를 의미하는 것이리라 직감했다. 미르는 접근할 시점을 신중히 계산했다. 지금이라면 밝혀도 괜찮으려나. 대다수의 RIMOS 사람들이 시위에 무반응인 태도라는 걸 고려하면 처음부터 관심을 밝히는 것이 우호적인 태도를 만드는 데 도움이 될지 모르는 일이었다. 미르는 마찬가지로 조심스럽게, 하지만 분명하게 답했다.

"입구에서 종종…… 뵈었던 것 같은데요."

동시에 옅은 미소를 띄워 보였다. 나는 그걸 부정적으로 여기지 않았다는 뜻을 가진. 해수는 그것을 의미심장하게 해석했는지 다음 말을 고민하는 듯했다.

"숨길 것도 없으니 먼저 말할게요. 서현주 씨의 논문을 읽어봤어요."

그 사이 미르는 먼저 선두를 쳤다. 답답한 건 딱 질색이었다. 해수가 원하는 바는 명확했고 갑작스러운 식사 제안을 수락한 것이 그 방증일 터였다. 미르 역시도 목적은 분명했다. 그렇다면 이렇게 겉도는 얘기나 시시콜콜하게 늘어놓을 바엔 바로 정론으로 향하는 게 양쪽에게 이로울 것이었다.

"저희 엄마를…… 아니, 저를 아시는군요."

해수가 눈썹을 꿈틀거리며 대답하자 미르는 고개를 저었다.

"이름도 그때 알았어요. 그냥 무슨 일인지 관심이 있을 뿐이었지. 아무튼 논문을 읽고 그 데이터베이스에 이름을 딱 검색해봤는데, 어땠게요?"

"어땠는데요?"

"아무것도 안 나왔어요."

해수는 어이없다는 듯 헛웃음을 짧게 흘렸다.

"그걸 아신다니 얘기가 빠르겠네요. 그 일에 대해 더 알아보신건 있으신가요?"

과연 해수 역시 목적이 분명한 사람이었다.

"알아보려고 해도…… 별수 없더라고요. 아까 말했죠? 데이터베이스는 거의 누구나 접근 가능하다고. 근데 없어요. 다른 사람들한테 물어봐도 어느 순간부터인가 사라져 있었대요."

미르는 포크를 들고 어깨를 으쓱했다. 거짓은 없었다. 그것이미르가 아는 전부였다.

"더 궁금한 거 있으세요? 아는 한에선 대답해드릴게요."

"의도가 뭐예요?"

미르는 쏘아붙이는 듯 돌아온 의외의 대답에 조금 놀랐다. 해수는 아직도 경계를 풀지 않고 있었다. 하기야 서현주에 대한 진실이 아직도 두루뭉술한데 같은 RIMOS 구성원을 경계하는 것도 무리는 아니었다. 그러면서도 조금은 애꿎은 느낌이 들지 않나 미르는 조금 억울했다.

"피차 똑같지 않을까요?"

지금 발언은 너무 도전적이었으려나. 미르는 곧바로 덧붙였다.

"저는 교란을 연구하고 있어요. 그리고 서현주 씨의 논문은 제게 있어 꽤 흥미 있는 논문입니다. 혹시 자택에 자료가 있다면 공유해주실 수 있으실지요. 그렇다면 저도 RIMOS 내부에서 모을 수 있는 정보를 모아보겠습니다."

해수는 가만히 미르의 눈을 응시하다 시선을 테이블에 내린 뒤 무어라 하려던 말을 삼켰다. 그리고 손에 조금 힘을 쥐더니 주먹을 살짝 쥐어 보였다. 미르는 여유롭게 대답을 기다렸고 해수의 대답은 의외의 것이었다.

"……제가 어떻게 당신을 믿죠?"

미르는 계속되는 경계심 가득한 대답에 심장이 쿡 찔리는 듯했다. 되는 일이라곤 하나도 없구만. 하지만 쉽게 포기하기엔 절박한 상황이었다. 아주 조금의 단서라도 필요한. 상대방도 필시 그럴 터였다.

"일단 제 태도가 성급한 건 인정할게요. 저도 급한 일이 있어서요. 조급했던 것 같네요. 죄송합니다. 그렇지만 한 가지 말씀드리고 싶은 게 있어요. RIMOS에는 기억하는 사람들이 모인다는 거."

미르는 손끝으로 미간을 문지르며 불량했던 태도를 사과하며 소속을 근거로 자신에 대한 신뢰도를 변호했다. 솔직히, 참고 있었다. 자신이 전혀 화낼 시점이 아니었기에 삭이고 있었을 뿐이지만, 이렇게까지 방어적으로 나올 줄은 몰랐다. 피곤했다.

"제가 왜 그러는지도 알면서 그런 말씀을 하시는군요."

"네?"

"저희 엄…… 서현주 씨 교란으로 의식 불명인 거 아실 거 아니에요. 시위 내용 아신다면."

미르는 일그러지려는 눈썹에 힘을 주어 중립을 유지하며 고개를 끄덕였다.

"저로선 신뢰하기 어렵네요. 미르 씨는 그저 제 절박함을 이용하려는 걸로 보이시는데요. 아무래도 그냥 연구하시는 분은 그 주변인이 어떤 심정인지 모르실 테니까."

미르는 죄어오는 심장의 불쾌감을 참으며 코로 숨을 깊게 들이마시고 내쉬었다. 맞는 말이었다. 절박함을 이용한다, 미안하게도 사실이었다. 하지만 모를 거라고? 교란 판정자의 주변인이 어떤 심정일지 모를 거라고? 반발할 수 없는 말과 반발하고 싶은 말이 교차하자 미르는 안에서 말을 가다듬으며 한숨을 쉬었다.

"오해가 있으신 것 같습니다. 일방적인 이용이 아니라, 굳이 말하자면 거래입니다."

미르는 구태여 꺼낼 필요 없는 개인사를 삼키고 잘못된 사실만 정정하길 선택했다.

"RIMOS 데이터베이스에 아무것도 없었다면서요?"

더 이용 가치가 없다는 건가, 젠장.

"하지만 내부 정보에 해수 씨보다 접근하기 쉽다는 사실은 변함없죠."

"······그건은 더 생각해볼게요."

미르로서는 해수가 어느 지점에서 실망한 것인지 알 수 없었다. 다만 해수의 불편한 태도는 명백히 미르가 촉발한 것이었다. 미르는 지금껏 현주의 안부조차 전혀 묻지 않고 있었다. 그저 계산적으로 자신의 목적만 밝히고 있을 뿐이었다. 그런 상황에서 해수가 경계를 유지하는 건 어려운 일도 아니었으리라. 하지만 미르는 그 사실을 알 수 없었다. 조급했으므로.

그래서 미르는 자신의 답답함을 전적으로 해수의 탓으로 여겼다. 협상이 결렬된 것처럼 보이자 미르는 천천히 고개를 끄덕이며 빵을 집어 먹었다. 목이 메어 물까지 들이켠 뒤에야 침묵은 깨질 수 있었다.

"그럼 연락처 좀 알려주시겠어요. 호의로라도 돕겠습니다."

미르는 휴대폰을 내밀었다. 해수는 무언가 말하려는 듯하다가 이내 미르의 휴대폰을 받아들고 자신의 전화번호를 키패드에 찍어 미르에게 다시 돌려주었다. 말하려던 건 분명 "왜 이렇게까지 하시는 거예요?" 따위의 말이었겠지, 미르는 추측했다. 생각보다 의심이 많은 성격이었다. 하긴, 그렇지 않고서야 RIMOS를 상대로 의심하거나 시위하는 배짱은 가질 수 없었을 것이다. 하지만 호의로 다가오는 사람까지 이렇게 경계해서야 될 일도 안 될 것 같다고 미르는 잠시 생각했다.

그리고 예상 밖으로 약간의 누그러짐과 함께 입을 먼저 뗀 것은 해수의 쪽이었다.

"⋯⋯교란 연구하신다고 했죠?"

"네. 그렇습니다."

"저희 엄마는⋯⋯ 엄마도 교란을 해결하고 싶어 했어요."

조용히 참았던 게 성과를 내었나? 미르는 의외의 정보에 눈썹을 꿈틀했다.

"그 논문은 도움이 됐던가요?"

"논문이라면?"

"아델리온 시약에 대한 거요. 분명 제목이⋯⋯."

"사용한 아델리온 폐시약과 특이적 이력항원 농도 감소 사례의 인과성 연구?"

해수는 한 치의 오차 없이 제목을 외운 미르를 멍하니 바라보았다.

"많이 읽어서요."

"아무튼 그게⋯⋯ 교란 연구에 도움이 되던가요? 연구자시잖아요."

해수는 목에 걸린 말을 입술로 내지 못한 채 잠시간 머뭇거렸다.

"어떻게 보면, 엄마의 마지막 흔적이 될지도 모르는데⋯⋯."

들릴 듯 말 듯 희미하게 닿은 한마디의 읊조림. 어쩐지 서글퍼 보이는 해수의 눈빛에 미르는 고민했다. 솔직히 말해 이력흔은 지금의 주류 이력학계에서 그다지 주목받는 물건이 아니었다. 하지만 개인적인 흥미는 분명히 있었다. 가능성. 일부일지라도 특이적 사례의 인과 관계를 유일하게 입증했다는 그 가능성. 미르는 그 가능성과, 새로 알게 된 서현주의 목적으로부터 풀리지 않은 실마리의 존재를 예측했다. 과연 정말로, 그게 마지막 흔적일까? 그만한 통찰력을 가진 사람의 유산이 과연 그것뿐일까? 교란이 아무리 죽음을 확정 지을지언정, 교란과 그 해결을 연구하는 사람으로서 유산이라고 표현하기는 싫었지만 말이다.

"네."

미르는 고민 끝에 긍정했다. 해수는 천천히 고개를 끄덕이더니 이내 빨갛게 변한 눈가를 냅킨으로 닦으며 미안하다고 말했다. 미르는 말없이 시선으로 위로하며 문득 교란의 무게를 느꼈다. 시대의 무게를, 세대의 무게를, 회한과 기억의 무게를.

- 협력할게요. 제가 아는 정보는 최대한 드릴게요. 미르 씨도 최대한 공유해주세요.

그것이 다음 날 아침에 해수로부터 받은 첫 문자의 내용이었다. 그렇게나 경계심 가득했던 것을 고려하면 실보단 득이 많다고 계산한 결과였겠지. 미르는 그제서야 뻐근했던 뒷목이 풀리는 느낌이었다. 미르는 이 조사로부터 교란을 해결할 실마리를 찾을 수 있길 바랐다.

- 엄마는 교란을 단순히 해결하려는 것처럼 보이지 않았어요.

그게 굉장히 중요해서, 매달리는 것처럼 보였죠.

이어지는 해수의 문자는 꽤나 예상 밖의 것이었다. 그러나 교란에 매달리는 것은 어떤 특징을 공유하는 사람들의 공통적인 반응이었다. 미르는 물었다.

- 혹시 서현주 씨가 어째서 그러셨는지 짐작 가는 바 있나요?

그리고 그 특징이란 필시 미르 자신과 비슷한 이유일 터였고, 미르의 직감은 틀리지 않았다.

- 이모할머니가 크리스마스 사건에서 돌아가셨거든요.

2034년 6월

미르는 해수에게 서현주와 관련된 자택 내 자료를 모아달라고 부탁했다. 목표는 데이터베이스 아이디였다. 서현주의 아이디라면 분명 새로운 단서가 있을 터였다. 원칙적으로 데이터베이스에 한번 등록된 자료는 삭제와 수정이 불가능했다. 권한을 제한하는 것이라면 모를까. 그렇다면 서현주의 자료는 높은 권한의 누군가에 의해 접근 권한이 제한된 것일 테고, 서현주 본인의 아이디라면 그러한 자료에도 접근이 가능할 것이었다. 미르는 그것을 노리며 해수에게 문자를 보냈다.

"뭐 해요?"

그 순간 미르는 난데없이 끼어든 누군가의 목소리에 화들짝 놀라 휴대폰 화면을 뒤집었다. 뒤돌아 목소리의 정체를 확인하니 정우였다. 미르는 놀란 가슴을 추스르며 휴대폰을 엎어 책상에 올려놓았다.

"근무 시간에는—"

"RIMOS가 언제부터 그런 거 따졌다고 그래요!"

미르는 괜한 반항심에 정우의 말을 잘랐다.

"다른 사람들은 다들 집중하는데."

미르는 그 말에 연구실을 둘러보았다. 연구실에 있는 사람이라곤 미르와 정우 둘뿐이었다.

"그럼 정우 씨는 뭐 해요?"

미르는 정우의 심통에 쏘아붙였다. 정우는 엄지로 넌지시 어딘가를 가리키며 대답했다.

"프린트요."

엉덩이를 살짝 들어 파티션 너머의 프린터를 보니 종이 뭉치가 여럿 출력되어 있었다. 멀리서 보이는 레이아웃이나 두께를 보아 논문을 여러 부 출력한 듯했다.

"논문?"

"이력흔 관련 논문 싹 다 보려고요. 응용연 결과 보니까 좀 봐야 할 것 같아서."

"저건 또 뭐예요?"

미르는 정우의 책상 위에 힐끗 보이는 연한 붉은색의 투명한 액체가 담긴 바이알을 바라보았다. 그 시선을 따라간 정우의 시선도 마찬가지로 바이알에 닿자 정우는 호들갑을 떨며 얼버무렸다.

"별것 아니에요."

별것 아니라기엔 그 색은 너무나 희석된 혈액 같아 보였다.

"저거 피 섞은 거 아니에요……?"

"너무 예리하시네, 진짜."

정우는 짧은 숨김을 포기하듯 자리로 걸어가 바이알을 들고 왔다.

"이거 설마 혈액반응법이에요?"

"쉿. 제 피로 몰래 한 거예요."

정우는 발현자였고, 그렇다면…….

"그거 지금 하면 안 되는—"

"휴대폰 본 거 눈감아줄게요."

"어차피 그건 지적받을 일도 아닌데……."

미르는 발을 동동 구르는 정우의 모습을 뒤로 한 채 바이알을 다시 바라보았다. 혈액반응법은 불과 6여 년 전인 2028년경까지 사용되던, 아델리온 시약을 만드는 기술력이 충분하지 않았던 시절에 시약을 반응시키는 방법이었다. 저농도의 불안정한 아델리온 시약에 발현자의 혈액을 떨어뜨려 발현 유무를 판정하는 반응법이었는데, 사실 서현주의 논문에서 쓰인 아델리온 시약의 반응법도 이 혈액반응법이었다. 아델리온 시약의 효율적인 제조법이 보급된 지는 얼마 되지 않았으니까. 지금 이력흔과 반응하는 시약의 반응법은 간접반응법으로 불렸다.

다만 혈액반응법은 상시발현형*이 아닌 의도발현형** 능력에는 판정이 어렵다는 단점이 있었다. 그 이유는 이력흔, 그러니까 앱손과 반응하는 간접반응법이 도입되며 설명 가능해졌다. 아델리온 시약은 이력항원이 만든 앱손과 반응하는 것이지 혈액의 이력항원 그 자체와 반응하는 것이 아니었기 때문이다. 이력항원은 이 능력을 사용할 때만 앱손을 생성했다. 따라서 내내 앱손을 생성하는 상시발현형 능력의 이력항원과는 다르게, 의도발현형 능력의 이력항원은 시약과 반응할 때 앱손을 적절히 생성하지 못했다. 즉, 반응이 복불복이었다. 미르가 최초 발현 판정을 받을 때만 해도 반응이 잘 되지 않아 애먹었던 기억이 있었다. 게다가 혈액반응법은 사용한 폐시약의 교란 위험성 때문에 지금 와서는 사용되지 않고 있었다. 아니, 그 이유로 사용이 금지된 쪽에 가까웠다.

"근데 그건 왜 한 거예요?"

"혈액반응법도 슈바르츠-유카와 따르는지 궁금해서요."

슈바르츠-유카와 법칙. 하나의 이능력이 남기는 이력흔의 농도는 언제나 같으며 그 농도는 발현도의 제곱에 비례한다. 이제 와선 그렇게 중요하지도 않은 건데, 그걸 몰래 실험까지 할 일인가?

---

* 발현자 등록번호 분류 기호 P. 패시브Passive라고도 불린다. 발현자의 의지와 상관없이 능력을 상시발현하고 있는 이능력의 형태.

** 발현자 등록번호 분류 기호 A. 액티브Active라고도 불린다. 발현자의 의지에 따라 능력이 조절되는 이능력의 형태.

아무리 제 혈액이라 할지라도 교란 관련 대인 실험은 윤리위의 승인이 필요할 텐데.

"당연히 따르지 않아요?"

"그래서 말인데, 미르 씨도 해볼래요?"

미르는 질색하는 표정으로 정우를 바라보았다.

"그렇게까지 바라볼 건 없잖아요."

"굳이 제가요? 싫어요."

"비교해봐야 알 수 있단 말이에—"

"저 폐시약 교란 위험물인 거 알죠? 처리 잘해요?"

법칙이야 당연히 따르겠지. 이력흔에 대한 기본 법칙인데. 가끔 보면 정우도 별난 구석이 있었다. 그러니까 RIMOS에서 젊은 편에 속하는 자신보다도 어린 연구자로서 RIMOS에 있는 건가 하고 미르는 생각했다.

"발현도 8은 어느 정도로 반응해요?"

"……정우 씨 지금 한가하죠?"

"미르 씨도 마찬가지잖아요!"

아델리온 시약은 일회적인 반응성 때문에 필요할 때 현장에서 원액과 활성제를 바로 섞어 만드는 것이 원칙이었고 정우는 어느 샌가 바로 그 원액과 활성제를 들고 서 있었다.

"그 정도는 검색해보면 나오잖아요."

"직접 보는 거는 또 다르죠."

미르는 기세등등히 나오는 정우의 태도에 어쩔 수 없다는 듯 조금의 일탈을 위해 두 시약을 받아 책상에 올려놓았다. 곧이어 정우가 건넨 일회용 스포이트와 비어 있는 바이알을 만지작거리다가 그 절차로부터 작은 의문이 피어올랐다.

"······이거 혈액반응법 시약이면, 대체 어떻게 구한 거예요?"

정우는 말할 수 없다는 듯 장난스럽게 씨익 웃어 보였고 미르는 그런 정우를 맥 빠진 얼굴로 바라볼 수밖에 없었다. 결국 이딴 걸 시키는구나. 미르는 교란 위험성을 생각하니 머리가 아파왔지만 한껏 들뜬 정우의 표정을 보고는 조카와 한 번 놀아준다는 심정으로 장난에 동참하기로 했다. 마침 친척 중에 딱 정우 나이만한 사촌이 있긴 했다.

"다신 안 해줄 거니까 잘 봐요."

"아! 저 먼저 할래요. 발현도 3은 어떤지."

아까 했다며 굳이······? 미르는 이제 따지기도 귀찮다는 듯 제조를 마친 시약이 담긴 바이알을 하나 정우에게 건넸고 정우는 어디선가 가져온 채혈침으로 손끝을 찔러 피 한 방울을 시약에 흘렸다. 정우가 바이알의 뚜껑을 닫고 손목을 돌려 살살 섞자 시약은 투명하고 연한 붉은색으로 물들었고 곧이어 백색의 미미한 빛을 발했다.

"발현도 3은 어느 정도 가요?"

"혈액반응법으로는 10초 가더라고요."

정확히 10초가 지나자 정우가 들고 있는 시약은 빛을 잃었다. 정우가 그것을 돌리며 휘저으니 빛나는 모래알처럼 몇몇 낱알 같은 것이 빛나긴 했지만 순식간에 빛을 잃긴 마찬가지였다. 정우는 가만히 자신과 반응한 아델리온 폐시약의 바이알을 미르의 책상에 내려놓았다.

미르는 한숨을 쉬며 새 바이알에 시약을 제조한 뒤 새로운 채혈침으로 손끝을 따 혈액을 떨어뜨렸다. 시약이 잘 보이도록 뚜껑 부분을 잡은 뒤 마찬가지로 손목을 돌려 휘젓자 정우의 것보다는 배로 밝은 반응광이 반짝거렸다. 아델리온 시약의 질이 떨어지는 혈액반응법에서는 보기 드문 정도였다.

정우는 예상치 못한 광량을 가까이서 본 탓에 눈을 살짝 찌푸렸고 이는 미르도 마찬가지였다. 뭐야, 이거 옛날 시약치곤 너무 반응성이 좋은데. 하지만 발현도 8의 혈액을 아델리온 시약에 혈액반응 시키는 것은 미르 역시도 오랜만에 보는 것이었으므로 원래 그랬나 싶었다. 8이 이 정도면 격외로 취급되는 9, 아예 관측되지 않은 10의 혈액은 과연 얼마나 밝을지 감이 안 잡혔다.

시약은 정우의 것과는 다르게 10초가 지나도 빛이 조금도 사그라들지 않았고 미르는 그 시약을 정우의 폐시약 옆에 나란히 내려놓았다.

"진짜 밝네요."

"그러게요. 원래 8이 이 정도인가?"

"근데 발현도 8 이상이 전체 발현자 중 어느 정도였죠? 비율이."

"7퍼센트 정도였나?"

미르는 속으로 통계를 되짚었다. 발현도 5까지는 저발현도 능력, 발현도 6부터는 고발현도 능력이었고 고발현도 능력이 전체 발현자의 약 30퍼센트, 발현도 8 이상이 전체 발현자의 약 7퍼센트였다.

"발현자만 모아놔도 그곳에서 AB형 만날 확률보다 더 작네요."

"그러게요."

그러거나 말거나, 미르는 자신의 발현도를 그다지 긍정적으로 생각하지 않았다. 오히려 매년 정기 검사를 칼같이 받아야 했으니 더럽게 귀찮다고 여기고 있었다. 게다가 빌런 같은 건 있어도 히어로는 없는 세상이었고. 자신의 능력은 대인으로 너무 위험했고. 그러면서도 트럭이 폭발해서 비료까지 연쇄 폭발시키는 이능범죄를 막기에 적합했으니 '막을 수 있는 일은 막아야 한다'는 개인적인 철칙하에 위험 수당 없이 위험한 일이나 도맡아야 했고. 그 덕분에…….

미르는 거기까지 생각하다 불쾌함에 가지가 뻗친 걸 느끼곤 주의를 돌려 시약병을 만지작거렸다. 미르의 시약은 아직까지도 빛나고 있었다. 오래 간다고 생각하는 순간 백색의 투명한 빛이 사그라들기 시작했고 미르는 병을 살살 흔들어 반응을 완전히 끝냈다.

"1분 23초."

줄곧 손목시계를 바라보고 있던 정우는 그렇게 말한 뒤 작게 박수를 쳤다. 마치 어린아이처럼 좋아하는 정우의 모습을 보고 미르는 픽 웃을 수밖에 없었다. 저렇게 순수한 사람이 어떻게

RIMOS에 왔대.

"발현도 8은 대단하네요."

멜첸 척도에 의한 발현도 8의 정의는 다음과 같았다. 한 개 이상의 도시에 기능 정지 혹은 그에 준하는 인명 피해를 발생시킬 수 있는 정도. 걸어다니는 재난. 물론 미르는 그 정도까지 능력을 펼쳐본 적이 없었다.

"근데 쓸데없어요, 이거."

그러므로 고발현도 능력은 굉장히, 많이, 귀찮을 뿐 하잘것없고도 부질없는 것에 불과했다.

"이능력이 원래 다 그렇죠."

정우의 태도는 높은 발현도의 능력을 동경하거나 하는 것이 아니었다. 그래서 대하기 편했다. 발현도는 막말로 능력의 강대함을 의미하기도 했지만 이력물리학적으로는 그저 이력흔의 농도에 대한 척도일 뿐이었으므로 미르는 그것에 큰 의미를 두지 않았다. 그럼에도 이능력을 우상화하는…… 미르가 보기에 바보 같은 일부 사람들은 고발현도 능력을 흔히 숭상하곤 했다. 저발현도의 발현자를 비하하면서.

"이건 제가 폐기할게요. 위험하니까. 정우 씨 예전에 한 것도 줘요. 한 번에 처리하게."

미르는 책상에 올려진 두 개의 시약을 챙긴 다음 정우에게 손을 내밀었다. 정우는 고맙다며 웃는 낯으로 별 반발 없이 자신의 시약을 미르에게 내밀었다.

"이거 다른 사람들한테는 하지 마요? 어디서 구한 건지도 모르겠는데 딴 사람이었음 위에 제보해서 징계 먹일 거예요."

"미르 씨니까 제가 믿는 거죠."

미르는 공허하게 어이없다는 듯 헛웃음을 흘렸다. 어쩌다 이런 쪽으로 믿음직스러운 사람이 된 건지 알 수 없었다. 시내에서 난장판을 만든 영상이 찍힌 작년 12월 말부터였을까 막연히 추측할 뿐이었다. 아마 그때부터 괴짜로 찍힌 것 같았다.

이따 폐기해야지, 미르는 가방에 이력흔이 진하게 남은 세 개의 시약 바이알을 넣었다. 이제 와선 무엇이 누구 건지 구분도 되지 않았다. 굳이 구분할 필요는 없었지만.

그즈음 시계에서 진동이 울려 손목을 들어보니 해수로부터 답장이 와 있었다.

- 알겠어요. 근데 기대는 하지 마요.

서현주가 어지간히 흔적을 남기지 않는 미니멀리스트였나보다 막연히 추측했다. 높은 확률로 사람들의 아이디와 비밀번호는 한두 개의 조합을 공유했다. 재조합해봤자 거기서 거기일 가능성이 높았다. 그렇다면 어딘가의 아이디 하나만 탈취해도 RIMOS의 데이터베이스에 접근하는 건 그다지 어려운 일이 아닐 터였다.

미르는 시각을 확인했다가 생각보다 더 많은 시간이 흐른 걸 확인하곤 잠시 불쾌함을 느꼈다. 마음대로 되는 일이 없네. 시간 관리조차. 일탈에 동조한 건 자신이긴 했지만.

미르는 이제 됐냐며 쓸데없이 근처를 기웃거리던 정우를 자리로 돌려보내고 태블릿을 꺼냈다. 데이터베이스에 접속해 부속 병원에서 근무하는 의사 친구의 아이디로 로그인한 뒤 언제나처럼 건의 이력학적 기록을 열람했다. 여전히 똑같이 증가세인 이력항원 농도의 그래프에 지긋지긋한 신물이 느껴졌다. 특이적 감소가 눈에 띄게 일어나는 기적을 바랐던 기대를 무참히 짓밟듯 최근에는 그 많던 감소점 하나 없었다. 미르는 허망한 표정으로 헛웃음을 한숨 흘렸다. 이러니까 병실에 갈 용기가 더 없지.

이내 미르는 무의식적으로 턱에 힘을 주고 이를 갈며 무심히 태블릿을 응시했다. 지끈거림에 눈살마저 찌푸렸다. 과연 기적은 일어나지 않기에 기적이라 부르는 것이겠지. 미르는 다시 파도 속에서 물방울을 건져 올리는 일에 대해 생각했다. 손이 절로 태블릿을 뒤집어 내려놓았고, 갈 곳 잃은 양손은 그대로 얼굴에 올라 시야를 가렸다. 몸은 한껏 의자에 늘어졌다.

죄다 짜증 나네.

무엇 하나 바뀌는 것 없이 세상이 정적으로 고여 있는 것만 같았다.

아까 전까지 정우와 장난치던 것이 무색하게도 기분은 낙엽이 떨어지는 것만큼이나 가볍게 저항 없이 추락해갔다. 긴장감과 함께 체온이 높아지는 듯하여 그 상태 그대로 자신이 위치한 공간의 열을 다른 곳으로 전이시켰다. 열감은 주관적인 것이었는지 어지러운 상태는 조금도 나아지지 않았다.

미르는 결국 급격하게 나빠진 기분을 질질 끌고 나왔고, 정신을 차려보니 도착한 곳은 흡연 구역이었다. 아무도 없이 적막한 벤치 앞에 재떨이가 올라간 쓰레기통이 덩그러니 놓여 있을 뿐 그 공간에 생기라곤 하나도 없는 듯했다.

습관적으로 주머니에서 담배를 꺼내고 능력으로 불을 붙이자 저 멀리서 부속 병원으로 들어오는 사이렌 소리가 들려왔다. 그것은 점점 가까워지더니 끝내는 멀어져갔다. 입구를 벌린 응급 환자 수송용 통로를 향해서. 그 광경을 멍하니, 연초를 입에 문 채 바라보자 끝에서 재가 낙하했고 누군가의 생명처럼 덧없이 자신의 일부를 날리며 추락하는 그 모습에 미르는 문득 회의감을 느꼈다. 자신에게. 정말 이곳에서, 이러고 있어도 되는 건지.

늘 생각하던 건데, 벗어나 도망치고 싶었다. 항상 자신을 얽매고 죄어오는 이곳에서. 살고자 내뱉는 숨결조차 붙잡아 도로 집어넣는 것만 같은 압박감에서. 그러면 행복해질까? 알 수 없었다. 터널에 갇혀 끝을 바라보는 것처럼 도피만이 눈앞에 아른거렸다.

미르는 그대로 잠시간 얼어붙은 뒤 절반밖에 타지 않은 연초를 재떨이에 꾹 비벼 꺼버리곤, 홀린 듯 느리고 비틀거리지만 확실한 걸음을 정처 없이 위태롭게 내딛기 시작했다.

그리고 그 끝에 다다른 입구에서 익숙한 해수의 뒷모습을 발견했을 때, 미르는 어쩐지 이곳에서, 무언가로부터 도망칠 수 없다는 사실을 깨달았다. 아니, 이미 알고 있는 사실을 상기한 것에 가까웠다. 왜일까. 나는 왜 이러고 있는 걸까.

억울한 감정이 북받쳐 시야는 뿌옇게 흔들리고 이내 무릎은 힘이 풀려 바닥에 처박혔다. 아아, 내가 채운 족쇄구나. 해수에게 할 일이 있어서, 걔에게 책임이 있어서 도망칠 수 없는 것이 아니었다. 그것들은 모두 혀로 만든 걸쇠였을 뿐 충분한 구속력은 없었다. 미르에게는 언제나 포기라는 선택지가 있었다. 전부 모르는 척 발뺌하고 홀홀 도망칠 수 있었다. 그것을 구태여 선택하지 않고 부러 외면해온 것은 오히려 미르의 선택이었다. 끝내 미르는 주저앉아 분한 손끝으로 바닥을 긁으며 깨달았다.

그냥 내가, 눈을 뗄 수 없는 사람이구나.

악하다기엔 선하고 선하다기엔 악한 그 애매함으로 차마 관심만큼은 거두지 못하는 사람이었음을. 그리고 결심했다.

……그렇다면 스스로 무너지자. 책임지지 않고 이 모든 고통으로부터 눈 돌릴 수 있는 방법을 찾자.

미르는 먼지가 묻은 손으로 무릎을 짚고 일어났고, 코끝에서 땀인지 눈물인지 모를 무언가가 떨어지는 것을 느꼈다. 곧이어 자신의 가방에 넣어둔 바이알 속 시약들을 떠올렸고 미르의 머릿속은 이내 뒤틀려 그릇된 환희로 가득 찼다.

✳

해수는 자신의 앞에 능청스럽게 웃으며 응급실 침대에 누워 있는 자가 정말 미르인지 속으로 되묻고 확인했지만 아무리 봐도 그자가 맞는 듯했다.

"이제 좀 설명할 여유가 생겼어요?"

갑자기 혀가 다 꼬인 발음으로 난데없이 전화를 걸어선 자기 집 주소를 외질 않나, 딱 봐도 심상치 않은 느낌에 문고리를 잡아당기니 현관은 맥없이도 열렸다. 술 냄새와 피 냄새 따위의 불온한 악취가 문 앞까지 훅 끼쳐왔고 그 소란의 중심엔 고주망태가 된 미르가 붉은 얼룩 위에 엎어져 있었다. 빈 채로 나뒹구는 양주병들과 함께. 그리고 무엇이 들어 있었는지 모를, 어떤 투명한 유리병의 조각들도 같이.

분명 구급차를 타고 가는 내내 의식을 붙잡고 무슨 말을 늘어놓았던 것 같은데, 내용은 기억나지 않았다. 당황했던 것도 있었지만 일단 죄다 발음이 꼬인 채였다. "저 이런 거 털어놓을 사람 해수 씨밖에 없다고요" 같은 말을 했던 것도 같았다.

"짧게 설명하길 원해요, 길게 설명하길 원해요?"

미르는 이제야 술이 좀 깬 듯 전화보다 말끔한 발음으로 명확히 의사 표현을 행했다. 그럼에도 숨결에 술 냄새가 묻어나는 것은 어쩔 수 없는 듯했다. 해수는 시계를 흘깃 바라보았다. 자정을 조금 넘긴 시각이었다. 아침에 출근인데.

"짧게 부탁드릴까요."

"교란이에요!"

미르는 붕대니 테이프니 덕지덕지 감긴 왼손과 멀끔한 오른손을 쫙 펼쳐보았다. 이 사람 아직 술 덜 깼구나…….

"……길게 설명해보시겠어요?"

"자신의 생명을 스스로 정지시키려는 아주 소극적인 시도를 벌였다?"

"더 자세히 말해봐요."

"음, 그러니까."

미르는 왼손바닥을 쥐락펴락한 뒤 고통을 느꼈는지 숨을 삼키다 말을 이었다.

"합리적으로 도망치고 싶었어요."

합리를 말하는 미르의 몰골은 되레 비합리적으로 보였다. 셔츠는 피로 얼룩져 구깃구깃했고 바지는 구른 건지 흙먼지가 군데군데 묻어 있었다. 입을 열 때마다 알코올 냄새가 진동했고 긴 머리는 잔뜩 헝클어진 채였다.

해수는 지금의 미르 같은 모습을 잘 알고 있었다. 어떤 맥락을 겹쳐 보기에 충분했다. 그것은 관성으로 겨우 걸어가고 있는 사람의 모습과도 같았다. 어쩌다 발이 꼬이기라도 하면 그게 더없이 서러워서, 내가 이렇게 되기까지 아무도 어깨 하나 내어주지 않았다는 게 문득 외로워서 다시 일어나기까지 오랜 시간이 걸리는 사람.

5년 전의 11월이 해수에게 그러했다. 현주가 의식을 잃었다는 연락을 받았던 그날이. 그때 해수에게 필요했던 건 위로 따위가 아니었다. 나아질 거라는 낙관도 아니었다. 그저 이 허탈함을, 억울함을 털어놓을 사람이 필요했다. 무언가가 잘못되었다고 함께 말하며 상처를 덜어줄 사람이 필요했다. 해수에게는 그럴 사람이 없었기에 해수의 발걸음은 RIMOS를 향했다. 그것은 시위라고 불렸지만 비명에 가까운 것이었다. 제발 좀 알아달라고, 여기 사람이 있다고.

"저라도 괜찮으면 말해도 괜찮아요. 무슨 일인지는 모르겠지만."

해수는 어쩔 수 없다는 듯 한숨을 쉬었다. 몇 시간 정도는 내어줘도 괜찮을 터였다. 어쩐지 자신의 옛날이 떠올라 이대로 보내기는 불안하기도 했고.

미르는 손을 꾸물거리며 술이 덜 깬 듯 응급실 침대에 앉은 채 상체를 작게 휘청거렸다. 그 모습이 못마땅했던 해수는 이불과 베개로 등받이를 만들어 미르를 받쳤다. 미르는 취한 와중에도 고맙다는 듯 연신 고개를 끄덕였다.

"그게…… 어, 친구가 하나 있거든요."

"듣고 있어요."

"걔가 교란인데…… 그게 다 저 때문이거든요! 근데 걔가, 아. 몇 달 전에…….'"

미르는 한 손을 크게 펼쳐 얼굴을 비볐다. 해수는 새는 발음 사이에서 죄책감의 무게를 가늠하다 깊게 이입하지 않기로 결정했다. 버거웠다. 불행의 무게는. 해수는 자기 탓을 하는 미르의 사연 앞에서 무의식적으로 추측을 늘어놓는 사고의 흐름에 일부러 제동을 걸었다.

"몇 달 전에 의식을 잃었는데! 나란 새끼는 할 줄 아는 것도 없고 진짜야. 제가 어디 가서 교란 연구한다고 얼굴이나 들겠어요?"

양손을 거칠게 펼치며 감정을 토로하는 미르의 얼굴에서는 곧 눈물이 터질 것만 같았다. 아니, 그렇게 생각했을 땐 이미 한 방울이 흐른 뒤였다.

"그래서! 이렇게 됐습니다아."

"미르 씨. 제가 그 일들을 전부 이해할 수는 없겠지만…… 그것보다도 왜 교란인지에 대해선 설명이 없는데요."

"혈액반응법!"

미르는 박수를 짝 쳤다. 그러고는 고통에 일순 신음하더니 가까스로 말을 이었다.

"아델리온 시약 알아요? 그 빤짝빤짝…… 하는 거. 그걸 정우 녀석이, 확 씨. 가져왔거든요. 그래서 반응시켜서, 집에 가져와서. 유리병 꽝 내리쳤죠."

"하지만 아델리온 시약은 비접촉으로 사용할 수 있잖아요?"

"그래서 혈액반응법이라고 한 거예요. 예옛날엔 직접 피 떨어뜨려서 반응시켰거든요. 근데 정우 놈이 걔가. 지가 그 옛날 방법으로 해보겠다고. 하!"

그러니까 요약하면 정우라는 발현자의 혈액에 접촉했다는 뜻인 것 같았다. 일부러 유리병을 깨면서까지. 그렇다면 스스로 교란이 되고자 벌인 일이었으니, 교란이 유예된 확정적 죽음을 불러온다는 걸 생각해보면 이것은 자살 시도에 준하는 일이었다.

"……친구분 일은 유감이에요."

자신의 책임으로 친구가 교란 상태에 빠졌고 의식 불명기까지

왔는데, 게다가 교란을 연구하고 있으니 그 못 미더운 진전이 누구보다도 잘 보였기에 더 절망했다…… 정도로 이해할 수 있었다. 얼마 전까지 드센 태도로 대화하던 사람치고는 너무나 곯아 있었다.

"저도, 아 씨. 이거 못 말해서 계속 마음에 걸렸는데요."

미르는 갑자기 해수를 향해 상체와 고개를 푹 숙였다. 갑자기?

"쩌번에, 제가 너무 제 욕심만 말하고. 해수 씨 생각은 하나도 안 했더라고요. 늦게라도 말씀드릴게요. 죄송해요. 불쾌해하신 것도 이해해요. 그게 갑자기 생각나서. 오늘 전화까지이……."

아, 그랬다. 분명 미르의 지난 태도는 불쾌하긴 했지만 지금 꺼낼 이야기는 아닌 것 같았다. 딱 봐도 아직 취한 데다 상태가 메롱인 게 눈에 보이는데.

"괜찮으니까 그 이야긴 나중에 해요. 이야기 고마워요. 일단 좀 쉬어요."

연신 죄송하다고 말하는 미르를 겨우 진정시키고 나서야 퇴원 수속을 밟을 수 있었다. 휴대폰으로 모바일 사원증을 뜬금없이 내밀더니 자신의 상태는 자신이 직접 듣겠다고 말하는 미르의 모습은 어쩐지 외로워 보였다. 의사와 미르가 몇 마디를 나누었고 그 내용은 필시 교란에 대한 내용일 터였다.

머잖아 미르는 의사와의 대화를 끝낸 뒤 자리에서 일어났다. 해수는 데스크까지 불안한 발걸음을 내딛는 미르를 걱정스럽게 주시했다. 미르의 궤적에서 술 냄새가 났다.

"집 갈 수 있겠어요? 택시 잡아줄까요?"

"그 정도는 제가 잡을게요……. 신세 졌네요. 고마워요!"

"아, 맞다……. 다음에 만날 때…… 물건 몇 개 드릴게요. 조금 찾았어요."

해수는 유품이라고 말하려다 물건으로 정정해 말을 이었다. 미르가 그걸 챙길 수 있는 정신인지는 모르겠지만.

미르는 놀란 듯 눈을 크게 뜨더니 고개를 끄덕이며 다음에 연락하겠다고 말했다. 비척대며 택시 승강장을 향해 멀어져가는 그의 모습을 보면서 해수는 자신의 발언을 곱씹었다.

……무례한 건 나도 마찬가지였잖아.

✳

미르는 유리창 너머에서 자신이 입었던 것과 같은 유니폼을 입은 연구원들이 분주히 움직이는 모습을 보았다. 분명 부속 병원의 검사과겠거니 싶었다. 종종 자료를 받으러 직접 방문했던 곳이었다. 한편 미르는 지금 연구원으로서가 아니라, 피검사자로서 그 모습을 지켜보고 있었다.

왼편에서 하얀 유니폼을 걸친 누군가가 유리창 바로 앞을 가로질러 우측의 출입구로 향했다. 미르는 직감적으로 그 사람이 통보를 맡았겠구나 싶었다. 예상대로 긴 머리를 묶은 누군가는 유리창 너머의 미르를 흘깃 바라보곤 잠시 놀란 기색을 보이더니 검사실을 나오자마자 미르의 옆으로 걸어왔다. 손에는 이미 여러 차례 본 적 있는 검사 결과지 특유의 노란빛 종이를 든 채로.

"마미르 씨?"

"네."

"교란 검사 결과 나왔고요. 외부 이력항원에 대해 양성이십니다. 그리고 발현자신데 본인 능력으로 제거 안 되는 거 확인되셨고요."

공명양자수가 다르다는 뜻이었다. 미르는 예상했다는 듯 태연한 표정을 유지한 채 고개를 끄덕이며 결과를 받아들였다. 한편으론 유니폼을 양팔에 낀 채 안쪽에서 옷자락을 붙잡고 있던 오른손을 보이지 않게 꾹 쥐었다. 왼손은 유니폼 바깥에서 붕대에 감긴 채로.

곧이어 직원은 미르의 모습을 눈으로 훑더니 말했다.

"그런데…… 여기까지 들어오신 거 보면 직원분이신가요?"

일반인의 신분으로 검사과 내부가 비치는 통로로 오는 것은 불가능했다. 아마 목에 걸고 있는 사원증이나 들고 있는 유니폼 따위를 본 걸까 싶었다.

"아, 무효기술연구소 소속입니다."

눈앞의 직원은 아, 하며 고개를 끄덕였다. 한순간 '무슨 사정인지는 모르겠지만 딱해 보이는군' 같은 표정이 보였던 것만 같은 착각이 들었다. 진정해, 세상 사람들은 너에게 관심이 없어. 피해망상 좀 그만해.

"그럼 교란 판정 받으신 후의 절차는 아시나요?"

애석하게도 건에게 질리도록 설명 들은 것이었다. 한 달에 한 번씩 이력항원 농도를 추적하고 데이터베이스에 그 그래프를 기록한다. 간접적으로 들어오고 보아왔던 것이었다.

"한 달에 한 번씩 검사였죠. 다음 검사는 언제로 잡으면 될까요?"

"편하실 때 오시면 됩니다."

"그 혹시, 이력항원 데이터 제가 볼 수 있나요?"

"잠시만요."

직원은 익숙한 모양의 태블릿을 꺼내 조작했다. 미르는 어쩐지 그 모습으로부터 자신의 과거를 겹쳐보았다. 분명 건의 모습에는 앞에서 데이터를 확인하는 자신이 이렇게 보였겠지. 그렇게 생각하니 생각보다 재수 없게 보이는 것도 같았다.

"환자별 이력항원 농도 데이터는 부속 병원에만 권한 부여되어 있어서 확인이 어려우세요."

"알겠습니다."

예상했지만 당연한 결과였다. 어차피 부속 병원 소속 친구의 아이디를 빌릴 수 있으니 미르에게는 상관없는 이야기였지만.

직원은 노란색 검사 결과지와 함께 여러 책자를 내밀었다. 익히 본 적 있는 부속 병원의 혜택과 진료 수준을 홍보하는 책자였다. 개중에는 RIMOS 직원에게 제공되는 복지 일람도 끼어 있었다. 이 역시 아는 것이었다. 이용하고 있는 것이었다.

"그밖에 궁금하신 점은 없으신가요?"

"네, 괜찮습니다."

"네. 혹시 나중에 질문 사항 있으시면 팸플릿에 있는 검사과 번호로 연락 주시면 되고요. 내부 분이시니까 직접 찾아오셔도 괜찮습니다."

"감사합니다."

미르는 검사과가 있는 복도를 나와 부속 병원의 로비로 향했다. 언제나처럼 분주한 소음으로 가득한 곳에서, 미르는 자신을 부르는 듯한 목소리를 언뜻 들었다. 뒤를 돌아보니 까무잡잡한 피부에 머리를 짧게 자른 170센티미터 정도의 익숙한 누군가가 시야에 들어왔다. 마찬가지로 RIMOS의 유니폼을 입은 사람이었고, 다만 유니폼의 왼팔에 부속 병원의 로고가 그려져 있다는 점이 달랐다. 그는 미르에게 손을 흔들며 멀리서 다가오더니 무언가를 잘못 봤다는 듯 눈가를 찡그렸다가, 목소리가 충분히 닿을 만한 거리가 되자 인내심 없이 말을 꺼냈다.

"너 손 왜 그래? 그 종이는 뭐야?"

"아, 라면 끓이다 화상. 이건 건이 거."

둘 다 뻔한 거짓말이었다. 미르는 별일 아니라는 듯 붕대를 감은 왼손을 으쓱인 뒤 검사 결과지에 새겨진 자신의 이름이 상대방에게 보이지 않도록 노란 종이를 빠르게 접어 감추었다.

"으휴. 조심하지. 그건 재발급? 어디 쓰려고. 책자는 왜 또 가져왔대."

세진은 눈이 너무 빨랐다. 미르는 책자 사이에 접은 결과지를 끼워 제대로 숨겼다.

"회삿돈 더 뜯어먹을 구석 있는지 보려고 그런다."

"오호. 찾으셨습니까."

"이제 찾으려고."

반은 사실이었다. RIMOS 구성원이 교란 당사자가 됐을 경우의 복지는 그동안 살펴보지 않았으니까.

"근데 그런 거면 사규 찾아보는 게 더 낫지 않아?"

"아, 그러네."

당연한 이야기였고 이미 아는 사실이었지만 미르는 검사과에서 검사를 받은 것이 본인이라는 사실을 감추기 위해 시치미를 떼었다. 하여간 혜림도 그렇고 조금 친하다 싶은 주변인들은 죄다 눈치가 빨랐다. 적극적으로 감추지 않으면 들키는 것도 시간문제였다.

"아이디는 잘 쓰고 있어?"

"완전."

지금껏 건의 데이터를 확인하기 위해 사용한 아이디는 세진의 것이었다. 건의 대학 동기라길래 어쩌다보니 친해졌는데, 지금은 RIMOS 부속 병원에서 일하고 있는 의사. 사정을 익히 알기에 아이디를 빌리는 건 일도 아니었다. 오히려 세진의 쪽에서 먼저 아이디 공유를 제안해왔었다.

그렇기에 세진은 걱정시키고 싶지 않았다. 세상에, 건의 일만

해도 신경 쓰일 텐데 그 친구마저 교란 판정을 받는다면 그 마음 고생이 얼마나 심할지 미르는 충분히 예상할 수 있었다. 게다가 세진이 아직도 과를 바꾸지 않았다면 교란과일 것이 분명했고, 많은 교란 환자들의 심적 피로를 감당하면서 미르의 일까지 받아들이기는 무리가 있어 보였다.

그래서 세진에게만큼은 꽤 오랜 시간 교란 사실을 감춰야겠다고 생각했다. 건이 의식 불명 판정을 받았을 때 겉으로 가장 태연해 보였던 주변인이 바로 세진이었다. 세상엔 슬픔이 겉으로 드러나지 않는 동시에, 그것을 드러낼 수 없는 사람이 있었고 세진은 그런 사람에 속했다.

"너는 잘 지내?"

그리고 그 사실은 바뀐 안부 인사로부터 유추할 수 있었다. 평소 건을 먼저 살피던 인사의 대상이 이제는 미르를 향했다. 미르는 과거의 자신이 그랬던 것처럼 세진이 건에 대한 얘길 회피하고 있다고 느꼈다.

"그럭저럭? 회삿돈 뜯어먹을 궁리하고 있는 거 보면 안 보이냐."

"엄청 잘 지내네."

겉으로라도 그렇게 보여서 다행이라고 생각했다. 잔뜩 익살스러운 태도를 일부러 유지한 보람이 있어 보였다. 하지만 세진이라면 분명 도움을 주겠다며 사규를 찾아볼 터였고, 입원 중인 환자가 의식 불명기에 접어든다고 해서 추가적인 복지도 없을뿐더러

서류의 재발급이 필요하지 않다는 사실을 언젠가는 깨달을 터였다. 그리고 시기 좋게 생긴 상처. 오늘 일이 전부 연극에 불과했다는 걸 필시 깨닫겠지. 그렇게 의심의 화살은 결국 미르를 향할 것이었다. 그 순간이 최대한 늦었으면 좋겠다고 미르는 생각했다.

"어휴, 교란과는 요즘 말도 아니다. 무효연은 할 만하냐?"

"여기서 무효연 근무 환경이 제일 좋을걸?"

"그러게. 나는 일하다 지나가는 길인데 너는 태평하게 검사과에서 다른 일 보고 있네."

미르는 부럽냐는 듯 코웃음을 쳤다.

"아무튼 난 일 보러 간다. 나중에 연락해!"

"그려!"

걸어온 방향 그대로 떠나가는 세진에게 손을 흔들던 미르는 손목시계로 시각을 확인했다. 검사가 여간 복잡한 게 아니다보니 어느새 퇴근 시간이 다 되어 있었다. 미르는 혜림과 만나기로 한 것을 떠올리며, 그저 세진과 그러했듯 시시콜콜한 이야기를 나눌 수 있는 지금 이 순간에 어쩐지 아릿한 감정을 느꼈다.

❋

"이상. 그리고 다음 주에 징계위원회 있어요. 교란 위험물 반출 때문에."

"그런 사람치곤 생각보다 초연하네요? 걱정한 사람 무안하게."

초연이라기보단 이제 더 무너질 것도 없는 상태에 가까웠지만. 혜림은 언제나처럼 카페모카를 빨대로 마시며 능글거렸다. 방금 까지 자초지종을 설명한 참이었다. 세진과는 다르게 혜림에게는 감출 수가 없어 보였다. 눈치가 가장 빠른 사람이기도 한데다, 그 냥 어쩐지, 혜림에게는 감추고 싶지 않았다. 되레 드러내고 속을 나누는 게 편한 사람이었다. 혜림 역시도 그걸 원했는지 교란 사 실을 통화로 전하자마자 호들갑조차 떨지 않고 그저 담담히, 이야 기를 듣고 싶다고, 들어줄 수 있다고 답했다. 하여간에 든든한 사 람이었다. 아니, 든든함으로 표현되지 않는 면이 있었다. 강인함? 의지된다? 연상은 다 그런가? 아직 내가 어리긴 한가 보구나, 하 고 미르는 생각했다.

"뭐, 교란이야 초기에는 아무 증상도 없으니까요."

"다른 사람들, 무서울 정도로 관심 없죠?"

"그러게요……."

"교란이 그래요. 옛날부터 그랬죠."

"웃긴 거 알려줄까요?"

혜림은 가볍게 고개를 끄덕였다.

"이제 알겠어요. 그냥 가까운 사람이 교란된 걸로 나도 충분히 당사자라고 생각했는데, 아니더라고요. 무섭도록 사람들이 관심 이 없어요."

오만이었다. 이제야 피부에 싸늘히 와닿는 무관심과 경시의 태 도가 우습게만 느껴졌다.

"저희 아버지도 그랬어요. 아무도 교란 같은 거 신경 쓰지 않는다고. 그런 사람들이 존재하지도 않는 것처럼 사람들이 그런다고. 진짜 고통스러운 건 교란이 아니라, 사람들의 무시라고."

"웃긴 일이죠, 이걸로 매년 사람이 몇만씩 죽어가고 있는데."

미르는 쓸쓸한 웃음을 지었다. 매년 몇만 명이 사망하는 전염병이 있었다면 진작에 세계보건기구는 팬데믹을 선언했을 것이다. 그런데 몇십 년째 치료제가 개발되지 못한 팬데믹이라, 이건 팬데믹을 넘어선 무언가로 명명되는 게 마땅했다. 그럼에도 대중의 반응은 싸늘했다.

미르는 줄곧 RIMOS에 박혀 긍정적이지만 편향된 시각으로 세상을 바라보고 있었다. 세상은 편협했다. 모두가 크리스마스의 비극을 기억하지 않았다. 모두가 교란을 중요히 여기지 않았다. 모두가 재난과 질병의 피해자들을 섬세히 어루만지지 않았다.

그런 거 자기 일은 아니라는 것처럼, 33주기의 트럭이 추하게 그랬던 것처럼, 인터넷에 퍼진 이능력을 보고 무비판적으로 칭송하는 것처럼.

그것이 현실이었다.

"그냥 좀, 회의감이 들어요. 내가 이런 세상에 기여하려고 교란 연구하나. 물론 해결되면 저도 건이도 좋겠죠. 근데 그냥…… 기분이 좀 그러네요. 이런…… 사투가 의미 있는 건지."

"RIMOS 사람이 그런 생각 하면 못써요."

"모르겠어요. 진전도 없고. 할 수 있을지도 모르겠고. 불가능한 일을 하려고 하는데 아무도 신경 쓰지 않고 응원 하나 없고. 결국 나를 믿는 수밖에 없는데 그것도 한계가 있잖아요?"

"외롭죠."

"그거예요."

"왜 그랬는지 알겠네요."

혜림은 지그시 미르의 상처를 바라보았다. 능력을 담아 바이알을 세게 내리친 손은 파편이 박히며 만신창이가 되어 적어도 몇 주는 행동을 조심히 해야 한다고 들었다. 한편 미르는 왼손잡이였고 오른손으로 거의 모든 일을 해결하는 건 고역이었다. 저번에 확성기를 부술 때 크게 베인 것도 왼손이었고. 왼손도 오른손도 각자 고생이 많았다.

"그런 셈이죠."

"……교란은 항상 평범한 사람들을 덮쳐요."

미르는 혜림이 창밖을 바라보며 툭 내뱉은 한마디에 어떤 이름들을 떠올렸다. 자신과 건의 이름, 그리고 서현주의 이름을.

"……비극도 그렇고요."

그리고 매년 크리스마스의 분향소에 새겨지는 이름들을. 그 모두가 평범했다. 어디에서나 볼 수 있는 이름과 특별해 보이는 이름이 혼재된 사이에서도 미르는 어떤 보편성을 느낄 수 있었다. 익숙하지만 낯선 이름, 어디선가 존재하는 이름. 그저 어딘가에서 평범히 일상의 한 자리를 채우고, 세상의 일부를 자아내는 사람들의 이름. 지극히 평범한, 보통의 사람들의 일상. 그리고 그곳에 끼어든 교란이란 이름의 이변.

교란이라는 꼬리표를 걸고 다시 바라본 세상은 결코 평화롭지 않았다. 발현자와 잠재자 사이의 분열은 물론이며 교란에 대한 냉대와 배척에 사그라들지 않는 이능범죄, 되풀이되는 재난과 비극들. 얼마 전에는 교도소에서 이능범죄자가 단체로 탈옥한 사건도 있었다. 사회는 이능력 첫 발견으로부터 조금도 나아지지 않은 것만 같았다.

"전부 평범한 사람들이죠. 늘 그래요."

"하아, 정말."

"그러니까 더 힘내야죠."

혜림은 그러더니 가방에서 책을 한 권 꺼냈다. 제목은 『모든 사람에 대한 기록』이었다. 한국어 제목 밑에 쓰인 원제는 'The Record for Everyone'으로 보였다. 표지만 봐서는 내용을 유추할 수 없어 고개를 갸웃거리니 혜림이 설명을 덧붙였다.

"제가 아끼는 책이에요. 크리스마스의 비극 당시 상황을 정리하고 유가족분들의 목소리도 담은 책이거든요."

혜림은 책을 미르에게 밀어 건넸다. 많이 읽은 탓인지 표지는 조금 바랬고 책등은 세월에 마모되어 누런빛을 띠고 있었다.

"주시는 거예요?"

"교란 선물이랄까? 여기서 포기하진 않을 거잖아요."

혜림은 싱긋 웃어 보였다. 무례할 법한 발언이었지만 혜림이기에 농담으로 받아들일 수 있었다. 미르는 혜림의 미소가 어쩐지 짓궂어 보여 덩달아 웃고 말았다.

"아버지 돌아가시고 많이 위로받았던 책이에요. 지금 읽으면 좋을 거예요."

"……고마워요."

아마 그것이 혜림으로서 할 수 있는 최선의 위로였으리라 미르는 추측했다. 미르는 소중히 간직해온 듯한 혜림의 책으로부터 깊은 마음을 느낀 뒤 그것을 집어 들었다.

"데려다드릴까요?"

"좋죠. 오랜만에 미르 씨 차 타겠네."

미르와 혜림은 자리를 정리한 뒤 사내 카페에서 일어났다. 그때 해수에게서 문자가 왔다.

- 내일 봐요.

미르는 늘 보던 곳에서 기다리겠다고 답장한 뒤 휴대폰을 가방에 넣었다. 그리고 문득 이런 평범한 일상이 얼마나 계속될지 의문이 들었다. 건은 항상 시곗바늘의 소리를 듣고 있었던 걸까. 묻고 싶었다. 답을 들을 수 있을까.

미르는 혜림을 내려준 뒤 적막함을 쫓으려 휴대폰으로 노래를 재생했다. 노래는 플레이리스트에 따라 차례차례 흘러나왔다. 이제 20년은 족히 된 노래들을 모아둔 플레이리스트였다. 어느덧 익숙한 간주가 흘러나왔다. 미르는 그 노래를 자주 들었던 대학생 시절을 잠시 회상했다가 후렴의 가사를 곱씹었다.

Are we not good enough?

Are we not brave enough?

Is the violence in our nature

Just the image of our maker?

Are we not good enough?

Are we not brave enough?

To become something greater

Than the violence in our nature?[*]

　우리는 충분히 선하지도, 용감하지도 못한 걸까요. 우리 본성의 폭력성은 정녕 창조주의 모습을 닮고만 걸까요. 우리의 선함과 용감함은, 우리의 폭력성보다 더 대단한 무언가가 되기에 부족하기만 한 걸까요.

　곡이 후렴을 지나고 절에 접어들자 미르는 머릿속으로 성악설과 인간의 불완전함을 저울질했다. 우리가 근본적으로 불완전하여 악을 저지르기에, 그렇기에 우리는 부단히 노력하는 존재인 것이 아닌가. 그렇다면 악과 불완전은 같은가. 알지 못하고 행한 악은 과연 악인가. 한데 지금 와서 악이라고 불리는 결과들은 과연 무지에서 행해져 나올 수 있는 것들인가.

---

* Rise Against, 〈The Violence (Ghost Note Symphonies)〉.

그렇다면 숱한 비극이 반복되는 이 세상은 우리가 갈고닦은 선함이, 또한 그걸 실천할 용기가 부족한 탓에 만들어진 걸까. 과연 얼마나 우리는 노력해야 하는 걸까. 애당초 완벽히 악을 근절하는 것이 가능하긴 한 걸까. 그조차 인간의 불완전함이라면 우리는 어떻게 악과 공존해야 하는 걸까. 이능력이 없었던 시절에도 차별과 범죄는 만연했다고 들었다. 그렇다면 세상이 평화로웠던 때는 정녕 없었던 것이 아닌가. 그런 세상에서 기적과도 같은 어떤 해결을 꿈꾸는 것이 가당키나 한 것일까.

Are we not good, good enough?

……Or was it all a dream?

전부 꿈에 불과했을 뿐인 걸까……. 그 가사를 마지막으로 노래는 사그라들었다. 미르는 일부러 다음 곡의 재생을 멈춘 뒤 한 번 더 반복 재생하여 뇌리를 맴도는 가사를 희미하게 따라 불렀다.

"Are we not good enough…… Are we not brave enough……."

정녕 우리는 선하지도, 용감하지도 못한 걸까.

그것이 한탄인지, 의심인지는 알 수 없었다. 분명한 것은 언제나처럼 안부를 묻는 세진의, 아끼던 책을 건넨 혜림의 마음뿐이었다.

＊

"……아무튼 그때 일은 죄송합니다."

"괜찮—"

"정말로 죄송합니다."

미르는 마주 앉은 해수 앞에서 고개를 들지 못하고 연신 죄송하다는 말만 내뱉었다.

"그때 얘긴 다 들으셨죠? 기억이 나서……."

"네. 친구분 이야기랑……."

미르는 응급실 침대에 앉아 그랬던 것처럼 손을 꼼지락거리며 안절부절못했다. 얘길 먼저 꺼내도 되는 건지 망설이자, 그 태도가 눈에 띄었는지 해수가 먼저 말을 텄다.

"더 하실 말씀 있으세요?"

"……상황에 대한 얘길 더 해도 될까요?"

해수는 조용히 고개를 끄덕였고 미르는 크게 한숨을 내쉬더니 자세를 고쳐 앉았다.

"……무서웠어요."

차마 눈을 맞추지 못한 채, 미르는 부끄러운 진심을 읊기 시작했다.

"그냥…… 내가 제대로 하고 있는지도 모르겠고."

해수는 그런 미르를 조용히 응시하며 이야기를 차분히 들어주었다.

"이대로 전부 놓치게 될까봐."

시작이 어려웠을 뿐이라는 듯 고백은 이내 터지듯 흘러나왔다.

"그리고 답답했어요. 세상은 전부 제자리인데. 나 하나 이런다고 되나? 이능범죄도 그대로고. 이제야 안 건데, 보통 사람들은 교란에 신경도 안 써요. 전부 가식적이고, 여기 사람이 바로 옆에서 죽어가는데 어떻게 전부 웃고 있을 수 있는지. 그게 너무 가증스러워서. 내가 하는 일이 무슨 의미가 있나 싶은 거예요."

해수는 고개를 천천히 끄덕이며 깊은숨을 내쉬었다. 공감한다고, 알고 있다고 눈빛으로 말했다.

"교란까지 갈 필요도 없어요. 크리스마스의 비극을 기억하냐고 물으면 죄다 옛날 일이라고만 해요. 이제 겨우 한 세대가 지났을 뿐인데. 저번 분향소 한적했던 거 기억하죠? 근데 웬 똥파리들만 꼬이고. 아직도 그때에서 헤어나오지 못한 사람들이 수두룩한데 어떻게 그럴 수가 있어요?"

미르는 이내 실수를 깨닫고 해수를 바라보았다. 서현주는 이모를 크리스마스의 비극에서 잃었다고 했다. 그리고 서현주 역시도 교란으로 병상에 누워 있는 상태였다. 비극은 의심의 여지 없이 연쇄되어 현재진행형이었다.

해수는 괜찮다는 듯 그저 경청하며 고개를 끄덕일 뿐이었다. 미르는 앞에 놓인 카페라테를 한 모금 들이켠 뒤 말을 이었다.

"그게 힘들었죠. 친구 그렇게 되고 되는 일도 없고, 나 혼자만 버르적대는 것 같아서. 바다에서 물방울을 건져 올리는 것만 같은 느낌이라서 막막하고. 그게 너무 외롭고⋯⋯ 버겁고."

그저 그뿐이라기엔 복합적이었다. RIMOS가 교란 연구의 선봉을 지휘하는 건 이유가 있었다. 그렇다 할 다른 연구 기관이 없었기 때문이었다. 등록 점유율이 높은 3사 중 RIMOS를 제외한 나머지 두 곳은 등록 및 관리 기관에 불과했다. 충분한 규모를 가지고 충분한 연구를 하는 것은 RIMOS뿐이었다.

미르는 그 자부심에 취해 그 바깥을 보고 있지 않았다. 부러 외면했다. 그것이 진짜가 아닐 거라고. 모두가 이곳처럼 교란을 바라보고 있을 거라고. 아니었다. 비극과 추모는 보란 듯이 조롱당하고, 예방과 기억은 하찮은 것으로 취급되고 있었다. 건의 의식 불명은 그것을 뼈저리게 느끼게 해주었다. 더 나은 최선을 찾고자 바깥으로 고개를 돌리니 RIMOS 외의 기관에서는 그렇다 할 도움을 청할 수 없었다. 이곳이 유일했다. 그리고 그 RIMOS조차 교란의 해결에 대해선 지지부진했다. 가늠할 수 없는 절망감. 고립감. 그것이 미르를 좌절로 이끌었다.

"그랬던 거예요. 제 이야기만 너무 길었죠. 아무튼 민폐를 끼쳤습니다. 죄송합니다."

"아니에요. 괜찮습니다."

해수는 쓸쓸한 표정을 지었다. 양손으로 찻잔을 움켜쥐고 찻잎이 떠다니는 수면을 바라보던 해수는 나직하게 말했다.

"말씀 듣고 보니⋯⋯ 저희 엄마도 외로웠을 것 같네요."

미르에게 형언할 수 없는 묵직한 감정이 와닿았다. 미르는 여전히 붕대가 감긴 실수의 흔적을 바라보며 가슴에 뭉근함을 느꼈다. 모든 비극의 희생자들은 평범한 사람들이었다. 생기롭게 살아 있어서, 자신과 같이 감정을 느끼고, 소중한 사람을 아끼며 삶을 살아가는.

미르는 차마 아무 말도 꺼낼 수 없었다. 자신이 감히 그들 앞에 말을 얹을 수 있을까? 교란의 마지막 화살이 건을 향하지 않아 다행이라며 오만했던 주제에? 여전히 그것만큼은 마주할 자신이 없었다. 비극을 진심으로 마주 보고 있지 않았다는 사실을. 미르는 결국 작은 동의조차 표하지 못한 채 침묵을 유지했다.

해수는 다행히도 그런 반응이 싫지 않다는 듯 침묵에 동조했다. 해수 역시도 말할 수 없는 감정을 마주하고 있는 걸까? 미르는 추측했지만 굳이 확인하지 않기로 했다.

"좀 괜찮으세요?"

먼저 침묵을 깬 것은 해수였다. 미르는 어째서 자신의 주변은 죄다 자신에게 과분한 사람들뿐인지, 그 사실이 어쩐지 위로가 되어 짧고 작은 웃음을 흘린 뒤, 오늘 해수를 마주한 이후 처음으로 편안한 표정을 지어 보였다.

"네, 덕분에요."

"아, 그리고……."

해수는 눈썹을 올리며 이어지는 미르의 말을 기다렸다.

"저번에, 그러니까 식사 대접해 드렸을 때. 제가 너무 무례했던 것 같아서요."

"네?"

"응급실에서도 말했던 건데…… 서현주 씨 안부도 안 묻고 제 할 말만 했잖아요."

"아, 그거요."

"재차 사과드립니다. 제가 무례했어요. 그때 화내신 것도 전부 제 잘못이었어요. 죄송합니다."

"사과해주셔서 고마워요."

잔뜩 굳어 있던 기류가 풀어지며 해수의 오랜 경계가 누그러진 듯했다. 결국 사고 끝에 멈춰 서고 나서야 비로소 보이는 것들이 있었다. 건의 의식 불명으로부터 한시도 멈추지 않고 달려왔었다. 제 몸이 삐걱대는 줄도 모른 채, 거칠게 휘둘렀던 언행이 주변을 망가뜨리고 있다는 것도 모른 채. 아니, 건이 그렇게 되기 전부터 그랬던 것만 같았다.

"이제 와서 묻기는 뭐하지만, 한 가지만 여쭤봐도 될까요."

미르는 용기 내어 물었고 해수는 긍정을 표했다.

"……그런 무례에도 제 제안을 수락한 이유가 뭔가요?"

해수는 앞서 그랬던 것처럼 천천히 고개를 끄덕이며 자신의 찻잔을 응시했고 미르는 해수의 대답을 재촉하지 않고 기다렸다. 그 끝에 나온 답은 의외의 것이었다.

"……유일했어요. 미르 씨가."

"무슨……?"

"RIMOS 측에서 먼저 돕겠다고 나서준 사람이요. 응원을 보내는 사람은 몇 명 있었지만, 직접 도움을 주겠다고 다가온 사람은 미르 씨뿐이었어요."

설마, 정말로? 지금까지 RIMOS의 그 누구도 해수에게 다가가지 않았다고? 수많은 심경이 교차했다. 썩은 동아줄이라도 붙잡아야 하는 심정이었던 것일까. 미르는 해수의 눈빛에 묻어난 서글픔에 작은 참담함을 느꼈다.

"그리고 분향소에서 나서주셨잖아요. 전부 서툴고 거친 방법이었지만……. 그렇게라도 행동하는 사람은 사실 드물어요. 그게 미르 씨의 선한 면이라고 생각했어요."

어쩐지 심장이 관통된 듯한 저릿한 느낌에 미르는 아무 말도 할 수 없었다. 감동이나 안도 때문이었을까? 아니, 그것보다 더…….

"그리고 저도 사과할게요. 교란 주변인이 어떤 심정인지 모른다고 했던 거. 사정을 몰랐어요. 아니, 몰랐어도 하면 안 되는 말이었는데…… 순간 욱해서 감정이 앞섰나봐요. 죄송해요."

미르는 한순간에 자신을 덮친 감정 어린 온기에 어찌할 바를 모르고 아, 아아, 하며 단마디의 어리숙함을 내뱉을 뿐이었다.

"……괜찮으세요?"

그러니 자신이 언젠가부터 울고 있었다는 사실조차도 해수의 한마디를 통해 뒤늦게 알아챌 수 있었다.

"어, 네?"

미르는 당황하며 눈가를 손으로 훑었고 손에는 눈물이 그동안의 응어리인 듯 묻어나 있었다. 해수는 묵묵히 자리에서 일어나

냅킨을 챙겨올 뿐이었다. 냅킨을 받아 들고 눈가를 닦는데 이상하게 눈물이 멈추지 않았다.

"왜 이러지. 별일 아니에요."

"별일 맞아 보여요."

어떻게 그런 말을 우는 사람 앞에서 할 수가 있나. 미르는 결국 냅킨에 고개를 파묻은 채 엉엉 소리내어 서럽게 울었다. 사람들의 시선에도 아랑곳하지 않고 그저 곡했다.

"이거, 부탁했던 거예요."

미르는 진정한 뒤 해수가 테이블 위로 건넨 갈색 종이 가방을 받아들었다. 생각했던 것보다 가벼운 무게에 미르는 잠시 당황했다. 그 표정에 마뜩잖음이 드러났는지 해수가 재빨리 덧붙였다.

"뭔가 많진 않아서…… 최대한 모아봤는데 도움이 될지 모르겠네요."

괜찮다고 말한 뒤 안을 들춰보니 종이 뭉치가 담긴 서류철 몇 개와 고동색 가죽 수첩, 그리고 USB 하나가 전부였다. 여기서 단서를 찾을 수 있으려나, 미르는 문득 불안했다. 만약 여기서 어떤 단서도 찾지 못한다면 어쩌지.

그리고 정성스럽게 정리된 물건들의 매무새로부터 기꺼이 자신에게 이것을 맡긴 해수의 마음이 느껴졌다. 이제는 믿어야 했다. 지금 하는 일이 무의미할 거라 의심하지 않으며, 분명 드러나지 않는 어떤 긍정적인 결과가 차근차근 다가오고 있을 거라고.

모든 것들이 내게 가시적이진 않은 거라고. 그동안 잊고 있었다. 오랜만에 되새기는 것이었다. 수없이 많은 것들이 불확실하게 흔들리는 시대에서는 그저 선함을, 용기를 믿고 굳게 나아가야만 했다. 전부 부질없다며 절망하기에 앞은, 미래는 너무나 무궁히 이어져 있었다. 그간의 궤적은 선명했고 기록은 노력을 증명했으니 그것을 안고 걸어간다면.

"감사합니다. 꼭 찾아낼게요. 도움 될 만한 거."

이윽고 미르는 이제 단 하나 남은 과오를 청산하겠다고 결심했다. 털자, 족쇄처럼 걸려 있던 모든 것들을 털자. 자존심이라는 하찮은 명목하에 용기 내지 못했던 것들에 안녕을 고하자.

그리고 다시 일어서자. 우직하게 걸어가는 거야. 해야 할 일이 있으니까.

✳

미르는 해수를 떠나보낸 뒤 서현주의 물건을 조수석에 싣고 RIMOS로 향했다. 늘 주차하던 연구소 주차장이 아닌 부속 병원의 주차장에 차를 댄 뒤 발걸음을 옮겼다. 무효기술연구소가 아닌 병원 쪽의 엘리베이터로. 올라가는 방향의 버튼을 누른 뒤 곧 도착한 엘리베이터에 타자마자 11층을 눌렀다. 그날 이후로 이 층을 누르는 건 처음이었다. 엘리베이터가 한 사람만을 싣고 상승해갔다. 유리로 된 한쪽 벽면으로 세상이 비쳤다. 아무 일도 없이 평화로운 모습이었다. 정말로 아무 일도 없다는 것처럼. 그 모든 개인에게 벌어지는 버거운 일들은 아무것도 아니라는 것처럼. 그리고 그 개인들 역시도 아무렇지 않게 세상을 이루고 있었다. 겉보기로는 그랬다.

……모두가 이렇게 괴로운 것들을 안고 살아가는 걸까? 모두가 그걸 숨기며 살아가는 걸까? 통계적으로 교란 판정자는 발현자만큼이나 흔하다는데 눈앞에 보이는 사람들은 전부 멀쩡하게만 보였다. 그것은 마치 교란의 심각성을 숨기는 것처럼 보이기도 했다. 모두가 이건 별것 아니라고 말하는 것만 같았다. 미르는 그 사실이 한없이 개탄스러워서 답답하고 원망스러웠다. 이게 별것 아니라면 대체 뭐가 별것인가. 외면하고 무시해 만든 거짓된 평화를 정녕 사람들은 원하고 있단 말인가?

미르는 11층에 도착하자마자 주저앉을 것만 같은 다리를 이끌고 복도 끝 병실을 향해 걸어갔다. 그날의 풍경이 선연히 겹쳐왔다. 그동안 꿈에서마저 재생되어 한없이 절망하게 만들던. 이렇게 쉽게 올 수 있는 길이었음에도 몇 번을 거부하고 기피하게 했던. 미르는 병실의 문을 열고 마침내 인사를 건넸다.

"되게 오랜만이다."

실은 자신에게 하는 말이 아니었을까. 자그마치 6개월의 시간 동안 떠올랐던 환영을 부정하듯 정적인 현실이 눈앞에서 울렁인다. 미르는 언제나 그랬던 것처럼, 섬세한 손길로 건의 몸에 어린 열을 허공으로 털어내었다. 다만 이전보다 다정하게, 정성스럽게,

오래도록.

"이제 니 심정을 좀 알 것 같네. 왜 그렇게 나한테 다정했는지. 돌아올 수 있을지 모르니까 그랬던 거였어. 전부. 마지막까지 착한 척하니까 기분은 좋디?"

교란은 비가역적이다. 판정되는 순간 돌이킬 수 없는 결과를 가져온다. 혹자는 그것이 응보라고들 말했지만 미르가 보기에 교란은 그렇게 불릴 만큼 평등해 보이지 않았다. 기꺼이 위험과 불편을 무릅쓰고 선의를 내미는 사람들에게만 마수를 뻗는 것처럼 보였다. 헌혈자의 혈액을 받은 수혈자에게 나타난 최초의 교란이 그랬던 것부터, 크리스마스의 비극에서 도움을 건넨 교란 희생자들을 거쳐, 지금까지 조금도 바뀌지 않은 사실이었다. 어쩜 이렇게 불평등하고 잔혹한지.

"나 사실."

아, 울렁인다. 미르는 병상 난간을 붙잡은 채 그대로 무릎을 꿇었다. 기도하듯이, 혹은 절규하듯이. 이내 울컥하며 토해지는 것은 그동안의 설움과 외로움에 대한 것이었다.

"진짜 못 버티겠다?"

잘 지낸다, 초연해 보인다, 덕분에 괜찮다. 거짓을 지어다 겉보기를 치장해왔지만 결국 이 인간 앞에선 부질없는 짓이었다. 미르는 그대로 고개를 숙인 채 태연하게 숨겨왔던 진심을 이제야 풀어놓을 수 있었다.

"그냥 죽어버리고 싶었는데."

어느덧 흘러내린 양손은 난간을 놓고 바닥을 향해 주먹 쥐고 있었다.

"근데 뭐라고 한 번만 털어놓으니까, 네 얘기를 하니까."

어째서 밀려드는 평범한 일상들, 그 사이에 드문드문 박힌 아린 기억들마저 안고 갈 수밖에 없는지.

"기억이 뭐라고 씨발."

그 모든 무형의 심상과 감각 따위가 뭐라고.

"너라면 이렇게 말했을 것 같은 거야. 보이지 않는다고 절망하는 선택지만 있는 건 아니라고."

가능성이, 출구가, 희망이.

"개새끼. 좆같은 낙관주의자 새끼."

네가 바랐던 낙관의 길을 이제 내가 뒤쫓아 걷고 있네.

"나 진짜 도망치고 싶었는데."

미르는 바닥을 짚어 발에 무게를 실어본다. 힘을 주어 일어서고 이내 건을 곧바로 마주 본다.

"……한 번만 마지막으로 해보려고. 진짜 마지막이야. 더 할 수 있을지 모르겠어. 이번에 또 이런 일 생기면 정말로 도망쳐도 되지?"

그저 너는, 내가 생각하는 것도, 내가 겪은 것도 전부 알고 있을 것만 같아서. 그러니까,

"나 말고, 널 믿을게. 기다려줄 거라고 믿을게."

너라면 기다릴 거라고 말했을 테니까.

"그리고 사람들을 믿을게."

그 숱한 악의 증명에도 불구하고, 세상을 이루는 대다수가 선을 잃지 않았다고 믿어볼게.

미르는 그 믿음을 담아 편안하게 미소 지었다. 티 없이 천진하고 소박한 모습이었다.

그 다짐은 누굴 구하겠다거나 하는 거창한 목표로 이루어져 있지 않았다. 그것은 도의적인 일이라고, 미르는 그저 마땅히 해야 하는 일을 하는 것뿐이라고 다짐했다. 자신은 뛰어난 사람이 되고자 하는 것이 아니라, 보통 사람이 되고자 하는 거라고. 타인의 불행을 지나치지 않는 보통의 사람. 그래서 행운을 바라지도 않고, 요행을 바라지도 않으며 그저 할 수 있는 일을 하려는 것뿐이라고. 보통의 사람으로서, 보통의 사람들을 바라볼 뿐이라고. 그저 그뿐이라고.

2034년 7월

"감봉 3개월……."

"저는 한 달……."

하하. 미르는 힘없이 허탈하게 웃었다. 한 달 징계를 당한 정우 역시 마찬가지였다. 하필 RIMOS 부속 병원으로 옮겨지는 바람에 교란 사실이 RIMOS에 공유되었고 불량한 근무 태도로 낙인이 찍

허 있던 찰나 밝혀진 폐시약 무단 반출과 교란 관련 대인 실험 가이드라인 위반 사실은 징계 사유로 더없이 적당했다. 3개월은 좀 세지 않나 싶었지만 그렇다고 부당 징계로 항의할 생각은 없었다. 꽤나 알맞은 징계라 받아들이기로 했다. 혈액반응법으로 반응한 아델리온 시약은 교란 고위험 물질이었으니까. 엄격히 통제되는 게 맞으니까. 억울하지도 않았다. 전부 자초한 일이었기에.

"죄송해요. 저 때문에."

"아니에요."

정우는 잔뜩 기가 죽어 어깨를 움츠린 채 미르에게 사과했다. 아마 평소 상태였다면 정우의 꼬드김에도 위험하다며 어울리지 않았을 테지만. 그렇다고 정우를 탓할 생각은 없었다. 엄연한 자신의 잘못이었고 책임이었다.

"몸은 좀 괜찮으세요?"

정우에겐 교란 사실을 감추려고 했지만 보란 듯이 실패했다. 징계위에서 그 사실이 언급되는 바람에 노력할 기회조차 없이 허망하게.

정우가 느낄 죄책감을 가늠할 수 없어 숨기려고 했건만, 결과는 예상한 것과 같이 제 발 저린 듯 눈을 마주치지 못하는 정우의 태도에서 잘 알 수 있었다.

"평균 10년까진 괜찮잖아요."

"아직 젊으신데……."

미르는 30대 초중반인 자신보다 젊은 사람이 그런 얘길 하는 모습을 보자니 헛웃음이 나왔다. RIMOS로 박사 후 연구원. 그것도 무효기술연구소로. 나보다 앞길 창창하구만. 미르는 주눅 든 정우의 등을 손으로 두어 번 두드렸다. 정우는 놀란 듯 움찔했으나 그것이 격려임을 알고선 멋쩍게 웃었다.

10년. 10년이라.

명확하지도 않은 기간이었다. 개인차가 컸으니까. 하지만 통계적으로 발현자가 의식 불명기에 빠지기까지의 기간은 잠재자보다 긴 편이었다. 어림잡아 13에서 15년으로 잡아도 넉넉하려나.

그렇다 한들 이능력이, 이력학이, 교란이 연구자들을 우롱해온 역사에 비하면 터무니없이 짧은 시간이었다. 미르는 이제 자신의 옆에서 흘러가는 시곗바늘의 소리를 들을 때면 문득 선득함을 느끼곤 했다. 건 역시도 이런 기분이었을까. 차례차례 예정된 끝을 지시하는 자신의 상태를 바라보는 건 어떤 느낌이었을까.

미르는 정우를 뒤따르며 한숨을 쉬었다. 결과가 결정되어 있다고 해서 변수를 탐색하는 행위조차 그만두는 것은 연구자로서 그다지 할 짓이 못되었다. 천성이 그런 것이었다. 늘 비슷한 결과를 내는 시뮬레이션에도 오차와 예외는 항상 존재했다. 우리의 우주가 평균이란 허상으로써 그것들을 매끄럽게 감추고 있을 뿐. 과학은 그런 평균으로 법칙을 벼려내는 학문이었지만 동시에 그 예외까지 기술하여 포용하고자 하는 학문이기도 했다. 그렇다면 유례없던 변수를 찾아내는 것이 내일의 목표가 될 것이다.

"근데 징계위에 기관장도 보통 오는 편이에요? 그분이 징계위원장도 아니었고 이런 건 처음 보는 것 같은데."

"아, 기관장 얘기하지 마요."

윤리위에서도 그렇고 징계위에서도 그렇고 어째 기관장인 사일러스와 엮일 때마다 무사할 날이 없었다. 오늘의 출석도 과실과 책임이 무거운 일이니까 참석했으려나 싶었다. 다만 윤리위가 열렸던 그 시점에서부터 기관장의 거동은 충분히 수상한 것이었다. 지금까지 그렇게도 이능범죄에 강압적으로 굴면서 교란 해결을 주도했던 사람이 하루아침에 소극적으로 바뀐 것도 모자라 별 쓸데없는 곳까지 쏘다니고 다니는 것 같았다. 들려오는 소식이 그러했다. 몇몇은 이러다 RIMOS 망하는 거 아니냐며 불안한 기색을 보일 정도였으니 일련의 행동은 기행으로 불릴 법도 했다.

"대체 뭐 하시는 거지, 그분은."

게다가 윤리위에서 교란 사실을 언급한 것이 사일러스였으므로 회의실을 막 나온 미르는 기관장에게 잔뜩 심통이 나 있었다.

"뜬금없는 이야기긴 한데, 나이가 몇이셨죠?"

"저요? 올해 스물아홉……."

"기관장님이요."

"아. 67년생이셨나? 올해로 예순여덟이시네요."

몇 차례 마주한 바 도저히 예순여덟이라곤 보이지 않는 30대 초반의 얼굴이었지만. 아마 이능력이 불로였던 것 같았다. 실제로 몇 번 보니 매체에서 보아왔던 것보다도 훨씬 젊어 보였다.

"은퇴는 하실까요?"

"늙지도 않으시는데 글쎄요."

미르는 질린다는 듯 혀를 차며 대답했다. 최대한 버티다 망조가 들면 회사를 뜨던가 해야……. 이내 미르는 RIMOS만큼의 직원 복지를 자랑하는 이능력 연구 기업이 없다는 사실을 깨닫고는 탈출 계획도 헛된 일이구나 싶었다.

그럼에도, 지금의 RIMOS는 전체에 제동이 걸린 것만 같았다. 사일러스라는 한 사람이 억지로 걸어놓는 것만 같은. 그 이유를 알 수는 없었지만 목표 달성이 시급해진 미르의 입장에서는 별로 좋은 소식은 아니었다. 이 상태라면 교란 위험이 없는 통상적인 실험도 반려당할 것만 같았다.

"그럼 저는 이력의학과 좀 들렀다 갈게요."

"거긴 왜요?"

"저번에 미르 씨한테 맡겼던 거, 데이터 정리가 잘 안 된다고 해서."

분명 '간접반응법으로 사용한 아델리온 폐시약의 교란 위험성 검증'이었나. 미르는 고개를 끄덕였고 정우는 이따 보자며 갈림길에서 머리를 긁으며 다른 방향으로 걸어갔다.

미르는 정우와 헤어지고 나니 괜히 긴장이 다 풀리는 느낌이었다. 징계위에 들어가기 전 복용한 항불안제의 약효가 아직 남아 있었지만, 손과 발에 일부러 힘을 주어 긴장시키지 않으면 그대로 쓰러질 것만 같았다. 심박수가 그대로일지라도 최근 미르에게 벌어진 일들은 정서적 스트레스를 주기에 충분했고 갑자기 스트레스로 인한 상세 불명의 증상이 발현한다고 해도 전혀 놀랍지 않을 일이었다.

미르는 입을 꾹 다문 채 가까스로 걸어 연구실에 도착하자마자 그대로 의자에 늘어졌다. 의지는 있었지만 기력이 없었다. 초여름의 공간에 에어컨의 인공적인 냉기가 감돌았고 미르는 서늘함을 느끼며 의자에 걸어두었던 유니폼을 껴입었다. 팔짱을 낀 채 멍하니 이리저리 허공을 응시하고 있자니 해수가 건네주었던 종이봉투가 눈에 들어왔다. 아, 맞다. 미르는 발치에 있던 종이봉투에 손을 뻗은 뒤 무릎에 올려 내용물을 책상에 하나둘 늘어놓았다.

USB는…… 나중에 열어보고. 서류철로 집힌 종이 뭉치는 빠르게 훑은 바 대부분 무언가의 메모인 모양이었다. 누군가의 연락처와 잡다한 아이디어 따위가 공통된 주제 없이 어지럽게 적혀 있어 보였다. 이런 데에 사적인 내용을 적을까? 물건을 한데 그러모아서 봉투 하나에 담길 정도의 사람이라면 그러진 않을 것 같았다. 목표는 여전히 데이터베이스 아이디였다. 사내 메신저 기록까지 접근할 수 있는 아이디. 데이터베이스에는 연구 노트도 있을 터, 서현주의 자세한 행방을 알기 위해서는 조금 더 개인적인 기록이 필요했다.

미르는 곧이어 종이봉투 가장 밑에서 고동색 가죽 수첩을 꺼냈다. 손때 묻은 가죽의 빛깔로부터 기대한 내용이 있기를 추측하며, 미르는 수첩을 펼쳤다.

마찬가지로 누군가의 연락처와 메모 따위를 적은 페이지가 이어졌다. 연관성을 쉽사리 찾을 수 없는 이름들이 이어졌고 대부분은 외국인의 이름이었다. 그때 미르는 어딘가 낯익은 한국인의 이름을 발견하고 그 이름의 기억 속 출처를 떠올렸다. 분향소에서 본 희생자의 이름이었다. 그 이후로도 알고 있는 희생자의 이름이 몇몇 이어졌다.

……전부 크리스마스의 비극 희생자인가?

그렇다면 메모로 덧붙여진 내용들은 희생자의 당시 상황을 기록한 것으로 보였다. 대부분의 내용들이 『모든 사람에 대한 기록』에서 보았던 것과 비슷한 것 같았다.

미르는 휴대폰으로 크리스마스의 비극을 검색한 후 생존자 명단을 훑었다. 대부분의 이름이 마찬가지로 서현주의 수첩에 적혀 있었다. 희생자의 이름이 적힌 페이지와는 다르게 생존자의 이름이 적힌 페이지에는 메모가 빼곡했다. 몇 페이지나 이어지기도 했다.

계속해서 페이지를 넘기다가 의외의 이름을 발견한 미르는 손을 멈추었다. 다시 휴대폰으로 알려진 생존자 명단에서 그 이름을 찾아보았지만 발견할 수 없었다. 동명이인이 아닌지 의심했지만 자신이 알고 있는 그 사람이 맞다는 사실을 못 박는 한 문장이 눈에 띄었다.

방학을 맞이하여 스태튼 아일랜드의 대학병원에 입원한 이모를 보러왔다가 사건에 휘말림.

그것은 서현주의 이름이 적힌 페이지였다. 분명 해수의 이모할머니가 크리스마스의 비극에서 돌아가셨다고 했으니. 건조하게 쓰인 문장으로부터 미르는 이 수첩이 비극의 기록을 위한 것임을 직감했다. 서현주가 이 사건에 직접 연루되어 있다면, 이때 교란에 휘말렸을 가능성도 있나? 그렇다기엔 시기가 맞지 않았다. 크리스마스의 비극은 2000년에 발생했고 해수의 말로는 서현주가 교란으로 의식을 잃은 게 2029년이라고 했으니 30년 가까이 버티는 것은 불가능했다. 교란은 이후에 얻은 게 확실해 보였다.

……비극은 사람을 가리지 않는구나.

그 서현주 본인이 사건과 관련되어 있다는 사실은 전혀 예상치 못한 바였다. 그저 친척이 이 사고에 휘말렸으니 교란에 관심을 가진 줄로만 알았는데. 그렇다면 해수가 말한 대로 교란에 집착하는 것처럼 보였다는 것도 무리는 아니었다. 미르는 일련의 추리로부터 저릿한 감정을 느낀 뒤 한숨을 쉬곤 페이지를 넘겼다.

그러나 다음 페이지에 적힌 이름은 미르에게 연이어 충격을 주기 충분했다. 게다가 이름의 바로 밑에 적힌 메모는 아무리 봐도 서현주의 필체였고 그가 직접 쓴 것이 분명해 보였기에 더욱 그 내용이 당혹스럽게 다가왔다.

미르는 자신이 읽은 문장이 틀린 것은 아닌지 의심하고 재차 읽길 반복했다. 페이지의 이름을 다시 확인하고 메모와 작성자를 대조했다. 잘못 읽은 것이 아니었다. 확실하게 아는 이름이었고, 그렇기에 믿을 수 없었다. 미르는 휴대폰으로 알려진 생존자 목록을 다시 확인했고 당황스러운 페이지의 이름은 그곳에서 찾을 수 있었다. 교차 검증한 사실로부터 미르는 당황했다. 왜 지금껏 알지 못했지……? 게다가 이 사람이 서현주를 구해주었다고?

……정말일까?
……기관장인 사일러스와 서현주 사이에 이런 접점이 있었다는 게……?
사일러스의 이름은 형형히 빛나는 휴대폰 액정의 생존자 목록에 덩그러니, 하지만 분명히 띄워져 있었다.

3부

레이첼 머스크는 배우가 꿈인 17세의 학생이었다. 그녀는 1번 사망자라는 이름으로 알려져 있다.

스티븐 맥도넬은 3명의 자녀를 둔, 피자 가게를 영업하던 45세의 가장이었다. 그는 2번 사망자라는 이름으로 알려져 있다.

데이비드 D. 굿맨은 사건을 진압하기 위해 현장에 도착한 34세의 경관이었다. 그는 3번 사망자라는 이름으로 알려져 있다.

카스토르 휴고는 대학에서 생명공학을 전공하던 21세의 학생이었다. 그는 4번 사망자라는 이름으로 알려져 있다.

제임스 맥스웰은 특이적 수혈 부작용 문제의 가시화를 위해 운동하던 29세의 교란 판정자이자 사회 운동가였다. 그는 7번 사망자라는 이름으로 알려져 있다.

......

정례 서는 백혈병 치료를 위해 대학병원에 입원한 46세의 환자였다. 그녀는 549번 사망자라는 이름으로 알려져 있다.

신디 N. 브라운은 대학병원에서 근무하던 51세의 의사였다. 그녀는 561번 사망자라는 이름으로 알려져 있다.

엘리 헨더슨은 심리학 석사 과정을 위해 유학을 온 25세의 학생이었다. 그녀는 567번 사망자라는 이름으로 알려져 있다.

셰리 세일러는 사건을 취재하던 38세의 기자였다. 그녀는 573번 사망자라는 이름으로 알려져 있다.

본 도서의 목적은 사상자라는 이름하에 숫자로 치환되어버린 개개인의 삶을 조명하고 불러내어 기억하는 것에 있다. 우리는 잊어선 안 된다. 얼마나 많은 세계가 통계에 희석되어 사라진 것인지를.

— 레이먼드 레이크사이드 외 3인, 『모든 사람에 대한 기록』, 2014, 한국 오셔닉 프레스, p.2-p.35.

2000년 12월 24일

"조심해서 다녀오고! 이모랑 이모부한테 안부 좀 전해주고. 과일 바구니 하나 사가야 한다?"

이내 현주는 걱정과 조언을 꾸짖음에 가깝게 말하는 부모에게 인사를 건넸다. 캐리어의 손잡이를 잡아당겨 꺼내자 자신을 데려다주었던 차는 이미 멀어진 뒤였다. 현주는 12월 말의 한밤에 서린 찬바람 사이 입김을 내뿜으며 씩씩한 기세로 캐리어를 잡아끌고 공항의 출입구로 향했다.

SEL→JFK. 출발지와 도착지가 적힌 티켓을 발권해 여권 사이에 끼워 넣은 현주는 지갑을 펼쳐 바랠 대로 바래버린 사진 한 장을 들여다보았다. 어린 자신을 안고 있는 이모의 사진이었다.

사진가였던 이모는 현주의 부모님이 집을 오래 비울 때마다 그날의 일정을 접으면서까지 달려와 아무도 없는 집에서 홀로 울고 있던 현주를 달래주곤 했다. 그뿐만 아니라 이모는 보통의 부모가 만들어주었을 법한 추억들을 현주에게 선물해주곤 했다. 놀이공원에 데려가준다든가, 맛있는 식당에 데려가준다든가, 학예회나 입학식 혹은 졸업식에 와준다든가 하는 보통의 추억들. 각별하지 않다 말할 수 없는 사이였다. 이모가 미국으로 이주함에 따라 그때의 기억은 이제 대부분 흐릿해진 뒤 오래였음에도, 현주는 언젠가 이모의 품속에서 느꼈던 따뜻함을 애써 추억하며 지갑을 덮었다.

곧이어 공항에는 현주가 탑승하는 항공편의 탑승 수속 시작을 알리는 안내방송이 울려 퍼졌다. 현주는 여권을 펼쳐 티켓에 적힌 탑승 게이트를 확인한 뒤 발걸음을 옮기기 시작했다.

꽃

"현주야, 미안해. 오늘은 이모가 하루 종일 검사가 있어가지고 보기가 힘들 것 같네."

현주는 어차피 자신도 비행기 타느라 힘들었다며 괜찮다는 둥 공중전화의 수화기 너머로 실망감이 드러나지 않도록 노력했다. 내일 보자는 인사를 남기며 현주는 아쉬움 속에 전화를 끊었다.

느지막한 오후에 도착한 스태튼 아일랜드에서 현주는 호텔에 짐을 맡긴 뒤 괜스레 이모가 입원한 대학병원의 인근을 맴돌았다. 아무리 뉴욕이라 한들 스태튼 아일랜드는 외곽에 가까운 곳이었기에 미국의 중심 지역이라곤 보기 어려울 정도로 소박한 풍경들이 주변을 둘러싸고 있었다. 현주는 바로 그 점이 마음에 들었다. 적당한 도심. 시끄럽지도, 혼잡하지도 않은 균형적인 마을의 모습을.

평화.

그 표현이 딱 어울리는 것만 같았다. 현주는 국가고시 직전의 마지막 여유 사이에서 이름 모를 새의 지저귐을 귀에 담으며 거리를 거닐었다. 쌀쌀함에 코트 자락을 굳게 여미자 발밑에서는 채 녹지 못한 눈이 사박, 하며 밟혔다. 현주는 어쩐지 그 느낌이 포근해서 일부러 회색빛이 된 눈길을 밟으며 걸었다. 그때 눈이 밟히는 소리에 돌연 누군가의 외침이 끼어들었다. 현주는 눈길을 바라보던 고개를 들어 소리의 근원을 쫓았다.

"의문사에 주목하라! 이능력은 저주다! 의문사에 주목하라! 이능력은 저주다!"

그들은 스프레이로 적은 듯한 글씨가 박힌 천이나 종이 따위를 들고 목소리를 높이며 이목을 끌고 있었다. 분명 대학 수업에서도 들은 적 있는 것들이었다. 1981년의 이능력 첫 발견으로부터 원인 모를 의문사가 연속해서 발생했다고. 그 시점에 의문사한 사람들의 공통점은 바로 누군가에게서 혈액을 수혈받은 적이 있다는 점이었고, 사람들은 모두 이능력자의 혈액을 원인으로 지목했으나 의학계와 과학계는 그와 관련된 어떤 인과도 찾지 못한 채였다. 이에 한동안은 헌혈과 수혈을 거부하는 운동이 일기도 했었다고 들었다.

현주는 저들의 외침도 분명 그런 부류의 것이리라 생각하며, 하지만 별다른 대책을 내놓을 수 없는 일개 대학생으로서 복잡한 심경으로 그들을 얼마간 바라보았다. 그리고 생각했다. 이모도 수혈을 받았겠지? 그렇다면 골수 이식도 저런 의문사의 원인이 될 수 있을까? 현주는 이쯤까지 사고가 미치자마자 고개를 흔들어 생각을 쫓아버렸다.

갑작스런 이모의 백혈병 판정과 기적같은 골수 공여자의 등장. 그 모두가 현주를 이곳으로 향하게 한 것들이었다. 골수 이식은 백혈병에 있어 가장 효과적인 치료법이긴 했으나, 타인의 면역체계를 이식하는 이상 치명률은 필연적으로 존재했고 완벽한 관해 상태에 이르기 전까지 환자는 언제나 죽음을 경계하고 있어야만 했다.

지금이 아니면 언제 또 볼 수 있을지 몰라.

문득 현주를 사로잡은 생각이었다. 현주는 대학에 다니며 모았던 자금을 몽땅 털어모아 미국행 비행기 표를 끊었다. 돌발적인 행동에 이유를 물었던 현주의 부모는 대답을 듣곤 숙박을 지원해주었다. 자신들은 바빠서 갈 수 없으니 우리 몫까지 안부 좀 전해주라며. 그렇게 현주는 그토록 보고 싶던 이모와 같은 땅을 밟고 있었다.

내일. 성탄의 날이 밝아오면 드디어 이모를 만날 수 있을 것이다. 현주는 얼굴을 보지 못했던 햇수를 세어보며 기대에 들떴다. 그것도 크리스마스라는 특별한 날이라니. 내일의 만남은 서로에게 최고의 선물이 될 거라고 생각하며 현주는 이모가 있을 대학병원을 마지막으로 응시한 뒤 자리를 떠났다.

어느덧 해는 기울어 노을이 지고 있었다. 그 풍경이 현주의 마음을 부풀게 만들었다.

2034년 7월

……역시 의식 불명기에서는 고열이 좀 더 빈번하네.

미르는 이전처럼 건의 병실에 들러 그의 얼굴을 마주 보며 열을 덜어낸 뒤 가지고 있던 볼펜으로 달력에 새겨진 오늘 날짜에 가위표를 그었다. 이렇게까지 단기간에 자주 열을 내려준 적은 처음이었음을 방증하듯 지난달로 넘긴 달력의 페이지들은 대부분 휑하니 빈 채였다. 자그마치 6개월 동안이나.

지난 6월, 6개월 만에 건의 병실에 다다른 이후로 미르는 한두 달에 한 번에 불과했던 해열의 호의를 매일같이 베풀곤 했다. 이는 그간 용기 내지 못했던 자신에 대한 자책과, 한 줌뿐이라도 건에게 도움을 줄 수 있으면 좋겠다는 복합적인 심정의 결과였다.

이제 고작 7개월이 지났다고 생각할 수도 있었으나 건의 몸은 눈에 띄게 야윈 상태였다. 재활하려면 한참이 걸리겠거니 싶었다. 팔뚝에 박혀 조금씩 스며 들어가는 수액부터 정기적인 비프음이 음소거된 심전도기기, 커튼 틈을 비집고 얼굴에 일렁이는 아침의 햇살, 공조 시설이 설치되어 환기 없이 에어컨을 틀어놓아도, 쾌적하면서도 건조하기만 한 공기, 그 모든 것들이 들어찬 1인실. 당연하게도 VIP급 병실보다는 못한 것이었지만 교란 병동의 그런 1인실이란 어떤 특권의 상징 같은 것이었다. 보통은 4~8인실에서 관리되었으니까.

그리고 건을 둘러싼 모든 것은 미르가 이룬 것과도 같았다.

침실이 고작 분리되어 있을 뿐인 월세 투룸, 지인을 통해 50만 원을 깎아 사고도 할부가 남은 주행거리 15만 킬로미터짜리 중고차, 온전한 내 것이라곤 정신과 몸뚱어리뿐인 자의 아닌 자의의 무소유. 그것이 자신에게 향한 특권을 모두 건에게로 넘긴 미르의 삶이었다. 마치 벌을 주듯, 마땅하다면서.

미르는 탁상 위에 올려진 액자에 손을 뻗어 각을 맞추어 정렬했다. 햇빛이 반사되어 보이지 않던 사진의 얼굴이 드러났다. 졸업장을 들고 교복을 입은 두 학생의 사진이었다. 자신과 건. 부끄럽다며 졸업식에서조차 사진을 찍기 싫어하던 건을 미르가 붙잡은 사이 건의 어머님께서 찍은 사진이었다. 지금 보니 얼굴이 벌겋네. 이 새끼 나 좋아했나? 나는…….

내가 어떻게 감히.

모든 게 제자리로 돌아가야지. 평소처럼 멀어져서 타인이 되어야지. 당연히 그래야지. 내가 널 어떻게 붙잡겠어.

그렇다고 미련이 없느냐면 거짓이었고 사실 매달리고 싶을지도 모르는 일이었지만 미르는 그곳까지 사고가 닿기 전에 생각을 끊어버렸다.

이전보다 더 자주 능력을 이용해 열을 덜어주는 것만이 현재로서 베풀 수 있는 최선이었다. 고작 이것뿐이라도. 마음을 표현할 방법이 이제는 달리 없었으니까.

이미 굳어진 과거에 대한 후회에 묶여 있을 바에는 아무리 작을지라도 보폭을 벌려 미래로 걸음을 내딛는 게 옳다고 믿어야만 했으니까. 조금만 기다려. 미르는 병실을 떠나기 전 마지막으로 한 번 더 건의 열을 내려주었다.

미르는 흡연 구역에서 잠시 시간을 보낸 뒤 곧바로 연구실로 향했다. 보고서는 어제 전부 마무리지었고 징계 이후로는 신임이 흐려진 탓인지 참관 일정도 없었으니 홀로 남은 연구실에서 해수가 건넨 종이가방의 가죽 수첩을 꺼냈다. 손바닥만 한 메모장을 찢어 자신이 덧붙여놓은 메모들이 듬성듬성 박힌 채였다. 미르는 그것들을 모두 넘겨 사일러스의 페이지에 도달했다. 몇 장이나 끼어 있는 메모 사이에서 겹친 동그라미로 강조된 문장이 다시금 눈에 들어왔다.

이 사람도 Stella M. White와의 접점이?

혜림이 주었던 『모든 사람에 대한 기록』에서도 생존자 증언 사이에서 반복되어 언급된 이름이었다. 크리스마스의 비극 당시 스태튼 아일랜드에서 근무하고 있었던 NYPD 경찰. 67년생이었으니 살아 있었다면 사일러스와 같은 나이였을 터였다. 살아 있었다면.

스텔라라는 경찰은 2000년 12월 25일의 그 현장에서 순직했다. 다수의 증언에 따르면 많은 사람을 구하고. 교란 판정자 5천여 명, 부상자 7천여 명에 달하는 대형 참사에서 일반인 사망자가 104명에 그친 것은 분명 이 사람이 행한 초동 대응의 몫이 큰 것 같았다. 당시라면 이능범죄에 대한 구체적인 대응 매뉴얼이 존재하지 않았음에도 '빛나는 눈'이라며 생존자들의 입에 여러 번 오르내릴 정도라면, 스텔라가 발현자로서의 능력을 발휘했겠거니 추측할 뿐이었지만 해당 시기에는 등록 기관 역시 존재하지 않았으므로 자세한 내막을 알 길은 없었다. 더군다나 비극 당시 군과 경찰의 무전 기록은 아직까지도 숨겨진 채였다. 진실은 아직도 멀리에 있었다. 미르는 막연한 부담감을 느끼곤 등받이에 몸을 기댄 채 왼손으로 눈을 가리며 비극을 되짚었다.

1981년, 이능력 첫 발견. 그리고 다음 해인 1982년부터 2000년까지 20년 가까이 이어진 수혈자들의 원인 미상 사망 사건. 한결같이 사인은 사이토카인 폭풍으로 인한 다발성 장기 부전. 지금 와서야 그것은 교란이라 명명되었지만 그때 교란은 이름조차 없이 구천을 떠도는 유령과도 같은 것이었다. 굳이 찾아보고자 하지 않는다면 눈에 띄지도 않는. 뭐, 이건 지금도 비슷한가.

2000년의 크리스마스. 스태튼 아일랜드의 한 대학병원에서 어느 환자들이 일제히 거리로 나섰다. 그들은 모두 수혈로 인해 악화되어가는 건강을 이끌고 나와 잇따른 이상 사망 현상에 대한 시민사회의 관심을 촉구했다. 그리고 자신의 발현 여부조차 모른 채 그곳을 지나가던, 시간이 흐르고 나서야 발현자로 명명된, 한 상시발현형-공간형 이능력자가 저도 모르는 새 환자들의 비탄을 증폭시키고, 전염시켰다.

거리에 짙고 깊은 감정이 퍼졌다. 누군가의 절규로 시작된 인파의 혼란은 일대를 폭력으로 집어삼켰고 성탄의 흔적은 온데간데없이 유혈만이 일대를 붉게 물들였다. 이력심리학의 기저 인지 이론에 의하면 무언가를 소망하는 형태가 이능력을 만든다고 했다. 발현을 자각했던 사람과 자각하지 못했던 사람들 사이, 발현하지 않았던 사람마저 그 깊은 한에 몸서리쳤고 이능력자와 일반인이 절규로 뒤엉킨 현장은 도저히 인명피해 없이 진압될 것처럼 보이지 않았다. 경찰이 출동해 질서를 되찾으려 했으나 이미 폭주하는 인파는 경찰의 수를 압도한 뒤였다.

그리고 당시 사일러스는 그 병원에서 근무 중이었다.

병원을 덮친 비극 속에서 그는 어떻게든 살아남았을 것이고, 서현주와 함께 탈출했을 것이다. 또한 이 사건을 기점으로, 사일러스의 인생은 완전히 뒤바뀌었을 것이다.

2000년 12월 25일

현주는 돌연 끼어든 파열음 속에서 감았던 눈을 천천히 떴다. 무언가가 무너지고 뭉개지며 바스라지는 소리가 천장 너머를 가득 채웠다. 현주는 공포로 요동치는 심장 위에 양손을 올린 채 애써 스스로를 진정시키려 노력했다. 이게 다 무슨 일이지? 테러? 그러나 병원을 덮친 인파는 이성이라곤 한 줌도 남아 있지 않아 보였다. 이능력이나 이능력자가 폭주한다는 보고는 들어본 적도 없었다.

"현주야, 너라도 피해. 이모는 경찰이 나중에 구해줄 거니까."

현주는 패닉에 빠진 자신을 진정시키며 대피를 권하던 이모의 한마디를 계속해서 곱씹었다. 이모는 무사할까. 과연 언제쯤 경찰이 진입해 이 모든 일들을 정리할 수 있을까. 그리고 어떻게? 최악의 시나리오가 머리에 스친 현주는 잇몸이 저리도록 입을 세게

다물며 생각을 씹듯이 쫓아 없애버렸다. 이모는 분명 무사히 구조
될 거야. 다른 사람들도. 현주는 한순간 스쳤던 병실의 얼굴들을
하나하나 떠올린 후 침착히 상황을 살폈다.

"아무 일 없을 거야. 괜찮아."

이모의 마지막 한마디를 다시금 상기했다. 그래, 아무 일 없을
거야. 다행히도 이모가 있었던 병실까지는 폭주한 이능력자가 오
지 않았기에 현주는 무사히 현장을 빠져나와 비상구가 위치한 지
하주차장까지 도달할 수 있었다. 문제는 그다음이었다. 비상구 앞
에서 어슬렁거리고 있는 저 몇 사람. 그들은 분명 병실에서 창밖
으로 보았던 이능력자들과 비슷한 동세를 보이고 있었다. 비상구
로 들어온 걸까? 그런 걸 지금 와서 따지는 건 부질없는 행동이
었다. 중요한 건 유일하다고 믿은 출구가 가로막혔다는 점이었다.

······이대로 여기서 죽게 되는 걸까. 현주는 위층에서 들려오는
비명에 귀를 틀어막으며 생각했다. 현주는 그대로 얼어붙은 채 숨
을 죽이고 흐느끼는 일밖엔 할 수 없었다. 아래로 내려오며 보았
던 이름 모를 이들에게 애도를 표하면서. 홀로 살아남으려 했다는
죄책감 속에서. 모두가 구조되고 수습될 거라고 믿는 수밖엔 없었
다. 이게 맞는 일이야. 이게 옳은 일이라고. 자신이 살아남는 걸
이모도 바랐으니까. 현주는 필사적으로 자아를 보호하며 주변을
둘러싼 소음에 귀를 기울였다.

그때 멀리서 여러 명으로 추정되는 발걸음 소리가 작은 크기로
들려왔다. 이성을 잃은 이능력자가 내딛었다기엔 너무나 또렷한

소리에 현주는 희망을 품으며 조심스럽게 고개를 내밀었다. 그때 돌조각 하나가 빠른 속도로 시야를 가로질렀다. 이내 지하주차장의 모든 물건들이 어떤 격류에 따라 휘몰아치기 시작했다. 현주는 양손으로 입을 틀어막으며 다시 자신이 숨어 있던 차 뒤편으로 몸을 숨겼다. 곧이어 이능력자가 그들을 향해 걸어가는 기척이 느껴졌고 현주는 어쩔 줄 모른 채 그들의 안위가 무사하길 바랐다.

그리고 총성이 이어졌다. 이능력자로 추정되는 사람의 비명이 울렸고 겹친 발걸음 중 하나가 자신에게로 향하는 걸 들었다. 물체의 폭풍이 멈췄고, 발걸음의 주인을 확신하지 못한 채 머뭇거리는 사이 자신의 앞에 나타난 건 짧고 검은 머리의 한 의사였다.

"빨리 일어나요! 나가요!"

현주는 힘겹게 일어나려 했으나 오른발을 딛자마자 느껴지는 통증에 다시 주저앉을 수밖에 없었다. 내려오는 사이 자신도 모르는 새 발목을 다친 것 같았다. 의사는 그대로 현주를 둘러업고 비상구를 향해 달리기 시작했다. 놀랄 틈도 없이 눈앞에는 이능력자와 대치하고 있는 한 명의 경찰이 눈에 들어왔다. 그의 손에는 권총 한 자루가 들려 있을 뿐이었고 한 이능력자는 총을 맞은 건지 다리를 감싸쥐며 바닥에 나뒹굴고 있었다. 몇 이능력자가 현주와 의사를 바라보려는 찰나, 빛나는 눈을 한 경찰이 허공에 총을 쏘며 그들의 이목을 끌었다. 아니야. 안 돼. 당신도 살아야 하잖아. 흔들리는 시야 속에서 고투하던 경찰의 모습은 기둥에 가려지며 나타나고 사라지길 반복했다. 그 사이로 얼핏 비치는 경찰의 기세는 점차 스러져갔다. 현주는 차마 그 끝의 모습에서 눈을 뗄 수 없었으나, 누군가의 이능력에 의해 날아오는 쇳덩이가 경찰의 머리를 가격하는 순간 눈을 질끈 감는 수밖에 없었다.

왜 이런 일이. 대체 왜.

현주는 눈물과 함께 눈을 떴고 의사의 어깨에 업힌 채 출구로 향하면서 반대편 문을 통해 들어오는 한 무리를 보았다. 음어 따위를 무전으로 말하며 진입하는 그들은 손에 든 총기와 무력으로써 사태를 진압하려는 듯했다. 그리고 그때 현주는 자신을 향해 돌아보는 또 다른 이능력자와 눈이 마주쳤다. 현주는 비로소 그제야 이능력자의 얼굴에 묻어난 눈물 자국으로부터 무언가를 읽을 수 있었다.

원망과 비애.

그리고 그 무리는 한 치의 망설임도 없이 그런 얼굴의 이능력자에게 총구를 겨눴다. 어딘가 잘못된 것만 같았다.

"잠, 잠깐! 잠깐만요!"

현주는 이능력자를 향해, 어쩌면 총기를 든 무리를 향해 손을 뻗어 만류했다. 그러나 그 간곡한 찰나의 외침이 무색하게도, 무리는 곧바로 이능력자를 향해 발포했다.

이능력자가 흘린 눈물은 총구가 내뿜은 빛에 모순적이게도 반짝이며 붉은 웅덩이에 흩날렸다.

그 모든 장면이 느리게 테이프를 감은 영상처럼 눈앞에 진득하게 눌어붙어 현주를 떠나지 않았다. 그때부터, 언제까지고.

2034년 7월

곧이어 뒤늦게 도착한 특수부대의 지원 병력은 현장에 남은 모든 이능력자들을 사살했다.

104명이라는 사망자 수는 '일반인'에 대한 통계였다. 이렇게 사살된 이능력자들을 제외한. 그릇된 결정에 휘말린 이능력자들의 수까지 합하면 실제 현장 사망자 수는 573명에 달했다. 사회적 참사로 남게 된 비극은 항상 그랬다. 적절하지 못한 조치와 대응이 더 많은 사람을 죽였다.

이능력자 사살 결정에 대해서는 아직까지도 비판이 거셌다. 다만 옹호론도 적지 않았다. 물리 법칙을 뒤튼다는 이능력 앞에서 시민이고 경찰이고 할 것 없이 모두가 그 짙은 파도에 휩쓸려 스러져갔다는데. 미르는 자신의 능력이 무차별적으로 사람을 해하는 생각을 해보았다가 얼어붙은 신체가 산산조각나는 모습을 떠올리곤 곧바로 상상을 끊어냈다. 이능력은 특히나 감정에 취약했다. 감정에 취약한 사람들이 발현자가 되는 것인지 발현 자체가 감정을 흔드는 것인지는 알 수 없었지만.

그것이 비극의 전말이었다. 누구도 바라지 않은, 이능력 시대의 깊은 상흔.

잘못을 따지자면 교란에, 죽음에 무관심했던 사회의 탓이라고 누군가는 말했었다. 미르는 그 의견에 전적으로 동의했다.

저자의 말을 제외한 본문을 모두 읽은 『모든 사람에 대한 기록』에 따르면, 당시 병원 내부는 거의 모든 탈출구가 이성을 잃은 이능력자에게 가로막혀 누군가의 도움 없이는 탈출이 거의 불가능했다고 했다. 그렇다면 사일러스와 서현주 역시도 그 스텔라라는 인물에게 도움을 받은 것이 유력해 보였다.

사일러스는 이후 그 탈출의 트라우마로부터 한국에 RIMOS를 설립했을 것이다. 그런 일을 겪고 더 이상은 그곳에 남아 있고 싶지 않았을 터였기에.

역설적으로 그 비극으로부터 교란은 가시화되었다. 늘 그랬다. 역사는 희생으로부터 발전해왔다. 미르는 그 사실이 썩 마음에 들지 않았다. 누군가의 희생 없이는 발전할 수 없을 정도로 우리는 아직 야만적인가? 그렇다면 현대 사회의 그 모든 도덕과 윤리는 위선에 불과했을 뿐인 걸까?

차라리 '그렇게 가시화가 되었답니다!'라며 끝낼 수 있는 일이었다면 좋았겠건만, 비극은 이능력자에 대한 당대의 공포를 조성했다. 혐오 범죄가 끊이지 않고 이어졌으며 2000년에 12퍼센트로 추산되던 이능력자의 비율은 2005년에 이르러 3퍼센트까지 곤두박질쳤다. 그 감소가 뜻하는 바는 다양했다. 이능력자의 죽음, 혹은 발현을 숨긴 이능력자들, 아니면 발현의 감소. 그 누구도 '희망'을, 발현을 바라지 않게 되었다거나 하는.

그렇게 2005년에 RIMOS가 출범했다. 설립자이자 현 본부장, 기관장인 사일러스는 출범과 거의 동시에 짧은 성명을 발표했다. 첫째, 우리는 모두 같은 비극을 겪은 사람들로서 슬픔을 공유하는 이들이라는 것. 둘째, 이능력자와 일반인이라는 명칭 대신 발현자와 잠재자라는 명칭을 사용할 것. 셋째, 발현자 등록 기관을 만들어 발현자를 관리할 것. 넷째, 발현자를 대상으로 한 인체 실험은 RIMOS에서 제작한 가이드라인을 따라 엄격한 윤리적 기준하에 시행될 것. 다섯째, 비극을 기억할 것.

이 성명은 유의미한 요동이 되어 갈라져 있던 발현자와 잠재자의 마음을 움직였다. 세상은 다시 회복을 바랐고 이능력에 대한 불신과 불안에 지쳐 있던 사람들은 비록 덜컹거리는 모습일지라도 평화를 향해 나아가기 시작했다. RIMOS도 그 평화의 물결에 힘입어 성장을 계속해나가 지금의 경지에 이를 수 있었다.

다만 그런 움직임이 무색하게도, 2010년대와 2020년대 사이에 10대와 20대를 지낸 이들은 '희망을 모르는 세대'로 불리곤 했다. 결국 오랜 숙제였던, 발현자를 효과적으로 억압할 방법을 찾지 못한 전세대의 비극은 하루가 멀도록 이어지는 갖가지 이능범죄의 형태로 후세대를 향했다. 덧붙여 해당 시기에는 이력학에 대한 연구도 지지부진했다. 정말로. 서현주의 논문이 아니었다면 저 시기는 더욱 길어졌을지도 모르는 일이었다.

미르는 그 '희망을 모르는 세대'의 일원으로서 눈을 가렸던 손을 내리며 형광등을 가만히 응시했다. 난색이라곤 하나 없이 차가울 정도로 하얀 빛이었다. 보라색, 초록색, 파란색 따위의 잔상에 두통이 아른거리는 시야를 모니터로 끌어와 잠금을 해제한 뒤 데이터베이스에 접속했다. 자신의 아이디로부터 로그아웃하고 서현주의 수첩 첫 페이지 위 자신이 붙여둔 포스트잇에 적힌 아이디와 비밀번호를 입력했다.

마지막 로그인 : 2029년 3월 7일

논문의 행간, 사일러스와의 접점, 그리고 갑작스러운 교란 판정. 자, 이제 진실을 마주할 시간이다.

2001년 1월

이모는 바다에 마지막으로 흔적을 남겼다. 마치 언제든 죽을 수 있다며 끝을 예상하고 있었던 사람처럼, 이모는 언젠가 남겨두었던 유서에 장례조차 바라지 않는다며 자신의 유골을 바닷가에 뿌려줄 것을 당부했다. 현주는 원래의 귀국 일자를 미뤄가면서까지 이모부에게 부탁했다. 한 주먹뿐이어도 좋으니 자신이 직접 떠나보내도 되겠느냐고. 이모부는 자신보다도 마지막까지 곁을 지켰던 네가 하는 게 마땅하다며 얼마 되지 않는 유골을 현주에게 맡겼다. 현주는 유골이 담긴 보자기를 펼쳐 한 줌씩 이모에게 인사를 건넸다. 그 보자기마저 바람에 흘려보내고 나서도 손에는 밝은 잿빛의 가루가 묻어 있었다. 현주는 그것을 털어내려다, 그마저 털어낸다면 이제 이모의 흔적은 어디에도 남지 않는다는 사실을 깨닫고는, 그대로 주먹 쥔 채 주저앉아 흐느꼈다. 이모부는 그런 현주를 보곤 옆에서 이모의 끝을 위해 함께 울어주었다. 그때 그렇게 두고 가지 말았어야 했는데, 내가 대신 죽어야 했는데, 하는 것들은 이제 어떤 의미도 가지지 못하는 혼자만의 죄책감에 불과할 뿐이었다.

"저 내일 한국 가요. 그 말 하려고 왔어요."

현주는 자신을 사일러스라 밝힌 의사에게 말했다. 사일러스는 천천히 고개를 돌려 현주를 바라보았다. 그때 그 이능력자 같은, 형용할 수 없이 깊은 슬픔이 사일러스의 눈빛에도 서려 있었다. 아마 사일러스도 현주로부터 같은 것을 보고 있었을까? 두 사람은 새벽의 고요함 속에서 얼마간 말없이 서로만을 바라봤다. 이내 문장으로 정리하기 버거운 말들이 맥락만을 이루며 두 사람 사이를 오갔다. 그 흐름 속에서도 사일러스의 몇 마디만은 분명하고 무거운 의미를 가지며 현주를 어루만졌다.

"잊지 말고, 살아서 기억합시다. 누구도 기억하지 않는 일은 처음부터 없었던 것처럼 잊혀지니까. 그렇게 모두가 잊게 된다면 비슷한 일이 반복되겠죠. 그러니까 살아서, 기억해요. 같이."

현주는 그것이 사일러스가 스스로에게 되뇌이는 말이라는 걸 알 수 있었다. 사일러스는 탁자에 놓인 메모장과 펜을 집어 무언가를 적더니 이내 그것을 현주에게 내밀었다. 메일 주소였다. 평생 바꾸지 않을 거라며, 꼭 다시 만나자고, 언제든 연락하라면서.

현주는 그로부터 일렁이는 마음의 파도가 와닿는 걸 느낀 뒤, 처음이자 마지막으로 애써 밝게 웃어 보였다.

2034년 7월

미르는 제일 먼저 실험기록에 대한 데이터베이스에 접속했다. 메신저의 내용은 분량이 만만치 않을 테니 집에서 읽는 것이 옳아 보였다.

리스트를 훑으니 익숙한 모양의 글자가 눈에 먼저 들어왔다. 「사용한 아델리온 폐시약과 특이적 이력항원 농도 감소 사례의 인과성 연구」. 참으로 오랜만에 보는 제목이었다. 미르는 지금까지 수많은 사람들을 좌절시켜온, 특이적 사례를 해석하고자 했던 시도들에 대해 생각했다. 이 논문이 얼마나 많은 사람들로 하여금 무용할지 모를 일을 알면서도 행하게 했는지. 자신도 그런 사람들 중 한 명이었기에 미르는 가볍게 코웃음에 가까운 콧김을 흘린 뒤 기록을 열람했다.

먼저 읽어본 논문은 일부 비문과 오탈자가 고쳐지지 않았을 뿐 지금 공개된 것과 크게 다를 바 없었다. 미르는 예상했다는 듯 별다른 반응을 보이지 않은 채 곧이어 연구 기록을 열람했다. 종이를 스캔한 듯한 질감의 페이지 여러이 눈앞에 나타났고 보통의 전자문서를 예상했던 미르는 의외의 모습에 약간의 놀람을 느꼈다. 이 시기에는 원래 수기로 작성했다가 스캔하곤 했나?

가장 먼저 모습을 보인 페이지에서는 서현주가 그 많고 많은 후보 중에서도 사용한 아델리온 폐시약을 눈여겨보게 된 계기를 알 수 있었다. 교란성 쇼크를 일으킨 장기 입원자, 그러니까 고위험자는 밤낮으로 항원 농도를 체크하도록 되어 있었고, 교란과의 간호사였던 서현주는 그날도 평소와 같이 고위험자의 혈액을 검사하고 있었다. 변화가 없거나 미세하게 증가하는 항원 농도 그래프만이 이어져갈 즈음, 그동안 볼 수 없었을 정도로 아래로 내려간 그래프가 눈에 들어왔다. 처음 서현주는 이것을 단순한 인과 불명의 특이적 감소로 생각했으나, 특이적 감소를 일으킨 병실에서는—그 시기에는 항원 농도 판정에도 혈액에 아델리온 시약을 섞어 이용했기에—종종 전임자가 회수를 잊은 아델리온 폐시약이 발견되곤 했다. 서현주의 표현을 빌리자면 '이미 혈액과 반응해서 특유의 형용할 수 없는 불쾌한 느낌만을 잔뜩 뿜어내는' 채로. 서현주는 그런 폐시약에 주목했던 것이었다. 이따금 보이던 '사용한 아델리온 폐시약'이 특이적 감소에 인과를 가지지 않을까 하고. 대부분의 역사적인 연구가 그러했듯 우연과 통찰이 겹친 결과였던 것이다.

이어지는 기록들은 연구 과정에 대한 것이었다. 그 논문의 행간에조차 적히지 못했던 가설과 검증의 흐름 그리고 가지가 자유로이 페이지에 펼쳐져 있었다. 본래 연구를 전문적으로 진행하던 사람이 아니었으므로 그 사이사이에는 RIMOS 소속으로 보이는 누군가의 메모도 곁들여져 있었다. 분명 이런 형태라면 전자문서의 형태로 옮기기 어려웠을 것이다.

지겹도록 읽어봐 눈에 익어버린 연구였으므로 미르는 어렵지 않게, 혹은 허무하게도 페이지를 빠르게 넘길 수 있었다. 끝내는 스크롤이 마지막에 다다르려 했고, 미르가 아쉬움을 느낄 즈음 시선을 사로잡은 것은 다른 문장들보다도 정돈되지 않은 채 급하게 휘갈긴 듯한 문장 하나였다. 미르는 모니터에 고개를 내밀면서 이전부터 지끈거렸던 두통으로 흩어지려는 집중을 붙잡으며 흘림체에 가까운 그것을 읽으려 노력했다.

……아델리온의 홀씨가 이력흔이 없는 환경에서도 빛을 발한다면…… 아델리온 시약은 그 홀씨가 자란 꽃잎을 이용해 제조되므로……

……뭐?

미르는 줄곧 산만하게 책상을 두드리던 손끝이 멈추는 것을 느꼈다. 이내 문장에 홀린 듯 그 손끝을 입가로 가져가 입술을 주무르며 이력흔과 아델리온 시약 사이의 관계를 되짚었다. 과연 아델리온의 홀씨는 자연 상태에서 어떠한 개입 없이도 스스로 빛을 발했다. 홀씨의 발광 조직은 싹을 틔우며 빛을 잃게 되는데, 그렇게 자라난 아델리온은 이력흔에 노출되면 다시 빛을 발했다. 그렇다면 이력흔은…….

미르는 반쯤 주먹 쥔 양손을 허공으로 향한 채 초점 잃은 눈으로 생각을 이어나갔다.

그리고 머잖아 책상에 머리를 박았다. 이게 무슨 말도 안 되는 소리야.

수식으로 깔끔히 정리된 논리만을 바라보다가 말로 풀어 쓴 비전공자의 문자적 흐름을 읽으려니 도저히 머리가 따라가질 못하는 느낌이었다. 두통이 해석을 방해하는 것도 분명 있었다. 그래도, 그렇지만…….

……이력항원의 존재양자수가 시간에 대한 물리량일 수도 있다고?

말도 안 되는 소리라고 생각했던 미르는 여전히 책상에 고개를 박은 채 천천히 이력흔과 아델리온 시약의 성질을 되짚어보았다. 이력흔은 아델리온 시약의 발광 조직을 어떻게든 자극하는 것이 분명했다. 그리고 응용연의 그 연구로 미루어보면 아델리온 시약은 이력흔, 그러니까 앱손을 포집했다. 그렇다면 앱손의 작용 범위가 제아무리 작다 한들, 적어도 발현자의 눈에 보일 정도의 농도를 포집한다면 그것이 발광 조직에 직접적인 영향을 미치는 것도 무리는 아니었다. 서현주는 여기서 '이력흔이 아델리온의 발광 조직을 홀씨 시절로 되돌리는 것이 아닐까' 하는 가설을 제안했다. 그리고 연구 노트는 그곳에서 끊겨 있었다.

그럴 듯한 추론이긴 한데, 그런데, 증거가 없잖아.

미르는 고개를 들어 양손으로 마른세수를 한 뒤 일자별로 정리된 연구 노트를 모두 닫아버리며 생각했다. 좋은 통찰력이긴 했지만 너무 큰 비약이 아닌가. 그러나 미르의 마음속 깊은 곳 어딘가에서는 서현주의 가설에 천착하고자 하는 욕구가 꿈틀대려 했다. 확실히, 아무도 해보지 못한 발상이었다. 그토록 무모했기에 엄밀함이라는 틀에 박혀버린 전공자로선 쉬이 도달할 수 없을 것만 같은 결론이었다.

앱손에 다른 성질이 있었나? 미르는 이력이 개입한 계의 해밀토니안*을 다시금 생각해보았다. 이력장, 그러니까 앱손의 특성은 어느 계의 큰 섭동**을 분석함으로써 정의되고 분석될 수 있었다. 이력은 그 자체로 세상에 작용하지 않으며 기존의 4대 힘에 간섭하는 형태로 작용함으로써 존재를 드러내기 때문이었다. 다만 그 섭동이랄 게 너무 큰 탓에 섭동이라 불러도 될지도 모르겠고 고전적인 섭동 이론에 의해 근사되지도 못했지만. 그 덕에 '시간 독립적 특수 섭동 이론'이니 하는 게 생겨났고 그건 계산도 더럽게 귀찮았지만.

결국 계산하는 수밖에 없나, 하며 미르는 책상 구석에 꽂혀 있던 이면지와 볼펜을 꺼냈다. 무한히 평행한 전자기장을 상정한 뒤 그곳에 둔 양의 점전하에 발현도 5 정도인 이력을 가하는 상황을 가정했다. 시간 의존적인 항을 설정하고 해밀토니안을 분리했다가 식의 형태로부터 계산의 번거로움을 예감한 미르는 곧바로 마우스를 움직여 개발 환경을 불러왔다. 특수 섭동 이론을 알아서 계산해주는 프로그램을 어디다 박아뒀던 것 같은데. 분명 대학원 다닐 때 작성해뒀던 코드가 어딘가에…….

미르는 우여곡절 끝에 코드를 찾아내어 식을 집어넣었다. 그리

---

* 물리학에서 계의 에너지를 기술하는 연산자.

** 어느 물리학적 계에 작용하는 부가적인 힘에 따라 나타나는 미세한 거동. 이력물리학적으로, 이능력은 이력에 의해 나타난 물리계의 특수한 섭동으로서 정의될 수 있다.

고 프로그램은 시간에 대한 항을 넣었음에도 원치 않은 결과와 함께 에러를 내놓았다. 맞다, 이거 시간 독립적인 코드였지. 미르는 낙심한 듯 한숨을 내쉬었다. 시간 의존적 특수 섭동 이론을 계산해야 한다고? 시간 의존성을 지닌 이론은 아직까지 제대로 정립되지도 않은 상태였으므로 분명 혼자 계산하기엔 무리가 있었다. 이력물리학과에 부탁하는 수밖에 없었지만 과연 해줄까.

왜 이런 과제를 맡기십니까? 어느 간호사가 남긴 가설 때문에요. 근거는 있습니까? 없는데요. 그럼 원본이라도 보여주실 수 있습니까? 여기요. 이건 어디서 난 겁니까? 어…….

부정취득한 자료를 보여줄 수도 없는 노릇이었다. 그렇다면.

어떻게든 하면 되겠지. 미르는 서현주의 아이디로부터 로그아웃한 뒤 자신의 아이디로 재로그인하여 혜림에게 연락했다. 퇴근 후에 바로 만나기로 하며 대화를 마쳤다. 미르는 내친 김에 세진에게도 간만의 연락을 남겼고 가능하다면 만나러 가겠다는 대답을 들을 수 있었다.

미르는 잽싸게 흡연 구역에 다녀온 뒤 항불안제와 진통제를 챙겨 먹으며 자리에 앉았다. 서현주의 가설 탐색은 나중에 생각해보면 될 일이었다. 메신저 기록은 집에 가서나 천천히 살펴보는 것으로 결정하며 미르는 정각까지 남은 약간의 여유를 보내기 위해 태블릿을 집어들었다.

평소처럼 세진의 아이디로 로그인한 뒤 건의 이름을 검색하려던 미르는 문득 서현주의 이름을 떠올렸다. 조금의 호기심과 해수에 대한 책임 사이에서 잠시간을 고민하던 미르는 천천히 태블릿의 검색창에 서현주의 이름을 입력했다. 자신의 권한으로는 열람할 수 없는 여러 개인정보들이 나타났다. 주민등록번호와 거주지 따위의 정보 앞에서 빠르게 화면을 조작해 의도치 않은 정보를 접하는 걸 애써 피하던 미르는 우연히 스크롤이 멈춘 부분에서 최초 교란 판정일을 읽을 수 있었다.

2028년 10월 12일.

그리고 해수가 주장했던 교란 판정 시기를 생각했다. 2029년 3월에 교란 판정과 함께 의식을 잃었다고 했던가. 교란 판정 시기와 의식 불명기가 동일한 것은 어려운 일이었으므로 아마 해수가 알고 있던 시기에 약간의 혼선이 있던 것 같았다. 최초 교란 판정을 받은 것은 2028년이었으나 2029년이 되어서야 해수에게 그 사실을 알렸다거나, 자신이 해수의 이야기를 잘못 기억하고 있다거나. 아마 전자의 가능성이 높으리라 미르는 생각했다. 그렇다면 어쩐지 RIMOS가 크게 잘못하고 있는 것만 같았다. 교란 판정 이후 1년도 안 되어 의식 불명기에 접어드는 것은 굉장히 드문 일이었다. 게다가 그 이유를 해수에게 밝히지 않고 있다면, 어딘가 반드시 구린 부분이 RIMOS에 존재한다는 뜻이었다. 자신은 그걸 놓치고 있는 거고. 이제야 해수의 시위가 타당히 느껴지는 것만 같았다.

미르는 언젠가 이런 사실을 해수에게 말해주어야겠다고, 여태껏 찾아보지 않았던 것을 조금 미안하게 생각하며 스크롤을 아래로 더 내려 이력항원 농도를 체크해보았다. 특이적 감소라곤 하나 없이 애석할 정도로 깔끔한 상승세를 그리고 있었다. 나아질 기미라곤 전혀 없는, 건의 사례만을 보다 잊고 있었던, 아주 전형적인 교란 판정 잠재자의 이력항원 농도 그래프였다.

미르는 한숨을 내쉬며 서현주의 논문이 꽂힌 책상 한 켠을 물끄러미 바라보다가 손끝으로 뒤로가기를 눌렀다. 교란이란 이름 하에 희생된 사람들의 수를 얼핏 떠올린 뒤 느껴지는 중압감에서 도망치고자 잠시 창밖을 바라보았다. 태양이 작금의 상황도 모른 채 한없이 밝게 빛나며 세상을 감싸안고 있었다. 저 빛이 들지 않는 곳도 분명 있겠지. 미르는 잠시 실내의 형광등을 응시하곤 다시 태블릿으로 시선을 돌려 건의 이름을 입력했다. 어쩐지 씁쓸해진 마음에 힘 빠진 손짓으로 스크롤을 내려 이력항원 농도를 확인했다. 평소처럼 올라가는 모습이 그려져 있었고, 그 끝에서는, 그래프가 기적에 가까울 정도로 아래로 꺾여 있었다.

2006년 3월

한탄스럽게도 화해와 추모는 제대로 이뤄지지 못했다. 전무후무한 이능력자의 단체 폭주의 원인이, 그저 악재가 겹친 우연으로 지목되었기 때문이다. 이능력 발견 이후로 이어진 수혈자들의 의문사 사건, 아무도 주목하지 않는 차디찬 외면 속에서 자라난 원망의 극단, 차라리 이런 세상일 바엔 모두 망하는 게 나을 거라는 그 한순간의 깊은 비탄이 발현을 자각하지 못했던 이능력자에 의해 일대로 퍼져나갔다는 게 사태의 전말이었다. 누구도 탓할 수 없는 비극 속에서 사람들은 사과 없이 서로에게 손끝을 겨누며 언성을 높였다. 군과 경찰의 잘못은 잊혀 추궁당하지 않게 되었고 올바른 곳을 향해야만 했던 책임의 화살은 죄 없는 이들을 향했다. 희생자의 유가족은 누군가에게 책임을 묻는 일 외에는 스스로의 절망을 토해낼 길이 없었다. 모두가 그 사실을 알고 있었다. 그렇기에 아무도 한의 연쇄를 끊어낼 수 없었다. 미정립된 체계 속에서 유령들은 길을 잃었다. 그 유령은 수혈자였으며, 희생자였고, 생존자였다.

한편 공화당은 비극을 혐오 장치로 이용해 이능력자를 규탄하는 공약을 제시하면서 선거에서 승리를 거두기도 했다. 크리스마스의 비극이 그렇게 '정치적인 것'이 되어가는 동안, 정작 그 유가족과 생존자에 대한 우리의 의무적인 도의와 도덕은 잊혀가고만 있었다.

그렇게 이능력 시대의 유령들은 스스로의 죽음을 덧없이 쌓고 쌓은 뒤에도 2006년이 되어서야 교란 판정자라는 이름을 얻을 수 있었다. 6년이 지나서야 비극의 실체를 확인한 사람이 그 사건에서만 5천 명에 달하였으나, 집계되지 않은 실제 판정자들은 몇 명일지 감히 가늠할 수 없었다.

그러한 파국 속에서, 다행스럽게도 비극이 발생했던 대학병원은 특히 피해가 컸던 동 하나를 허물어 재건한 뒤 '12.25 메모리얼 센터'라는 이름을 달고 희생된 이들을 기억했다. 그 비극과, 사건의 배경에 있던 교란을 기억하자는 목적으로서. 센터의 중앙에 있는 거대한 직사각형 모양의 비석에는 사건으로 희생된 이들의 이름이 한 자 한 자 적혔고 그를 둘러싼 공간에는 해당 사건으로 인해 교란 판정을 받은 이들의 이름이 새겨졌다.

기록. 마땅히 행해져야 하는 것. 현주는 자진하여 그 작업을 도왔다. 수첩에 한 글자씩 눌러 적어가며 숫자로 근사된 죽음 이면에서 개개인의 삶을 건져올렸다. 그 과정에서 하나의 비극이 얼마나 많은 사람들의 세계를 무너뜨린 건지 알게 된 현주는 한동안 수첩과 이름들을 바라볼 수 없었다. 지금이 되어서야 가까스로 그것들을 마주할 수 있게 된 현주는 비석에서 이모의 이름을 찾아내곤 처음 희생자 명단에서 예의 이름을 발견했을 때처럼 제대로 된 애도의 눈물조차 흘리지 못한 채 그것을 그저 바라볼 수밖에 없었다. 현주에게는 교란이란 이름으로 남은 시대의 상흔이 아리게만 느껴졌다. 자신을 보며 웃는 어린 해수를 바라보면서도, 안정된 직장에서 어느 정도 위치를 잡았음에도 현주가 교란에 천착하고자 했던 건 그때부터였을지도 모르겠다.

현주는 해수를 품에 안은 채 수첩에 끼워두었던 사일러스의 연락처를 가만히 바라보았다.

2034년 7월

미르는 은은한 두통 속에서 위스키가 담긴 노징 글라스를 들어 손목으로 가볍게 스월링했다. 이윽고 글라스의 벽에 묻은 위스키가 끈적한 레그를 만들며 천천히 흘러내렸다. 미르는 중력을 따라 불규칙한 간격으로 흘러내린 레그를 보고 만족스럽다는 듯 글라스를 가만히 응시하다 입술에 가볍게 대어 위스키를 한 모금을 목으로 넘겼다. 찌르는 듯한 에탄올의 맛이 혀를 타고 식도로 넘어가자 묵직하고도 그윽한 바닐라와 형언할 수 없는 복합적인 향이 입안을 감싸 안았다. 미르는 천천히 숨을 내쉬며 잔향을 느꼈다. 싸구려 버번에선 느낄 수 없는 깊은 향이었다.

"원래 스카치만 마시지 않으셨어요?"

"이제 못 마시겠더라고요."

정우의 혈액이 담겼던 그 병을 손으로 깨뜨리기 위해 집에 있던 남은 스카치란 스카치는 죄다 털어 마신 뒤로 특유의 피트향만 맡으면 구역이 올라오는 것만 같았다. 그때 귀한 것까지 죄다 엎지르는 바람에 다음 날 정신이 들자마자 절규하긴 했지만. 그렇다고 술, 아니 위스키를 끊는 건 가당치도 않은 일이었으므로 대안으로 찾은 것이 버번이었다. 재패니스나 아이리시는 취향이 아니었고.

"오늘 그거 다 마시고 가시겠네요."

미르는 바텐더의 말에 웃으며 자신의 앞에 놓인 병을 바라보았다. 10분의 1 정도 남은 위스키가 잔잔히 담겨 있었다. 스태그Stagg. 개인적으로 좋아하는 버번이었다.

"여기 말곤 잘 들어오지도 않는다고요. 제가 구하기는 어렵고."

바텐더는 그렇게 말하는 미르를 보고 웃어 보인 뒤 수건을 들고 투명한 각양각색의 잔들을 마저 닦기 시작했다. 곧이어 이 맛에 술을 못 끊지, 하고 미르는 생각했다. 취기에 거칠어진 어휘력으로 금방이라도 쌍욕을 감탄사로 내뱉을 수 있을 것만 같았다. 하, 아도니스 최고. 이 재미라곤 눈곱만큼도 없는 대전에 딱 하나 남은 애주가의 자존심. 음주라는 유일한 취미를 충만히 만족시켜주는 유일한 곳.

RIMOS는 만년동에, 집은 가장동에 있어 중앙로역에 위치한 이곳까지는 어디서 출발하든 거리가 있었지만 미르는 굳이 이곳까지 발걸음을 돌리곤 했다. 어차피 차도 있겠다.

"오늘도 대리 부르시려고요?"

"당연하죠. 음주운전은 안 해요."

"기분 좋아 보이시네요."

"아, 좋죠."

"좋은 일 있어요?"

"완전 좋은 건 아닌데, 그냥 제가 멋대로 좋다고 생각하는 거?"

"좋은 게 좋은 거죠."

미르는 약간의 취기에 고개를 끄덕였다. 그리고 기쁨의 근원을 되짚기 위해, 옆자리에 놓아둔 가방에서 RIMOS 바깥에서도 데이터베이스에 접속할 수 있도록 약간의 해킹을 가한 태블릿을 꺼내 세진의 아이디로 로그인했다. 늘 그랬듯 건의 데이터에 접속해 이력항원 농도를 확인했다. 그렇게나 보이지 않아 좌절을 더했던 특이적 감소가 눈에 띄게 큰 폭으로 발생해 있었다. 이번 달의 데이터였으니 특이적 감소는 저번 달에 발생한 것으로 보였다.

건의 특이적 감소는 항상 그러했다. 이력흔에 의해 항원 농도가 감소한다 한들, 그것은 단순히 자신이 열을 내려줄 때 발생한 이력흔에 의한 것이라고 보기엔 너무나 큰 폭으로 발생해 있었다. 아무리 슈바르츠-유카와 법칙에 의해 발현도 8인 이력흔 농도가 강대하더라도 이번엔 그 수치조차 능가할 정도로 발생해서 더 의문스러웠고, 대체 어떻게 발생한 건지조차 알 수 없었지만, 아무튼 바텐더 말마따나 좋은 게 좋은 거 아니겠는가.

……만약 특이적 감소가 임계치 밑으로 내려갈 수 있을 정도로 연속해서, 그렇게나 기적적으로 발생한다면 의식을 회복하는 것도 무리는 아닐 테니.

"야, 비싼 거 마신다야."

돌연 들려온 목소리에 고개를 돌리니 세진이 서 있었다.

"용케 시간 났네?"

미르는 오른쪽에 놓아둔 가방을 제 품에 안으며 세진에게 자리를 내주었고 세진은 그대로 그곳에 착석하며 대화를 이어나갔다.

"말도 마. 전화 오면 바로 가야 해서 술도 못 마신다."

"레지던트의 삶이란."

"건이 놈도 빨리 맛봐야 하는데. 뭐 보고 있었어?"

미르는 말없이 태블릿을 세진에게 내밀었다. 세진은 익숙하다는 듯 자신의 아이디로 로그인되어 있다는 사실에 어떤 반발도 하지 않은 채 태블릿의 데이터를 바라보았다.

"……이거 이만큼 나오는 것도 드문데?"

"그치?"

"이야, 이거 논문 쓰고 싶다."

"근거도 없는데 무슨."

그렇지만 교란과 의사가 논문 주제로 삼고 싶다고 말할 정도라면 건의 이번 특이적 감소는 분명히 긍정적인 것이었다. 보통의 특이적 감소를 10개쯤은 모아야만 같은 폭을 보일 것 같았으니.

이 원인을 도출해낼 수만 있다면 교란의 해결은 일도 아닐 텐데. 그런 생각이 스치는 것도 당연했지만 원인의 추적이 불가능했으므로 여전히 무효화는 꿈만 같았다. 그럼에도 이런 사소한 기복에 기뻐하지 않는다면 어떻게 더 먼 곳까지 도달할 수 있겠는가? 미르는 긍정을 긍정으로 받아들이기로 했다. 다만 세진을 자신의 오른쪽에 앉혀 왼손의 흉터를 숨겨가면서.

"이따 한 명 더 올 거야."

"아 맞다. 누구였지? 혜…… 혜진?"

"양혜림. 이론실험분석연구소 분."

미르는 잔에 남은 세 모금 정도의 위스키를 전부 마셔 진한 풍미로써 두통을 희석시킨 뒤 바텐더에게 "같은 걸로 한 잔 더"라는 고전적인 주문을 외쳤다.

"주당 어디 안 갔네……."

"술이라도 없었음 이미 죽었을걸?"

"술 때문에 죽을 것 같은데?"

"안 죽어, 안 죽어."

"지금 의사 앞에서 확신하는 거야? 자신만만해 아주?"

그렇게 말하는 세진은 논알코올 모히토를 주문했다.

"내 주량은 내가 제일 잘 안다니까. 괜찮다고."

"이런 데까지 불러서 하고 싶은 얘기가 뭐예요? 나도 궁금하네."

어느덧 도착한 혜림이 불쑥 고개를 들이밀곤 옆에 착석하며 말했다.

"이런 데라뇨, 제 취향인데. 그냥 재밌는 가설이 생각나서요. 생각났다기보단…… 아무튼. 앱손의 성질이랑 존재양자수에 대해서요."

미르와 세진은 바텐더로부터 각자의 잔을 받은 뒤 한 모금씩 목을 축였다. 혜림은 아무 음료도 시키지 않은 채 그런 그들을 물끄러미 바라보며 이어질 말들을 기다릴 뿐이었다.

"자, 사용한 아델리온 폐시약이 항원 농도 감소에 유의미한 상관관계를 가져요. 근데 파격적으로 감소시키진 않으니까 교란 해결에 도움이 안 된다고 여겨져왔던 거고. 그래서 선행 연구도 별로 없고. 아니, 근데 솔직히 저번에 반려당한 내 실험 해봤으면 바로 효용성 입증될 텐데."

간단한 결론이었다. 고농도의 이력흔이 유의미한 감소를 이끈다면 고농도로 반응한 아델리온 폐시약을 어떻게 해버리면 되는 거였으니까. 아, 사일러스 진짜.

"아무튼 그건 서현주 논문으로 밝혀진 거니까 이젠 자명한 거고요. 그런데 이번 응용연 연구, 그걸 보면 아델리온 시약은 앱손을 포집한단 말이죠. 그럼 이력흔을 이루는 앱손의 어떤 성질이 항원의 존재양자수에 영향을 미친다는 건데, 진짜 이상한 얘기 하나 해볼게요. 앱손이 만약 시간을 되돌린다면?"

"……그건 너무 비약 아니에요? 앱손의 성질이 다 밝혀진 것도 아니고."

가만히 듣고 있던 혜림은 짧게 지적했다.

"음! 저는 입 다물게요. 물리 전공자들끼리 이야기 나누셔. 난 예과 의학물리도 싫어했다고."

곧이어 세진은 양손을 어깨 높이로 펼쳐 올리며 항복을 선언했다.

"교란과 주제에 물리 싫어하는 건 좀 웃기다, 야. 좀 기다려봐. 의학과 얘기랑 연결될지도 몰라. 이력연구부 이력의학과나 부속 병원 교란과나 토픽은 겹치잖아."

미르는 다시 글라스를 들어 위스키를 마시곤 말을 이었다.

"그러니까, 이능력 영구 무효화의 해답을 찾을 수 있을지도 모른다고. 교란도 해결할 수 있다는 말이지."

"미르 씨, 차근차근 얘기해봐요."

줄곧 듣고 있던 혜림은 한 손가락으로 머리를 꼬면서 특유의 태도로 조곤조곤히 물었다.

"이상하게 생각하시는 거 알아요. 저도 비약이라고 여겼는데요. 이거 좀 보세요."

미르는 서현주의 연구 노트를 찍은 사진을 휴대폰에 띄워 자신 앞에 내려놓았다. 세진과 혜림은 미르의 양옆에서 고개를 들이밀며 사진을 바라보았다.

"······서현주? 이건 어디서 났어요? 서현주 연구 노트예요? 그 논문?"

이내 사진을 바라보던 혜림은 노트의 주인을 예리하게 눈치채곤 물어왔다.

"맞아요. 어디서 났는지는 비밀이고. 이 마지막 줄 좀 보세요."

미르가 손가락으로 가리킨 곳에는 '이력흔은 시간을 되돌리는 게 아닐까?'라는 문장이 쓰여 있었다. 세진은 눈살을 찌푸린 채 화면을 바라보며 줄곧 침묵하고 있었고, 혜림은 문장을 읽곤 고개를 갸웃거렸다. 미르는 설명을 이었다.

"아델리온은 자연 상태에서 홀씨 시절에 빛을 발해요. 아델리온 개체 하나의 시작을 홀씨 시절로 잡는다면, 아델리온이 이력흔, 그러니까 응집한 앱손에 반응해 빛을 내는 건, 발광 조직이 홀씨 시절의 과거로 돌아가는 거라고 볼 수 있지 않을까요? 흡열 반응은 홀씨 시점의 열에너지 수준을 갖기 위한 거겠고요."

"그럼······."

미르를 바라보던 혜림은 오른손으로 입술 근처를 매만지며 생각에 잠긴 듯했다.

"그, 말도 안 되긴 하는데, 요약하자면 앱손이 거시적인 시간 역전 대칭성*을 부여하는 거죠. 그래서 제가 계산을 해보려고 했는데. 익히 아시다시피 앱손 성질은 특수 섭동 이론으로 계산하잖아요. 근데 지금 정립된 특수 섭동 이론은 시간 독립적이란 말이에요."

혜림은 허공을 바라보며 고개를 끄덕였다.

"그러니까……."

반응을 지켜보던 미르는 이내 팔짱을 끼며 약간의 뜸을 들였다. 혜림은 그런 모습의 미르를 가만히 바라볼 뿐이었다.

"혜림 씨 쪽에서 이 시간 의존성 좀 어떻게 계산 안 될까요……?"

"우리 쪽에서요?"

"부탁드릴게요. 세진이가 교란과에서도 말 좀 해주고. 무효연에서는 제가 어떻게 해볼 테니까―"

"와! 몰라! 하나도 모르겠다!"

가만히 듣고 있던 세진은 결국 박수를 치며 백기를 들었다.

"뭐야, 갑자기!"

"모르겠다고. 네가 하는 말 하나도."

---

* 어느 물리학적 계에 대해 시간이 반대로 흐르게 하는 연산에 대한 대칭성.

"이렇게 말하는 건 엄밀하지 않아서 싫은데, 아주 쉽게 말해서 앱손이 시간을 되돌릴 수도 있다고."

미르는 위스키 한 모금을 마시며 말했다. 그 모습을 본 세진은 줄곧 찌푸리고 있던 눈살에 더욱 힘을 주며 투정했다.

"그래서 어떻게 되는 건데? 좀 더 쉽게 말해봐. 아니, 애초에 나 같은 일반인 듣기엔 너네 같은 사람들이 앱손이랑 이력흔이랑 섞어서 말하는 것만 해도 충분히 헷갈린다고. 이력흔? 이력장? 뭐 고추장, 쌈장도 아니고. 용어도 개떡같이 헷갈리네. 이름 누가 지었냐."

"대충 그게 그거니까 알아서 들어. 근데 이 정도는 쉽지 않아?"

"하이고 두야. 너 물리 천재 소리 듣고 살았지?"

"당연히 중고등학생 땐."

"이래서 물리과 놈들은 안 돼요. 안 그래요? 혜림 씨…… 아니, 혜림 씨도 물리 전공이네. 에이."

입술을 검지와 엄지로 매만지며 미르의 제안을 재고하던 혜림은 세진을 향해 싱긋 웃어 보였다.

"지도 이과면서. 같은 걸로 한 잔이요."

미르는 지거에 계량된 위스키가 채워진 새로운 잔을 받아들고는 곧바로 한 모금을 마셨다. 세진은 그런 미르를 못마땅하게 바라볼 뿐이었다.

"아, 좋다. 그래서 결론이 뭐냐. 앱손이 시간에 대한 성질을 가지고 있다면 존재양자수도 시간에 대한 물리량일 가능성이 높다."

"그런데요."

미르의 제안 이후로 줄곧 말이 없던 혜림이 말문을 텄다. 미르는 기다렸다는 듯 혜림의 대답을 경청하기 위해 혜림을 바라보았다.

"시간 의존성은 내 쪽에서 계산한다고 쳐요. 하지만 만약 정말로, 존재양자수가 시간에 대한 물리량이라면…… 우리가 시간을 어떻게 건드리죠?"

혜림은 단 한마디로 정곡을 찔렀다. 미르는 차마 언어의 형태를 띤 대답을 입 밖으로 내지 못한 채 망설이는 소리만을 내다가 가까스로 대답을 이을 수 있었다.

"……뭐어. 앱손이나 이력흔 가지고 어떻게 해봐야겠죠."

"유력한 건 이력흔이죠. 그런데 앱손을 가둘 수 있는 방법은 미르 씨 말씀대로 응용연 연구 결과 가지고 아델리온 시약에 포집시키는 것밖에 없고."

"그래서 제가 고농도의 이력흔 실험 제안했었는데…… 사일러스가 방침을 바꿔버려가지고."

"이력흔이 무해하게 효과가 있다고 해도, 아델리온 시약으로 뭘 어떻게 할 건데요? 반응한 아델리온 폐시약의 이력흔 범위는……. 얼마 전에 정식 공개된 응용연 연구결과, 그거 보시면 알겠지만 보통의 앱손보단 넓긴 하거든요. 그런데, 그래봤자 매우 좁아요. 앱손 자체의 작용 범위가 워낙 작아서. 그러면 신체에 직접 주입하는 방식이 가장 효과 있을 텐데, 시약의 독성은요?"

응용연의 연구결과에 그런 내용이 있었다고? 미르는 신경질적으로 자료를 대충 읽었던 과거를 반성하며 언젠가 다시 읽어봐야겠다고 생각했다.

"맞아. 그거 교란과에서도 그 시약 쓸 거면 체내 주입 말고는 방법 없다고 결론 났다."

"……그거 이력의학과에서 실험하던데요? 제가 그거 한 번 참관했었어요."

"아 진짜?"

"모르니까 알아보려고 실험하는 거잖아요. 만약 유해하다고 밝혀지면?"

계속되는 질문 세례에 미르는 박사 논문 디펜스를 치르던 때가 떠올랐다. 은은하게 울려댔던 두통이 이제는 거세게 몰아치는 것만 같았다.

"그, 래도. 일단은 물리학자로서 성질은 밝혀내야죠……? 그러니까 이력물리학과에서 한번 알아봐주시면 안 돼요? 시간 의존성이라도."

"그건 맞지만……."

혜림은 여전히 무언가 걸린다는 듯 떨떠름한 반응을 보였다. 혜림의 말도 분명 중요하긴 했다. 정말로 존재양자수가 시간에 대한 값이라면 그건 그거대로 문제였다. 고작 인간이 시간의 방향을 어떻게 다루겠는가?

"야, 근데……."

그때 줄곧 별다른 반응을 보이지 않았던 세진이 불쑥 끼어들었다. 미르는 고개를 돌려 세진을 바라보았다. 무언가의 눈치를 살피는 모양새에 미르가 의아함을 느낀 순간 세진이 말을 이었다.

"꼭 바에서 이런 얘길 해야 돼?"

참 나.

"뭐, 왜. 뭐. 바는 무슨 물리 얘기 금지 구역이야?"

미르는 퉁명스럽게 세진의 태클을 받아쳤다. 물리학자가 물리 얘기 하는 게 새삼스러울 일도 아니고.

"하셔도 괜찮아요."

바텐더가 잔을 닦으며 웃는 채 미르를 옹호하니 세진이 머리를 긁적였다.

"좀 추하지 않아요, 솔직히? 그리고 얘 지금 피곤해 보이잖아요. 컨디션 안 좋아 보이는데도 이러고 술 마시면서 일 얘기 하고 있어요. 워커홀릭이야 아주."

세진이 말한 워커홀릭이란 게 '일에 대한 집착이 비정상적이어서 일상생활에도 영향을 미치는 상태'를 의미하는 거라면 미르는 분명 워커홀릭이 맞을 거라고 속으로 수긍했다. 자신과 같은 상황에 처한다면 누구든 워커홀릭이 될 수밖에 없지 않나 하면서. 어찌 됐든 좋은 일은 아니었지만. 미르는 두통이 있긴 했지만 피곤하진 않다고 생각하며 다시 쏘아붙이려던 찰나 테이블에 올려둔 세진의 휴대폰이 밝게 빛나며 진동하는 것을 보았다. 세진은 휴대폰을 들고 자리에서 일어나 전화를 받으며 바깥으로 향했다.

"일단 제의는 해볼게요. 이유야 내가 만들면 될 거고."

문 너머로 사라지는 세진을 지켜보던 미르의 옆에서 넌지시 혜림이 말했다. 미르는 혜림의 한마디를 듣자마자 화색이 도는 얼굴로 혜림을 바라보며 답했다.

"혜림 씨 진짜 최고의 동료인 거 알아요?"

"고마우면 술이나 좀 추천해봐요. 그런데 미르 씨, 오늘 정말 피곤해 보이는데."

"머리가 좀 아프긴 한데 괜찮아요. 평소에 카페모카 좋아하셨죠? 달달한 거 좋아하시면 무난하게 베일리스 밀크가 좋을 것 같고……."

혜림은 턱을 괸 채 곰곰이 메뉴를 고민하는 미르를 지그시 바라보며 말했다.

"무리하지 마요. 게다가 교란인데."

교란이란 말에 놀란 미르는 잽싸게 주변을 둘러본 뒤 세진이 아직 자리에 돌아오지 않았음을 확인하곤 안도했다.

"쉿. 쟤는 모른단 말이에요."

"정말요? 배짱도 좋아라."

미르는 다시금 세진의 행방을 확인한 뒤 조심스럽게 말을 이었다.

"평균적으로 10년은 괜찮잖아요. 그리고 저 발현자라 그거보단 더 길 거라고요. 통계적으로."

혜림은 못마땅하다는 듯 미르를 바라봤고 그 앞에서 미르는 얼어붙은 채 멋쩍게 웃을 뿐이었다. 그렇게 얼마간을 어색하게 경직되어 있자 혜림의 뒤편에서 바의 문이 열리는 게 보였다. 미르는 반가운 마음으로 세진이 걸어오는 모습을 향해 고개를 기웃거렸다. 갑작스럽게 머리를 움직였기 때문인지 어지러움을 느낀 미르는 잠시간 눈을 질끈 감았고, 귓가에서 가까워지는 발걸음 소리가 자신 옆에 멈춰 섰을 즈음에야 다시 눈을 뜰 수 있었다.

"나 가봐야겠다."

"아까 추하다고 했나? 바에서 술도 못 마시고 불려가는 네가 더 추한 것, 같은데."

그리고 미르는 콧방귀로 세진을 비웃으려 했으나 어쩐지 어지럼증이 가시지 않아 말끝을 흐리며 관자놀이를 짚었다.

"아유, 저거 진짜. 피곤하면 그만 마시고 집에나 가. 혜림 씨! 만나서 반가웠습니다. 나중에 또 봬요! 저 계산 부탁드릴게요!"

"네. 다음에……."

미르는 둘의 대화에 끼어들 틈조차 없이 돌연 청각마저 흐릿해져가는 걸 느꼈다. 마치 물에 잠긴 것처럼 모든 소리가 울리기 시작했고, 시야마저 겹치고 늘어져 사물을 분간할 수 없었다. 그때 후둑, 하고 붉은 자국이 눈앞에 나타났다. 입술에 닿은 쇠비린내로 그것이 코피임을 알아챈 직후, 미르는 아무 생각도 할 수 없었다.

의식은 그대로 지면 아래를 향해 떨어졌다.

2022년 2월

2022년 2월은 현주가 전 남편으로부터 해수의 친권을 되찾아오는 데에만 1년을 소모한 직후였다. 이제 막 고등학생이 된 해수에게도 고된 일이었으리라 생각하며 현주는 해수와 함께 대전으로 적을 옮겼다. 해수는 일련의 일들에 대해 크게 투덜댄 적도 불평한 적도 없었지만 분명 적잖은 스트레스가 됐으리라 현주는 막연히 추측할 뿐이었다.

"해수야, 오늘 저녁은 뭐 먹을까?"

"아무거나."

그것은 이전보다 딱딱해진 대답으로부터 충분히 유추할 수 있는 것이었다. 그 후로 그렇다 할 대화랄 게 이어지지 못하는 차 안에서 먼저 입을 뗀 것은 의외로 해수 쪽이었다.

"……엄마, 정말 RIMOS로 가?"

현주는 물음의 의도를 파악하지 못해 일순 당황했다가 단순한 긍정을 표할 수밖에 없었다.

"응."

"왜 하필 거기야?"

분명 갑작스러운 환경의 변화에 불만을 가진 것이었으리라, 현주는 생각하며 가볍게 답했다.

"엄마가 거기 사람이랑 약속한 게 있어."

"무슨 약속?"

"다시 만나자고."

현주는 더 구체적인 내용은 부러 숨기며 대답했다. 지금의 해수에게 구구절절 설명할 것은 아니라 느꼈다.

"첫사랑이라도 돼?"

이내 해수는 현주의 덤덤함을 못 견디겠다는 듯 예전처럼 눈을 반짝이며 딴지를 걸었다. 현주는 그 모습이, 해수가 애써 밝은 모습을 지어내려는 것만 같아 쓸쓸하면서도 그런 마음을 드러낼 수 없어 가볍게 웃으며 아니라고 답했다. 해수는 그 웃음은 뭐냐며, 첫사랑 맞아 보인다며 장난스러운 태도를 유지했다.

"이따 뭐 먹을지나 정하세요, 서해수 씨!"

서해수, 서해수. 현주는 좀처럼 입에 붙지 않는 해수의 성과 이름을 속으로 계속 읊었다. 전 남편과 이혼할 때 현주의 성을 따르겠다고 결정한 건 해수의 생각이었다. 현주는 그것이 고마우면서도 안쓰러웠지만 티 낼 수도 없었고, 그렇기에 해수의 선택을 존중하여 그를 '서해수'로서 애정을 담아 자주 불러주는 것만이 현주가 할 수 있는 유일한 일이었다.

현주는 전학 수속을 마친 해수를 집에 데려다준 뒤 그대로 차를 몰아 RIMOS 본부로 향했다. 저 멀리서 부속 병원이 먼저 눈에 들어왔고 그와 인접한 본부 건물이 곧이어 현주를 반기는 듯했다. 집과는 그렇게 멀리 있지 않았기에 현주는 머잖아 RIMOS 부지의 주차장에 차를 댈 수 있었다.

- 본관 17층에서 기다릴게요.

현주는 사일러스의 문자를 다시금 확인하며 본관 건물의 엘리베이터에 올랐다. 30층까지 이어지는 계기판 앞에서 17층을 누른 현주는 이내 닫히는 문을 확인하곤 올라가는 층수 표기를 바라보았다.

이 사람은 그날로부터 교란에 얼마나 천착했던 걸까.

도망치듯 한국으로 돌아와 같은 주제에 집착했던 것은 사일러스도 마찬가지였을까. 비극의 영속성은 그렇게나 깊고 질척한 것이었으므로.

어느덧 17층에 도착한 엘리베이터는 문을 열었고 대전 시내의 전경이 밝게 비치는 복도가 현주를 맞이했다. 한쪽 벽면이 모두 통창으로 높게 탁 트여 개방감을 더하는 짧은 복도였다. 현주는 복도를 거닐어 화장실 따위를 지나 그 끝에 있는 문을 열었다.

문은 야외 정원으로 이어졌다. RIMOS의 본관 건물은 어느 층을 기점으로 그 가로 면적이 절반으로 줄어드는 L자형 구조를 띠었고 그 기점이 바로 17층이었다. 완벽히 하늘로 개방된 정원을 거닐던 중, 현주는 익숙한 뒷모습을 어렵지 않게 발견할 수 있었다. 그는 그날과 같은 모습을 하고 있었다. 여전히, 변치 않은 채로.

"오랜만이네요."

현주는 난간에 기대어 시내의 전경을 바라보는 사일러스 곁으로 다가서며 인사를 건넸다. 사일러스는 현주를 향해 고개를 돌렸다가, 반가움에 눈웃음을 짓다가도, 어쩔 수 없는 세월의 흔적에 스치듯 탄식하다가 끝내는 미소를 띠어 보였다.

"저만 그대로네요."

"몇 년이 지났는데요. 이능력이 불로였나요? 부럽네요."

"별로 바라진 않았는데 말이에요."

현주는 그 말의 의미를 알고 있었다. 종종 사일러스는 자신의 능력을 비극에서 홀로 살아남게 만든 능력이라고 말하곤 했다. 축복은 무슨 저주 같은 거라며. 그날의 허물 같은 것이라고.

"……많이 노력하신 것 같네요, 그날 이후로."

현주는 말없이 지평선을 내다보는 사일러스의 곁에 함께 나란히 서 사일러스와 같은 곳을 바라보았다. 이 사람은 이 높이에 이르기까지 얼마나 지난한 노력을 해왔던 걸까. 아니면 그렇게 할 수밖에 없었던 걸까. 제대로 해결되지 못한 비극이라는 과거에 얽매인 채 갇혀버린 사람들은 이렇게 될 수밖에 없었던 걸까. 현주는 그날로부터 하루도 늙지 않은 듯한 사일러스의 얼굴로부터 보이지 않는 무수한 주름을 읽을 수 있었다. 그 주름들은 회한이었으며 통탄이었고, 비애이자 절망이었고, 원망이자 울분과도 같았다.

사일러스는 현주의 말에 아무 대답도 없이 그저 해가 기울어가는 하늘을 바라볼 뿐이었다. 두 사람은 어떤 말도 없이 해가 지평선에 닿을 때까지 잠시 그들을 죄어왔던 모든 것으로부터 멀어져 세상을 관조했다. 아마 현주와 사일러스는 같은 것을 느꼈을 터였다.

세계는 더없이 평화롭고 고요했다. 아무 일도 없었다는 듯이.

자신들의 존재가 이질적이라 느껴질 정도로. 우리의 정당한 외침이 되레 혼란으로 받아들여지는 것처럼.

"여기까지 왔다는 건, 긍정적으로 생각해봤다는 뜻인가요."

"그렇죠. 당연히."

"벌써 22년째입니다."

"앞으로 22년은 우습게 더 살 수 있어요."

"할 수 있다는 보장도 없고요."

"어떤 일들은 또 가능해보이긴 했나요."

"다른 곳들도 많습니다만."

"하지만 당신이 가장 노력하는걸요."

"위험할 수 있는데도요."

"우리의 시간은 그때에 멈춘 지 오래잖아요."

사일러스는 현주의 결의에 유의미한 반론을 제시하지 못한 채 현주를 물끄러미 바라볼 뿐이었다.

"그냥 살아간다는 게…… 생각보다 힘들더라고요. 여기가 아니면 안 될 것 같아요."

지난 22년의 세월 동안 현주가 무엇을 보고 느끼며 경험했을지 사일러스로서는 알 수 없었을 것이다. 다만 그저, 한순간 같은 지평선을 바라보던 서로의 눈빛이 서로에게 너무나 익숙해서, 그것만으로 모든 걸 이해할 수 있었기에 두 사람은 더 이상의 근심과 염려는 접어두기로 했다.

2034년 8월

날 세웠던 모든 것들이 한없이 넓고 따스한 관용에 녹아내렸다. 같은 슬픔을 공유하는 사람끼리 어떻게 서로를 원망할 수 있겠느냐며, 건의 어머니처럼 보이는 사람은 천천히, 그리고 깊게 미르를 품에 안아주었다. 얼마간의 용서가 끝나자 그는 미르의 어깨에 손을 올리며 온화한 시선으로 미르를 바라보았다.

"……더 안아주시면 안 돼요?"

미르는 자신을 품었던 손을 차마 놓지 못한 채 붙잡으며 애원했다. 그즈음부터 알고 있었다. 이건 기억을 재현한 꿈에 불과하다는 걸. 곧 깨어날 시간이 다가오고 있다는 걸.

"너를 기다리는 사람들이 있잖니."

그 한마디를 마지막으로 서서히 소란이 귓가에 스며들었다. 뒤늦게 일깨워지는 의식에 오감이 점차 뚜렷하게 돌아오기 시작했다. 춥지도 덥지도 않은 실내에 불어오는 습한 여름의 외풍 사이로 고함치는 누군가의 목소리는 어느 날의 기억을 자극해 떠올리게 하기 충분했다. 미르는 약간의 불쾌함을 느끼며 눈꺼풀을 살짝 들어 올렸다. 백색의 무미건조한 형광등 빛이 동공에 스며 눈이 부셨다. 눈살을 찌푸리면서 팔로 빛을 가리려는데 무언가 걸리적거리는 느낌이 들었다. 그리고 바늘 따위가 팔에 박힌 듯한 이물감도.

하는 수 없이 천천히 눈을 마저 떴다. 어딘가 낯익은 천장이었다. 그리고 소음과 냄새로부터 기시감의 정체를 간파한 미르는 불편함 속에서 양팔을 짚으며 몸을 일으켰다. 이곳은 틀림없이, RIMOS 부속 병원의 응급실이었다. 수액 따위가 박혀 있으리라 예상한 팔뚝에는 과연 링거액이 스며들고 있었다.

미르는 한숨을 내쉬며 침대에 앉은 채 주변을 둘러보았다. 커튼 너머로 누군가의 그림자 둘이 비쳤고 집중해 목소리를 들으니 혜림과 세진인 모양이었다.

올해만 두 번이나 응급실에 입성했다는 사실과, 두 번 모두 누군가에게 민폐를 끼쳤다는 사실이 교차하자 쥐구멍에라도 숨고 싶은 마음이 들었다. 그러나 다시금 두통이 머리를 쿡 찔러댔기에 자리에서 일어나 혜림과 세진에게 말을 걸려던 계획은 쉽게도 물거품이 되고 말았다. 휴대폰이 어디 있는지 두리번거리던 찰나 멀게만 느껴졌던 커튼이 덜컥 열렸다. 이윽고 모습을 드러낸 건 세진이었다.

"어? 어어? 일, 일어나지 마! 누워! 누워 있어!"

세진은 침대에 앉아 있는 미르를 보곤 놀란 듯 다급히 다가와 힘으로 미르를 침대에 눕혔다. 어쩔 수 없이 일어날 수 없게 된 미르는 세진에 의해 턱 밑까지 이불을 덮은 채로 고개만 빼꼼 내민 채 질문했다.

"아니, 그…… 나 쓰러진 거지?"

"보면 몰라?"

"지금 몇 시야? 며칠이야?"

"미르 씨 쓰러진 게 7월 31일이었고, 지금은 8월 1일 새벽 1시요."

세진이 제 휴대폰을 찾아 옷을 더듬거리는 동안 커튼 너머에서 혜림이 미르에게 다가오며 답했다.

"갑자기 엎어지면서 술도 엎어버리길래 기면증이라도 있나 싶었는데 흔들어 깨워도 반응은 없고……."

"아……."

미르는 부끄러움에 눈을 감으며 말을 흐렸다. 세진은 아까부터 줄곧 사색이 된 표정으로 잔뜩 굳어 있었다.

"박세진, 뭐해? 괜찮아?"

"어? 어어. 괜찮은데. 그, 내가 지금 니 담당의는 아니지만 그래도 의사니까. 어……."

"응. 근데 왜……."

아, 설마. 미르는 좋지 못한 예측이 스치는 걸 느꼈다.

"의료 기록을 봤거든. 맨 처음에 도착했을 때 같이 봤어. 걱정되니까…… 근데……."

미르는 예감이 확신으로 바뀌는 걸 느꼈다. 세진은 눈을 맞추지 못한 채 바닥을 보며 믿을 수 없다는 표정으로 버겁게 말을 이어 나가는 것처럼 보였다.

"너 언제부터 교란이었어? 아니, 대체 왜? 어쩌다? 혜림 씨는 알고 있었어요?"

그렇게 물으며 이내 힘겹게 미르를 바라보는 세진의 표정은 금방이라도 무너질 것만 같았다.

결국엔 이 날이 오는구나. 6월에 교란 판정이었으니 8월로 두 달이면 많이 버틴 건가. 미르는 세진을 마주할 수 없어 죄 없는 천장을 향해 고개를 돌린 채 심호흡했다. 어떻게 어디서부터 말해야 할까. 그렇게 고민하는 사이 옆에서는 훌쩍이는 소리가 들려오기 시작했다. 곁눈질로 바라보니 세진이 무서워 보이는 얼굴로 울고 있었다. 그새 화났구나.

"……이따 설명해줄게. 지금은 두 분 다 나가는 게 좋을 것 같네요."

어느새 세진과 혜림의 뒤에는 미르의 담당의로 추정되는 의사가 서 있었다. 소매로 눈가를 문지르던 세진과, 그 모습을 말없이 지켜보던 혜림은 조용히 자리를 비웠다.

"마미르 씨? 지금 의식 괜찮으세요?"

두통 속에서 고개를 끄덕이며 침대에 걸쳐 앉으니 곧바로 의사의 설명이 이어졌다.

"경황없으실 테니 조금만 설명드릴게요. 오늘은 의식 잃으셔서 응급실로 오셨고요. 보호자 분들께 탁자에 엎어졌다고 들었는데, 그래도 혹시 몰라 피 검사도 하고 CT도 찍어봤어요. 다행히도 머리는 멀쩡해요. 기억은 괜찮으세요?"

두개골이 멀쩡하다는 소식은 꽤나 다행이었다. 길 가다가 엎어졌으면 뒤통수라도 깨졌을지 모르는 일이었다.

"네. 술 마시던 와중에 갑자기 의식 잃은 것까지 기억합니다."

"그리고 저희가 기록을 보니까 6월에 교란 판정 받으셨고요. 그래서 항원 농도 검사도 진행을 했어요."

"예…… 예?"

이건 또 무슨 소리인가. 그 정도의 극미량이라면 고작 2개월이
지났다고 교란성 쇼크 따위가 발생할 리는 없었다. 그런 증상은
최소 3년은 지나서야…….

"그랬더니 항원 농도가 비정상적일 정도로 가파르게 오르고 있
거든요?"

"네?"

"그래서 이번에 의식 잃으신 것도, 교란에 의한 걸로 추정이 되
는 상황이에요. 교란성 쇼크요."

"……저 2개월밖에 안 됐는데요?"

의사는 안경을 고쳐 쓴 뒤 태블릿에 메모할 준비를 하며 이어
물었다.

"혹시 기저 질환 있으십니까?"

"아뇨."

정신과 질환은 해당되지 않으려나 하며 답했다.

"복용하시는 약은요?"

"에스시탈로프람*이랑 벤조디아제핀**이요."

---

* SSRI 계열 항우울제.

** 불면 혹은 불안 따위에 쓰이는 향정신성의약품.

해당되지…… 않겠지?

"흡연이나 음주 하십니까?"

"항원 증식 속도와 관련이 있나요?"

"그쪽과는 관련 없지만, 교란으로 나타난 증상에 간접적으로 악영향을 미쳐요."

미르는 속으로 욕을 삼켰다.

"아무튼, 얼마나 하시죠?"

"담배는 이틀에 한 갑에……"

미르는 잠시 고민한 뒤 하루 한 갑이라는 진실을 숨겼다. 그럼에도 의사의 표정은 곧바로 일그러졌다. 윽.

"술은 일주일에 한 병…… 이요."

이 정도는 괜찮겠지?

"소주로요?"

"아뇨. 그, 위스키로."

의사는 표정을 배로 일그러뜨리며 한숨을 쉬었다. 미르는 부끄러움에 의사를 바라보지 못한 채 고개를 숙일 뿐이었다.

"벤조디아제핀이랑 술이랑 같이 섭취하면 어떤 일이 벌어질 수 있는지는 아시죠? 줄이세요. 웬만하면 끊으시고요."

쿡쿡 꽂히는 핀잔에 차마 답하지 못하며 어중간히 고개를 끄덕이니 의사는 또다시 한숨을 쉬곤 말을 이었다.

"의료 기록에는 소량 접촉이라고 되어 있는데 지금 2개월 차죠? 그런데 지금 경과가 3~4년은 되어야 나타나는 거랑 비슷해요. 간헐적인 의식 소실 같은 것들이요. 이상 증식 사례로 봐도 될 정도로 진행이 빠르니까 술, 담배나 생활 습관 이런 거, 특히 조심하셔야 할 것 같아요."

하필 또 이상 증식이라고? 미르는 15년은 괜찮다고 생각했던 것이 정면으로 반박당해 무너지자 힘들게 세워놨던 자신감 따위가 맥없이 스러지는 것을 느꼈다. 아니, 정확히는 추락감에 가까웠다. 게다가 교란 판정 3~4년 차부터 간헐적인 의식 소실이 계속된다는 사실은 들어본 적도 없었다. 건에게서도 들은 바 없었으나이내 미르는 그것이 건의 배려였음을 깨달았다. 분명 숨긴 거겠지. 걱정시키지 않겠다고. 이 망할 새끼가.

"쓰러지기 전에 다른 증상 없으셨나요? 두통이나 메스꺼움, 어지럼증이라든가."

"아."

미르는 그제야 하루를 집어삼켰던 두통의 정체를 알아챌 수 있었다. 어쩐지 진통제도 더럽게 안 듣더라니.

"두통이 계속 있긴 했어요."

"조심하셔야 됩니다. 일단 그 외 상태도 기본적으로 좋지 않으셔서 수액 놔드렸고, 다 맞고 퇴원하시면 될 것 같아요. 주기적으로 항원 농도 추적 검사 꼭 받으시고요. 지금 속도대로면 1년 내로 의식 불명기 오실 수도 있으니까 조심하세요."

"……네, 알겠습니다……."

미르는 부러 외면해왔던 죽음으로부터의 공포가 물밑에서 스멀거리며 올라오는 것을 느꼈다. 너무나 작은 소리였기에 와닿지도 않던 머리 위의 시계 초침 소리가 하나의 초마다 심장 박동처럼 두근대며 온몸을 울리는 것만 같았다. 애써 평온을 유지했지만 이내 속이 울렁거려 왔다. 안 돼, 이대로는. 이대로 멈출 수는 없는데. 그러면 안 되는데.

공포에 잡아먹혀 숨이 가빠지려고 해 가슴을 손으로 움켜쥐려는 찰나, 언젠가 의사가 떠난 자리에 혜림과 세진이 얼굴을 비쳤다. 미르는 불안을 겉으로 드러내지 않으려 코로 심호흡을 계속하며 태연하게 그들을 바라보려 노력했다. 어디까지 들은 걸까. 어디까지 설명해야 할까.

"괜찮아요? 안색이……."

"네. 아니, 아뇨. 잠시만요."

미르는 다가오려는 혜림에게 그만 멈추라며 손짓하고는 바닥을 바라본 채 입으로 심호흡을 이어나갔다. 끈적한 먹이 심장으로부터 스미는 것만 같은 느낌이었다. 좋지 않은 징조에 항불안제를 찾으려 머릿속으로 수색했으나 아마 바 근처에 주차해둔 차에 두고 왔을 가능성이 커 보였다. 미르는 욕을 작게 읊조리며 주먹 쥔 채 고개를 숙여 공황을 다스렸다.

미르는 1년이라는 구체적인 숫자를 떠올리지 않으려 노력했으나 반박할수록 명확해지는 시간의 무게는 감당할 수 없을 정도로 터무니없이 거대했다. 모든 게 원망스럽고 거슬려 팔에 박힌 수액 바늘이라도 뜯어내고 싶은 심정이었다. 그렇게 미르는 이불을 움켜쥔 채 10여 분이 지나서야 고개를 들어 눈앞의 두 사람을 바라볼 수 있었다. 눈은 빨간 채 이불 위엔 눈물 자국이 몇 흘러있었다. 혜림은 말없이 지켜보았으며 세진은 더 바라볼 수 없다는 듯 자리를 비웠다.

얼마 뒤 세진이 돌아오자 그에게선 평소에 맡을 수 없었던 담배 냄새가 비릿하게 남아 있었다. 미르는 한숨을 크게 내쉬며 몰골을 정리한 뒤 말을 이었다.

"별것 아니에요. 이거만 다 맞고 퇴원하면 될 거래요. 앞으로도 조심하고."

"너는…… 너는 진짜…… 왜 아무 말도 안 했어?"

박세진 너는 그런 반응할 게 뻔했으니까, 미르는 속으로 말을 삼켰다.

"언젠간 말할 거였어."

"언제? 그러면서 지금도 걱정시켜서 미안하다는 말 한마디도 없고, 너는 왜 항상 그런 식이야? 왜 혼자서 그러냐고 항상."

"세진 씨, 화난 건 알겠는데 진정해요."

"혜림 씨도 화 좀 내요, 진짜. 쟤는 항상 저렇다고요. 아까 공황 온 것도 지 혼자 감당하려다 안 되니까 그런 것 같은데. 제가 쟤 몇 년 봤는지 알아요? 10년 넘게 봤어요, 10년을! 그런데 쟤는 그동안 버거운 일만 하면서도 저한테 고민 상담 같은 거 한 번도 한 적 없었고요. 건이 의식 없어졌을 때도 아무 말도 안 했어요. 저 피하면서. 아마 다른 사람도 다 피했을걸요? 혜림 씨한테도 그랬을 거예요. 그게 안 좋은 걸 알면서도 쟤는 항상 그런다고요."

세진은 쌓아왔던 감정을 주체하지 못한 채 사방으로 한을 풀어놓았다. 차라리 건이 저렇게 시원하게 말해줬다면 좋았을 텐데, 미르는 생각하다가도 순간 의식을 잡아끄는 피로감에 더 이상 대화의 맥락을 따라가지도 잇지도 못했다.

미르는 이제 슬슬 인정해야 했다. 지칠대로 지쳤다고. 씩씩함을 가장하며 마지막으로 한 번만이라고 했지만, 이럴 줄 알았으면, 이제는 일어나기도 힘들고 두렵다고. 믿어야 한다고 계속해서 다짐하고 다짐해왔는데, 글쎄. 이상 증식이란 소릴 들으니까, 이젠 전부 모르겠다고.

"그러니까 옆에 있는 사람들이 먼저 말 걸어줘야 한다고요, 쟤 같은 애들은……."

세진은 결국 서러움을 참지 못한 채 말끝을 울먹임에 흐리며 삿대질로 미르를 가리켰다가 제 얼굴을 감쌌다. 미르는 그 모습을 차마 바라볼 수 없어 시선을 피했다가 울분 섞인 세진의 말을 떠올리곤 한숨을 쉬며 가만히 세진을 바라보았다. 혜림은 말없이 그런 세진을 다독여주고 있었다.

"미르 씨, 어떡할까요? 나가 있을까요?"

"……아뇨, 괜찮아요."

마주해야지. 전부 내가 만든 결과들인데.

"……네가 뭘 걱정하는지 알겠는데, 포기 안 해. 전부 끌어안고 갈 거야. 내가 만든 것들이니까."

257

"알긴 개뿔이나. 애초에 네가 책임질 것도 아닌 것들을 넌 전부 감당하겠다고 그러잖아."

"왜 그게 내 게 아니—"

"그럼 왜 네 건데?"

"당연히—"

"아이씨."

세진은 미르의 말을 끊고 욕설이 되기 직전의 한탄을 내뱉었다.

"좀, 씨……."

세진은 서러움인지 답답함인지 모를 감정에 말을 더 잇지 못한 채 화난 듯한 표정으로 미르를 바라보며 그의 대답을 기다릴 뿐이었다. 관계에 있어 당연하다고 넘겨왔던 지점들은 사실, 타인의 배려로 다져진 것이었다는 걸 미르는 간과하고 있었다.

"미르 씨, 그냥 얘기해요. 아무거나. 저흰 무슨 말 해도 다 들어줄 수 있으니까."

그걸 모른 채 멀리도 걸어왔으니 미르에겐 해명해야 할 것들이 너무나도 많이 쌓여 있었다. 미르는 어디에서부터 무엇을 말해야 할지 말을 고르고 골랐다. 혜림과 세진은 그 고민을 이해할 수 있다는 듯 그저 미르를 기다렸다. 무엇이 그들을 실망시켰을까, 무엇이 그들을 서럽게 했을까, 무엇이 그들을 애타게 만들었을까. 기어코 찾아낸 그 모든 질문들의 해답은 생각보다 간단했음에도 무거웠으며 중요했다. 미르는 지금까지 자존심에 걸려 그들에게 한 번도 꺼낸 적 없는 문장에 처음으로 모든 마음을 담아, 진심으로, 떨리는 목에 힘을 주어 입술을 움직였다. 더 가까운 이들이었기에 더 많이 해주어야 했을 말을.

"……죄송합니다."

그 순간 미르는 쓸데없는 자존심을 모두 내려놓았다. 자신의 방식이 무조건 옳을 거라 생각했던 잘못된 믿음과 고집을 한풀 꺾었다. 지나온 모든 순간들에 뒤늦은 후회를 표했다. 때가 지났다고 잘못이 면죄되는 것은 아님을, 언젠가는 마주하고 풀어내야 한다는 것을 그제야 깨달으면서.

"이런 건 말하는 게 민폐라고 생각했어요. 안 하는 게 민폐일 거라곤 생각도 못 했어요. 누구에게나 버거운 일들이니까. 항상 미안하단 말도 때를 놓쳐서 하지 못했어요. 근데 그건 때가 중요한 게 아니잖아요. 그러니까, 더 늦을 수는 없으니까, 해야 하는 말이 너무 많지만……."

미르는 혜림의 한마디처럼 그저 하고 싶은 말을, 해야 하는 말을 천천히 꺼냈다.

"……일단은 미안하다고 말할게요."

사과에는 때가 있을지언정 시효는 없는 법이니까. 그간 무겁게 약동하던 심장 박동이 잠깐의 침묵을 채우는 듯했다. 준비되지 않은 말을 꺼내놓는 건 오랜만이었지만 때를 기다리기에는 이미 너무 많은 배려를 지나 보낸 뒤였다. 갑작스레 끌어올려 중언부언으로 횡설수설하며 늘어놓는 말이 두 사람에게 닿았을지 미르는 우려했다. 그러나 그런 걱정이 무색하게도 미르에게 돌아온 것은 누군가의 손이었다. 악수를 청하듯이, 혹은 주저앉은 사람을 끌어올려주듯이.

"지금은 그거면 됐어요."

미르가 혜림의 손을 붙잡자 세진은 미르의 어깨를 다독였다. 그 자리에 있는 모두가 하고픈 말이 너무 많아 되레 아무 말도 꺼낼 수 없었다. 그럼에도 이어지는 침묵은 서로를 이해하기에 충분한 것 같았다. 이건 시작이겠지만, 앞으로 나아갈 길이 멀겠지만. 그럼에도 한 발짝을 내디뎠다면 그 용기가 다음을 이어줄 것이라 믿으면서. 이대로 무너지면 안 된다며, 다짐하고 다짐하길 애써 반복했다.

2027년 6월

"그래도 당신이 해야 돼요. 문제를 처음 눈치챈 사람이 가장 예리한 질문을 던지는 법이니까."

현주가 연구 같은 걸 해본 적 없다는 말에, 그렇게 답한 사일러스는 그 연구가 오롯이 현주의 연구가 될 수 있도록 지원을 아끼지 않았다. 결국 논문은 완성되어 3월에 게재 인가를 받은 뒤 오늘 막 정식으로 저널에 공개될 수 있었다.

「사용한 아델리온 폐시약과 특이적 이력항원 농도 감소 사례의 인과성 연구」. 적확하고도 장황한 제목을 달고 세상에 나온 논문의 미래가 어떻게 될지 현주는 예상할 수 없었다.

다만 현주가 관찰한 바, 특이적 사례의 인과성은 사용한 아델리온 시약 하나만이 아니었다. 특이적 감소가 자주 발생하는 교란 판정자의 주변엔 발현자가 머물곤 했다.

현주는 그렇게 발현자가 머무르다 떠난 공간에서 형용할 수 없는 불쾌감을 느끼곤 했다. 그리고 그 불쾌감이 느껴지는 병실에서는 항원 농도의 감소를 관측할 수 있었다. 항상 그랬다. 현주는 어느 날 이를 사일러스에게 털어놓았고, 사일러스는 언젠가 이렇게 답했다.

"아마 이력흔일 겁니다."

"이력흔이요?"

"이능력에 남는 흔적이자 공간에 잔재한 앱손입니다. 제가 보기엔 사용한 아델리온 시약에도 남아 있었습니다. 확실하진 않지만. 발현자가 아니더라도 감각이 예민하면 볼 수 있다고 들었는데, 실제로 보는 사람을 만나긴 처음이네요."

"보이진 않아요. 조금 찝찝한 느낌만 들어요."

"이력흔이 원래 그렇습니다. 아마 맞을 거예요."

사용한 아델리온 폐시약으로부터 느꼈던 형용할 수 없는 불쾌감 역시도 이력흔에서 기인했던 걸까, 현주는 어둑한 거실에 앉은 채 추측의 흐름을 좇았다. 그렇다면 아델리온 폐시약은 이력흔을 갖는 걸까. 앱손이란 것이 아델리온을 빛나게 하는 걸까. 하지만 아델리온은 원래도 빛나잖아. 홀씨일 때. 그런데 꽃일 때는 이력흔에 반응해야만 빛난단 말이지. 그래서 시약은 꽃잎으로 만들고. 그럼 꽃잎이 홀씨처럼 빛나는 거겠네. 꽃잎이 홀씨처럼. 꽃잎이 홀씨로…….

현주는 얽히고설킨 무수한 개념 사이를 섬광처럼 퍼져나가는 신경회로의 전율을 문장의 형태로 급하고도 절박하게 잡아채어 종이에 적어내었다.

이력흔은 시간을 되돌리는 게 아닐까?

2034년 11월

미르 본인의 첫 의식 소실로부터 3개월이 지나, 어느덧 계절은 건의 의식 불명으로부터 두 번째 겨울에 접어들고 있었다. 자잘한 교란성 증상이 한두 번 이어지긴 했지만 아직 치명적인 수준까지 이른 것 같진 않았다. 하지만 비정상적으로 가파르게 높아지는 항원 농도는 확실한 끝을 지시하고 있었다. 시간이 얼마 남지 않았다며 속삭이는 듯한 그 기울기는 하루의 무게에 압박을 더했다.

그럼에도 무너질 수 없었다. 당장 내일 의식을 잃더라도 후회할 일 없이 최선을 다해 오늘 연구 기록을 한 줄 더하자고, 미르는 애써 되뇌면서 자아를 지켰다. 그렇게 되뇌지 않고선 당장이라도 무너질 것만 같았으니까, 강한 척을 했다. 언제까지 갈 수 있을지는 모르겠지만.

미르는 자신의 능력과 관련된 모든 가능성을 탐색하고 있었다. 아주 작은 가능성 때문이었다. 혹시 건의 특이적 감소에 자신의 능력이 개입하는 것은 아닌지 하고. 이능력의 판정은 현상에 근거했기에, 그것이 근본적으로 어떤 메커니즘을 통해 이능력적인 현상을 만들어내는 것인지는 알 수 없었다. 예를 들어 혜림 씨의 물을 뿜는 이능력이 공기 중의 수증기를 응축하는 것인지, 근처의 수원과 공간을 이어 물을 이동시키는 것인지 지금의 기술로서는 판정할 수 없었다.

기저 인지 이론에 의하면, 발현에 대한 첫인상은 일종의 '편견'이 되어 최초 발현 때 나타난 이능력의 형상으로만 능력이 발현되도록 이력의 가능성을 억제했다. 이력이 '이상을 실현하는 만능의 힘'이라 불리는 것과는 대조되게끔 말이다. 앞선 예를 다시 꺼내오자면, 만약 수원을 잇는 공간이동계 능력이라면 근본적으론 물체를 전송시키는 능력에 해당하기에 물이 아닌 다른 물질 역시도 전송이 가능해야 했다. 그러나 '물을 뿜는 능력'이라 각인된 편견이 다른 물체의 전송을 생각지도 못하게, 혹은 불가능하다 여기게 하는 식으로, 발현에 대한 첫인상은 이능력의 확장을 억제했다.

미르의 능력 역시도 본질적으론 다른 능력일지 모르는 일이었다. 다만 자신 역시도 편견에 가로막혀 있을 터였고, 그 바깥의 가능성을 스스로 탐색하기란 좀처럼 쉬운 일이 아니라는 게 문제였다. 그렇다 해도 아예 방법이 없는 건 아니었다. 무대포로 찾아보면 되는 일이었다. 지금 미르 자신이 하고 있는 것처럼.

미르는 먼저 자신의 능력이 위배한다는 열역학 제2법칙에 주목했다. 이는 엔트로피에 대한 법칙이라고도 불렸다. 다르게 말하면 비가역에 대한 법칙이라고도 볼 수 있었는데, 이는 시간의 비대칭성과도 연관되어 있었다.

열역학 제2법칙에 따르면 고립계의 엔트로피는 최소한 유지되거나 증가하기만 할 뿐 절대 감소하지 않는다. 이는 우주에 가능한 모든 상태가 존재하도록, 거시 상태를 이루는 각 미시 상태의 수가 최대가 되도록 계가 거동한다는 것을 의미했다. 즉 엔트로피가 증가하는 경향의 일반적인 시간 진행은 '시간의 화살'로 정의되며 시간의 비대칭성을 설명할 수 있었다.

그렇다면 자신의 능력은 미시 상태를 조작해 통계적으로 근사된 거시 상태를 다룰 수 있는 능력인 걸까? 미르는 생각했다. 마치 '관측에 있어 엔트로피의 변화를 동반하지 않는' 이상적인 맥스웰의 악마처럼 미시 상태의 무작위성을 원하는 대로 선택해서 엔트로피의 방향성을 무시하고, 이를 거시적으로 보면 계의 시간이 거꾸로 흐르는 것처럼 보일 수도 있는 그런.

미르는 여기서 재밌는 비약을 한 다리 더 건너보았다. 아예, 자신의 능력이 실은 본질적으로 시간을 돌리는 능력이었다거나. 미시 상태가 가진 모든 과거의 경우의 수들 중 원하는 경우의 수 하나만을 선택해 그 시점으로 시간을 되돌린다든가…… 하지만 그건 너무 터무니없잖아? 아니지, 이력이 얼마나 터무니없는데. 불가능 따위 존재할 리가.

거칠게는 비가역이라 불리는 비대칭적 상태에 대칭성 따위를 부여하는 것이 본질이 아니려나, 미르는 나름의 경험과 근거로 추측했다. 어차피 CPT 대칭*이야 웬만한 상황에선 성립하겠지만. 그러고 보니 앱손은 그놈의 시간 역전 대칭이 문제였다. 앱손과 이력장에 대해 시간 역전 대칭이 위배되느냐 보존되느냐 하는 것은 이력물리학자들의 단골 토론 주제였다. 거기다 서현주의 추측에 따르면 앱손이 거시계에 강제적인 시간 역전 대칭을 야기하는 것으로 보였으므로, 만약 그것이 사실이라면 이력물리학에 있어 무엇과도 비교할 수 없는 큰 발견이 될 것이 분명했기에 미르는 다시금 연구실에서 시간 역전 대칭에 대해 검색했다. 비전문가가 서술한 것으로 예상되는 검색 결과를 거른 뒤 그나마 공신력 있는 웹에서의 설명을 읽었다.

언젠가 들어본 바 있었지만 너무나 오랜 시간에 바랬던 정확한 문장과 개념들이 한 줄을 읽을 때마다 뚜렷하게 뇌리에 떠올랐다. 아마 학부 양자역학에서 처음 가볍게 들어봤던 것도 같았다. 그러거나 말거나, 어느 문장이든 그놈의 발현 인상에 의한 편견을 깨뜨리기엔 역부족인 것만 같았다.

미르는 한숨을 쉬며 브라우저를 닫은 뒤 혜림이 보내주었던 응

---

* 전하Charge, 패리티Parity, 시간Time 대칭의 합성어. 확장표준모형 중 앱손의 시간 역전 대칭 보존 여부는 아직 논쟁이 분분하다.

용연의 연구 자료를 다시금 불러왔다. 폐시약의 이력흔 범위가 그저 앱손을 포집한 거라기엔 조금 더 넓었다, 라. 스크롤을 내려 자료를 살펴보니 아델리온 시약의 포집적 특성이 아닌 다른 특성 또한 언급하고 있었다. 증폭. 미르는 들리지 않을 정도의 탄식을 옅게 내뱉으며 그동안 잊고 있었던 증폭적 특성의 존재를 떠올렸다. 아델리온 시약은 시료의 물리적 특성을 증폭시켜 적은 감도의 기기에서도 분석이 용이하게 하는 기능 또한 가지고 있었다. 그 덕에 기기 감도가 낮았던 과거에는 이력항원 농도를 추적할 때에도 피검사자의 혈액에 아델리온 시약을 섞어 검사하곤 했었다. 그래서 서현주는 전임자가 두고 간 아델리온 폐시약 따위를 종종 마주할 수 있었던 거였고.

이번 연구에서는 아델리온 시약의 그러한 증폭적 특성과 포집적 특성을 정량적으로 밝혀낸 것이었다. 그리고 미르는 뒤늦게 떠올린 증폭적 특성으로부터 어떤 가능성을 예상할 수 있었다. 혈액반응법으로 반응한 폐시약에 접촉한 자신에게도 해당될, 그 특성이 불러올 이상 증식의 효과를. 서현주가 의식 불명기에 이르기까지 5개월의 시간밖에 걸리지 않았던 그 이유를. 미르는 재빨리 세진의 아이디로 바꿔 로그인 한 뒤 시약의 품질이 개량되어 간접반응법이 도입된 2029년 이전의 교란 사례들을 불러왔다. 그리고 검색어를 입력했다. 이상 증식.

곧이어 데이터베이스는 혈액반응법이 사용되던 시기의 이상 증식 사례들을 불러와 화면에 띄웠다. 미르는 태그를 하나 더 추가해 검색 범위를 좁혔고, 수천에 달하던 사례가 몇 개만으로 추려져 화면에 나타났다.

　　[이상 증식] [아델리온] - 검색 결과 27건 (최신순)

그리고 미르는 예상대로, 그 목록 사이에서 '서*주'라는 이름을 찾을 수 있었다. 미르는 예감이 맞아떨어지는 것을 확인하며 건네받은 봉투에 있던 USB를 컴퓨터에 꽂았다. USB에 든 파일은 단 하나의 문서 파일뿐이었다. 하지만 비밀번호가 걸려서 줄곧 확인할 수 없었던. 미르는 어쩐지 모든 것이 명확해진 지금, 그것을 반드시 열어야 할 것만 같아서, 다시 데이터베이스를 열어 마침내 서현주의 메신저 기록을 살펴보았다. 이제야 열어보는 것이었다. 이내 2029년에 멈춘 메신저 기록이 눈앞에 펼쳐졌고 미르는 가장 최근의 기록에서 어떤 문자열을 발견할 수 있었다. 서현주 본인에게 보내는 메시지였다. 누가 봐도 메모를 위해 적어둔…… 젠장, 이걸 이렇게나 쉽게…… 아니, 비밀번호가 너무 뻔하잖아. 미르는 진작에 메신저 기록을 열어보지 못했던 것을 후회하며 USB에 저장된 문서 파일에 비밀번호를 입력했다. 장문의 문서가 이어졌고, 미르는 곧바로 그것을 인쇄했다.

　　미르는 서현주가 해수에게 보내지 못한 편지를 붙잡은 채 연구실을 뛰쳐나오며 해수에게 전화를 걸었다.

2028년 10월

해수야, 엄마가 어디서부터 이야기를 꺼내야 할지 모르겠구나.

너는 언제쯤 이걸 읽을 수 있을까? 아마 평생 닿지 못할 수도 있을 거야. 내가 전할 용기는 없는데, 누군가는 언젠가 발견해주지 않을까 싶구나. 엄마가 자주 보던 수첩 있잖아, 거기에 라이모스에서 쓰는 아이디랑 패스워드를 적어놨거든. 아마 네가 라이모스의 누군가에게 도움을 청한다면, 언젠가는 닿을 수 있겠지. 그 사람이 누가 될진 모르겠지만, 아마 해수보다 먼저 이걸 읽고 있겠지? 잠시 감사를 청하마.

고마워요. 이걸 해수에게 전해줄지 말지는 당신이 결정해도 좋아요.

2034년 12월

"여보세—"

"지금 어디예요!"

해수는 전화를 받자마자 대뜸 소리부터 지르는 미르에게 무슨 일이 생긴 것인지 당황하며 답했다.

"지금 RIMOS 앞—"

"늘 있던 거기예요? 카페로 와요! 꼭 봐야 하는 게 있어요!"

그리고 전화는 당황스럽게도 돌연 끊어졌다. 대체 그것이 무엇이길래 미르가 이렇게도 급히 연락을 하면서까지 보여주려 하는 것인지, 해수로서는 감히 상상할 수 없었다. 해수는 의아함 속에서 자리를 정리하며 생각했다.

혹시 엄마에 대한 걸까.

그렇지 않고서야 그 신중하던 미르가 이토록 소란스럽게 굴 리가 없었다. 하지만 만약 그렇다면, 아.

나는 대체 어떻게 마주해야 하지.

좋은 엄마는 아니었지만 그렇다고 나쁜 엄마는 아니었다. 비극에 천착할 동기가 충분했고, 그것에 자신이 뒷전이 된대도 해수는 늘 현주를 용서해왔었다.

하지만 이건, 아니잖아.

해수는 이유를 알 수 없이 올라오는 울분과 부정에 주먹을 꽉 쥐며 목젖까지 올라온 울음을 삼켰다. 해수는 자신의 감정을 정의할 수 있었다. 품어도 되는 건지 모를 원망. 왜 그렇게까지 했어야 했는지, 왜 이런 방법으로 전해야만 했는지, 왜 직접 말해주지 않았던 건지.

2029년의 3월에 줄곧 멈춰 있던 어딘가의 시계가 천천히 초침을 움직이기 시작하는 것만 같았다.

2028년 10월

엄마가 글재주가 없어서, 안부를 묻는다거나 인사를 건넨다든가 하는 일은 잘 못 하겠구나.

정말 어디서부터 말해야 할지 모르겠네. 엄마가 라이모스에서 연구도 하던 건 알지? 근데 그게 잘 안 됐어. 라이모스 잘못은 아니었고, 그냥 엄마가 조금 부주의했어.

부주의하게 얻은 대가치곤 너무 무겁다고는 생각하는데, 그래도 처음부터 말해볼게.

엄마가 교란과에서 일하는 건 해수도 알고 있을 거야. 가장 자주 하는 일이 바로 교란 환자의 이력항원 농도를 검사하는 일이고. 그런데 지금 기술력으론 항원 농도를 정확히 측정하는 데에 한계가 있어서, 아델리온 시약을 사용하고 있어.

그래, 그 이능력 검정에 사용되는 거 말이야.

어떻게 그걸 쓰냐고 묻는다면, 그 시약의 특성부터 설명해야 할 것 같아.

엄마가 이렇게 편지를 쓰게 된 이유도, 어쩌면 그거 때문일지 모르겠거든.

2034년 12월

해수가 늘 미르를 만나던 RIMOS 본관 건물의 카페로 들어서기 무섭게, 미르는 해수의 이름을 부르며 해수를 재촉했다.

"무슨 일이길래 그렇게 급하게……?"

"서현주 씨에 대한 단서, 찾았어요."

자리에 앉아 짐과 옷가지를 정리하던 해수는 미르의 그 한마디를 듣자마자 모든 몸짓을 멈출 수밖에 없었다. 믿을 수 없다는 듯 해수는 미르를 바라보았고, 미르는 조심스럽게 파일철로부터 인쇄된 종이 몇 장을 꺼냈다.

"먼저 읽어보셔야 할 것 같아요."

"이건?"

"USB에 있던 거예요."

그 비밀번호를 풀어냈다고? 해수는 정중히 종이를 내미는 미르에게 당장 자신이 무슨 표정을 짓고 있는 건지 알 수 없었다. 무슨 표정을 지어야 할지도 알 수 없었다. 미르는 그런 자신에게 그저 조용히 눈을 맞추며 마치 준비하라는 듯 무언의 신호를 보내는 것 같았다.

바라긴 했지만, 이렇게 갑작스럽게 와버리면, 나는 대체…… 어떻게…….

"……무서워도 읽어봐야 해요."

그때 미르가 나지막이 말했다.

"서현주 씨는 이걸 처음 읽는 사람에게 결정을 맡겼어요. 해수 씨에게 보여줄지 말지를. 그런데…… 아니, 이건…….."

미르는 천천히 양손을 깍지 끼며 망설이는 듯 시선을 잠시 내렸다가, 이내 다시 자신을 향해 눈을 맞추며 말했다.

"이건 반드시 직접 읽어보셔야 해요."

한 번도 본 적 없던 확신에 찬 눈으로 미르는 말했다. 해수는 휘몰아치는 혼란 속에서 미르가 내민 종이를 집어 들어 읽기 시작했다.

2028년 10월

아델리온 시약은 증폭이라는 특성을 가져. 그래서 시약과 닿은 이력항원은 비정상적인 속도로 몇 배수까지 빠르게 증식하게 돼. 그렇게 기기가 감응할 수 있을 정도의 농도로 만들어서, 간접적으로 원래의 농도를 추적하는 거지.

그런데, 이건 시약과 반응한 항원에 노출돼도 마찬가지야.

갑자기 교란 얘길 왜 하나고 묻는다면, 말하기 두렵구나.

일부러 그런 건 절대 아니었어. 그저 손이 미끄러졌을 뿐이야. 병이 깨졌고, 빗자루와 쓰레받이를 가지러 갔지. 빗자루를 잡는 손에서 찐득한 느낌이 들었어. 작게 베인 상처에서 피가 한 방울 흐르고 있었지.

엄마는 서둘러 교란 여부를 검사했어. 그냥 베였을 거라고 생각하면서, 덜덜 떨며 손끝에서 피를 채혈해 검사 키트에 흘려넣었어. 그리고 엄마는 정신 없이 교란에 대해 찾아봤어. 그렇게 많이 봐왔는데도, 공부했는데도 머리가 새하얘지더구나. 국외에서 혈액반응법으로 반응한 폐시약에 의해 교란 판정을 받은 사례를 발견했어. 시약의 접근성 때문인지 그 수는 많지 않았는데, 중요한 건 그들이 의식을 잃기까지의 기간이었지. 평균 1년이었어. 채 2년도 되지 않았던 거야. 이력항원의 증식하는 특성이 시약에 의해 증폭돼서, 몇 배수까지 빠르게 증식한다고 했잖아. 교란도 예외가 아니었던 거야.

그리고 엄마가 다뤘던 폐시약은, 혈액에 시약을 섞은 거라 혈액반응법의 폐시약보다도 항원 농도가 높았지.

해수야, 네 생각이 가장 먼저 나더라.

이걸 어떻게 말해야 할까, 1년 동안 뭘 해야 할까.

너무 갑작스러웠지. 너무 준비되지 않은 이별이었어.

그때 조금 더 집중했어야 했다고, 귀찮더라도 장갑을 꼈어야 했다고, 병을 한두 개씩 옮겨야 했다고, 뒤늦게 후회해봐도 변하는 건 없었고, 엄마는 해수에게 이걸 말할 수 없었어.

네 나이를 문득 떠올려보니 23살이었더라.

엄마가 딱 그 나이에 크리스마스 사건을 겪었는데, 23살은 너무 어렸어. 감당할 수 없을 거라 생각했어. 만약 그날로 돌아간다면, 엄마는 그곳에 가지 않았을 거야. 그 전에 이모를 한국으로 데려왔을 거야. 어떻게든.

그러니까, 엄마가 그 나이에 큰일을 겪었다 해도, 너도 그럴 필요는 없는 거잖니.

엄마는 아직도 그날에 붙잡혀 있으니까.

그래서 라이모스에 왔고, 그래서 연구를 했고, 그러다가 이렇게 된 거니까.

엄마는 해수가, 아무리 확정된 일이라 한들, 조금 더 천천히 마주할 수 있었으면 좋겠다고 생각해.

네 의사는 묻지도 않고 이러는 게 미안하구나.

2034년 12월

"이게…… 다 뭐예요……?"

미르는 여전히 양손을 깍지낀 채 말없이 자신을 바라볼 뿐이었다. 해수는 당황했다. 혼란스러웠다. 모든 것들이.

전부 거짓말이라고 믿고 싶었지만 하염없이 떨려오는 손끝이 현실을 방증했다.

그토록 궁금해 묻고 물었지만 답을 들을 수 없던 질문의 전말이 바로 눈앞에 있었음에도 해수는 그것을 쉬이 받아들일 수 없었다.

"……끝까지 읽어주세요."

미르는 더 이상의 부담을 지우기 버겁다는 듯 끝내 눈을 아래로 피하며 덧붙였다.

이것은 틀림없이 엄마의 유서 같았다.

그런 걸, 어떻게, 지금, 이렇게.

해수는 망연함에 그 어떤 말도 이을 수 없었다. 하지만 지금이 아니라면 언제 마주할 수 있겠는가. 그렇게나 바라왔던 진실이 눈앞에 있는데, 어찌 외면할 수 있겠는가. 지금 해수에게는 현주의 유서를 끝까지 읽는다는 선택지밖엔 주어지지 않았다. 해수는 떨리는 한숨을 내쉰 채, 저도 모르게 흐른 눈물을 손바닥으로 닦았다가 뿌옇게 흐려진 시야 사이로 잠시 창밖을 바라보았다. 청명하고 평화로운 하늘이 드높고 너르게 펼쳐져 있었다. 하지만 시린 바람이 불었다. 어쩌면 엄마가 경험했을 크리스마스가 지금과도 같았을까, 해수는 생각하며 냅킨을 집어 눈물을 마저 닦은 뒤 양손으로 편지를 다잡았다.

2028년 10월

교란 사실은 사월 씨에게만 말했단다. 너에게는 사일러스라는 이름이 더 익숙하려나. 크리스마스 때 엄마를 구해준 사람이야. 그 사람이 라이모스를 만들었고 엄마를 여기로 불렀지. 참 바보같은 사람이었어. 교란을 해결하고 그 비극에서 모두를 위로하겠다면서, 내 얘기를 듣고는 완전히 무너져버린 거야. 그러면 안 된다고 일으켜 세우는데, 그 모습만 봐선 누가 큰일 난 건지 모르겠더라. 사월 씨는 죽을 때까지 라이모스가 책임지겠다고 말했어. 그게 무슨 말이냐고, 괜찮다고 하니까 전부 자기 탓이라고 하더라. 그 얘길 듣고 눈물이 울컥하더라고.

엄마가 만약 그 일을 겪지 않았다면 교란을 연구하려 들지도 않았을 거야. 그럼 이렇게 될 일도 없었겠지?

비극을 마주한 사람들은 아직도 그날에 갇혀 내 탓이오, 하며 스스로에게 걸린 저주를 스스로 풀려고 하는데, 세상은 아직도 변한 게 없이 외면하고만 있고.

그래서 엄마는 라이모스로 갈 수밖에 없었어. 여기만이 유일하게 교란을 바라보고 있었으니까.

이렇게 될 걸 알면서도 할 수밖에 없었어.

해수야.

사랑하는 내 딸 해수야.

네가 이 편지를 어떻게 받아들일지 모르겠구나.

엄마가 겁이 많아서, 직접 말하지 못하는 걸 용서해줘.

아니야, 용서하지 않아도 괜찮아.

아마 너라면 엄마를 원망하지 않을까 싶구나.

늘 고맙고, 미안하고,

사랑한다.

2028년 10월 22일

엄마가

2034년 12월

해수는 양손에 들고 있던 종이들로 줄곧 흐느끼던 얼굴을 가렸다. 그리고 몸을 숙여 소리 내어 울기 시작했다. 담담한 문체로 쓰인 받아들일 수 없는 사실들이 해수의 마음을 심란케 했다.

원망하지 않을까 싶다고? 솔직히 원망했다. 지금도 원망한다. 아무 말도 없이 이렇게 된 것에 이유가 있겠거니 싶었다가도, 이제는 왜 홀로 사투했는지 원망이 되었다. 용서하지 않아도 괜찮다고? 용서하지 못했다. 앞으로도 못할 것이다. 이토록 괴로울 걸 알면서 왜 혼자 남겨두었냐고, 아무리 울부짖어봤자 한의 과녁인 현주는 이제 그것을 들을 수 없었다.

나는 항상 곁에 있었는데, 왜 당신은 줄곧 혼자서.

해수는 그게 더없이 서러워서 편지에 얼굴을 파묻은 채 눈물을 멈출 수 없었다. 그때 등 뒤로 누군가의 온기가 포개졌다. 이내 온기는 해수를 끌어안았고, 해수는 그 주인이 누군지도 모른 채 그저 파묻혀 더 크게 우는 수밖에 없었다. 미르는 울음을 멈추지 못하는 해수를 품에 안고, 전해지는 서글픔에 묵묵히 눈물을 몇 방울 흘려주었다.

✳

사건에 휘말려 세상을 떠난 이모로 인해 교란에 붙잡힌 현주와 해수를, 해답이 존재하지 않는 난제에 갇혀버린 건과 자신을 위해서라도 이제는 끝내야만 했다. 이능력의 첫 발견으로부터 반세기가 넘게 이어져온 이 비극의 연쇄를. 끊이지 않고 계속되는 슬픔의 굴레에 이제는 정말 작별을 고해야 한다고 미르는 생각했다.

서현주의 최초 교란 판정일과 그 경과에 대해 설명을 마치고 해수를 달랜 이후 연구실로 돌아온 미르는 지금까지 얻은 정보들을 반추했다. 아델리온 시약은 분명 앱손을 포집한다. 또한 서현주의 논문에 따르면 폐시약은 항원 농도 감소에 대해 유의미한 상관관계를 갖는다. 그렇다면 앱손, 즉 이력흔은 항원에 의해 생성되면서도 항원을 없앨 수 있다는 모순적인 특징을 지니게 된다.

중요한 것은 어쨌든 '이력항원을 없앨 수 있다'는 점이었다. 그렇다면 앱손의, 이력흔의 어떤 성질이 이력항원의 소멸을 가능하게 하는가. 아델리온은 홀씨 시절에만 이력흔 없이 빛을 발한다. 개화기가 되면 열에너지를 비축한 뒤 다시 홀씨에 빛을 실어 날린다. 개화기에 이력흔과 반응하지 않는다면 말이다. 서현주는 앱손이 아델리온의 발광 조직을 홀씨 시절의 과거로 되돌리는 것 같다고 유추했다. 즉, 비대칭적이던 시간에 대칭성을 부여하는 것으로 볼 수 있었다. 앱손 스스로가 자신이 위치한 거시계에 강제적인 시간 역전 대칭성을 부여할 수 있다면 지금까지 이력물리학자들이 그것의 시간 역전 대칭성을 확언하기 어려웠던 점 역시도 설명될 수 있었다.

서현주의 추측은, 아무리 봐도 옳은 것이었다. 모든 정황과 단서들이 그것이 참임을 증명하려 하고 있었다.

미르는 메신저를 켜 혜림에게 메시지를 보냈다.

- 계산 어때요? 재촉하는 건 아니고요.

시간 의존적 특수 섭동 이론에 대한 것이었다. 재촉이 아니라고 했지만 분명 미르는 스스로의 조급함을 인지하지 못한 채 묻고 있었다. 미르는 분명 쉬운 일이 아닐 거라 생각하면서도 괜히 몇 분간 답장을 더 기다리다가, 이내 오지 않는 답장에 메신저를 닫으며 앱손의 시간 역전 대칭성에 대해 생각했다.

시간 의존적 특수 섭동 이론에 의해 앱손이 만드는 시간 역전 대칭성이 예측된다면, 실험으로써 이를 증명할 일만 남은 것이었다. 그게 비록 지금까지 조금의 인과도 갖지 않는다 예상되던 것이라도, 근거만 충분하다면 주류 이론에 대해 난데없는 소리도 얼마든지 늘어놓을 수 있는 게 과학이었다. 과학사가 늘 그랬으니까.

　물론 특수 섭동 이론에 대한 계산은 쉽지 않을 터였고, 미르는 계산이 완성될 시간 동안 그 결과를 해석하거나 증명할 준비를 해두어야만 했다. 앱손이 만드는 성질에 대한 가능성은 모 아니면 도였다. 거시적인 시간 역전 대칭성을 성립시키지 않거나, 성립시키거나. 전자라면 그 엄청난 우연을 만드는 모든 인과를 다시 돌아볼 필요가 있었고, 개인적으로 유력하다고 믿는 후자라면 허가를 받아 증명을 위한 실험만 진행하면 되는 일이었다.

　그렇게 생각한 뒤 미르는 윤리위원회에 참석했던 사일러스의 발언을 떠올렸다. 무의미한 대인 실험을 진행하지 않겠다, 전부. 그렇다면 이상 증식으로 한시가 급한 현재로선 대인 실험이 아닌 대물 실험만을 준비해야 할 터였다. 증명해야 할 것은 두 가지였다. 첫째, 앱손은 거시적인 시간 역전 대칭성을 강제로 보존시킨다. 둘째, 이력항원의 존재양자수는 시간에 대한 물리량이며, 시간 역전 대칭성의 보존에 의해 0이 되어 이력항원을 소멸시킨다. 더 근본적인 물음에 대한 답은 두 번째였다. 그야말로 무효 이론의 근간이 될 수 있는, 궁극의 답.

　어떻게 실험을 설계해야 할까. 미르는 생각하고 또 생각했다. 하릴없이 손가락을 놀리며 산만히 모니터에 뜬 탭을 차례로 열고 닫길 반복했다. 그리고, 우연히 멈춘 하나의 창에서 미르는 어느 문장을 마주했다. 언젠가 읽었던 시간 역전 대칭에 대한 위키

페이지였다. 목차로부터 '열역학 제2법칙과의 관계'를 발견한 미르에게 순간적인 직감이 스쳤다. 열역학 제2법칙으로 기술되는 엔트로피는 스스로가 증가하는 방향으로써 시간의 흐름을 정의했다. 그 때문에 거시계에서는 시간 역전 대칭성이 보존될 수 없었다.

다시 말하자면, 거시적인 계에서의 시간 역전 대칭성 보존은 열역학 제2법칙을 위배했다.

곧이어 미르는 떠올렸다. 아주 작은 역명제의 가능성이었다.

……만약 열역학 제2법칙을 위배할 수 있다면, 거시계에서의 시간 역전 대칭성 보존을 만들 수 있을까?

우스운 비약이었다. 본명제가 참이라고 역명제가 반드시 참인 것은 아니었으므로 현 시점에서 참이라 주장하기엔 무리가 있는 발상이었다. 애초에 고전물리학은 열역학 법칙을 위배하는 상황 따위를 고려하지 않으므로 지금까지 한 번도 고려되지 않은 명제였다.

그리고 미르에게는 이능력이 있었다. 열역학 제2법칙을 위배하는. 혹은 강제로 대칭성을 부여하는 것일지도 모르는 이능력이.

만약, 정말 만약에, 이력흔이 아닌 방법으로 거시적인 계에서의 시간 역전 대칭성 보존을 만들었을 때 이력항원이 소멸한다면.

그리고 만약에 그 역명제가 참이라면.

그렇다면 이력항원의 존재양자수는 시간에 대한 물리량이 맞다고 증명할 수 있었다.

마치 머릿속에서 작은 톱니바퀴 하나가 돌아가기 시작하며 그에 맞물린 거대한 장치가 작동하는 윤곽이 드러나는 듯했다. 신의 일부를 이해한 듯한 감각이 뇌에서 전기신호의 형태로 온몸을 타고 전율했다. 미르는 열역학 법칙과 시간 역전 대칭성 사이의 관계를 다시 되짚어보았다. 열역학 제2법칙을 위배할 수 있다면 마치 시간 역전 대칭성을 보존시키는 것처럼 보이는 결과를 만들 수 있었다. 물론 그것이 본질적으로 대칭성을 보존시키는 것과 같다고는 확언할 수는 없었다. 하지만, 그렇다고 가능성을 완벽히 배제할 수는 없었다. 세상에 100퍼센트 같은 건 존재할 수 없었으니까. 자신의 이능력이 열역학 제2법칙에 대한 것이 아니라 대칭성 그 자체에 대한 것일 수도 있었으니까. 미르는 골똘히 역명제의 참과 거짓을 가려냈고, 마침내, 미르의 머릿속에선 유력한 무효 이론을 증명할 준비가 끝마쳐졌다.

　그때 메신저 알림이 모니터 구석에 작게 떠올랐다. 미르는 속으로 실험 설계를 몇 번이고 되짚어 완벽히 정리를 마치고는 마우스를 조작해 그새 알람을 하나 더 띄운 메신저를 불러왔다.

　- 생각보다 쉬울지도?

　- 그동안 관심 없어서 안 한 거지, 어려워서 안 한 게 아니라서요.

　잘한다, 이력물리학과. 촉박한 시간 속에 모든 것들이 순풍에 매끄러이 흘러가는 듯했다. 다만 그 모든 것들이 이상할 정도로 매끄러웠기에 속으로 작은 불안을 느꼈던 미르는 별것 아니라며 불안을 삼켰다. 좋은 게 좋은 거라면서.

……이 모든 것들의 끝은 과연 아름다울까?

미르는 문득 자신을 스친 의문에 당장은 답할 수 없었다. 그저 답을 찾기 위해, 당장은 고투하는 수밖에 없었다. 드디어 닿을 수 있을지 모를 끝의 앞에서, 미르는 하얀 종이를 꺼내 건에게 보낼 편지를 쓰기 시작했다.

2034년 12월 25일

가능한 실험실 예약 일자가 하필이면 크리스마스의 비극 34주기뿐이라는 게 말이 되는지.

미르는 그런 한탄을 내쉬며 건의 병실에 들어왔다. 이른 아침이라면 아직 가족들도 오지 않을 시간이었고, 오늘 건의 아버지는 오지 않을 것이라 들었기 때문에 부담없이 건에게 향한 참이었다.

언제나처럼 능력으로 열을 덜어낸 뒤 건의 침구류를 정리한 미르는 다시금 탁자 위의 사진을 바라보았다. 사진 속 건의 얼굴은 볼수록 얼빠진 채였다. 저런 표정 한 번이라도 다시 볼 수 있음 좋을 텐데, 미르는 아델리온 폐시약으로 얻은 이상 증식에 의해 자신에게 남은 작은 시간을 생각하며, 차가운 건의 손발에 공간의 열을 전이시켜 따뜻하게 데워주었다. 할 수 있는 게 이거뿐이라니, 아니, 이거라도 해야지. 어쩌겠어. 할 수 있는 일이 남아 있다는 건 얼마나 다행인 일인지 미르는 긍정적으로 생각하려 노력했다. 미르는 언젠가 작성했던 편지를 탁자 위에 올려놓았다. 어떤 미래에서는 네가 이걸 읽을 수 있을까. 지금으로선 알 수 없었기에 그저 시도하는 수밖엔 없었다.

교란 판정을 받고 건에게 닿지 않는 결심을 전한 날로부터 미르는 하루도 빠지지 않고 건의 열을 덜어내주었다. 그것이 해열제를 함부로 쓸 수도 없는 의식 불명기의 교란 판정자에게 베풀 수 있는 최선이었기에, 그렇게 함으로써 죄책감을 덜어낸다는 다소 불순한 의도도 분명 있었지만, 열을 내려줄 때마다 어쩐지 편안해 보이는 건의 모습을 보았으므로 미르는 그 일을 반복할 수밖에 없었다. 물론 의사가 허락한 일도 아니었고 되레 말리는 쪽에 가까웠지만 굳이 반복하는 것은 미르의 고집과도 같은 것이었다.

미르는 마지막으로 자신의 억지를 건에게 투영한 뒤 병실을 나섰다. 혹여 건의 가족과 마주칠까 우려한 것이 무색하게도 복도는 고요했다. 미르는 이른 아침의 적막이 마치 폭풍전야 같은 긴장감을 자아내는 것만 같아서, 별일 없을 거라 속으로 되뇌며 부속 병원을 나왔다.

다시 로비로 돌아온 미르는 무효기술연구소 쪽의 실험동으로 향했다. 예약한 실험실 정보를 휴대폰으로 살피며 챙겨온 자료를 재점검하면서. 실험 자체는 간단했다. 먼저 아델리온 시약을 물에 희석시킨 뒤 혈액을 한 방울 떨어뜨려 항원체를 제조한다. 시간이 흘러 아델리온 시약의 증폭적 특성에 의해 항원 농도가 특정 배수에 달하면 항원체의 초기 온도와 초기 항원 농도를 측정한다.

그리고 나선 가열 교반기를 이용해 항원체를 중탕시켜 일정 온도까지 가열한 뒤, 그것을 항온 수조에 넣어 등온 조건을 유지한 다음 자신의 능력으로 하여금 초기 온도가 되도록 냉각시킨 후 다시 항원 농도를 측정하여 초기 농도와 비교한다. 이때 항원 농도가 줄어들었으면 가설 증명 성공. 끝.

생각해보니 열에 시달리던 건의 체온을 낮춰주는 것과 내용상 큰 차이가 없는 실험이었다. 건의 특이적 감소가 자신의 능력과 관련된 걸까? 그렇다면 건의 항원 농도가 임계치 밑으로 내려가 의식을 회복하는 것도 어려운 일은 아닐 텐데. 아니야, 확실하지도 않은데 헛된 희망 품지 말자.

어쨌든 문제는 혈액을 대상으로 하는 실험에도 그놈의 사일러스가 내세운 '내부 기준' 따위가 적용된다는 것이었고, 이번 실험도 분명 이상해진 그의 윤리위원회에서 또다시 통상적인 절차로 반려당할 것이 뻔했다. 그렇다면 본래의 실험 절차를 속인 채 실험실을 예약하는 수밖에 없었다. 어차피 그런 거 내 혈액 쓰면 되는데 뭐. 교란인 게 도움이 될 줄은. 미르는 그런 생각을 하며 헛웃음을 흘렸다. 채혈침 따위야 실험실 어딘가에 상비되어 있을 테고, 주사기는 못 다루지만 쥐어짜내면 어떻게든 되겠지. 말초에서 채취한 혈액이든 굵은 혈관에서 직접 채취한 혈액이든 항원 농도는 같으니까. 이렇게 이득이 분명한 실험인데, 나중에 일탈이 발견돼도 어느 정도는 눈감아주겠……

미르는 그 순간 정우의 장난에 어울려주다 교란 위험물을 반출

했다는 이유로 징계를 당한 일이 떠올랐다. 그리고 RIMOS 외부에서도 사용할 수 있게 해킹을 가한 자신의 태블릿과, 세진과 현주의 아이디를 부정 취득하여 데이터베이스에 접속한 일까지도.

……이거 전부 걸리면 해고 당하려나?

알 게 뭐야. 안 들키면 그만이지. 미르는 그동안 쌓아온 월권과 부정에 비릿하고도 옅은 가책을 느끼면서도 비효율적인 RIMOS의 탓이라 여기며 자신의 행동을 합리화했다. 자신을 억압하는 듯한 경직된 규칙들은 영 지키기가 싫었고 미르는 일련의 행동들로 그 규칙들에 나름의 반항을 표하고 있었다.

그리고 그 반항도 이제 곧 끝을 보일 수 있을 터였다. 교란을 해결하든가, 그 전에 의식을 잃든가. 운 좋게 무효 이론에 얻어걸리면 다른 부서로 옮겨서 월급이나 타먹어야지. 아니면 이직이나 할까. 다른 곳들 조건이 더 좋던데. 무효 이론에 큰 기여를 했다는 공적이라면 어딜 가도 억대 연봉쯤은…….

미르는 끝에 이르러서야 비로소 그간 여유 없이 품지 못했던 낙관을 품을 수 있었다. 그것이 자신을 믿는 참된 낙관이었는지 죽음에 닿아서야 행복을 찾으려는 발악이었는지는 모르는 일이었지만 말이다.

어느덧 반지하의 실험실에 들어선 미르는 사원증을 입구의 단말기에 태그한 뒤 인증 절차를 거쳤다. 오래전, 이 일대가 RIMOS이기도 전에 지어졌다는 실험동의 중심 실험실은 대부분 반지하에 위치했다. 미르는 그것이 마음에 들지 않았고 다른 사람들도 비슷한 생각이라는 듯 실험동 재건축 요구가 빗발치는 모양이었지만 RIMOS는 그 어마어마한 장치들과 장비들을 옮기면서까지 그럴 가치는 없다고 생각했는지 그대로 유지하겠다는 의사만 매년 비출 뿐이었다.

미르는 인증 절차를 마치자마자 곧바로 자신이 예약한 B-05 실험실로 들어갔다. RIMOS의 실험실 예약 시스템에 의해 요청한 장비가, 마치 대학 화학 실험실을 방불케 하는 곳에 충분히 준비된 채로 미르를 기다리고 있었다. 그리고 거대한 탱크에 담긴 다량의 아델리온 시약의 원액들이 벽면을 채우고 있었다. 그 옆엔 왜 있는지 모를 LNG 가스 탱크 따위가…… 이건 왜 있는 거야? 화학 실험실에도 고압 가스는 이따끔 배치되어 있었으니까 별일은 없겠지. 가스 탱크를 무시하며, 준비를 요청했던 피펫과 바이알, 항원 농도 검사기 따위가 가지런히 실험대에 놓인 것을 확인한 미르는 가열 교반기와 항온 수조를 살폈다. 족히 10년은 된 모양인지 꽤 낡아 보였다. 대학에서도 저 정도 연차쯤 되는 실험기기야 자주 봤으니 큰 문제는 아닐 터였다. 곧이어 미르는 실험실을 뒤져 채혈침과 채혈기를 찾아냈다. 이것만큼은 부족하지 않게 반드시 준비되어 있으리라는 예측이 틀리지 않았다는 듯 서랍에서 수두룩하게 쌓인 그것들을 발견할 수 있었다.

미르는 먼저 아델리온 시약을 증류수에 희석한 뒤 바이알에 담았다. 그리고 채혈기를 이용해 바이알에 자신의 혈액을 조금 채취한 뒤 항원 농도가 배수에 이르길 기다렸다. 그동안 미르는 태블릿을 이용해 부속 병원에 기록된 자신의 항원 농도를 검색해보았다. 예상대로 가파르게 상승하는 그래프가 미르를 맞이했다.

아마 서현주의 교란 진행은 더 빨랐을 것이다. 아델리온 시약에 혈액을 떨어뜨린 자신과는 다르게 시약을 섞은 혈액에 닿았을 테니. 노출된 항원량이 더 많았기에 5개월만에 의식 불명기에 이르렀던 거겠지. 미르는 한숨을 쉬며, 그동안 5개월이라는 그 비정상적인 수치에 주목하지 못했던 자신을 잠시 타박했다. 이상 증식이 뻔한데 왜 그 가능성을 생각 못 했지. 그 시기라면 항원 농도 검사에 시약 쓰던 시절이었는데. 그래봤자 이제 와선 무의미한 타박이었다. 지금은 그저 할 수 있는 일을 해야만 했다. 저절로 이뤄지는 일은 없다고 믿으며.

미르는 여전히 시약이 안정화되길 기다리며 항온 수조의 전원을 미리 켰다. 이런 건 좀 미리 켜주지. 미르는 가열 교반기의 전원도 미리 올려둔 뒤 무의식적으로 공간의 열 분포를 살폈다. 기기의 열에 의해 수조 내부의 물이 대류하는 게 보였다. 한참 걸리겠네, 같은 생각을 하며 미르는 의자를 끌어와 실험대 앞에 앉았다. 건조하고 미지근한 공기가 감돌던 공간에 열이 복사의 형태로 희미하게 퍼져갔다. 따분하다, 그냥 이대로 이불 덮고 누워 있고 싶다, 가설이 사실이라면 이론적으로 건도 지금쯤 의식을 회복할 수 있을 텐데. 그런 생각들이 뇌리에 흘렀다. 그때 파직, 하는 소리가 미르의 귓가를 스쳤고, 미르가 콘센트를 바라보자 가열 교반기가 꽂힌 콘센트의 쪽에서 스파크가 일었다. 섣불리 선을 당기려

했지만 그럴 틈도 없이 연결되어 있던 모든 전기 설비가 폭발하며 불꽃은 인접한 가스 탱크에 부딪혔다.

미르가 의식을 잃기 전 마지막으로 본 것은 실험실을 뒤덮은 새하얀 폭발의 섬광이었다.

4부

2000년 12월 22일

"사흘 뒤 크리스마스에, 이곳에서 피할 수 없는 참사가 일어날 거예요."

자신을 이능력자라고 밝힌 사람이 대뜸 불길한 소리를 하질 않나, 그런데 경찰이라서 심신미약은 아닌 것 같고.

"그러니까 그걸 왜 저한테……."

"그게 중요해요?"

"중요하죠. 저는 그냥 소시민인 걸요."

"제가 봤을 땐 아니었는데요."

"저희 본 적 있었나요?"

"아뇨."

제발 누가 저 좀 구해주세요. 사일러스는 병원에서 자신을 계속해서 따라오는 경찰을 뒤로한 채 속으로 외쳤다. 이거 경찰에 신고하면 되나? 경찰이 이상한 소릴 한다고 경찰에 신고한다? 나 같아도 헛웃음 치고 전화 끊겠네.

"협조 부탁드립니다. 사일러스."

"저는 아무것도 몰라요. 모릅니다……."

"제가 말씀드렸으니 이제 아시는 거죠."

"그게 진짜가 아닐 수도 있잖아요?"

가만히 따라오기만 하던 경찰은 갑자기 사일러스의 팔을 확 잡아끌었다.

"만약 진짜라면요?"

그렇게 말하는 경찰의 눈빛은 짙은 남색으로 빛나고 있었다. 그건 분명히 이능력자의 발현 특징인 홍채 변색의 일종이었다. 사일러스는 한 치의 흔들림 없이 자신을 바라보는 경찰의 눈빛에 부담스러움을 느끼며 눈길을 피했다. 그러나 시야 한 켠에서는 경찰의 눈빛이 이어지는 것이 계속해서 비쳐 보였다.

"다른 동료한테 도움 요청하시는 게 더 좋을 것 같은데요. 저 같은 일반인보다야."

"안 믿어요. 그 사람들은."

그럼 저라고 믿겠습니까. 사일러스는 소리치고 싶은 심정을 꾹 참으며 속으로 울었다.

"아니, 전부 믿는다 하더라도, 신분도 불분명한 사람한테 어떻게 제가—"

작은 트집이라도 잡아보려 꺼낸 말이었으나 눈앞의 경찰은 말이 꺼내지기 무섭게 신분증을 꺼내 보였다. 사일러스는 반신반의하는 태도로 신분증을 받아들고 그 내용을 읽었다. 스텔라 M. 화이트. NYPD 이능범죄대응국 서전트.

"문제 있나요?"

"위조는 아니죠?"

스텔라는 한숨을 쉬었다.

"정 의심스러우시다면 NYPD에 직접 물어보셔도 괜찮아요. 연결해드릴까요?"

사일러스는 손사래를 치며 아니라고 연신 반복해 말했다. 저렇게까지 나오면 거짓은 아니겠지.

"그래서, 제가 대체 뭘 하면 되는 건데요?"

사일러스는 지치지도 않고 따라오는 스텔라의 열정에 결국 항복을 선언했다. 항복이라기보단 '그럼 한번 뭔지 들어나보자'는 태도에 더 가깝긴 했지만. 스텔라는 기쁘다는 듯 약간의 미소를 지어 보였다. 저런 표정도 지을 수 있는 사람이었구나.

"건물 구조와 내부자용 비상구 위치라든가, 병상 가동률과 환자 분포까지 전부 알려주시길 바랍니다. 병원의 인력 현황과 유동 인구수까지도요. 더 내부적인 정보가 있다면 그것까지도요."

저기, 웃는 낯으로 너무 민감한 걸 물으시는 것 같습니다.

　　"정말 오늘 하루 종일 따라다니셨네요. 근무 없으세요?"

　　"이 무전이 울리지 않는 한, 이능범죄대응국 소속은 주로 순찰과 탐문 같은 예방 업무를 수행해요. 근무의 일환인 거죠."

　　스텔라는 가슴 쪽에 찬 무전기를 가리켰다. 과연 오늘 하루 동안은 어떤 무전도 울리지 않긴 했다. 스텔라는 꽤 드문 일이라며 덧붙였다. 두 사람이 병원을 나오자 이미 노을 한 조각 없는 어둠만이 하늘에 가득했다. 사일러스는 손목시계로 시각을 확인했고 시계는 오후 8시를 조금 지난 시각을 가리키고 있었다.

　　"그래도 내일부터는 어떻게 좀 안 될까요. 환자분들이 불안해하세요."

　　직원들에겐 경찰 신분증을 들이미는 것으로 어떻게든 해결할 수 있었으나 안 그래도 예민한 환자들에게까지 이해를 바라기엔 한계가 있었다. 특히나 그 검은빛의 경찰 유니폼이 불안감을 더한다고 말하고 싶었으나 속내를 알 수 없는 경찰에게 그런 얘기까지 꺼낼 용기는 없었다. 그 이능력이라는 예지가 사실인지도 당장은 알 수 없었고. 불안 속에서 사일러스는 고분고분 지시를 따르는 수밖에 없었으나 웬만하면 그 예지가 거짓이기를, 빗나가기를 바라고 있었다.

　　"오늘 건물은 대부분 외웠으니, 내일부터는 주의하도록 할게요."

　　"그걸 벌써 외웠다고요?"

사일러스가 근무하는 곳은 규모가 꽤 큰 대학병원이었고 신경외과만 집요하게 돌아다니는 사일러스의 동선만으로 건물 전체를 외우는 건 무리가 있어 보였다. 어쩐지 종종 자리를 비우더니 다른 구역을 탐색하기 위해서였나.

"직원들만 다니는 통로 같은 건 없어요?"

"있긴 한데, 대부분 비상구로 이어지진 않아요. 있어봤자 직원용 주차장 정도."

"카드키 빌려줄 수 있어요?"

"안 돼요."

"그럼 같이 가주셔야겠네요."

내가 어쩌다 이런 일에 휘말렸담. 사일러스는 어쩔 수 없다는 듯 고개를 끄덕였다.

"솔직히 번거로운 일인 거 이해해요. 이런 부탁드려서 미안해요."

스텔라는 사일러스의 생각을 읽은 듯이 사과를 표했다.

"아니에요. 그런 일은 막아야죠."

사일러스는 아직도 그 예지란 걸 믿을 수 없었기에 떨떠름히 괜찮다는 의사를 보였다. 이능력이 그렇게 절대적인 걸까. 아직 그 원리 따위가 완벽히 밝혀지지 않은 걸 신봉할 수는 없었다. 사일러스에게 이능력이란 믿음의 영역과도 같았다. 종교와 비슷한 정도의.

"정말 이렇게 해서 참사를 막을 수 있어요?"

그렇게 절대적이라면 미래를 미리 안다고 해서 벌어질 일의 인과를 바꿀 수 있는 걸까? 그렇게나 강대한 힘이 고작 개인에게 주어져도 괜찮은 걸까? 사일러스는 스텔라의 소속을 생각해보다가, 괜찮지 않으니 이능범죄대응국 같은 게 있는 거라고 나름의 답을 덧붙였다.

"완벽히 막을 순 없어요. 제가 본 건 25일의 이곳에 아비규환이 벌어진다는 정보뿐이었고, 사람이 몇 명이나 죽고 다치는지는 알 수 없었어요."

"이능력도 완벽하지는 않네요."

완벽이라는 게 무슨 기준으로 인정되는 건지도 애매했고, 만약 완벽하다 한들 그건 그거대로 문제였겠지만 말이다.

"그래도 제가 그 미래를 관측함으로써 행동을 결정하고, 그 결정으로 인해 희생자 수가 조금이라도 줄어들 수 있다면. 그건 의미 있지 않을까요?"

그렇게 믿는 편에 가까운 게 아니냐고 사일러스는 반론하고 싶었지만 너무나 굳은 믿음을 보이는 스텔라 앞에 그런 말을 꺼낼 수는 없었다. 사일러스는 그저 이 모든 게 한순간의 웃긴 해프닝으로 끝났으면 좋겠다고 생각했다.

"그렇게 믿고 있어요. 그러지 않으면……."

"너무 무력해지니까."

사일러스는 말끝을 흐리는 스텔라에게 자신 역시도 마주했던, 수많은 삶과 죽음의 기로로부터 느꼈던 것을 말했고, 스텔라는 놀란 듯이 그런 사일러스를 바라보았다. 이능력이고 뭐고, 사람 구하는 직업은 어디 가나 다 비슷했다. 완벽 따위는 존재할 수 없었고 사일러스는 어느 순간에 다다를 때마다 기적을 바라는 자신의 모습을 발견하곤 했다. 그렇게 떠나는 이의 모습을 지켜보면서도 자신의 행위가 무의미하지 않았다고 위안해야만 또 다른 삶을 구할 수 있었다. 믿음 같은 불확실한 것에 기대야 할 때마다 따라오는 자책은 덤이었다.

"잘 아시네요."

"의사도 비슷해서요."

이능력과 의학을 같은 선상에 놓는 건 조금 찜찜했지만.

"의사도 그렇겠지만, 이런 일 하면 험한 걸 많이 봐요."

"이런 일이요?"

"이능범죄 대처요."

사일러스는 낮게 내리깐 목소리로 내뱉은 그 단어로부터 짙은 무게감을 느꼈다.

"상식으로는 도저히 이해할 수 없는 일이 벌어져요. 받아들이기도, 아니 마주하기조차 힘든 일들도요. 이능력이 상식에 위배되니까, 그로 인한 일들도 마찬가지인 거죠."

사일러스는 언젠가 응급실에서 일하는 동료로부터 전해 들은 이야기를 떠올렸다. 이능범죄 현장에서 이송된 환자들은 '일반적인' 사례와 크게 어긋나 있다고. 아마 이 사람도 그런 걸 수도 없이 마주해왔겠지.

"어떻게든 한숨 돌리고 나면 경찰은 뭐 했냐고 여론이 들끓어요. 할 말이 없죠. 상식 밖의 일을 상식적으로 대응하는 데에는 한계가 있다고 말할 수도 없잖아요. 악에는 질서가 적용되지 않지만 선을 추구하려면 질서를 지켜야 해요. 저희는 그냥 고개를 숙일 뿐이에요. 이능범죄대응국은 그렇게 돌아가요. 국장이 책임을 위해 3개월에 한 번씩 교체되고, 밑의 인원들은 현장에서 중상을 입거나 사망해서 마찬가지로 계속 바뀌어요."

"이런 말씀 저한테 하셔도 되는 거예요?"

"저도 지쳐서요. 사일러스 씨라면 들어줄 것 같아서. 듣기 싫으시면 그만할까요?"

"아뇨. 괜찮아요."

어쩐지 드는 동질감을 마냥 무시할 수가 없어서 사일러스는 구태여 막지 않았다. 스텔라는 감사의 뜻을 담은 듯한 옅은 미소를 띤 뒤 천천히 말을 이었다.

"그냥 그렇다고요. 세상이 너무 버거운 것 같지 않아요?"

"그러게요."

사일러스는 씁쓸히 코웃음치며 답했다. 아마 16살 즈음이었을까, 이능력인지 뭔지가 나타난 이후로 세상은 뒤틀려버린 것만 같았다. 뒤틀린 채로 굳어버려서 누구도 어떻게 손댈 수 없이. 우리는 그런 세상에서 살아가고 있었다. 어긋나버린 세상에서 구불거리면서도 직선으로 곧게 나아가려고 노력하고 있었다. 그럼에도 스텔라의 말이 사실이라면, 그 뒤틀림은 결국 참사라는 형태로 우리를 향할 작정인 것 같았다. 통제되지 않는 혼란의 시기에 그런 일 한두 번은 언젠가 생기리라 예상하곤 했지만, 그게 설마 이렇게 닥쳐올 줄은. 그마저 이능력으로 예측된 형태로서. 아직은 현실감 있게 와닿지 않았으나 정말 그런 일이 벌어진다면, 우리는 어떡해야 하는 걸까.

"지금까지 계속 비슷한 일을 반복했어요. 이능력으로 범죄를 예측하고, 막으러 가고. 내 죽음은 미리 알고 피할 수 있었는데, 타인의 죽음은 알지 못해 몇 명이나 동료를 떠나보냈어요. 참 비극적이죠."

그렇게 말하는 스텔라의 눈은 쓸쓸해 보였다.

"이런 말 하긴 미안하지만, 사실 그날 당신의 생사도 알지 못해요."

그랬기 때문일까, 사일러스의 생사를 알지 못한다며 이 일에 끌어들인 것에 대해 유감을 표하는 스텔라의 발언은 그다지 무책임하게 느껴지지 않는 것도 같았다.

"부디 무사하길 바랄게요."

"살아야죠. 언제나처럼."

사일러스는 시시한 표현으로 서로를 응원하는 수밖에 없었다. 예정된 거대한 비극 속에서 우리의 작은 발걸음은 어떻게 기록될까.

"역시 당신이랑은 뭔가 통하는 것 같네요."

스텔라는 그렇게 덧붙이며 손을 내밀었다. 사일러스는 스텔라와 가볍게 악수한 뒤 내일 만나자는 인사를 건넸다.

2000년 12월 23일

"이 앞에 유동 인구가 그렇게 많다고요?"

"네. 대학병원이니까. 그리고 이 근처에서 매년 크리스마스 행사 하나 열리거든요. 오면서 보셨죠? 아마 당일엔 더 많을 거예요."

어제의 발언 때문이었을까, 스텔라는 묶어 올렸던 머리도 풀어 완벽한 사복 차림을 한 채 출입자 기록을 확인하고 있었다.

"이걸 어떻게 막는대……."

"통행 금지라도 시키는 건요? 거짓말로."

"위법이에요. 국장 정도라면 할 수 있을지도 모르겠는데, 설령 국장이 제 예지를 믿는다 하더라도 현행법상 이능력이나 이력흔은 적합한 행동 근거가 될 수 없어요."

사일러스는 곰곰이 생각에 빠진 스텔라를 바라보며 팔짱을 낀 채 파훼책을 함께 고심하는 수밖에 없었다. 왜 하필 크리스마스인지도 모르겠다. 그날만 피할 수 있다면 피해가 크게 번지지 않을 수도 있었을 텐데.

"행사 측에 협조 요청 보내보는 건요?"

"믿을 것 같아요?"

"불길한 소리 하지 말라며 쫓아내겠죠."

"그것도 성탄절에."

"그러게요."

스텔라가 바라보고 있는 자료는 병원에 대한 일일 방문자 수에 대한 통계에 불과했고 그 앞을 실제로 지나다니는 인원의 수는 그보다 훨씬 많을 것으로 예상됐다. 병원의 좋은 접근성이 되레 단점으로 작용하는 순간이었다.

"그런데 지금 위법 적법 가릴 때예요?"

스텔라는 사일러스의 한마디에 자료를 훑던 동작을 멈추며 그를 바라보았다.

"사람이 죽게 생겼잖아요. 고작 표지판 몇 개 거짓말로 설치하는 것 따위는—"

"만약 길을 우회시켰다가 예지에 벗어나는 다른 일이 발생하면요?"

스텔라가 자신의 말을 끊으며 단호한 반박을 이었다.

"우회로 인해 빚어진 교통 정체에 이 참사의 여파가 미치기라도 한다면요?"

"……아."

"그건 손 쓸 수 없어요."

반론의 여지가 없는 스텔라의 분명한 태도에 사일러스는 더 이상 어떤 말도 얹을 수 없었다.

"미래를 알고 있다고 그걸 통제하는 게 쉬운 건 아니에요. 지금 만들어진 질서는 수백 수천 년의 데이터가 만든, 가장 많은 사람들을 안전히 통솔할 수 있는 규율이에요. 그걸 함부로 깨는 짓이 더 위험해요."

과연 스텔라의 말대로였다. 지금 하고자 하는 일은 결코 쉬운 일이 아니었다. 생각이 짧았다.

　"……안 해본 게 아니에요."

　발언에 담겼던 확신을 증명하듯 스텔라가 쓸쓸히 읊조렸다. 사일러스는 어떤 반응을 보여야 할지 몰라 스텔라를 가만히 바라보다 끝내는 천천히 고개를 끄덕여 보였다. 곁눈질로 그런 사일러스를 바라본 스텔라는 줄곧 읽던 자료를 덮은 뒤 물었다.

　"가장 마지막 소방 훈련이라든가, 언제였어요?"

　"일주일 전이요."

　"괜찮네요. 사태 발생하면 대처는 잘 되겠어요. 오늘은 비상구 쪽에 적재된 물건들 위주로 치워볼게요. 오면서 보니까 좀 있더라고요."

　"여유 될 때 휠체어도 몇 개 옮겨 놓을까요?"

　"좋아요."

　"그 만약에, 다른 직원들이 뭐라 하면 신분증 보여주면서 소방 점검 나왔다고 하세요. 아니면 제 이름 대거나. 아마 먹힐 거예요."

　엄밀히는 911 관할이었겠지만. 쌓아놓은 인망을 이런 데에 쓸 줄은. 어느새 사일러스는 훌륭한 동조자가 되어 있었다. 사일러스 '도우미' 리로 개명해야 하나. 스텔라는 손으로 오케이 사인을 보낸 뒤 복도의 반대편으로 걸어 나갔다.

　사일러스는 스텔라가 멀어진 것을 확인한 뒤 오늘의 일정을 되짚었다. 당장 10분 뒤에 시작되는 콘퍼런스 이후엔 회진, 회진을 마치고 나면 증례 토의가 이어졌고 긴급히 잡힌 수술 일정을 끝내고 나면 자정이 지나기 전에는 업무를 마칠 수 있을 터였다. 그리고 휠체어를 조금 갖다 놓는 정도의 일이라면 그것도 어떻게든.

……정말 이 정도의 노력만으로 더 큰 피해를 막을 수 있을까?

스텔라가 말해준 바에 따르면 병원이 아비규환으로 변한다고 했다. 우회로 인해 정체된 차들에게 참사의 여파가 끼치는 것을 우려했으므로, 그 재난은 필시 인근에도 적잖은 규모로 영향을 미치는 것으로 보였다. 그렇다면 고작 두 명의 노력만으로 어떻게 손쓸 수 있는 게 맞는 걸까. 사일러스는 작금의 노력들을 일순 의심하며 회의했다. 세상에는 믿음만으로 해결할 수 없는 영역의 일들이 있었고 사람들은 그런 것들을 종종 운명이라 부르곤 했다. 그저 받아들이고 순응하라며.

다만, 그저 그렇게 받아들이기에 세상에 이어지는 비극들은 너무나 부조리해 보이기만 했다. 감당하기엔 너무나 이해할 수 없어서, 그래서 사람들은 역설적으로 다시 믿었다. 스스로가 무의미하지 않다고. 그래야만 자신과는 무관했던 인과에 휘말린 상황을 납득할 수 있었으니까. 그 결과가 어떻든 똑같았다. 비극이라면 자신을 탓했고, 희극이라면 자신의 덕을 믿었다.

결국 믿는 수밖에 없을까, 그리고 그 결과를 눈으로 확인하는 수밖에 없을까. 사일러스는 회의실로 향하며 생각했다. 그때 저 멀리서 자신을 다급히 부르는 레지던트의 외침이 들려왔다. 사일러스는 불길함을 느낀 채 레지던트와 함께 유의해온 환자의 병실로 향했다.

＊

"궁금한 게 있어요."

사일러스는 마지막 휠체어를 엘리베이터로 실어나르며 옆에 있는 스텔라에게 물었고 스텔라는 이어질 질문을 기다리며 가만히 사일러스를 바라보았다.

"정말 이렇게 해서 피해를 막을 수 있어요?"

"기본적인 예방책에 충실하기만 해도 어처구니없는 죽음 대부분은 피할 수 있어요."

"그런 원론적인 이야기 말고요."

스텔라는 갑작스레 동요하는 듯한 사일러스의 반응에 그저 그를 바라볼 뿐이었다.

"그렇다고 믿어야만 한다는 그런 거, 말고요."

늘 반복됨에도 불구하고 죽음은 무뎌지기 어려운 것이었기에, 사일러스는 오늘 세상을 떠난 환자들의 얼굴을 기억하며 스텔라에게 물었다. 누군가를 살리고 말고는 이렇게 시시껄렁히 다뤄질 주제가 아니었다. 죽음의 무게는 분명 무거웠다.

"확실한 거예요?"

그렇기에 사일러스는 확신을 바랐다. 지금 이 행동들이 무의미하지 않다고. 스텔라는 예상한 반응이라는 듯 옅은 코웃음을 친 뒤 천천히 말을 이었다.

"당신은 운명을 믿어요?"

"아뇨."

"다행이네요."

이윽고 엘리베이터의 문이 열렸고 스텔라는 먼저 휠체어를 끌고 문 바깥으로 나섰다. 사일러스는 말없이 자신 몫의 휠체어를 끌며 스텔라의 뒤를 따랐다.

"그거면 됐어요. 정해진 건 없다는 사실을 안다는 거."

스텔라는 걸음을 멈추고 사일러스를 향해 뒤돌아보았다. 둘만인 복도에 적막이 감돌았다. 사일러스는 그저 망연히, 그런 스텔라를 바라볼 뿐이었다.

"삶이 결정되지 않았다는 건, 죽음도 결정되지 않았다는 거예요. 결정된 것들만이 돌이킬 수 없는 거예요. 결정되지 않은 것들은 변화의 가능성을 가진 거고요. 그게 아무리 부동해 보일지라도."

분명 세상에 완벽이나 절대 따위는 없었다.

"믿음을 배제하더라도, 이건 지극히 당연하고 논리적인 일이에요."

하지만 그걸 확신하기 위해서는 좀 더 분명한 근거가 필요했다. 스텔라는 그 근거를 가지고 있는 걸까.

"이건 제 경험에서 나온 말이기도 하지만, 저는 그렇게 생각해요. 그저 믿는 정도가 아니라 확신해요."

"확신……."

"결정되지 않은 것들은 바뀔 수 있어요. 그게 예지로 미리 본 참사일지라도."

"예지로 본 미래는 불변하는 게 아니라는 거죠?"

"예지는 그저 수많은 가능성의 하나예요. 가장 확률이 높은 가능성. 정 불안하면, 확인해봐요."

"네?"

"오늘 새로운 미래를 봤어요. 현장 사망자가 1,000여 명 정도더라고요. 뉴스가 스쳤거든요."

1,000명. 쉬이 가늠되지 않는 숫자 앞에서 사일러스는 얼어붙었다. 문득 생각했다. 당신은 이런 비극을 얼마나 마주하고 타인을 살리기 위해 또 얼마나 분투해왔을까.

"이게 어떻게 될지, 살아남아서 확인해보자고요."

그리고 자신도 살아남기 위해 얼마나 외로이 노력해왔던 걸까.

"그리고 그날 제가 할 일을 모두 말한 게 아니잖아요."

스텔라는 웃어 보였다.

2000년 12월 24일

"내일은 화이트 크리스마스가 될 거래요."

사일러스는 긴장을 풀기 위해 아무런 정보도 없는 가십거리를 던졌다.

"구급차만 제때 도착했으면 좋겠는데요."

스텔라는 그조차 어떤 염원으로 치환해 받아쳤다.

"정말 일어날까요?"

"높은 확률로 일어나겠죠."

회피할 수 없이 예견된 비극의 미래. 크리스마스에 벌어질 비극. 사일러스는 아직까지도 그게 와닿지 않아서, 마냥 허무맹랑한 소리라 치부하고 싶었다. 하지만 스텔라의 태도는 너무나 확신하는 사람의 그것이었고, 그의 모든 말은 사건의 발생을 단언하고 있었다. 이 사람도 그렇게 말하고 싶지는 않았으려나, 사일러스는 가늠해봤지만 스텔라의 속내는 알 수 없었다.

"말했잖아요. 예지는 가장 가능성이 높은 미래라고요. 1,000명이 죽는다는 것도, 그저 가능성의 하나일 뿐이에요. 아무 일도 일어나지 않을 수도 있어요. 반대로 1,000명이 정말 죽을 수도 있고요. 확정된 건 하나도 없어요. 그럼 바뀔 수도 있는 거고요."

"하지만 안 바뀔 수도 있는 거잖아요."

불안. 공포. 이성으로 헤아릴 수 없는 것들. 그렇기에 부정하고 피하고만 싶은 것들이 예지의 실현을 앞두고 사일러스의 깊은 곳에서 울렁거렸다. 지금이라도 전부 거짓말이었다고 무를 수는 없는 걸까. 그저 이 평화 그대로 시간이 멈췄으면 좋겠다고 사일러스는 생각했다. 아무런 이변도 끼어들지 않기를.

"그럼 당신은 더 많은 사람이 살 수 있는 가능성을 배제할 거예요? 아무 일도 일어나지 않을 가능성에 기대서 또 다른 가능성을 그대로 버릴 사람으로는 보이지 않는데요."

그러나 사일러스는 그것이 얼마나 헛된 기대인지 알고 있었다. 지금까지 스텔라에게 협조한 사람으로서도 차마 그러한 가능성을 배제할 거라곤 말할 수 없었다.

"논리로 설득했지만, 사일러스. 이 세상엔 이성만으로 헤아릴 수 없는 것들이 너무 많아요."

지금 제가 느끼는 감정도 필히 그러한 종류의 것이겠지요. 사일러스는 말을 삼켰다. 줄곧 허공을 바라보던 스텔라는 사일러스에게 시선을 돌려 말했다.

"한 번만 믿어봐요. 작은 가능성을. 세상에 헛된 일은 없다고. 나비효과처럼, 작은 존재의 움직임도 세상에 큰 물결을 만들 수 있다고."

당신은 어떻게 그렇게나 올곧을 수가 있냐고, 사일러스는 속으로 생각했다. 시계가 자정을 가리키며 세계는 2000년 12월 25일의 시간으로 건너갔다. 하얀 입김이 길게 늘어졌다. 올해따라 겨울이 더 시린 것만 같았다.

"차라리 당신을 믿을까요?"

"농담하지 말아요."

사일러스는 농담이 아니라고 말하려다 다시금 말을 삼켰다.

"끝내 비극이 되지 않은 예지도 있었어요. 보이지 않은 다른 가능성이 실현된 거죠."

"내일도 그랬으면 좋겠네요."

"이렇게 큰일은 웬만해선 일어날 거예요. 그렇다면 피해가 줄어들기를 바라야죠."

"할 수 있을까요?"

"해야죠."

어떤 지체도 의문도 담지 않은 듯한 스텔라의 대답으로부터 사일러스는 불온한 끝을 직감했다가 눈을 감아 그것을 뇌리에서 내쫓았다.

"불안해요?"

그것을 알아챈 듯 스텔라는 조용히 물어왔다. 사일러스는 고개를 끄덕였다.

"저도요."

곧이어 이어지는 대답은 이렇게나 굳건해 보이는 사람에게서 나오기에는 너무나 의외의 것이었다.

"무서워요. 사실."

사일러스는 커피를 움켜쥔 스텔라의 손이 가늘게 떨리고 있다는 걸 그제야 눈치챘다. 스텔라가 수없이 바라봤을 미래의 무수한 가능성을 가늠했다. 죽고, 죽어서, 또 죽었을 것이다.

"익숙해지질 않아요. 비슷한 비극이 되풀이되는 것도, 사람이 죽는 것도. 그걸 마주하는 것도."

그럼에도 떨려오는 저 손길은,

"그렇다고 익숙해져서 무뎌지면 안 되잖아요. 그래야 하니까. 그래서 저는 불안함도, 두려움도 기쁘게 받아들이려고 해요. 내 감정이 아직 살아 있구나. 안타깝게 생을 마감한 이들에게 온전한 안녕을 바랄 수 있구나."

그것은 분명, 살아 있다는 증거였다.

"당신도 그렇게 생각해보는 건 어때요?"

"너무 성숙한 답변이라 어떻게 답해야 할지 모르겠는데요."

"그냥 마음에 솔직해져요. 말하지 않아도 되니까."

사일러스는 말없이 고민을 이어가다 끝내 결론짓지 못한 채 하얀 입김을 내쉬었다. 대신 떨리고 있던 스텔라의 손 위에 살며시 제 손을 포개었다. 손의 떨림이 잦아들었고 침묵이 두 사람 사이를 채웠다. 사일러스는 포개어진 손을 그저 바라보았고 스텔라는 그런 사일러스를 묵묵히 바라보며 미소 지을 뿐이었다.

2000년 12월 25일

당신은 결국 벌어진 비극 속에서 수많은 사람을 구했다.

"사일러스."

하지만 당신의 끝은 왜 이렇게도 잔혹한가.

"자신의 죽음은 예측할 수 있다고 했잖아요."

물건의 조각이나 파편 따위, 혹은 물건 그 자체가 휘몰아친다. 사일러스는 자신을 향하지 않는 스텔라의 눈을 바라본다. 머리카락이 흩날려 잘 보이지 않는다. 다만 분명한 것은 그의 눈빛이 빛나고 있다는 사실이었다. 이능력 때문이 아니었다. 그것은 끝을 알면서도 기꺼이 발걸음을 내딛고 마는 사람의, 바래지 않는 의지와도 같았다.

"왜 크리스마스의 비극이 제게 먼저 다가왔는지, 저는 알고 있었어요."

"그런 말 하지 마요."

"저기 파란 캐딜락 뒤에 사람이 숨어 있어요. 아쉽게도 당장은, 여기 있는 모두를 구할 수 있는 미래는 보이지 않네요."

제발.

"제가 저 이능력자의 주의를 끌 테니까―"

"정말 다른 방법은 없어요?"

스텔라는 사일러스를 바라보며 천천히 고개를 저어 보인다.

"어째서 하필 당신이었냐고 물은 적 있었죠, 사일러스."

흩날리는 스텔라의 머리카락 사이로 굳게 결심한 사람의 눈빛이 스쳐 보였다. 대놓고 어떤 끝을 암시하는 스텔라를 차마 막을 수 없어서, 사일러스는 아연히 그를 바라볼 뿐이었다. 사일러스는 어느샌가 자신이 눈물 흘리고 있음을 알지 못했다.

"언젠가 꿈으로 보았던 미래에 당신이 있었어요. 그 미래가 어떻게 이어질지는 모르겠지만, 적어도 제가 봤을 때 당신은 그 미래의 가운데에 있었어요. 당신이 살아남은 미래에서는요."

그는 마지막까지 알지 못할 이야기나 늘어놓았다. 스텔라는 권총의 탄창을 확인한 뒤 다시 소란의 한가운데에 있는 이능력자를 향해 시선을 돌리곤 나지막이 말했다.

"살아서 기억해요. 이런 일이 있었다고, 잊히지 않게 해요."

사일러스는 그것이 자신에게 하는 말임을 받아들일 수 없어서, 포화를 향해 뛰쳐나가는 스텔라를 뒤로 한 채, 그 걸음이 헛되지 않도록, 헛되지 않으리라 믿으며 캐딜락 뒤의 누군가를 구하기 위해 울음을 머금고 달려가는 수밖에 없었다.

2001년 1월

사일러스는 병원 휴게실에서 벽에 걸린 TV를 바라보았다. 사망자 중 일반인이 104명, 이능력자가 469명. 총 현장 사망자 573명. 그래, 당신이 말한 대로 됐네. 미래는 바뀐다고. 곧이어 화면에서는 낯익은 얼굴들과 함께 그 이름들이 스쳐 지나갔다. 그중 하나는 스텔라의 것이었다.

스텔라는 병원에서 수많은 생존자를 구출하여 구급대원에게 인도하였다. 그리고 25일의 참사에서 순직했다. 그의 시신은 뒤늦게 투입된 특수부대가 병원에 남은 이능력자를 모두 사살하는 과정 중 발견되었다. 반복되는 생존자들의 증언을 통해 NYPD는 그의 공을 인정했고 그를 1계급 특진하여 예우하겠다고 밝혔다.

그리고 희생자들에 대한 보도가 이어졌다. 진압 대신 사살 결정을 내린 특수부대를 비판하며, 악의 하나 없이 휘말린 모두가 희생자가 된 비극을 어떻게 마주해야 할지 우리 사회가 고민해야 한다는 내용이 나왔다. 사일러스는 그 모든 걸 그저 멍하니 홀린 듯 바라보고 있었다. 모든 정보를 눈에 담아야만 죄책감이 덜어지는 것만 같았다. 실제로는 어땠을지 몰라도. 살려달라며 곁을 스친 생존자들은 과연 구조되었을까, 보았던 얼굴이 희생자로 나올지 생존자로 나올지 몰라 화면을 떠날 수 없었다. 그때 TV가 돌연 꺼졌다.

"그만 보세요."

자신을 서현주라고 밝힌 그 캐딜락 청년이 환자복을 입은 채 리모컨을 들고 있었다. 현주를 원망해야 할지 몰라 파묻혀 지내기를 며칠, 사일러스는 그 누구에게도 죄가 없다는 결론을 내렸다. 그 결론 끝에서야 사일러스는 현주의 얼굴을 바로 볼 수 있었다.

"일주일째 새벽까지 계속 TV만 보시잖아요. 게다가 전부 그때 얘기만 보시고."

그날 이후 이야기를 나누다 사일러스가 한국계인 걸 알게 된 현주는 사일러스를 마주칠 때마다 한국어로 대화를 건넸다. 한국어가 서툴렀던 사일러스로서는 듣는 건 가능해도 말하는 건 어려웠기에 종종 영어로 답하곤 했으나 현주는 상관없다는 듯 고집 있게 한국어로만 말했다.

"저 내일 한국 가요. 그 말 하려고 왔어요."

"벌써?"

"부모님이 걱정하세요. 여기에 친척이 있긴 해도…… 크게 다친 곳도 별로 없으니까 빨리 가는 게 좋을 것 같아서요."

그렇게 말하는 현주의 손은 떨리고 있었다. 사일러스는 자리에서 일어나 현주에게로 다가가 자세를 낮춘 뒤 그 손을 잡아주었다. 차가웠다. 자신의 온기가 담긴 양손으로 현주의 손을 말없이 어루만져주었고 현주는 그런 사일러스를 가만히 바라보고 있었다.

"메일 주소는 평생 안 바꿀 겁니다. 언제든지 연락해요."

"네, 그럴게요."

현주는 나이에 맞는 순진한 얼굴로 배시시 웃어 보였다. 사일러스는 어쩐지 그 모습이, 애쓰는 것만 같아서, 괜찮을 거라고 한마디를 건네려다가 가늠할 수 없는 비극의 크기에 말을 삼켰다.

2005년 8월

사일러스는 자신의 모든 인생을 부정하듯 뒤흔들어버린 사건을 마주한 후 더 이상 이전의 삶을 이어갈 수 없었다. 사일러스는 교수 임용을 앞둔 채 의사를 그만두었고, 그 비극의 근간에 있던 이력물리학을 전공한 뒤 한국으로 돌아왔다. 그 모든 것은 이능범죄를 효과적으로 억제하면서도 특이적 수혈 부작용으로 불리던 이 시대의 부조리를 해결할, 무효 이론과 기술이 부재한 탓이었으므로. 비극이 있었던 땅에 더는 발붙인 채 살아갈 자신이 없었으므로.

사일러스는 이력의 존재를 규명하고 확장표준모형으로 이력물리학의 기초를 세웠다. 그럼에도 버틸 수 없었던 그는 미리 물려받은 재산과 사건에 대한 보상금을 모두 긁어모아 RIMOS를 설립했다. 그리고 세상에 외쳤다.

RIMOS의 출범과 함께 설립자 사일러스 S. 리는 다음과 같이 공표한다.

첫째, 우리는 모두 같은 비극을 겪은 사람들로서 같은 슬픔을 공유한다. 누구도 우리를 배척할 수 없으며 누구도 우리를 비난할 수 없다. 우리는 살아 있는 한 계속해서 이능력 시대의 문제에 대해 관심을 촉구할 것이다.

둘째, 우리는 이능력자와 일반인이라는 차별적 명칭 대신 발현자와 잠재자라는 명칭을 사용한다. 일반을 규정하는 기준은 세상에 존재하지 않는다. 또한 이능력은 특별한 것이 아니며, 우월하거나 열등한 것도 아니다.

셋째, 우리는 최초의 발현자 등록 기관이 될 것이며 주기적인 추적에 따라 발현자를 관리할 것이다. 이 과정에서 우리는 발현자의 인권을 최대한 존중할 것이며, 추가적인 발현자 등록 기관의 설립이 필요하므로 성숙한 시민사회의 동참을 바란다.

넷째, 우리는 발현자를 위한 가이드라인을 만들 것이다. 현재 어떠한 윤리 기준도 적용받지 않는 발현자 대상의 인체 실험은, 앞으로 이 가이드라인을 따라 엄격한 규정하에 시행될 것이다.

다섯째, 우리는 비극을 기억할 것이다.

RIMOS는 12.25 참사와 교란 문제에 대해 어떠한 제한도 없이 연대할 것이며,

RIMOS의 모든 활동에는 이 성명이 기저에 존재할 것이다.

미숙한 사회는 희생으로 비로소 바뀌는 법이었기에, 그러한 희생을 무의미하게 만들지 않기 위해선 희생으로써 새로운 질서를 이뤄야만 했다.

진심 어린 호소에 세상이 움직였다. 비극을 기억하는 이들이 RIMOS로 모였다. 특이적 수혈 부작용에는 교란이라는 이름이 붙었고 RIMOS의 모두가 교란을 연구했다. 수많은 크리스마스가 지나고 수많은 비극이 곁을 아리게 스쳤다. 그럴 때마다 RIMOS는 희망의 등불이 되어 나아갈 곳을 비추었다. 무너지지 않는 탑처럼, 혼란의 시대에 기댈 곳 없는 모두에게 기꺼이 안전 가옥이 되어주었다. 뜻 있는 이들의 결집에 따라 RIMOS는 성장해나갔고, 얼마 지나지 않아 그곳은 세계 굴지의 이능력 연구기업이 될 수 있었다.

스텔라, 당신이 보았던 미래란 게 이거일까.

살아서 기억하라는 당신의 말에 붙잡힌 채 내가 해내는 일들을, 당신은 바라봤기에 바랐던 걸까.

2010년 12월

단지 그뿐이었을까.

10주기가 찾아왔다. 적지 않았지만 동시에 많다고는 못 할 사람들이 참사 현장에 모여 비탄을 꺼냈다. 유가족들이 모여 슬픔을 나눴다. 사일러스는 메모리얼 센터의 제단에 국화 다발을 헌화한 뒤 애도를 표했다. 하지만 그곳에 사과는 없었다. 추모식에는 사건과 관련 없는 이들의 위로가 이어질 뿐이었다. 그토록 많은 이들이 바랐던 참사 당시 군과 경찰의 무전 기록은 아직까지도 공개되지 않은 채였다.

교란 문제에 관심을 기울이는 것은 시간이 얼마나 흐르든 RIMOS 한곳이 유일했다. 비슷한 기관이 몇 생겨나긴 했지만 그들은 이능력의 실용적 응용과 금전적 이익을 좇을 뿐 관련 기관이 근본적으로 추구해야 할 문제를 회피하려 했다. 사일러스는 그 모순적인 행태를 규탄하기도 했으나 바뀌는 것은 없었다. 그래서 믿는 수밖에 없었다. 묵묵히 제 할 일을 해내서 한 걸음씩 존재와 필요를 증명해내면 언젠가는 모두가 같은 곳을 바라봐줄 거라고.

2020년 12월

그럼에도 불구하고 무효 이론은 애석하게도 우리를 바라봐주지 않았다. 매년 성탄절에 설치되던 분향소의 수는 점점 줄어만 갔고 그만하면 됐다는 식의 불평이 늘어갔다. 그러나 무언가를 그만하기에 이루어진 것은 하나도 없었다. 교란의 해결조차, 범죄의 예방과 대응조차, 그날에 대한 사과조차.

20주기에 다시 찾은 참사 현장은 몇 유가족이 자리를 지킬 뿐, 그곳을 찾은 누구든 부정할 수 없을 만큼 고요했다. 사일러스는 느껴져선 안 될 쓸쓸함 속에서 연대의 뜻을 표하는 일밖엔 할 수 없었다. 그때 사일러스를 알아본 누군가 물었다. RIMOS는 뭘 하고 있는 거냐고. 20년이 흘렀는데 뭔가 하고 있는 건 맞냐면서.

그 말은 목표 잃은 화살이 의도 밖으로 향한 결과임을, 사일러스는 알 수 있었다. 그럼에도 와닿는 원망과 비애의 격정에 그는 자신을 향해 울부짖는 누군가를 안아줄 수밖에 없었다. 두 사람은 그저 서로를 껴안고 그동안 참아왔던 눈물을 터뜨릴 뿐 거대하게 덧나버린 비극의 상흔에 어떤 처치도 할 수 없었다. 죽음은 그렇게도 무거웠는데, 그 이후에 이어지는 삶은 이렇게나 가벼이 여겨지고 있었다.

2022년 3월

그날을 기억하는 사람들이 이렇게나 멀쩡히 살아 있는데, 세상은 벌써부터 지겹다며 비극을 없던 일로 덮으려 했다. 생존자는 어느새 유령 같은 존재가 되어 있었다. 마치 없는 것처럼 취급되는. 그런 사람도 있었지, 싶은. 그렇게 이능력 시대의 유령들은 끝 모를 투쟁에 지쳐 닳아가고 있었다.

그 마모 속에서 사일러스는 당대 최고 교란 연구 기관의 수장으로서 매일을 악착같이 버티며 다짐했다. 무너질 수는 없다고. 이곳마저 무너지면 이 유령들은 기억될 곳조차 잃어버리게 되는 것이라며. 그 유령은 사일러스 자신을 뜻하기도 했다. 스스로를 위해서라도 이곳만은 지켜야만 한다며 하루하루를 견뎠다. 냉소 속에서, 체념 속에서, 무시 속에서, 무관심 속에서.

여기가 아니면 안 될 것 같다며 현주가 찾아온 것도 이쯤이었다. 그렇게 말하는 현주의 눈빛이 너무나 익숙하게 쓰라려서, 사일러스는 아무 말 없이 그와 함께 지평선을 바라보며 무언의 환영을 표하는 수밖에 없었다. 그리고 이곳이 아니라면 어디에서도 환영받지 못하는 우리가 무엇을 할 수 있을지, 한 줌뿐인 우리의 목소리가 어딘가에 닿을 수는 있을지 사일러스는 동시에 회의하기 시작했다.

2028년 10월

어디서부터 잘못된 걸까.

사일러스는 덤덤히 자신의 교란 사실을 밝히는 현주에게 그 어떤 말도 꺼낼 수 없었다. 유감을 표했어야 했을까? 위로를 표했어야 했을까? 진부한 말을 뱉을 수밖에 없었다. 전부 책임질게요. 저 때문이에요. 전부 제가 부족해서 그런 거예요. 아직까지 무효 이론도 찾아내지 못한 무능한 저 때문이에요. 현주는 괜찮다며 사일러스를 다독였다. 전부 괜찮을 거라 말하는 현주의 미소로부터 주름이 보였다. 언젠가 다가올 낙관을 바라기에 시간은 너무나 가차없이 흘러갔다. 교란 생존자가 죽어가고 있었다. 새로운 교란 판정자가 생겨나고 있었다. 그날의 상흔은 회복될 틈조차 없이 계속해서 덧나고 곪기를 반복할 뿐이었다. 언제까지 그 굴레가, 연쇄가 반복될지 몰라서, 사일러스는 현주 앞에서 통곡했다. 너무 크게 놀란 게 아니냐며, 당신을 믿는다며 당황하는 현주를 앞에 두고. 그의 죽음으로부터 그 모든 죽음이 뼈저리게 와닿아서. 다른 이들과 마찬가지로 외면해왔던 건 본인이라는 사실을 깨달으면서.

2029년 3월

우리가 만든 이 슬픔을 어떻게 마주해야 할까?

사일러스는 끝내 의식 불명기에 접어든 현주 앞에 무릎을 꿇고 하염없이 울었다. 결국 당신마저 떠나게 되면 나는 어떻게 해야 하는 거냐고, 자신의 무능을 증명하는 그 죽음들 사이에서 어떤 선택을 더 할 수 있는 거냐면서. 터져버린 상처가 너무나 쓰려 그런 걸 마주할 용기 같은 건 남아 있지도 않았기에 사일러스는 진실을 숨겼다. 한때 그가 존재했던 흔적마저 감추었다. RIMOS의 구성원들에게, 해수에게. 사내에는 시위자에게 접근을 금지한다는 강압적인 명령을 내리는 동시에 현주가 쓴 논문의 접근 권한을 제한했다. 해수에게는 실험 도중 그렇게 되었다는 말만 전할 뿐 자세한 내막은 알리지 않았다.

RIMOS는 무얼 하고 있냐며 타박받았던 그날이 계속해서 되감겨 재생되는 것만 같았다. 계속 나아간다면 바라던 낙관에 언젠가는 닿을 수 있을 거란 그 믿음에 균열이 생기는 것이 두려웠다. 이제 남은 건 스텔라가 주었던, 그 바래버린 믿음뿐이었고, 무너진다면 버틸 곳조차 남아 있지 않았으니까.

사일러스가 결국 끝없는 시간에 마모되기 시작한 건 이즈음부터였을 것이다.

2030년 12월

세월에 해져가는 이들은 사일러스뿐만이 아니었다. 시간이 흐름에 따라 잊히고, 떠나가며, 줄어든 분향소와 추모식의 빈자리에는 불온한 이들이 다리를 뻗기 시작했다.

30년이면 충분하다며, 이젠 지긋지긋하다거나, 사람들에게 슬품을 강요하지 말라거나, 돈 받았으면 됐지 않느냐, 시체팔이 하지 말라는 둥.

엄숙해야만 할 분향소와 추모식장에 때아닌 흥겨운 노래가 가득 찼다. 곧바로 경찰이 그들을 제지했으나 노랫가락은 사일러스의 뇌리에 박혀 계속해서 맴돌았다. 사일러스는 깨달았다. 이조차 저들에게는 오락에 불과하구나. 아, 기대와 희망 따위의 무언가가 완전히, 뜻을 잃고 무너진다.

이능력 세대의 일부는 '희망을 모르는 세대'로 불리게 되었고 사일러스에게는 의심이 피어났다. 이 투쟁에 과연 끝이 존재할까? 그 결말은 과연 아름다울까? 사실 우리는 존재하지 않는 결말을 쫓고 있기에 이렇게나 괴롭고 고통스러운 것이 아닐까? 이 모든 일이 의미 없지 않다고 확신할 수 있는가? 그렇게나 사투해서 지키려고 하는 것이 그토록 값지다고 할 수 있는가? 우리에게 손가락질하는 이들을 구원할 가치가 있는가? 기억이 세상을 바꿀 수 있다면, 기억하지 않는 세상은 바뀔 생각이 없는 게 아닌가?

기억마저도 이 세상엔 그토록 어려운 일인가?

2033년 12월

33주기의 한국에서도 조롱은 계속됐다. RIMOS 소속의 누군가가 그런 트럭들 중 하나를 걷어찼다는 얘기가 내부에 돌아다녔다.

사일러스는 그에 대한 감상을 일축했다. 무의미한 짓이라고. 분노는 아직 무언가 믿는 구석이 있는 자에게만 허락된 감정이었다.

사일러스는 시내 한복판에서 난동을 피웠다는 연구원에게 묻고 싶었다. 당신은 무엇을 믿고 있는 거냐고. 이딴 세상에서 정말 어떤 변화가 일어날 수 있다고 믿는 것이냐고. 그 믿음의 근거는 무엇이냐고. 근거 없는 믿음은 언젠가 바래버릴 뿐이지 않느냐고. 어떻게 무언가를 믿을 수가 있느냐고. 어떻게 희망을 모르는 세대가 희망이 존재한다는 듯이 행동할 수 있느냐고.

과연 그는 답할 수 있을까? 그의 답이 새로운 희망이 될 수 있을까?

아니야, 전부 무의미해.

그도 언젠가는 절망하고 말 거야. 이 세상에 희망 따윌 품는 건 헛된 일이라 깨닫는 순간에.

2034년 5월

이능범죄자가 단체로 탈옥했다는 뉴스 앞에서 사일러스는 스크롤을 멈추었다. 양손으로 얼굴을 가린 채 심호흡을 여러 차례 반복했다. 모든 것들이 그날과 똑같이 정체되어 있는 것만 같았다. 그 부동하는 사회상 따위가 가슴을 죄어왔다. 교란도, 이능범죄도 그 무엇도 해결되지 못한 채 시간만 흘러가고 있었다. 무참히 죽음을 쌓아가면서. 그 하나하나에 적절한 애도조차 행하지 못한 채로. 전부, 전부 그대로야. 전부 변하지 않아. 모두가 똑같아. 실망이었을까, 원망이었을까? 사일러스는 구태여 그 감정을 정의하려 하지 않았다.

이에 사일러스는 어느 날 열린 윤리심의위원회에서 말했다. 전부라고. 전부가 부질없는 것만 같다고. 지금까지 한 일이 전부 무슨 의미가 있는 건지 모르겠다고. 언젠가 바뀔 거라고 믿고 계속 버텨나가는 것도 한계가 있다고. 비극은 끝없이 무한히 길게 늘어지기만 하는데 우리가 결말에 도달할 수 있을 것 같지가 않다고.

완전히 지쳤다고.

항의가 빗발쳤지만 무시했다. 어차피 저들도 곧 절망하지 않을까. 이미 알고 있지 않을까. 전부 쳇바퀴 도는 일에 불과하다는 걸. 이 세상엔 그렇게나 애쓸 가치가 없다는 걸. 아마 스텔라라면 그렇지 않다고 부정했겠지만 이미 떠난 사람으로부터 답을 들을 수는 없었다. 당신의 마지막 말을 아직도 기억하고 있어. 그런데 나 혼자 기억한다면 무슨 소용일까 싶어서 이젠 그 무엇에도 확신을 가질 수 없어. 그래도 당신이라면 무의미하지 않다고, 믿으라고 말했겠지. 그런데 말이야, 나는 당신처럼 그렇게 올바를 수가 없어서 당신의 말을 기억하는 것밖엔 하지 못해. 그 한 조각을 붙들고 어디로 가야 할지 모르겠어.

사일러스는 살아서 기억하라는 스텔라의 마지막 한마디를 계속해서 곱씹었다. 이제는 30년이라는 시간 너머로 닳아버린 문장이 원래는 어떤 의미였을지 몇 번이고 되짚었으나 사일러스는 그때의 다짐을 떠올릴 수 없었다.

2034년 12월

현주의 아이디로부터 있을 수 없는 로그인 기록이 포착되었다. 사일러스는 접속 아이피를 추적해 접속자를 찾아내었다. 작년에 시내에서 난동을 부렸던 그 연구원이었다. 그가 어떻게 아이디에 도달한 건지 그 경위를 살폈다. 그는 현주의 자식에게 접근하고 있었다. 정황상 몇 개월이나 전부터. 그는 마주할 용기가 없어 덮어두었던 사일러스의 진실을 파헤치려 하고 있었다. 접근 금지라는 명령을 어기면서까지. 사일러스는 마주하고 싶지 않은 그 사실이 누군가를 마주하고 있다는 게 한없이 괴로워서 헛웃음을 터뜨렸다. 재밌는 사람이 RIMOS에 있었네. 나는 과오조차 덮을 수 없구나. 결국 모든 미련이 드러날 수밖에 없는 거구나.

사일러스는 그의 인사기록을 확인했다. ICS에서 물리학 및 수학 학사에 물리학으로 박사까지 했고, 박사 후 연구원 과정은 의외로 한국에서. 발현자이고 RIMOS에 2032년경 입사해 올해 여름에는 중징계 1회. 사유는 실험 가이드라인 위반 및 교란 위험물 반출에, 곧이어 교란 판정. 웃긴 이력이라고 생각했다. 징계 이력을 훑고 나니 어렴풋이 징계위원회에서 봤던 그의 얼굴이 떠올랐다. 분명 지킬 존재가 남아 있는 사람의 눈빛이었다. 그거 때문이었구나. 희망을 좇는 이유가.

이런 세상에서 지킬 존재가 남아 있다는 것은 얼마나 숭고한 일인가? 전부 포기한 이후 관성으로 걸어가고 있던, 곧 멈춰 설 듯했던 사일러스는 문득 스텔라의 모습을 떠올렸다. 그날 많은 이들을 지키기 위해 외로이 분투했던 그 모습이.

"세상이 너무 버거운 것 같지 않아요?"라니.

스텔라, 당신은 어떻게 그 버거운 세상 속에서 한결같이 곧게, 지키겠다는 의지를 관철했던 걸까. 살아서 기억하라는 게 당신이 남긴 마지막 말이었다. 하지만 그조차 요원해 보였다. 사일러스는 스스로에 대한 희망은 바라지 않았지만, 마지막으로 지켜야 할 게, 지킬 수 있는 게 있지 않냐며 속으로 물었다. 스텔라의 희망. 염원. 기억해달라는 그 말을. 그것이 마땅한 말이기도 했거니와, 존중하는 것이 죽은 자에 대한 도의라고 여겼다. 아무도 기억해주지 않는다면, 기억하는 자가 뜻을 이어야만 할 것이다.

그렇다면 비극을 한 번 더 일으키자. 더할 나위 없는 충격요법으로 세상에 다시금 경각심을 심어 절대 잊지 못할 계기를 만들어주자.

그것은 희망을 믿지 않게 된 자의 어긋나버린 마지막 발악이었다. 사일러스는 스스로의 뒤틀림을 인지하고 있었다. 이것이 올바른 방법이 아니라는 것도 알고 있었다. 스텔라가 바라지 않은 방법이라는 것조차 알고 있었다. 하지만 그날부터 그래왔다. 세상은 희생이 벌어지고 나서야 바뀌는 것만 같았다. 희생으로써 바뀌는 세상은 잘못되었다고 생각했으므로 이 세상은 아직도 잘못되어 있는 것만 같았다. 그럼 그 방법 역시 잘못되어야 하는 게 아니냐고. 당신은 선이 질서를 추구해야 한다고 말했지만 그러기에는 부조리가 너무나 만연해 있다고.

믿었는데, 믿어주었는데. 이렇게 되어버려서 정말 미안해, 스텔라.

아니, 모두에게 미안해. 하지만 이 방법밖엔 떠오르지 않았어.

세상이 희생으로만 바뀐다면, 또다시 희생을 일으켜야 바뀌겠지.

사일러스는 자신의 모니터에 띄워진 미르의 실험 요청을 직접 승인했다. 비극이 일어났던 상징적인 그날에 실험을 배정한 뒤 그 절차가 잘못될 수밖에 없도록 장치했다. 모든 것들이 왜곡된 세상 속에서 뒤틀림을 직접 자아냈다. 동시에 이러면 안 된다고 마지막 남은 양심이 죄책감을 들이밀었으나 사일러스는 그조차 외면했다. 죄책감은 지금 무슨 짓을 하려는 건지 알고 있느냐고 수없이 그에게 되물었지만 사일러스는 대답을 회피했고 결국 시간이 흘러 날짜는 미르의 실험일이 되었다.

그리고 예상대로 지하 실험동에서 폭발음이 들려왔다. 사일러스는 그제야 비로소 지연된 물음에 답할 수 있었다. 새로운 비극이 낳을 여파를 자각할 수 있었다.

하지만 시간은 비대칭적이었기에, 그 모든 것들은 돌이킬 수 없이 망가진 채였다.

2034년 12월 25일

"RIMOS 본부 건물에 폭발로 추정되는 화재 발생했습니다."

해수는 사이렌과 함께 울리는 방송의 내용에 귀를 의심했다.

"그 RIMOS에요?"

"네. 준비하죠."

RIMOS라고? 해수는 출동을 준비하며 미르의 안위를 걱정했다. 아마 오늘은 RIMOS에 없을 거야. 작년처럼 분향소에 갔겠지. 미르에게 전화라도 걸고 싶은 마음이었지만 여유가 허락지 않았다. 해수는 불안을 품은 채 구급차에 오르는 수밖에 없었다.

"하필 크리스마스네요."

RIMOS로 향하는 동안 옆에 앉은 동료가 읊조렸다. 그러게요, 하필 그날이네요. 해수는 가볍게 덧붙인 뒤 바깥을 바라보았다. 눈송이가 하얗게 나려 세상을 끌어안고 있었다. 마치 아무 일도 없었다는 듯 무언가를 평화로 감싸 덮으려는 것처럼.

그대로 파묻혀버리면 안 될 텐데, 해수는 생각했다. 무엇이 안 되는 건지는 집어 말할 수 없었지만 어쩐지 당장이라도 돌변하여 매섭게 몰아칠 것만 같은 눈발에 기우가 들었다.

서른네 번째로 돌아온 시린 성탄이었다. 2000년의 그날에도 눈이 왔었다는데, 그래서인지 이제는 화이트 크리스마스가 그다지 달갑지 않아서, 해수는 그저 망연히 눈발이 날리는 걸 바라볼 뿐이었다.

그리고 큰일이 아니기를, 매 출동마다 품었던 소망을 빌고 또 빌었다.

*

미르는 반사적으로 뜨인 눈으로부터 빛의 정보가 새어 들어오는 것을 느꼈다. 다음은 후각이었고 그 다음은 청각, 그 다음은 촉각이었다. 환하게 일렁이는 불길, 매캐한 냄새, 무언가 타 녹아가는 소리, 뜨거운 열기, 이마에 흘러내리는 끈적하고도 미지근한 액체의 감각. 곧이어 신경계가 찌릿하게 반응했다. 두개골이 비명을 지르는 것만 같았다.

기울어진 팔에 힘을 주어 바닥을 짚고 상체를 일으켰다. 흔들리는 반고리관의 감각이 멀미를 더했으며 뇌는 혈압이 부족하다는 듯 전형적인 어지럼증의 신호를 보내왔다. 미르는 신음하며 자리에 앉아 호흡을 골랐다. 숨을 크게 들이쉬자 유독가스가 폐에 가득 차 기침이 연거푸 나왔다. 기침이 나올 때마다 머리는 망치를 맞은 듯 쨍하게 울려댔다. 소맷자락으로 호흡기를 가린 채 숨을 들이마시며 미르는 반대편 손으로 눈썹에 내려앉은 액체를 문질러 닦아냈다. 닦아낸 손에는 피가 흥건히 묻어났다.

내가 지금 뭘 하고 있는 거지.

사람 위한 일 좀 해보겠다는데. 도와주는 거라곤, 되는 일이라곤 하나도 없네.

진짜, 개 존나 빌어먹을, 시발. 다리에 힘을 주어 일어나려고 했으나 망할 외상성 두통이 모든 행동을 저지했다. 그러게 어떤 새끼가, 이딴 데, 가스통 같은 걸.

깊게 생각할 겨를도 없었다. 의식은 계속해서 늘어지려 했고 격통 속에서 이성을 붙잡는 것만으로도 충분히 버거웠다. 폭발로 인한 충격파에 머리를 어딘가에 세게 박은 것 같았다. 이대로라면 아무것도 할 수 없었다.

맞다, 신고. 신고는, 누군가 했으려나? 내가 해야 하나? 미르는 피가 묻은 손으로 주머니에 손을 뻗어 휴대폰을 찾았다. 미끈한 감촉에 힘을 주어 가까스로 꺼낸 휴대폰은 충격으로 인해 화면 위쪽이 절반 가까이 나가 있었다.

"······웨스턴, 119에 전화 좀 해줘."

미르는 휴대폰의 음성 비서를 호출했으나 돌아오는 답은 없었다.

"웨스턴?"

썩을. 마이크도 같이 나갔나. 이래선 전화를 받아서 들을 수밖에 없잖아. 아마 착신된 전화에 대해 수신 제스처를 취할 수 있는 부분의 액정만 간신히 나가지 않은 모양이었다. 그래봤자 누군지도 알아볼 수 없었고 구조 요청을 말할 수도 없겠지만.

"하."

진짜 좆됐네.

이대로 불에 타 죽든가, 연기에 질식해 죽든가, 잔해에 깔려 죽든가. 셋 중 하나려나.

이게 다 무슨 일일까. 얼마나 정신을 잃었던 걸까. 미르는 손목의 스마트워치를 떠올리곤 손목에 대고 웨스턴을 불렀다. 역시나 반응이 없었다. 터치로 화면을 깨우니 휴대폰과의 연결이 끊어졌다는 알림이 띄워져 있었다. 미르는 무너지는 희망 속에서 시각을 확인했다. 약 한 시간. 한 시간 정도가 지나 있었다. 미르는 자신을 덮친 폭발의 규모를 생각해보았다가 한 시간이 흘렀음에도 불길이 잠잠한 것을 보고 약간의 의문을 느꼈다. 깨질 것 같은 두통에 한쪽 눈을 찡그리며 공간의 열 분포를 능력으로 어림짐작해보았다. 위층으로 불이 번져 있었다. 그 옆 근처로도. 그리고 아마더 먼 곳에도. 아, 그렇구나. 반사적으로 능력을 써서 열을 튕겨냈나 보구나. 차라리 여기만 불탔으면 피해가 작았을 텐데. 나만 죽고 끝날 수 있었을 텐데.

밑도 끝도 없이 망했네.

미르는 실험동과 맞닿은 무효기술연구소와 부속 병원의 피해를 생각하려 했으나 두통이 이를 방해했다. 하필 크리스마스에, 이게 다, 무슨 일이야. 뉴스에는 어떻게 나오려나. 자신의 부주의? 그건 좀 억울한데. 이게 다 여기에 가스통 갖다 놓은 새끼 때문에.

대체 누가 그걸 가져다 놨을까? 수차례 실험실을 이용하면서 실험실을 창고로 쓰는 건 본 적도 없었다. 실험실 안전수칙상 그런 일은 일어날 수 없었다. 누군가의 의도가 분명했다. 그렇더라도 그걸 무시한 채 실험을 진행한 내가 바보였으려나. 아니야, 그 새끼 탓이겠지. 그래서 그 새끼가 누군데.

미르는 위층의 열기라도 자신이 있는 아래층으로 끌어오고자 손을 뻗었다. 무서운데, 너무 무서운데, 나만 죽으면 되는 거야. 다른 사람들은 최대한 지켜야 해. 병원이 바로 옆에 있어. 더 넓은 범위의 열을 움켜쥐기엔 격통이 집중을 방해했다. 가까스로 열을 움켜쥔 그때, 실험실 천장의 스피커에서 팟, 하고 신호가 튀는 소리가 났다. 미르는 열을 붙잡은 채 간신히 호흡을 유지하며 귀를 기울였다.

"미안하게 됐어요."

뭐?

이윽고 스피커는 신호가 끊어지는 소음을 내며 더 이상 아무런 정보도 제공하지 않았다. 그것보다, 저 목소리, 분명, 제대로 들었다면 윤리위원회에서 "전부"라며 속삭였던 그 목소리와 같았다. 사일러스 S. 리, 이사월. 기관장. 미르는 맥없이 붙잡았던 열을 다시 풀어놓았다. 이 상황에서 대체 뭐가 미안하다는 거지? 지체되는 사고가 상황의 해석을 혼란스럽게 했다. 지금 누가 누구한테, 미안하다고…….

그리고 미르는 이해했다. 기관장의 최상위 권한이라면 RIMOS

의 실험실 예약 시스템에 접근하는 것도 무리가 아니었을 것이다. 부주의하게 자신의 연구실에서 로그인했던 서현주의 아이디 로그인 기록을 열람하는 것도 쉬운 일이었을 것이다. 그 사과는 틀림없이 자신을 향한 것이었다. 착화는 그가 의도한 것이었다. 그래야만 했다. 그렇게 믿어야만 분노할 대상을 명확히 할 수 있었다.

"……그게 다 뭔, 쌍."

미안하다고 될 일이야? 애초에 왜 이딴 짓을. 그것도 크리스마스에. 이래선 비극이 반복되는 모양새만 될 뿐이잖아. 대체 무슨 생각으로…… 아니야. 아닐 거야. 미르는 뒷걸음질 사이로 발견한 진실의 조각을 부정했다. 그럴 리가 없잖아. 사일러스는 누구보다도 참사가 반복되는 걸 원치 않을 사람이잖아.

만약 그게 정말로 사실이라면,

이건 정말 아니잖아.

미르는 받아들이고 싶지 않았다. 스스로의 손으로 비극의 연쇄를 선택하고 마는 절망의 깊이를 가늠하고 싶지 않았다. 그 깊이를 잘 알고 있기에 애써 회피하고 싶었다. 당황스러운 헛웃음이 코와 입을 막은 옷 소매 사이로 흘렀다. 자신을 바라보고 있는 CCTV를 향해 기어가며 고개를 수차례 내저었다. 보고 있지? 보고 있는 거 맞지? 대답해. 대답하라고. 어서 자기 잘못이라고 인정하라고. 잘못된 선택이었다고 후회하면서 바로잡으려고 노력하라고.

당연하겠지만 스피커도, CCTV도 묵묵부답이었다.

"씨발!"

미르는 피투성이가 된 오른손을 강하게 내리치며 소리 질렀다. 바닥에 웅크려 흐느꼈다. 이대로 끝나면 안 되는 거잖아. 그리고 절규했다.

누구보다도 비극의 연쇄를 끊고 싶을 사람이 결국 반복을 선택할 정도로 세상에 절망했다면, 그런 세상은 과연 구원받을 만한 가치를 지니는가?

미르는 두개골이 뒤틀리는 것 같은 고통 속에서, 자신을 감싼 불길과 유독가스 속에서 질리도록 이어져온 냉대에 대해 생각했다. 배척과 비난과 망각에 대해 생각했다. 분노와 비탄 따위의 격정이 부유하듯 떠올라 뇌리로 흘러 들어왔다.

그거 다 언제 적 일이야. 지금은 언제 적이 아닌가?

또 발현자가 범죄를 일으켰어. 잠재자라고 가만히만 있었는가?

그런 일 내 얘긴 아니니까. 나라고 내 일이라 지금껏 고투했겠는가?

왜 같은 비극이 계속 반복되는 거야? 글쎄, 그 답은 당신들에게 있지 않을까?

무섭지만 방관할래, 좌시하고 묵시하고 관조할래.

……이 좆 같은 것들을 위해 난 무얼 하고 있었던 거지?

혐오는 마주 보는 거울처럼 끝없이 서로를 가리키며 이어졌다. 미르는 그제야 비극을 둘러쌌던 감정을 이해할 수 있었다. 크리스마스의 비극으로부터 해결되지 못하여 이어진 격정적인 절망이 미르에게 와닿았다. 이딴 세상일 바에는 차라리 다 같이 죽어버리는 게 낫다고. 그들의 생각은 진심이었을까? 감정에 휩쓸려 마음에도 없던 생각을 품었던 건 아니었을까? 그렇게 의심할 필요도 없었다. 미르는 이제 모든 걸 되짚을 여유 따위 없이 지쳐 있었다.

되는 일이라곤 하나 없는 이 개같은 세상. 어떻게든 일어나보겠다고 하면 조롱으로 돌려주는 인간들. 모든 게 부질없었다. 2018년, 그날로부터 쌓아온 16년의 세월이 의미를 잃고 무너져내렸다. 아니, 어쩌면 그 이상의 시간이 고개를 숙이며 비릿한 비웃음을 지어오는 듯했다. 나는, 나는.

희망 따위 모르는 세대가 알지도 못하는 희망을 좇을 수 있을 리 없잖아.

손끝으로부터 이어진 핏자국에 투명한 눈물이 맞닿아 그것을 희석한다. 땅을 긁으며 이어지던 통곡에 어이없는 웃음이 섞인다. 온몸을 찌르던 격통도 이제는 구석에 몰려 마비된 감각에 흐릿하기만 하다. 마치 바이알을 제 손으로 깨자고 마음 먹었을 때처럼 머리가 개운해진다. 그리고 어느 결론에 이른다. 이제 완전 지쳤어. 그냥 다 같이 죽자. 그게 맞는 것 같아. 어차피 1년도 남지 않은 삶인걸. 그 사이에 뭔가 해낼 수 있을 리가 없잖아.

멜첸 척도에 의한 발현도 8의 정의는 다음과 같았다. 한 개 이상의 도시에 기능 정지 혹은 그에 준하는 인명 피해를 발생시킬 수 있는 정도. 걸어 다니는 재난. 물론 미르는 그 정도까지 능력을 펼쳐본 적이 없었다. 지금까지는. 이성의 무의식적인 제동이 풀린 이력항원이 한계까지 앱손을 뻗었다. 미르는 제 손안에서 도시 하나가 꿈틀대는 듯한 열적 감각을 느끼면서 생각했다. 이렇게나 작았구나. 그 모든 게. 이렇게나 쉽게 쥘 수 있는 그 한 줌 속에서 끝나지 않는 고통을 언제까지 반복해야 했을까? 아름다운 결말 따위 존재했던 걸까? 존재하기는 했던 걸까? 마지막의 마지막까지 몰리고 나서야 미르는 답을 알 수 있을 것 같았다. 전부 알 게 뭐냐고. 모두가 절대영도에 한없이 가까워지면 미동조차 없이 끝없는 꿈을 꿀 수 있을 텐데. 그런 꿈속에서나 존재하는 거겠지, 희망 따위는.

그렇다면 실험해보자. 도시의 모든 열을 한 점에 모으면 어떻게 될지.

미르는 자리에서 일어나 위를 바라보았다. 겉보기에 미르의 시선은 천장을 향한 것처럼 보였으나 실은 그 너머 어딘가 열의 흐름을 쫓고 있었다. 이내 미르는 왼손을 천천히 뻗었고 가시화된 흐름이 그 손의 곁을 타고 흘렀다. 그리고 집중함으로써 그 모든 흐름에 제동을 걸었다. 이제 미르의 감각이 닿은 모든 공간의 열은 교환될 수 없었고 절대영도의 재난이 벌어지기까지 남은 일이라곤 모든 열을 한 점에 모으는 일밖에 없었다.

모르겠다. 전부 모르겠어. 죄다 무의미해. 미르는 한 가지 목표를 제외하곤 비어버린 머릿속에 대상 없는 회한과 후회를 조금 띄웠으나 그것들은 연기처럼 허무하게도 제자리를 지키지 못한 채 사그라들었다. 눈물이 얼굴을 타고 흘러내렸고 미르는 손끝을 조금 오므렸다. 가장자리로부터 열은 중심으로 천천히 빨려 들어가기 시작했다. 서서히 웅크리던 손가락들이 서로 닿으려는 찰나였다. 미르는 돌연 허리춤에서부터 울리는 진동을 느꼈다.

미르는 정적 속에서 집중을 깨뜨린 근원에 대해 생각했다. 진동 주기와 시간으로 미루어보아 그 원인은 주머니 안에 있을 터였다. 미르는 오른손을 뻗어 주머니에서 휴대폰을 꺼내 화면을 천천히 바라보았다. 유리된 현실감에 해체된 화면이 의미 없이 시야에 나돌았다. 분명 전화 착신 화면 같기도 한데, 화면이 깨져 누구로부터 온 것인지 알 수가 없었다. 미르는 집중을 이어가는 데 극심한 피로감을 느꼈고, 해석하거나 손끝으로 조작하기를 포기하며 손가락을 무의미하게 화면에 비비고는 휴대폰을 시야에서 치워내었다. 플라스틱과 유리로 이루어진 합성품이 바닥에 닿으며 둔탁한 소리를 내었다.

"ㅡ르야……마ㅡ들려……."

그리고 신호로 전환되어 스피커를 통해 울리는 음성이 지면에서 일었다. 미르는 그 소리에 도시의 목숨을 붙잡고 있던 손끝을 움찔거렸다. 공멸로 가득찼던 뇌리에 이변이 끼어들었다. 이변을 해석하고자 주의가 분산되었고 움켜쥐었던 열은 손가락 사이로 새어 나갔다. 미르는 2초도 채 되지 않는 순간의 음성 정보를 계속해서 되감기고 재생하길 반복했다. 그 음색과 톤으로부터 기대한 어떤 정보를 찾아내고자 했다. 들려올 수 없는 목소리라는 결론에 이른 미르는 의심하는 눈빛으로 바닥의 휴대폰을 바라보았다. 계속해서 어떤 소리가 들려오고 있었다. 그로부터 주의는 완전히 해체되어 도시 전체에 흩뿌렸던 앱손은 대부분 손아귀를 벗어난 뒤였다.

미르는 그럴 리 없다며 바라왔지만 바라지 않았다는 심정으로 휴대폰을 향해 손을 뻗었다. 그리고 떨리는 손으로 끈적한 휴대폰을 잡아 스피커를 귓가에 가져다 대었다. 뭉개졌던 소리에 집중을 기울였고 잡음 섞인 스피커로부터 지금까지 의심했던 어느 정보를 대조했다. 틀림없이 일치했다.

건의 목소리였다.

※

태양을 완전히 가리지 못한 블라인드 사이로 햇빛이 흘러 눈가에 스몄다.

시신경을 간질이는 빛이 괴로워 눈꺼풀을 움찔거렸다. 팔을 들어 가려보려 했으나 몸은 무겁기만 해 팔을 꿈틀대는 것에서 그쳤다. 그 작은 움직임에도 바람이 들어 오래도록 침대와 닿아 있던 몸에는 약간의 시원함이 와닿았다. 고개를 돌리려 노력해보았다가 결국은 눈을 떴다. 긴 시간 감기 기운이 이어졌던 것처럼 온몸은 무겁기만 했고 정신은 몽롱했다. 자아조차 인지할 수 없이 흐릿한 의식에 스치는 천장의 모습은 익숙한 병원 같았다. 힘겹게 몸을 베개에 기대어 주변을 돌아보았다. 벽에 걸린 커다란 달력에는 가위표가 가득했다. 어느 날은 비어 있기도 했으나 대부분의 날에는 가위표로 날짜가 지워져 있었다. 고개를 돌려 바라본 탁자에는 오늘의 날짜와 지금의 시각이 표기되어 있었다. 그리고 미르와 함께 찍었던 졸업식 날의 사진과 발신자 정보가 적히지 않은 어느 편지 봉투가.

건은 자신에게 주어진 상황을 파악하기 위해 편지에 손을 뻗는 수밖에 없었다. 봉투의 겉에 윤건에게, 라고 적은 그 필체는 의심의 여지 없이 미르의 것이었다. 펼쳐진 종이에 남은 것은 고백과 회한의 기록이었다. 힘을 주어 가지런히 적힌 글씨 하나하나가 자책과 후회를 이겨내기 위해 적힌 것만 같았다.

널 봤을 때 부끄럽지 않으려고 노력했다며, 손 닿는 모든 일에 최선을 다하려 노력하고 있다거나, 낯선 사람에게 선의를 내밀거나 하는 와중에도 내가 널 아끼는 만큼 안아줄 수 없어서 너무나 괴로웠다며 미르는 그곳에 차마 말로 풀어낼 수 없이 불어난 감정을 적어놓았다. 나 진짜 많이 노력했거든. 마지막으로 해보려고 해. 실험을 앞두고 이 편지를 써. 아델리온의 꽃말을 네게 적어 보낼게.

다시 만날 수 있을까요.

편지의 끝에는 빛을 발하는 아델리온의 홑씨 하나가 테이프로 붙어 있었다. 그 빛이 어쩐지 서글퍼서, 참을 수 없이 애절한 감정을 느낀 건은 미르의 편지를 붙잡은 채 흐느끼는 수밖에 없었다.

건은 알 수 있었다. 결말을 모르면서도 무용하지 않다며 계속해서 도전하고 시도하며 선의를 내밀고 마는 그 용기가, 계속해서 자신의 열을 내려주었던 그 믿음이 지금 이 순간을 만들어내었다는 사실을. 미르의 이능력으로 이력항원의 제거를 시도한다는 그 실험이, 줄곧 자신의 열을 내려주었던 것과 같았기에, 그 실험이 자신의 회복이라는 결과로 증명되었다는 사실을. 그리고 마침내, 덕분에 무효 이론이 완성되었다는 것을.

얼마나 많은 우연과 기적이 겹친 결과인지 건은 차마 헤아릴 수 없었다. 그렇기에 전해야만 했다. 직접 와닿을 목소리로 말해야만 했다. 휴대폰 따위 없는 병실에서, 침대에서 일어나기 위해 팔을 짚었다. 몸을 지탱하기에 힘은 모자라기만 했다. 섣불리 옮긴 무게중심은 몸을 침대에서 굴러 떨어지게 만들었다. 건은 바닥을 짚으며 호흡을 다스렸다. 걸리적거리는 주삿바늘을 거칠게 뜯어내었다. 팔뚝에서 피가 흘렀지만 개의치 않았다. 고작 그런 게 중요한 게 아니었다. 링거대를 붙잡고 몸을 가까스로 일으켜 세워 그것에 의지해 작은 걸음을 조금씩 내디뎠다. 건은 느리지만 분명히 앞으로 나아가고 있었다. 문 옆에 기대어 앙상해진 근육으로 문고리를 잡고 밀어내고자 분투했다.

그때 갑자기 건물을 뒤흔드는 굉음이 귀를 감쌌다. 잔진동에 놀란 건은 문고리를 놓쳤고 그것에 의지하고 있던 몸은 맥없이 바닥을 향해 고꾸라졌다. 무슨 일이지? 폭발? 뭘 어떻게 해야 하지. 건은 힘겹게 다시 일어서 문고리를 잡고 병실을 나섰다. 비교적

한산한 복도엔 의사와 간호사, 보호자가 분주히 발걸음을 옮기고 있었다. 그리고 한 간호사와 눈이 마주치자 그는 굉장히 놀란 눈치로 건을 향해 다가오며 물었다.

"어떻게……?"

간호사는 병실 앞에 붙은 환자명을 확인하다 의식을 회복해 두 발로 서 있는 건의 상태를 다시 바라보곤 믿을 수 없다는 듯 말을 잇지 못했다.

"무슨, 일이에요?"

"지금 RIMOS 쪽에서 폭발이…… 아니, 환자분. 일단 앉아 계세요."

건은 자신을 다시 병실로 인도하는 간호사의 손길을 뿌리치며 답했다.

"폭발이면 전부 대피해야 하는 거 아니에요?"

"잠시만요. 연락해볼게요."

건은 2018년의 그날을 떠올렸다. 인명 피해만큼은 막아야 한다 며 홀로 분투했던 미르를 생각했다. 가만히 있을 수만은 없었다. 고개를 끄덕인 간호사는 건을 가까운 소파에 앉힌 뒤 휴대폰으로 연락을 취했다. 건은 어쩐지 그날의 설움이 북받쳐 다시 자리에서 일어날 수밖에 없었고 어디론가 뛰어가는 간호사의 뒷모습을 바라보며 행동할 수밖에 없었다.

크리스마스의 교란 병동은 고요했다. 이대로는, 안 돼.

전해야 할 말이 있단 말이야. 개였다면 모든 사람들을 지키겠다고 했을 거란 말이야. 그래야 미르의 얼굴을 마주할 수 있을 것 같아서, 건은 도움을 청하기 위해 긴 복도를 홀로 걸어 나왔다. 수많은 병실이 이어지는 복도 사이에서 수많은 의식 불명의 교란 판정자가 건의 곁을 스쳤다. 호흡을 간신히 유지하며 죽음을 기다리고 있는 사람들 사이에서, 그 사이에 있어야만 했지만 이렇게 걸어갈 수 있게 된 사람으로서, 건은 보통 사람으로서의 도의와 책임을 느꼈다. 할 수 있는 일을 해야만 한다고. 세상이 그것을 선의라 부를지언정 실은 당연한 것에 불과했을 책무를.

소실된 체력에 숨이 가빠왔지만 건은 걸음을 멈추지 않았다. 눈물과 땀이 얼굴을 타고 흘러 바닥을 적시더라도 건은 그것에 미끄러지지 않으며 앞을 향해 나아갔다. 비상 상황에서 엘리베이터를 탈 수는 없었다. 얼마나 계단을 내려갔을까, 얼마나 오랜 시간이 흘렀을까. 건은 도저히 움직이지 않는 다리로 8층과 7층 사이를 가리키는 비상계단 중간에 걸터앉았다. 아래로 내려갈수록 매캐해지는 공기의 냄새로부터 건은 두려움을 느끼기도 했다. 지금 죽으러 가는 게 아닐까, 그곳에 가만히 있어야만 했을까 하고. 그리고 단신으로 트럭을 막아섰던 미르의 모습을 생각했다. 걔도 무서웠겠지. 미르는 결국 해내는 사람이었다. 무엇이든 간에. 그럼 나도 네게 걸맞는 사람이 되어야 하니까, 이래야 네게 어울리는 사람이 될 수 있을 것 같으니까. 건은 떨리는 무릎에 손을 올리며 다시 한 번 몸을 일으켜 세웠다. 하지만 다리의 힘은 그의 몸을 지지하기에 충분하지 못했다. 몇 계단을 구른 건은 멍이 든

몸으로 악을 지르며 상체를 일으켰다.

"괜찮으세요?"

그리고 그의 눈앞에는 아까 도움을 청하러 자리를 떠났던 간호
사가 돌아와 있었다. 그는 저 사람이라며 산소호흡기를 낀 구급대
원에게 외쳤다. 그 옆에는 몇몇 구조대원도 함께였다. 도망친 게
아니었구나. 건은 안도하며 심호흡을 몰아쉬었다. 간호사의 부축
으로 일어나 어느 구조대원의 등에 업힌 건은 조금 긴장을 풀며
말했다.

"다 구하러 오신 거죠……?"

"네. 경원 씨랑 해수 씨가 같이 내려가서 바로 처치해요."

두 명의 소방대원와 함께 계단을 내려온 건은 1층에 가까워질
수록 사이렌 소리가 선명해지는 것을 느꼈다.

＊

"성함이 어떻게 되세요?"

해수는 구조대원의 등에 업힌 환자에게 물었다. 권장되는 절차
이기도 했지만 무엇보다도 구조자의 의식이 끊어지지 않도록 하
려는 의도도 있었다. 해수는 크게 번지고 말 것 같은 재난 상황 속
희생자가 한 명이라도 줄어들기를 하는 마음으로 물었다.

"……건이요. 윤건."

"윤건 씨, 호흡하는 데 불편하시면 바로 손 들어주세요. 거의 다

내려왔어요."

자신을 건이라고 밝힌 구조자는 희미하게 고개를 끄덕였다. 제발 이대로만.

제대로 된 현장 대응은 더 많은 사람을 살릴 수 있었다. RIMOS로의 이직 이전, 응급실 간호사로 일했던 엄마는 종종 닿을 수 없는 후회를 전하곤 했다. 병원에 도착했을 땐 이미 손 쓸 수 없을 정도로 늦은 경우가 너무 많다면서. 해수가 엄마의 영향으로 간호학과에 진학하였으나 결국 구급대원으로서의 진로를 택한 이유도 그런 것들 때문이었다.

그러니 제발 당신은 살아달라고, 해수는 건에게 속으로 부탁했다. 함께 올라왔던 간호사의 말에 따르면 건은 교란에서 회복한 사람이었다. 그 사실의 진위 여부는 차치하고, 그것이 정말 사실이라면 일어날 리 없는 기적을 겪은 사람에게 바로 비극이 죽음을 들이미는 것은 너무나 부조리한 처사가 아닌가. 해수는 잔혹한 세상의 흐름을 한순간 원망하기도 했으나 그럴 시간이 없다는 걸 깨닫고는 다시 건에게 주의를 돌렸다.

"거의 다 왔어요. 조금만 버텨주세요."

폭발이 발생한 무효기술연구소의 지하 실험동과 부속 병원의 지하가 연결되어 있었기 때문에 연기는 지상에 가까워질수록 자욱해졌다. 이대로라면 부속 병원으로 불이 번지는 것도 시간문제였다. 해수는 때를 놓치는 일이 없기를 바라며 건에게 끼워주었던 산소마스크의 체결을 한 번 더 확인한 뒤 구조대원과 함께 계단을 내려갔다. 1층의 출구로 향하는 비상계단의 방화문 사이에서는 짙은 연기가 바깥으로 빨려 들어가고 있었다. 그것을 열기 위해 문손잡이를 잡은 찰나, 해수는 위화감을 느꼈다.

연기가 빨려 들어가고 있다고?

이상함을 느낀 뒤의 구조대원이 건을 업은 채 해수에게 말했다.

"안 돼요. 백 드래프트*."

역시. 구조대원은 거친 숨을 몰아쉬며 말했다.

"아까 들어온 문이니까, 근처에 다른 사람들 있을 거예요. 물 뿌려서 온도 낮춰달라고 요청해볼게요."

구조대원은 등에 업혀 있던 건을 잠시 해수에게 맡겼다. 건을 부축해 일으켜 세운 해수는 구조대원이 무전으로 동료들에게 연락하는 걸 기다렸다. 그때 무언가 갈라지는 듯한 소리가 들리더니 문 바깥에서 굉음이 들려왔다. 콘크리트가 내려앉은 듯한. 해수는 당황하며 구조대원을 바라보았고 그는 곧 무전을 취했다. 오가는 신호 사이에서 불안한 적막이 계단을 채웠다. 머잖아 무전을 마친 구조대원은 상황을 전했다.

"……문 바깥이 열 때문에 무너졌대요. 건물이 노후해서."

"그럼 어떡해요?"

"뚫린 곳으로 가야죠. 17층."

---

* Back draft. 화재 현장에서, 산소가 부족하여 불씨가 꺼져가는 공간에 갑자기 과량의 산소가 유입될 때 불길이 폭발하는 현상.

"그럼 바로······."

"거기까지 산소가 될지 모르겠어요."

그렇게 말하는 구조대원의 얼굴에는 땀이 흐르고 있었다. 필사적으로 호흡을 안정시키려고 노력하는 듯 보였으나 그는 이미 사람을 업은 채 몇 층을 내려온 뒤였다. 구조자를 데리고 다시 17층까지 올라가는 건 무리가 있었다. 자신은 건을 살피기 위해 임시 동행한 구급대원이었을 뿐 구조대원이 아니었기에 더더욱. 해수는 고립이라는 최악의 수에 사고가 매몰되지 않도록 의식을 집중했다. 분명 여기서 이대로 질식해 죽는 것 말고는 다른 선택지가 있을 것이다. 생각해. 생각해야 해.

해수는 최악과 차악의 결말을 계속해서 배제하려 의식적으로 노력했다. 이대로 다같이 매몰되는 상황만큼은 피해야 했다. 노후한 건물의 비상계단이 얼마나 버틸 수 있을지 해수로서는 가늠할 수 없었다. 그리고 무심코 뻗은 생각 한줄기가 뇌리에 박혔다. 엄마는 무사할까. 병원에는 불길이 뻗치지 않았을까. 호흡을 가다듬으며 평정을 유지하려 했으나 한 번 뿌리 내린 생각은 단단히 뇌리에 새겨진 뒤였다. 줄곧 애써 무시하고 있었는데. 괜찮을 거야. 해수는 오도 가도 못 하게 된 상황에서 구조대원에게 물었다.

"바깥에 상황은 전달된 거죠? 여기로 진입하기까지 얼마나 걸릴 것 같아요?"

"모르겠어요. 비상계단이 당장은 괜찮아 보이니 여기서 무전 대기하는 게 안전할 것 같습니다."

그는 침착하게 말했지만 계속해서 문고리를 어루만지거나 어수선히 주변을 맴도는 행동으로 불안을 드러냈다. 아마 최악의 상황까지 염두에 두어야 할 것만 같았다. 감정이 배제된 대화가 오갔으나 그 자리의 모든 사람이 알고 있었다. 붕괴된 건물 잔해는 빠르게 수습하기가 어렵다는 걸. 구조대원은 무전기를 괜스레 어루만지며 이곳저곳을 쏘다니기 시작했다.

"침착해요."

"……의연하시군요."

그런 소리를 들은 해수 역시도 아까부터 울렁이는 근심 때문에 가까스로 제정신을 유지하고 있기는 마찬가지였다. 부속 병원은 괜찮겠지? 괜찮아야만 해. 미칠 것만 같은 우려 속에 한없이 시간이 흘렀다. 갈수록 가스는 자욱해져 가시거리는 좁아지고 있었다. 답답해져가는 시야에 불안은 한층 깊어져만 갔고 세 사람은 침묵의 형태로 이성을 겨우 붙잡고 있었다. 지금 입을 열었다간 어떤 소리가 새어 나올지 알 수 없었기에.

그때 구조대원의 무전이 무어라 소리쳤다. 구조대원은 무전에 다시 말해줄 것을 요청했고, 그와 동시에 문 너머에서 거대한 잔해물들이 끼익대는 소리가 들려왔다.

……붕괴?

해수는 공포와 당황 속에 고개를 돌려 구조대원에게 무슨 일이냐 소리쳤으나 소음 속에서 그 말은 닿지 않은 듯했다.

그러나 구조대원은 갑자기 화색이 된 얼굴로 몇 마디를 소리쳤고, 그 소리가 해수에게는 와닿지 않았으나, 이윽고 열린 비상구의 바깥에서 그들을 맞이한 것은 수많은 소방대원, 구조대원, 구급대원과 RIMOS의 유니폼을 입은 이들의 모습이었다. 그들은 문이 열리자마자 다른 곳으로 각자 뛰어나가며 분주히 움직였다.

"저분들은?"

해수는 입을 다물지 못한 채 건을 다른 구조대원에게 인계하며 물었다.

"RIMOS 분들이요."

비상계단을 나와 로비로 나오자 각자의 자리에서 잔해를 치우거나 물을 나르며 구조를 돕는 발현자들의 모습이 눈에 띄었다. 그들의 대부분은 RIMOS의 유니폼을 입고 있었다.

해수는 건물을 빠져나오며 주변을 둘러보았다. 도착할 때만 해도 한산했던 RIMOS의 앞에는 수많은 이들의 발걸음이 이어지고 있었다. 소방본부의 지휘가 이어지는 인근에도 비슷한 무리가 도움을 내밀고 있었다. 해수는 복잡해지는 감정 속에서 헬멧을 벗은 채 근처로 다가갔다.

"이게 다……?"

그리고 해수는 같은 소방서에서 근무하던 동료에게 다가가 물었다. 추가적인 소방장비를 늘어놓으며 RIMOS의 누군가에게 지시를 내리던 그는 해수를 알아보곤, 잔뜩 찡그렸던 표정을 풀며 해수에게로 다가왔다.

"무사해서 다행이에요!"

"예, 다행히도. 이게 다 무슨 일이에요?"

"보이는 대로. RIMOS 분들이 폭발 일어나자마자 전부 달려와서 불 번지는 거 막고, 대피하는 거 도왔다고 하더라고요. 잠재자분들도 그랬지만 발현자 분들이 특히. 큰일날 뻔했는데, 덕분에 위험한 건 넘겼어요. 방금도 그렇고."

해수는 RIMOS 유니폼을 입은 누군가가 현장으로 달려가는 모습을 보았다가, 언젠가 미르에게 들었던 한마디를 떠올렸다. RIMOS에는 기억하는 사람들이 모인다고. 그게 이런 뜻이었을까.

"덕분에 부속 병원으로는 불이 조금도 안 번졌어요. 안심해도 돼요."

해수는 예상치 못한 안도의 한마디에 잔뜩 유지해왔던 긴장을 풀며 한숨을 내쉬었다. 그리고 고개를 돌려, 이토록 되풀이되는 비극을 막고야 마는 수많은 이들에 대해 생각했다. 해수는 어쩐지 그로부터 슬픔을 느끼고는 RIMOS의 불길로부터 시선을 돌렸다.

"혹시, 앞에서 시위하던 분이세요?"

그때 옆에서 갑자기 끼어들듯 언급된 그것에 해수는 예민한 태도로 고개를 돌렸다. 그곳에는 RIMOS의 유니폼을 입은 누군가가 서 있었다.

"소방관이셨구나."

"구급대원입니다."

해수는 선을 그으며 태도에 날을 세울 준비를 했다. 누군데 이렇게 다짜고짜, 지금 그런 얘기 해봤자…….

"다들 걱정했어요."

직후 이어진 뜻밖의 한마디에 해수의 긴장이 주춤했다. 그제야 해수는 그의 얼굴을 알아볼 수 있었다. 언젠가 자신에게 응원과 지지를 표했던 사람의 얼굴과 같았다.

"괜찮으실까 하고. 여러모로."

당황한 해수가 말없이 그를 바라보기만 하자 그는 미안하다는 듯 말문을 텄다.

"사실 시위, 매일 지켜보고 있었어요. 진작에 찾아뵙고 이야기 나눴어야 하는 건데 미안해요. 사내 공지가 있었거든요. 시위하는 사람한테 접근하지 말라고. 미르 씨는 신경도 안 쓴 모양이지만⋯⋯. 내부에선 전부 그게 무슨 말이냐면서 저희끼리 항상 걱정하고 있었거든요. 그래도 신경 써드렸어야 하는 건데, 미안해요. 부끄럽네요. 아, 어머님은 무사하실 거예요. 병원에는 최대한 불길 안 가도록 했어요."

그러면서 그는 손끝으로 물을 한 줄기 약하게 뿜어 보였다. 군데군데 그을음으로 얼룩진 그가 목에 건 사원증에는 '양혜림'이라는 이름이 적혀 있었다.

"혜림 씨! 이쪽으로 좀 와주세요!"

"아, 정우 씨! 잠시만요! 나중에 다시 인사드릴게요. 꼭이요."

"잠깐⋯⋯."

해수는 멀어지는 혜림의 모습을 보며 손을 뻗었다가 뒤도 돌아보지 않고 뛰어가는 그의 모습에 뻗은 손을 내릴 수밖에 없었다.

"아는 사람이에요?"

"……네."

그 모습을 본 동료는 의아하다는 듯 물었고 해수는 긍정했다. 동료는 작게 누른 웃음을 흘리며 말했다.

"참 아이러니하죠. 살아남아 기억하는 사람들이 결국 크리스마스에, 반복되는 재난을 막아냈다는 게."

해수는 동료의 말에 고개를 돌려 그 작은 마음이 모여 만든 풍경을 바라보았다. 고통을 품은 이들이 비극의 연쇄를 막아내는 모습을 보며 혜림의 말을 곱씹었다. 해수는 눅눅한 용서와 분노 같은 것들을 끝내 유예하기로, 다만 없었던 일처럼 삭이지는 않기로 결심하며 건이 앉아 있는 구급차를 향해 걸어갔다.

"전화…… 빌려주실 수 있으세요……?"

건은 다가오는 해수를 보자마자 담요 속에서 고개를 들어 해수에게 요청했다.

"그건 상관없는데, 좀 괜찮으세요?"

"네. 저기 연락해야 할 사람이 있어요. 무사한지라도 좀 물어봐야 해서요. 제발요."

요구조자가 아직 안에 있다고? 해수는 구급차에 두고 내린 휴대폰에 손을 뻗어 건에게 내밀며 다급히 물었다.

"요구조자분 성함이 어떻게 되세요?"

해수는 근처에 있던 구조대원을 소리쳐 부른 뒤 건에게 물었다.

"마미르요."

"예……?"

해수는 그 이름에 놀라며 작게 되물었지만 건은 휴대폰에 열중한 채 번호를 치고 있을 뿐이었다. 그럼, 설마. 이 사람이 그.

"어?"

"왜 그러세요?"

"번호가 저장되어 있어서…….".

"……일단 전화 거세요. 나중에 설명해드릴게요."

정말 미르가 RIMOS에 남아 있다면, 내게도 그 사람에게 갚을 빚이 있으니까.

길게만 이어지던 통화 연결음은 착신으로 이어졌다.

✳

"미르야? 미르 맞지? 너 지금 어디야? 괜찮아?"

귓가에 박히는 목소리는 해체된 현실감에 의미를 붙잡을 수 없이 진동하기만 할 뿐이었다. 아무리 되짚어봐도 고장 난 휴대폰에서 지직거리는 목소리는 건의 것이 분명했다. 내가 지금 꿈을 꾸고 있는 건가. 벌어질 수 없는 일에 미르는 아무 말도 하지 못한 채, 다만 듣고 싶었던 목소리가 계속해서 이어지기를 무의식적으로 바랐다. 되짚기 위해, 이게 사실인지 대조하기 위해, 검증하고 증명해서 끝내는 믿어 받아들이기 위해.

"왜 아무 말도 없어? 아직 실험실에 있는 거지? 설마 폭발했던 거기에 있는 거야? 무사해?"

지금 이 순간을 받아들일 수 없어서 혼란스러울 뿐이라고 답하고 싶었다. 상황을 쫓아가기에 당장은 너무 지쳐서, 그래서 이게 다 무슨 일인가 싶다고. 흐릿한 감각을 의심하고 또 의심하고 있다고 전하고 싶었으나 휴대폰의 마이크는 미르를 배신한 뒤였다.

"정말 괜찮은 거 맞아?"

기적. 기적일까? 그토록 바라왔던 기적을 부정하고 의심하고 폄하하고 배격하려는 방어기제가 꿈틀거렸다. 자아와 몸이 유리된 듯한 느낌에 자신을 바라보는 자신의 시점이 시야에 겹쳐왔다. 미르는 고개를 흔들어 붕 뜬 느낌을 쫓아버린 후 현실에 집중했다. 불길이 다시금 시야에 들어왔고 그로부터 죄어오는 죽음의 공포와 불안이 오감을 예민하게 만들었다. 무언가 타들어가는 소리가 귓가에 뚜렷이 와닿았으며 담배 연기보다도 유독한 가스의 냄새가 코를 간질이자 발끝에는 불길의 온기가 넘실대는 듯했다. 이거면 충분했다. 그러나 스피커로 들려오는 건의 목소리만큼은 여전히, 받아들일 수 없다. 상황을 설명할 수 있는 단 하나의 해답을 찾기 위해 온 머릿속을 드잡이하듯 헤집는다. 아무렇게나 내던져진 맥락의 일부가 뇌리에 부유한다. 하나하나 손을 뻗어 한곳에 모아놓고 바라본다.

"아무 말이나 해줘. 전화 받았다는 건 괜찮은 거지?"

그리고 건의 한마디가 이어지는 순간 미르는 이해했다. 증명의 순간이 다가왔음을. 폭발로 이어진 이 실험으로 증명하고자 했던 바가 회복이라는 결과로 지금 와닿았음을. 계속해서 건의 열을 내려주었던 선의가 무의미하지 않았음을. 그것이 결국 건의 항원 농도를 임계치 밑으로 내려가도록 하여 의식 불명기의 건을 구해냈음을.

그리고 무효 이론이 끝내 완성되었음을.

"제발, 미르야."

어떻게 받아들여야 할까? 어떻게 반응해야 할까? 아득히 멀리 있는 것만 같던 해답이 너무나 또렷한 목소리로 다가와버려서, 미르는 자신의 대답을 기다리는 그것을 품에 안지도 못한 채 어렴풋한 건의 환상을 눈앞에 가까스로 그릴 수 있을 뿐이었다. 그날, 흐려지던 시야에서 자신을 향해 달려오던 그 모습 그대로. 내가 네게 손을 뻗어도 될까. 그런 망설임도 무의미하다는 듯 미르는 이미 허공을 향해 손을 뻗고 있었다. 다만 어떤 열조차 움켜쥐지 않은 채로, 뒤늦게 파도치는 현실감의 거품이 손끝에서 부서지기만을 바라면서.

"혹시 전화만 겨우 받을 수 있을 정도로 힘든 상황인 건 아니지?"

따스한 걱정으로부터 미르는 현실을 부정하면서도 그 말들이 헛되이 끊기지 않기를 바라고 바랐다. 전혀 안 괜찮아. 추하게도 그냥 무너지려고 하던 참이야. 그런 걸 건에게 말할 수는 없었다. 지금은 무엇을 말하든 고장 난 마이크가 어떤 정보도 없는 노이즈로 치환해주었겠지만 차마 입 밖으로 소리 내어 발화할 수는 없었다. 말해버리면, 건이 결코 바라지 않을 모습으로 닳아 지치고 말았다는 걸 인정하는 것만 같아서. 건에게만큼은 알리고 싶지 않았던 마음이라서. 아마 너는 그조차도 걱정으로 안아주려 할 것이기 때문에, 그런 모습은 상상조차 너무나 아려서.

"계속 아무 말 없는 거 보니 무슨 일 있구나."

내가 감히 네게 말해도 될까. 본심 같은 걸 드러내어 전해도 될까. 미르는 진작에 전해져야 했을 말들이 맴도는 목구멍을 무거운 감정으로 꾹 누르며 하고픈 말을 삼켰다.

"……네가 지금 무슨 생각을 하고 있는지는 모르겠지만, 만약에."

미르는 건이 어떤 말을 이을지 알 수 있었다. 그런 말 하지 말라며, 자꾸만 들이치는 감정의 격류를 막고 또 막았다.

"정말 만약에, 어디로도 도망칠 수 없을 것 같아서 전부 포기하려고 했다면 말이야."

그러나 건은 멈추지 않는다. 나 따위를 걱정하지 말라며 미르는 닿지 않을 탄식을 흘린다. 네 말대로 끝을 바랐기에 이 모든 게 거짓이었으면 좋겠다고 바라면서 눈을 꾹 감는다. 행복은 자신에게 허락되어선 안 됐으니까. 그건 너무 부서지기 쉬우니까. 또 잃기는 싫었으니까. 필히 소실되고 말 기쁨을 움켜쥐는 건 예정된 슬픔을 가리키기도 했으니까. 완벽한 결말에 대한 기대는 그만큼이나 헛된 것이었으니까. 미르는 눈을 떠 죽음이 아른거리는 현실을 목도하고 울음 섞인 한숨을 떨리는 채로 내뱉는다. 겨울임에도 불길 속에 입김은 서리지 않는다.

"네 믿음이 전부 헛되지 않았다고 말할래. 매일같이 날 보러 왔던 걸 알아. 그 마음이 결국 지금 기적을 만들어냈잖아."

아니야. 그건 내 이기심이었어. 기적은 이뤄지지 않기에 기적이라고 부르는 거야. 미르는 감당할 수 없는 행복을 애써 무시하기 위해 건의 목소리를 수없이 부정한다. 고개를 젓고 소매를 눈가에 비벼 시야를 흐리던 눈물을 떨쳐낸다.

"그래서 내가 지금 여기에 있잖아."

너는 마침내, 자신의 삶을, 여기 존재함을 스스로 증명해내어 내게 보인다. 미르는 크리스마스에 반복되려는 재난 속에서도, 기어이 생을 향해 내밀고 마는 구원의 손길을, 감히 자신이 잡아도 될지 고민한다.

"네가 포기하지 않아줘서 고맙다고 말하고 싶어. 덕분에 이렇게 전할 수 있게 됐어. 그러니까."

너는 다정히 미소 짓는다. 아니야. 나는…….

"너도 포기하지 말아줘."

마지막의 마지막에서, 결국 지쳐 포기했을 때 하는 말이 하필 그거라면, 반칙이잖아.

미르는 끝내 양손으로 휴대폰을 붙잡은 채로, 그 자리에 주저앉았다. 버겁게 내쉬던 심호흡은 이내 털어내지 못한 진심을 토해내는 울음이 되었다. 바닥에 웅크린 채 고장 난 마이크에 대고 닿지 않을 진심을 전했다. 무수히 너를 향했던 부정을 비로소 거두며 말했다.

"미안해…… 전부 미안해……."

손끝으로 긁는 바닥이 차가운지도 뜨거운지도 알 수 없었다. 그 사이에서 뚜렷하게 울려오는 두통만이 자신이 살아 있음을 증명하는 것만 같아, 살아간다는 것은 분명 이토록 고통스러웠다는 사실을 뒤늦게 깨닫는다. 그리고 마냥 괴롭지만은 않다는 사실도. 투명한 눈물이 바닥에 떨어졌다. 괴로워서, 한없이 괴로워서, 이마가 바닥에 긁히는 것도 모른 채로 고개를 박고 지난 모든 날에 이유 모를 용서를 구했다. 결국 바라던 결말에 닿았다는 사실조차도 괴로웠다.

아니, 기뻤다.

그 모두가 무용하지 않았다는 사실이 한없이 기뻐서 받아들일 수 없었다. 그게 너무 분에 넘치는 것 같아서, 그래서 괴로웠다. 나같이 불완전하고 미숙한 사람에게 기적이 찾아와도 되는 거냐고. 영원한 행복이 없다면 영원한 절망도 없다는 사실을 받아들일 수 없어서.

"미르 씨, 서해수예요. 언젠가 RIMOS에는 기억하는 사람들이 모인다고 했죠."

그러나 미르는 알지 못했다. 그 모든 기적도, 결국 자신의 행적이 만들어낸 거라는 걸. 자신에게 찾아온 기적은 비단 자신뿐만이 아닌 모든 사람에 대한 기적이라는 걸.

"그 전부가 막고 있어요. 비극이 반복되는 걸. 그러니까……."

그러니 그 기적은 결국, 모든 사람을 위한 기적이라는 걸.

"조금만 기다려요. 구조대가 가고 있어요."

언젠가 미르는 알게 될 것이다.

Theory for Everyone. 모든 사람에 대한, 그렇기에 모든 사람을 위한 이론.

그 이론은, 그런 이름을 갖게 된다는 걸.

반지하의 창문 틈새로 스민 찬연한 빛의 궤적이 미르의 눈앞에 선명히 드러났다. 그것은 분명, 차갑고 시린 성질의 빛이 아니었다. 누군가를 안온히 끌어안아 위로할 수 있는 빛이라는 걸 미르는 느낄 수 있었다.

언제까지고 영원할 것만 같던 겨울의 끝이, 마침내 우리에게 다가왔다.

2035년 4월

건은 자신의 눈높이보다 조금 높게 위치한 은율의 봉안함 앞 유리에 꽃을 붙이는 미르를 바라보았다. 아마 자신과 마찬가지로 2015년의 그날을 생각하리라 유추하며. 미르는 트럭 사건이 일어난 날에도 은율을 생각했다고 말했다. 울분을 간절히 토해봤자 악을 내지르는 일밖에 할 수 없었던 그날이 떠오를 수밖에 없었다면서.

"넌 몇 년 만이었더라? 여기."

"2029년부터 못 갔으니까, 거의 6년 만이네."

미르는 물었고 건은 답했다. 벌써 6년이나 됐구나. 봉안함 옆에 놓인 사진에서 은율은 환히 웃고 있었다. 마치 그날을 숨기듯이.

"야, 너도 윤건 6년 만이지. 인사해라. 잘 지냈냐고."

미르는 은율의 봉안함에 대고 그렇게 말했다. 건은 자신에게 안부를 물어오는 것만 같은 은율의 봉안함을 앞에 두고 지난 6년을 어떻게 말해야 할지 고민하다 끝내 소리 내어 말하지 않기로 했다. 잘 지냈어? 오랜만이네. 더 자주 왔어야 했는데 일이 많았어. 그렇다고 널 잊은 건 아니었고. 이렇게라도 만날 수 있어서 다행이다. 못 만날 수도 있었어. 아니, 장난 아니고 진짜.

"너는 여기 그대로인데, 우리만 이렇게 나이 먹었네. 안 늙으니까 좋냐?"

"나이 먹어봤자 좋을 것도 없어. 어른 되니까 답답한 일밖에 없더라."

건과 미르는 2015년의 그날을 결코 잊을 수 없었다.

몇 년을 가까이 어울려 지내다 보면 친구의 부모님 정도는 한두 번쯤 보는 게 초등학생의 일상이었을 텐데도 건과 미르는 은율의 부모님을 뵌 적이 없었다. 초등학교를 졸업하는 날조차도. 건과 미르는 그런 날마다 자신들의 가족을 제쳐두고 밤늦도록 은율과 함께 놀곤 했다. 그렇게 셋은 같은 아파트에 살며 같은 초등학교를 나와 같은 중학교에 진학했다.

"아, 어른 진짜 싫다. 부럽다야."

미르는 기지개를 켜며 은율에게 말했다. 잔뜩 투정 부리는 어투였지만 표정에 묻어나는 쓸쓸함을 감출 수는 없었다.

건은 그 장마철을 기억했다. 미르도 그럴 터였다. 그날 학교에 출석하지 않았던 은율은 밤늦게 건에게 전화를 걸었다. 여태까지 들어본 적 없는 무거운 목소리로, 잠깐 병원으로 와줄 수 있냐며. 그것은 단순한 요청처럼 보였으나, 실은 도움을 바라는 것에 가까웠다. 건은 미르에게 연락한 뒤 늦은 밤 택시를 타고 미르와 함께 은율에게 향했다.

"좀만 더 기다리지. 이제 교란도 다 해결됐는데."

건은 조용히 미르의 뒤에 서 은율을 바라보았다.

병원에서 은율은 두 부모님의 병상 앞에 서서 건과 미르를 맞이하였다. 미르는 이게 다 무슨 일이냐고 물었다. 은율은 담담히 말했다. 어머니는 오래전부터 교란으로 인해 의식이 없는 상태였고, 아버지께서는 그런 어머니를 매일 간호하며 생계를 잇기 위해 밤낮으로 분투하던 중 교통사고를 당하셨다고.

"그러게 말이야. 조금만 더……."

건은 조금만 더 버티지 그랬냐는 한마디를 꺼내려다 말을 삼켰다.

그때 은율은 지친 건지 눈물도 울먹임도 없이 힘없는 목소리로 말했다. 선생님께 연락은 드렸지만 아버지가 회복하기까지 어떻게 해야 할지 모르겠다고. 친척에게 연락해도 당장은 손이 비는 사람이 없어 혼자 있었다고. 아주 좁은 벽 사이에 홀로 끼어 움직일 수 없는 것만 같아서, 가장 먼저 떠오른 너희들에게 연락했다고.

"……버텼다고 뭔가 달라졌을까?"

미르는 건이 잇지 못한 뒷말을 짐작한 듯 물어왔다.

"……아니겠지, 아마."

그로부터 며칠 동안 은율은 학교에 나오지 않았다. 나오지 못했다는 쪽에 가까웠을 것이다. 걱정과 함께 얼마가 지났다. 셋이 살던 아파트 단지에 화재가 발생했다. 건과 미르는 은율로부터 도착한 예약 문자를 보자마자 은율의 집으로 뛰어갔지만 두 사람을 맞이한 건 소란스레 모여든 사람들 사이로 그림자를 일렁이는 화염의 모습이었다.

"항상 늦네, 우리는."

미르가 쓸쓸히 읊조렸다.

은율의 장례가 끝나고 미르는 이능력을 발현했다. 이딴 거 지금 생겨봤자 무슨 소용이냐며 자신의 때늦은 능력을 원망하고 한탄했다. 차라리 그때 발현했으면 불이라도 끌 수 있지 않았겠냐며. 그땐 바라보고 소리치는 것밖에 하지 못했는데 지금 와서 이게 다 무슨 소용이냐며. 아마 그때부터 미르는 타인의 안위에 민감해졌다. 자신이 할 수 있는 일이라면 어떤 거리낌도 없이 도맡았다. 그 트럭 사건처럼.

그리고 그런 일은 희망을 모르는 세대에겐 흔한 일이었다. 교란으로 인해 주변인을 잃는 것도, 그 후회 속에 이능력을 발현하는 것도. 희망을 모르는 세대의 다섯 명 중 한 명은 은율 같은 친구를 한 번쯤 보았다고 답했고, 같은 세대 발현자들의 기저 인지를 추적한 바 대부분의 발현은 뒤늦은 후회와 가정으로부터 기인했다. 그때 이랬어야 했는데, 같은.

"네 탓 아니야. 우리 탓도 아니고."

건이 툭 내뱉은 한마디에 미르는 굳은 표정을 풀며 건을 바라보았다. 그리고 옅은 미소를 지어 보였다.

미르는 RIMOS 연구소 폭발 사건으로부터 회복하자마자 부속병원을 비롯한 전국 병원을 돌며 오랜 시간 의식 불명기에 있던 고위험군 교란 판정자의 이력항원을 제거해주었다. 마치 건 자신에게 줄곧 해주었던 것처럼. 폭발 사건 당일의 실험으로부터 증명하려던 것이 자신을 통해 증명되었으므로. 너무나 늦어 은율을 구할 수 없었던 그 능력은 이제 은율 같은 수많은 누군가를 구할 수 있는 열쇠가 되어 있었다. 미르는 현주의 항원 농도 역시도 낮춰주면서, 곧 완성될 무효 기술의 최우선 적용 대상자가 되도록 RIMOS 측에 강력히 요구하기도 했다.

폭발 사건이 있고 얼마 지나지 않아선, 마치 그 사건의 전말을 알아챘다는 듯 오래도록 꽁꽁 싸 매인 채 세상에 모습을 보이지 못했던 크리스마스의 비극 당시 군과 경찰의 무전 기록이 공개되었다. 마침내 드러난 진실에는 사과가 뒤따랐다. 현 미국 대통령은 크리스마스의 비극 당시 사살 결정을 내렸던 당시 군과 경찰의 결정을 유감으로 생각한다며, 너무 늦었지만, 그럼에도 유가족들의 상처에 위안이 되길 바란다며 유가족들과 생존자 그리고 전 세계를 향한 카메라 앞에 머리를 깊이 숙였다. 그즈음 미르와 해수가 구치소에 수감된 사일러스를 찾아갔을 땐, 그 역시도 한없이 눈물 흘리며 그릇된 세월이 모여 만들어진 자신의 잘못에 진심으로 사죄했다고 했다. 하나의 참사로부터 이어진 내막을 이해한 미르와 해수는 차마 그 사과를 부정할 수 없어서, 그저 묵묵히 사일러스의 이야기를 들어주었다고 했다.

30년이 넘는 세월 동안 응어리져 해소되지 못한 비극의 한이, 이제야 조금씩 풀리는 것만 같았다.

모든 진실은 밝혀졌고 교란은 해결될 것이며 이능력은 더 이상 위험하지 않을 것이다.

마침내 완성된 무효 이론은 치료가 아닌 치유를 이뤄낼 것이다.

다만 그것으로 모든 것의 끝을 말할 순 없을 것이다.

시작에 불과하겠지만, 그렇지만, 우리는 믿고 나아가는 걸음의 가치를 알고 있으니까.

건은 미르의 곁에서 나란히 걸으며 건물 바깥으로 나왔다. 더 이상의 겨울은 없을 거라는 듯이 흐드러진 벚꽃이 두 사람을 맞이했다.

"아, 여기 벚꽃 오랜만에 본다."

"그동안 안 왔어?"

"봄이 싫어서 안 오게 되더라고. 어쩌다보니 가을, 겨울에나 갔지."

건은 봄이 싫다는 미르의 말이 무슨 뜻인지 유추해보았다. 아마 그 시절의 미르라면, 그런 상태의 미르라면 자신과는 상반되게끔 행복을 움켜쥔 사람들의 모습을 바라보기 괴로워했을 것이다.

"지금은 어때?"

"좋아."

건은 물었고 미르는 긍정을 표했다.

"다 끝났으니까?"

미르는 벚꽃을 바라보며 미소 지었다.

"응. 앱손에 대한 시간 의존적 특수 섭동 이론도 대체로 정립됐고."

"그, 시간 역전 대칭성?"

"강제로 보존시키는 게 맞더라고. 예상대로. 그리고 2033년 12월인가? 그쯤에 한 번 참관했던 실험 있거든. 간접반응법으로 사용한 아델리온 폐시약이 교란을 유발할 수 있는지. 그거 얼마 전에 결과 나왔어. 무해하다고."

"그럼 그걸로……."

"요약. 앱손은 거시적인 계에 강제적인 시간 역전 대칭성 보존을 만드는 게 맞으며 이력항원의 존재양자수는 그 대칭성이 보존될 때 0이 된다. 즉, 소멸한다. 아델리온 시약에 간접반응법으로 고농도의 이력흔을 품게 한 다음, 그걸 혈관에 주입해서 교란을 해결할 수 있게 된 거지. 내 능력 같은 불확실한 거 말고."

"정확히는 모르겠는데, 아무튼 다 해결된 거지?"

미르는 특유의 떨떠름한 표정을 지어 보이더니 한숨을 내쉬며 몇 초간의 시간을 요청하고는 허공을 바라보며 생각을 다듬는 듯했다. 그렇다면 곧 이어지는 건…….

"그 폭발 사건 일어난 날에 내가 하려고 했던 일이 교란 혈액에 내 능력 적용하는 거였거든. 열역학 제2법칙을 위배할 수 있다면 거시적인 시간 역전 대칭성을 성립시키는 것처럼 보이게 할 수 있단 말이야. 실제로 성립하는 것과 그렇게 보이는 건 다를지 몰라도, 음. 좀 도박이었지? 내 능력이 본질적으론 대칭성을 보존시키는 능력일 거라고 생각은 하고 있었지만 진실은 모르는 거고. 어쨌든 내 능력이 거시적인 유사 시간 역전 대칭성을 만들었을 때 혈액의 이력항원 농도가 줄어든다면, 그건 이력항원의 존재양자수가 시간 역전 대칭성이 보존되는 상황 하에서 0이 되어 항원이 소멸한다는 걸 의미하게 돼. 그래서 내 능력으로 시간 역전 대칭성이 보존되는 상황을 만들어서 그때 항원 농도가 줄어드는지 보려고 했던 거고. 근데 그럴 것도 없었어. 지금 보니까 너한테 능력 오래 쓸 때마다 특이적 감소가 크게 발생했었거든. 그것도 오래 내려줬을 때마다 감소폭 크게. 그래서 네가 회복할 수 있었던 거고. 그리고 달력에 가위표 봤지? 작년 6월 중순인가부터는 매일 열 내려줬거든. 그게 아마 가장 컸을 거야."

미르는 예상대로 이공계 전공자 특유의 '확실치 않은 서술을 단 한 톨도 허락하지 않아 아주 엄밀하지만 듣는 사람은 좀처럼 알아들을 수 없는 불친절한 설명'을 장황히 늘어놓았다.

"진짜 그렇게 말하니까 무슨 소리인지 하나도 모르겠다……."

"그러니까, 내가 실험하려고 했던 짓을 이미 네게 하고 있었다는 거지. 네 이력항원 농도가 임계치 밑으로 내려가 회복한다는 결과를 보임으로써 동치였던 실험이 증명되어버린 거고."

"······그거 가이드라인 위반 아니야?"

"알 바냐. 어찌됐건 좋은 일이 좋은 거지. 그런 거 이젠 피곤해!"

그리고 미르는 기지개를 켜며 자기 능력도 참 웃기다는 둥 중얼거렸다. 본질적으로 이능력은 제멋대로니, 자신이 기저 인지 이론에 의한 편견을 뛰어넘었을지도 모르나 진실은 알 수 없다는 투의 말을 덧붙이며. 건은 헛웃음으로 답했고 미르는 그런 대답이 나쁘지 않다는 듯 계속해서 걸음을 이어나갔다.

"인류의 구원자가 되신 소감은 어떠십니까."

"난 과학자인데. 구원자가 아니라. 멀쩡한 직업 지우지 말아주십쇼."

"노벨상 가능성은?"

"몰라. 귀찮아질 것 같아서 솔직히 받기 싫은데······. 아니, 나보단 현주 씨가 받아야지. 사실상 그분이 다 한 거고 나는 숟가락만 올린 건데."

"그럼 공동 수상 하겠네. 한국인 최초 노벨과학상 수상의 칭호는 덤으로."

"아, 싫어! 진짜 싫어!"

그런 말 하지 말라며 웃는 미르의 얼굴은 언젠가 병실에 앉은 채 보았던 것보다도 훨씬 밝아져 있었다. 왜 자신을 원망하지 않느냐며 자책하던 그 모습은 이제 없었다. 건은 그날 어떻게 그러겠냐고 답하면서 생각했었다. 널 믿으니까. 네가 언젠가는 도달할 거라는 걸 믿으니까. 계속 믿었으니까.

그렇기에 건은 발걸음을 멈췄다. 미르가 몇 발자국 앞서나갔다. 곧이어 건은 말했다.

"……이제 이혼할까?"

결국 원하던 끝에 닿아버린 멋있는 너에게 나 같은 사람은 어울리지 않으니까, 이제는 보내주어야 하지 않겠냐며 건은 몇 개월을, 실은 몇 년을 유예하며 망설였을지 모를 한마디를 미르에게 내밀었다. 자신은 아무렇지도 않다는 듯한 온화한 얼굴을 가장하면서.

미르는 앞서가던 발걸음을 멈춘 뒤 어떤 감정도 드러내지 않은 눈빛으로 건을 향해 돌아보았다. 다만 놀람을 완전히 감추지는 못한 듯 입을 살짝 벌린 채로. 건과 미르는 그런 서로를 그저 하염없이 바라볼 뿐이었다. 침묵이 두 사람 사이를 몇 초간 채운 뒤, 어느 순간에 미르는 코웃음을 치곤 다시 뒤돌아 앞을 향해 나아가며 나지막이 말했다.

"……글쎄?"

건은 자신이 들은 게 맞는지 되짚고 또 되짚었다. 미르의 모호한 대답을 부정으로 해석해도 될지 망설이는 순간, 미르는 여전히 건을 돌아보지 않은 채 능청스럽게 말했다.

"……난 네가 행복했으면 좋겠는데."

언젠가 들었던 한마디의 기억이 건의 뇌리에 어렴풋이 떠올랐다.

아, 그때 그 말을 여기서 이렇게 꺼내는 건 조금 반칙인데. 건은 웃었다.

네가 그렇게 말한다면, 나는 기꺼이 웃으며 이렇게 답할 것이다.

"나도."

13살부터 10년을 품어온 이야기가 결국 결말에 도달했다는 사실이 아직도 낯설기만 하다. 분명 이 작품이 형태를 갖지 못했던 시절엔 하고 싶은 말이 많았던 것 같은데, 막상 작품을 완성하고 나니, 나의 모든 말을 작품에 쏟아낸 듯하여 무언가를 덧붙이기가 어렵다. 그 때문이었는지 『모든 사람에 대한 이론』을 완전히 탈고한 직후 몇 개월 동안은 어떤 소설도 쓰지 못했다. 오래도록 가장 말하고 싶었던 이야기에 결국 마침표를 찍고 말았으니까.

처음부터 재난에 대한 이야기를 쓰려고 했던 것은 아니었다. 다만 4.16 세월호 참사 같은 여러 사회적 재난을 목격하며 나의 가장 깊은 내면에 있던 이 이야기는 서서히 방향을 틀었다. 너무나 잘못된 것들이 많았는데, 누구도 이에 대해 이야기하지 않는 것만 같았다. 마땅히 기억되어 논해져야 할 것들이 '좌시되고 묵시되고 관조되고' 있었다. 언젠가 "화가 나서 글을 쓴다"고 누군가에게 말한 적이 있었는데, 『모든 사람에 대한 이론』이 바로 그 문장에 가장 인접한 글이었다.

완벽하지만은 않은 이야기지만, 재교를 볼 때에야 발견한 큰 문제점이 하나 있었다. 3부 후반부에 등장하는 현주의 편지에 쓰인 날짜가 10월 29일로 되어 있던 점이었다. 해당 부분은 10.29 이태원 참사 이전에 쓰였기에 연재 시기에는 눈치채지 못했던 것이었다. 다른 작품이었다면 보다 쉽게 수정을 결정했을지 모르나, 그 날짜가 쓰인 작품이 『모든 사람에 대한 이론』이었기에 나는 교정지에 "재난의 기억을 이야기하는 작품에서 재난의 날짜를 내 손으로 지우고 싶지 않다"는 장문의 코멘트를 남겼다.

끝내는 동료 작가님께 조언을 구했다. 결국 나는 교정지를 넘기고 일주일도 지나지 않아 날짜를 수정하자는 메일을 편집자님께 보냈다. 재난 당사자가 읽을 가능성을 고려하여 트리거를 최대한 배제하자는 결론이었다. 재난에 대한 이야기를 쓸 때 항상 최우선 순위로 고려하는 지점이었다.

그리고 이러한 고민을 작가의 말에 담는 건 결국 작품에서 지워지고 만 그 날짜에 대한 죄책감 때문일지도 모르겠다. 나는 아직도 과거를 스친 여러 재난의 당일에 무엇을 하고 있었는지, 어떤 감정을 느꼈는지가 생생히 기억난다.

　작품에 대한 더 많은 이야기를 기대하고 이 장을 펼친 분들에게는 송구하오나 이 작품엔 미사여구를 더 이상 늘어놓아선 안될 것만 같다. 그러니 대신, 남은 여백에는 감사의 인사를 올리고자 한다.

　문학웹진 LIM에 연재를 추천하고 제안해주신 천선란 작가님께 먼저 감사드린다. 덕분에 소설이 될 수 없다 생각했던 이 이야기를 세상에 내보낼 용기를 가질 수 있었다. 시놉시스나 전문을 읽고 조언과 감상을 전해주신 여러 동료 SF 작가님들께도 감사드린다. 너무 많아 한 분 한 분 적을 수는 없지만 이 책의 증정본을 선물 받은 분들이라면 기꺼이 자신이라 생각하시면 되겠다. 또한 애정을 가지고 작품을 함께 완성시켜주신 김민지 편집자님께 감사드린다. 수없이 고민하며 교정고를 주고받는 과정에서 느꼈던 헤아릴 수 없는 정성에 적잖은 응원을 받았다. 더없이 멋진 표지를 그려주신 산호 작가님과 주제곡 〈Overcome〉을 불러준 대학 동기 공진 씨에게도 감사드린다. 두 분 덕에 이 이야기가 넓은 물성을 가지고 보다 많은 독자에게 다가갈 수 있었다. 앞서 말한 고민에 대해 조언을 건네주신 정보라 작가님께도 감사드린다. 작가님께는 이 작품 외적으로도 늘 큰 도움을 받고 있다고 생각한다. 그리고 직접 소통하지는 않았으나 보이지 않는 곳에서 이 책을 위해 힘써주신 마케터, 디자이너를 비롯한 여러 분들께도 감사를 드리는 바이다. 꼭 시간을 내어 판권면에 적힌 이름들을 한번 읽어봐주시길 바란다.

그리고 내가 소설가가 되리라고는, 이 작품을 끝내 완성하리라고는 생각지도 못했던 시절부터 누구보다도 열렬히 『모든 사람에 대한 이론』을 사랑해주며 많은 격려를 보내준 나의 고등학교 동창 이채영, 박민서에게 특히 매우 큰 감사를 표한다. 너희가 없었다면 완성하지 못했을 거야. 글을 쓰지도 않았을 거고. 정말 고마워.

마지막 장을 넘어 뒤표지를 덮으면 질문과 고민을 남기는 소설을 좋아했다.
부디 이 소설도 누군가에게 그렇게 가닿을 수 있길 바란다.

타인에 대한, 타인을 위한 당신의 관심이 오래 머물기를 바라며
2023년 12월의 크리스마스를 앞두고
이하진 드림

심완선(SF 평론가)

　지친 사람은 쉽게 실망하지도 못한다. 쓰러지지 않으려 노력하는 만큼 마음이 무뎌지기 때문이다. 『모든 사람에 대한 이론』에는 '희망을 모르는 세대'의 회의가 깔려 있다. 이론상 무엇이든 이룰 수 있다는 '이력absurd force'의 등장은 세상의 부조리absurd를 한층 심화한다. 이능력으로 인한 범죄와 새로운 종류의 불치병이 인물들의 어깨를 무겁게 짓누른다. 그리고 대다수 사람은 마치 우리의 현재에 그러하듯, 비극을 너무나 쉽게 잊어버리는 것처럼 보인다. 작중의 추모 공간에 따라붙는 시선은 현실과 그리 다르지 않다. '너무 유난인 거 아니야?' 소설의 풍경에는 유가족을 비웃는 혐오자들이, 남의 일에 무심해지는 이기적인 속내가 넓은 면적을 차지한다.

다만 그 앞에는 보통 사람들이 있다. 남들보다 조금 더 보통인 사람들, 희망을 믿기는 어려워하지만 타인의 불행을 그냥 지나치지도 못하는 사람들이다. 이들 중 누군가는 '그만하면 충분하지 않냐'는 말에도 '그럼에도 한 번 더'로 답한다. 한 사람을 살아 있게 하려는 한 번씩의 노력이 모든 사람을 향할 수 있음을 의식한다. 선의와 용기가 만드는 연쇄작용을 신뢰한다. 사람에서 사람으로 이어지는 이러한 피드백 고리는 반복해서 관측되는 것으로, 환상이 아니라 엄밀한 사실의 영역에 있다. 짙은 회의에도 쓰러지지 않는 사실은 자명한 지식이 된다. 타인에게서 비롯되는 이 자명함은 소설 전반에 걸쳐 상세하게 서술되는 과학적 연구와 맞물려 이야기를 단단하게 만든다.

그렇다면 지친 사람은 어떻게 회복할까? 희망을 모르는 사람은 언제 기대감을 배울까? 쉽게 행복해지지 못하는 이들이 치유력을 발휘하는 모습에는 언제나 울림이 있다. 더불어 작중의 이력학 연구에서 재미있었던 점을 덧붙이고 싶다. 능력이 발현되지 않은 사람은 무능력자가 아니라 잠재자다. 이론적으로는 누구든 발현자가 될 수 있다. 이 소설은 분명 모든 사람에 대한 이론이다.

『모든 사람에 대한 이론』의 표지에는 생각에 잠긴 미르의 옆모습을 담았습니다. 미르가 골몰하며 헤아리고 있는 것은 모든 사람에 대한 생각일 수도, 혹은 어떤 사랑에 대한 생각일 수도 있겠습니다. 무엇에 대한 생각이든 그 숙고의 근원이 되는 미르 안의 열원은 발화점에 다다라 뜨거울 것 같다는 짐작을 합니다. 표지 배경의 수식은 이하진 작가님께서 직접 써서 보내주셨습니다. 책의 얼굴에 결을 더해주신 작가님께 감사드립니다.

산호(일러스트레이터)

모든 사람에 대한 이론

초판 1쇄 인쇄 2024년 1월 4일
초판 1쇄 발행 2024년 1월 12일

지은이 이하진
펴낸이 정중모
펴낸곳 도서출판 열림원

출판등록 1980년 5월 19일(제406-2000-000204호)
주소 경기도 파주시 회동길 152
전화 031-955-0700
팩스 031-955-0661
홈페이지 www.yolimwon.com
이메일 editor@yolimwon.com

페이스북 /yolimwon
트위터 @yolimwon
인스타그램 @yolimwon

주간 김현정   **책임편집** 김민지
편집 황우정   **디자인** 강희철
표지 디자인 굿퀘스천   **표지 일러스트** 산호

마케팅 홍보 김선규 최은서 고다희
온라인사업 서명희
제작 관리 윤준수 고은정 구지영

©이하진, 2024

ISBN 979-11-7040-248-0 03810

* 저자와 출판사의 서면 허락 없이 내용의 일부를 무단 도용하거나 발췌하는 것을 금합니다.
* 책값은 뒤표지에 있습니다. 잘못된 책은 구입하신 곳에서 교환해드립니다.